Die Rache der Fährtensucherin

Sunderverse

Ingrid Seymour

Die Rache der Fährtensucherin

First edition. January 5, 2023.

Deutsche Erstveröffentlichung: Berlin 2023

Zuerst 2021 erschienen unter dem titel: The Tracker's Revenge

Autorin: Ingrid Seymour.

KAPITEL 1

D ie Tür der Agentur flog auf und Damien taumelte in den Raum. Er schwankte, sein Blick schweifte orientierungslos hin und her. Er sackte mit dem Gesicht voran auf den Boden.

Ein schweres Gewicht legte sich auf meine Brust. Schmerz. Reue.

Rosalina und ich drehten ihn auf den Rücken und starrten in sein bleiches, schmerzverzerrtes Gesicht.

Bitte nicht, lieber Gott.

In seiner Brust klaffte ein großes Loch; die Ränder glühten vor knisternder Magie und es waren Knochen und Sehnen sichtbar.

Damien. Damien!

Entsetzen überflutete mich und mischte sich mit meinen Gewissensbissen.

„Alles wird gut." Rosalinas Stimme bebte vor Emotionen. „Bald wird jemand hier sein, um dir zu helfen."

Ich starrte ihn nutzlos an und hasste mich selbst. Ich hatte keine Heilkräfte, um ihm zu helfen, um sein Leben zu retten. Der Tod hing über ihm und senkte langsam sein Leichentuch.

„Wer hat dir das angetan?", fragte ich.

„M-mitternachtshexe", brachte Damien heraus.

Er kannte sie nicht, doch sie musste mächtig sein, um ihn so zurichten zu können.

„Kannst du dich heilen?"

Seine Stimme bebte. „Zu ... schwach."

Die Sekunden verstrichen wie Stunden, wie Jahre. Damiens Atmung wurde schwerer. Niemand würde kommen. Niemand konnte ihm helfen, während er sein Leben verlor. Es schmerzte so sehr, nichts tun zu können und zusehen zu müssen, wie er verkümmerte.

Er blickte angestrengt auf seine Hand. Sie lag offen und schlaff auf dem Boden.

„Was ist los?", fragte ich.

Er flüsterte leise ein paar Worte vor sich hin. Ein Zauber? Vielleicht war er doch noch stark genug, um sich zu heilen. Als er fertig war, seufzte er erleichtert.

„D-das Heilmittel", murmelte er.

Ich runzelte die Stirn und sah wieder auf seine Hand. Zwei kleine Fläschchen, die vorher noch nicht da gewesen waren, lagen jetzt in seiner Handfläche. Darin schimmerte eine glänzende Flüssigkeit. Daneben befand sich die münzförmige Schnitzerei, die er benutzt hatte, um nach Elf-hame zu gelangen.

„Sorge dafür ... dass meine Tochter das Heilmittel bekommt. Sie muss es austrinken."

Ich schüttelte den Kopf. „Du wirst es ihr selbst geben." Meine Stimme zitterte vor Emotionen, während meine Hoffnung schwand.

„Versprich es." Er bewegte seine Hand ein wenig, um meine Aufmerksamkeit auf die Fläschchen zu lenken.

Behutsam nahm ich sie und die Münze aus seiner Hand und verstaute sie sicher in der Brusttasche meiner Jacke. „Ich verspreche es."

Sein gesamter Körper schien vor Erleichterung aufzuatmen.

„Der Zugang gehört dir."

Ich hätte protestiert, weil er mir etwas so Wertvolles schenkte, doch ich brachte es nicht übers Herz, also nickte ich einfach.

Er wandte sich an Rosalina.

„Ich wünschte ... es wäre anders ausgegangen."

Rosalina legte eine Hand an seine Wange und lächelte sanft, dann beugte sie sich vor und drückte einen Kuss auf seine blassen Lippen. Seine Augen schlossen sich, als ihm sein Leben entglitt.

„Ich auch." Rosalina legte ihre Stirn auf seine Schulter und weinte.

Keuchend setzte ich mich auf. Bilder von Damiens geschundenem Körper blitzten noch immer vor meinen Augen auf.

Einen Moment lang bekam ich Panik. Ich befand mich in einem fremden Raum, umgeben von kahlen Wänden. Ich zog die Decke um meinen Körper, wobei mein Herz wie wild hämmerte. Es dauerte ein paar Sekunden, bis mir einfiel, dass ich in Eric Cross' Haus war. Nachdem Damien gestern ermordet wurde, hatte Eric darauf bestanden, dass Rosalina und ich hier blieben, zu unserer Sicherheit, da sein Haus von den besten Sicherheitssystemen der Faden und Schrägen geschützt war, die man für Geld kaufen konnte. Auch Jake war unerbittlich gewesen. Er hatte kein *Nein* akzeptiert.

Rosalina schlief im Zimmer nebenan. Erics Haus war groß genug, um zwanzig oder dreißig Leute darin unterzubringen. Es war kein Problem für ihn, dass wir dort schliefen.

Ich atmete durch und wünschte mir, die Überreste meines Albtraums würden verschwinden. Als sich mein Herz beruhigt hatte, stieg ich aus dem Bett und ging zu der Kommode in der Ecke, dem einzigen Möbelstück neben dem Bett. Ich öffnete die oberste Schublade, um mich zu vergewissern, dass die Fläschchen, die Damien mir erst gestern anvertraut hatte, noch da waren. Sie enthielten das Heilmittel für seine Tochter, Liliana, und den Seelenverwandten meines Klienten, Josh. Die Fläschchen lagen sicher in einer kleinen, gepolsterten Schachtel und die transparente Flüssigkeit glitzerte darin. Ich schloss die Schachtel wieder und nahm sie mit in das angrenzende Badezimmer. Dort schloss ich die Tür hinter mir ab und sah auf die Uhr auf meinem Handy, das ich zum Laden neben dem Waschbecken liegen gelassen hatte. Es war noch nicht einmal 6 Uhr morgens.

Ich stöhnte. Ich stand nicht gern früh auf. Selbst nach all den 4 Uhr-Treffen mit Eric war ich immer noch nicht daran gewöhnt, und ich bezweifelte, dass ich es je sein würde. Ich überließ die frühen Morgenstunden lieber den Bauern und Hühnern.

Die kochend heiße Dusche in dem luxuriösen Badezimmer wirkte Wunder für meinen Körper, und auch für meinen Geist. Ich fühlte mich, als wäre ich die ganze Nacht im Mississippi geschwommen und hätte keine trockene Kleidung dabei gehabt. Doch das Wasser half meinen Muskeln, sich zu entspannen und zu lockern.

Mein Kopf fühlte sich taub und leer an, während ich mir eine enge Jeans, schwarze Stiefel, ein T-Shirt und eine Feldjacke mit vielen Taschen anzog. Als Letztes hängte ich die Münze, die Damien mir gegeben hatte, um meinen Hals. Ich hatte sie an einer Kette befestigt, um sicherzugehen, dass ich sie immer bei mir hatte. Auf dem Weg aus meinem Badezimmer steckte ich die Schachtel mit dem Heilmittel vorsichtig in die Tasche an meinem Herzen und stopfte mein Handy achtlos in eine andere.

Ich verließ den Raum und schloss geräuschlos die Tür hinter mir. Als ich an Rosalinas Tür vorbeikam, blieb ich stehen und horchte. Keine Geräusche. Wahrscheinlich schlief sie noch, und ich war froh darum. Damiens Tod hatte sie hart getroffen. Sie hatten einander trotz ihrer Differenzen gemocht, und es hatte etwas zwischen ihnen gefunkt – etwas, das vielleicht zu etwas Schönem und Glücklichem geführt hätte. Aber das alles war von irgendeiner verdammten, feigen Mitternachtshexe durchkreuzt worden, die ihn ohne Vorwarnung angegriffen hatte.

Niemand hatte irgendetwas gesehen, und das war keine Überraschung. Sicherlich hatte sie Magie benutzt, um den Angriff vor Zeugen zu verbergen. Damien hatte es kaum zu uns geschafft, doch er kämpfte sich durch den Schmerz und die Qualen seiner Verletzungen, um das Rhabo-Heilmittel zu uns zu bringen. Zwei Fläschchen, die zwei Menschen heilen würden. War das sein Leben wert gewesen?

Ich schüttelte meinen Kopf, um die Frage zu verdrängen, denn ich fürchtete, dass ich nie aufhören würde, diese schrecklichen Momente zu durchleben, und ich fragte mich, ob dieses machtlose Gefühl je vergehen würde.

Ich löste mich von der Tür, schluckte schwer und machte mich auf den Weg durch den langen Flur. An einem großen Sitzbereich, der gut in einen europäischen Palast gepasst hätte, blieb ich stehen und bewunderte Erics sonderbares Zuhause. Der Eingangsbereich und der Trainingsraum, die ich bereits kannte, sahen überhaupt nicht so aus.

Der Eingang war in einem kalten, kahlen, modernen Stil dekoriert, während die anderen Räume warm und einladend waren, gefüllt mit gemütlichen Möbeln, Holzakzenten und aufwändigen Teppichen. Ich wanderte durch den Raum, wobei ich mit dem Finger über die Rückenlehne eines cremefarbenen Sofas fuhr und auf eine große Tür in einem anderen Flur zusteuerte.

Das Haus kam mir wie ein Labyrinth vor, und ich lief achtlos herum, achtete kaum auf die Wandbehänge und die vielen teuren Möbelstücke in den Zimmern, durch die ich ging.

Der Geruch von Kaffee lenkte mich. Ich folgte meiner scharfen Nase an einem kleinen Lesezimmer vorbei und fand die Küche.

Eric war dort, in einer Jogginghose und einem schweißnassen, ärmellosen T-Shirt. So wie es aussah, war er früh aufgestanden und hatte trainiert, wie es seine Angewohnheit war. Er drehte sich nicht zu mir um, obwohl ich genau wusste, dass er mich sicher kommen gehört hatte. Seine Sinne waren schärfer als meine, auch wenn sich meine noch entwickelten und immer feiner wurden, während ich mich daran gewöhnte, eine Werwölfin zu sein.

„Du hast ein weiteres Training verpasst", sagte Eric mit wütender Stimme.

Das Letzte, woran ich dachte, war Training. Ich hatte keine Lust und auch keine Energie mehr in mir. Ich war ausgelaugt, physisch und emotional. Das musste er wissen, doch nachdem er sein Herz verloren hatte, war es für ihn vielleicht unmöglich, das Konzept von Trauer zu begreifen. Damien war wer weiß wie lange sein Freund gewesen, und doch schien sein Tod seine Routine nicht im Geringsten unterbrochen zu haben. Vielleicht war er ein Roboter.

Ich merkte, wie ich wütend wurde. Worte kamen auf meine Lippen, die ihm sagen würden, was ich von seiner kalten Disziplin hielt, oder wie auch immer er es nannte. Aber als er sich zu mir umdrehte, zwang ich mich dazu, meine bissige Antwort herunterzuschlucken.

Er sah schrecklich aus. Seine blauen Augen waren blutunterlaufen, das Weiße war von winzigen Adern durchzogen. Riesige Schatten umgaben sie und seine Züge waren eingefallen und schlaff, als wäre er über Nacht um ein paar Jahre gealtert. Seine Nase war rot, als ob er geweint hätte, aber ich wusste, dass es nicht daran liegen konnte. Ich glaubte nicht, dass Eric zu Tränen fähig war.

Er hob eine Tasse Kaffee vor sich in die Luft wie bei einem Toast, nickte, dann setzte er sich in die Frühstücksecke. „Bediene dich."

Ich goss mir heißen Kaffee aus einer einfachen Kanne ein – nichts im Vergleich zu der schicken Espresso-Maschine, die Damien in seiner Küche gehabt hatte – und setzte mich Eric gegenüber. Wir tranken schweigend das bittere Gebräu. Worte kamen mir nichtssagend vor und erstarben auf meiner Zunge, bevor ich sie herausbringen konnte.

„Brauche ich wirklich noch mehr Training?", fragte ich schließlich und rieb mir den steifen Nacken.

„*Pah*, das war erst der Anfang."

„Vielleicht komme ich auch so zurecht."

Er verzog angewidert das Gesicht. „Oh, also sind wir jetzt übermütig geworden."

„Und wenn schon! Ich möchte gerade wirklich nicht darüber reden."

Ich wartete darauf, dass er vor Wut losschimpfen würde, aber er fuhr nur mit der Hand durch sein dunkelbraunes Haar und wechselte das Thema. „Wir haben heute viel zu tun."

Leider hatte er recht. Ich freute mich nicht gerade auf den heutigen Tag, und ich hätte ihn am liebsten umgangen, aber es führte kein Weg daran vorbei.

Dies war eine Zeit zum Trauern, nicht um Besorgungen in der Stadt zu machen. Aber Trauern im traditionellen Sinne konnten wir ohnehin nicht.

Es würde keine Trauerfeier für Damien geben, keine Beerdigung. Das waren die Wünsche des Magiers gewesen, hatte uns Eric gesagt. Der Magier war so alt gewesen, dass er keine Familie mehr hatte, außer seiner Tochter, die, wie sich herausstellte, keinen Kontakt mehr zu ihm hatte. Das hatte ich gestern erfahren, als ich Eric angefleht hatte, sie anzurufen, um ihr zu sagen, dass Damien tot war und sie zu fragen, was wir wegen der Beerdigung tun sollten, aber Eric sagte: „Es wird sie nicht interessieren, Toni."

„Aber—"

„Sie hat Damien gehasst. Sie haben seit Jahren nicht miteinander gesprochen. Er hat gehofft, dass das Heilmittel ihre Beziehung verbessern würde."

„Oh nein." Die letzte Information brach mein Herz. Damien hatte so hart dafür gearbeitet, dieses Heilmittel für sie zu brauen. Und am Ende war er dafür gestorben, sicherzustellen, dass es in sicheren Händen war und hatte mir das Versprechen abgenommen, dafür zu sorgen, dass sie es bekam. Das Leben war nicht fair. Überhaupt nicht. Es machte mich wütend auf Liliana, brachte mich dazu, ihr die Erlösung verweigern zu wollen. Aber ich hatte Damien mein Wort gegeben, und selbst wenn es nicht so wäre, würde ich niemals jemandes letzten Wunsch missachten.

Sie zu besuchen würde keinen Spaß machen, aber zumindest freute ich mich auf die erste Hälfte des Tages. Ich konnte es nicht abwarten, Damiens Elixier an Aaron Blackridges Freund zu liefern. Er wäre so glücklich und ich hätte keine Schuldgefühle mehr, weil ich sein Leben ruiniert hatte. Ich hatte ihn mit einem todkranken Vampir zusammengebracht – nicht gerade das, wofür mich meine Kunden bezahlten.

Und vielleicht, nur vielleicht, würde der Ruf unserer Agentur nach dieser guten Tat nicht ruiniert sein. Ich wusste nicht, ob Aaron herumerzählt hatte, was passiert war, oder wie vielen seiner Freunde es einfach aufgefallen war, aber ich hatte trotzdem Angst davor, dass es unserem Geschäft schaden könnte. Wenn sich die Gerüchte verbreiteten, könnte es katastrophal sein. Rosalina und ich würden vielleicht nie wieder Kunden bekommen, zumindest nicht die hochrangigen, die wir uns erhofft hatten.

Ich atmete tief durch und verdrängte diese Gedanken aus meinem Kopf. Es brachte nichts, sich Sorgen darüber zu machen. Die Zeit würde es zeigen, und wir konnten nur das Beste hoffen.

Ich trank meinen Kaffee aus, ging zum Waschbecken, spülte die Tasse und stellte sie auf das Abtropfgitter aus Edelstahl. „Ich muss bei meiner Wohnung vorbeischauen."

„Wozu?" Eric kam ebenfalls zum Waschbecken herüber und wusch seine Tasse ab.

„Cupid. Ich muss ihn füttern."

„Cupid? Wer zum Teufel ist das? Dein Hund? Hast du keinen Nachbarn, der das erledigen kann? Dafür haben wir keine Zeit."

„Nein, kein Hund. Mein Kampffisch. Und nein, ich kenne noch keine meiner Nachbarn. Ich bin gerade erst eingezogen."

Eric sah mich mit verengten blauen Augen an. „Ein Kampffisch? Das ist dein Haustier?"

Ich nickte und streckte mein Kinn nach oben. Ich würde nicht zulassen, dass er schlecht über Cupid sprach. Er war ein gutes Haustier. Er beschwerte sich nie und hatte die schönsten, gewelltesten, buntesten Flossen. „Was? Hast du etwas gegen Fische?"

„Nicht, solange sie gebraten sind."

„Du wirst meinen Kampffisch nicht braten, du Monster!"

Seine Miene wurde ernst. Ups, scheinbar war unser Necken etwas zu weit gegangen. Ich hätte ihn nicht als das „M"-Wort bezeichnen sollen.

Viele hielten Eric Cross für ein Monster, viele, die Angst vor ihm hatten und die Gerüchte nicht vergessen konnten, dass er ein ganzes Rudel abgeschlachtet hatte, um den Tod seiner Frau und seiner Tochter zu rächen. Ich wusste immer noch nicht, ob die Gerüchte wahr waren. Er sprach nie über seine Vergangenheit; er mochte es nicht, seine Gefühle zu teilen oder sich zu öffnen. Im Gegenteil, immer, wenn jemand eine Frage stellte, die er nicht beantworten wollte, verschloss er sich dichter als ein vakuumversiegeltes Einmachglas. In letzter Zeit schien er ein wenig lockerer geworden zu sein; er hatte uns sein seltenes Lächeln gezeigt und auch ein- oder zweimal herzhaft gelacht, aber Damiens Tod schien jede Leichtigkeit zerstört zu haben, die er zugelassen hatte. Das Wort *Monster* zu benutzen, auch wenn es nur ein Scherz war, war unangebracht.

Sein Gesicht verzerrte sich und er beugte sich vor und knirschte mit den Zähnen, als würde er auf einem gebratenen Kampffisch herumkauen. „Ich schätze nicht. Er würde kaum einen geeigneten Snack abgeben. Wie auch immer, wir dürfen keine unnötigen Risiken eingehen, wie *deinen Fisch zu füttern*. Du hast bereits darauf bestanden, das Heilmittel heute abzuliefern, obwohl ich finde, dass wir warten sollten, bis wir uns mit den Rudelherrschern getroffen haben. Bernadetta und ihre Leute beobachten uns. Da bin ich mir sicher. Sie und Stephen wollen ihre Hybridenarmee und sie werden nicht zögern, uns zu töten, um den Dolch zurückzubekommen."

„Wir *müssen* das Heilmittel abliefern. Ein weiterer Tag könnte für Josh und Liliana über Leben und Tod entscheiden."

„Deshalb habe ich zugestimmt, aber deinen Fisch zu füttern, kommt nicht in Frage."

„Er wird sterben."

„Er wird nicht sterben", sagte er in müdem Tonfall. „Kampffische können bis zu vierzehn Tage ohne Futter aushalten."

„Das hast du dir gerade ausgedacht."

„Das habe ich nicht."

„Doch, das hast du. Das ist zu spezifisch. Und woher solltest du das wissen?"

Er seufzte. „Ich habe mich mal über Kampffische informiert. Meine Tochter hatte einen." Sein Blick richtete sich auf den Boden und wurde leer, während er in einer Erinnerung versank.

Ich blinzelte, überrumpelt von dem Schmerz, der sich auf seinen Zügen abzeichnete. Ich wollte etwas sagen, blieb jedoch stumm.

„Einmal hat sie über eine Woche lang vergessen, ihn zu füttern. Sie hat vergessen, dass er überhaupt existierte", sagte er mit einem leisen Lachen. „Sie freute sich zu sehr auf die Weihnachtsferien und es entfiel ihr. Wir saßen am Tisch und aßen zu Abend, als sie aufsprang und schrie, als hätte sie einen Geist gesehen."

Ein liebevolles Lächeln umspielte sanft seine Lippen und ich hielt den Atem an, aus Angst, einen Laut von mir zu geben, der ihn davon abhalten würde, mir die Geschichte zu erzählen.

„Sie rannte in den Wintergarten, wo wir ihn hielten, damit er natürliches Licht bekam, und es ging ihm gut. Er schwamm ein wenig träge, aber er war am Leben. Sie fütterte ihn sofort, aber dann hatte sie Angst, dass er trotzdem sterben würde. Also informierten wir uns und fanden heraus, dass sie ziemlich lange ohne Futter auskommen. Ungefähr vierzehn Tage." Abrupt blickte er mir in die Augen. „Zufrieden?"

Ich brachte es kaum fertig zu nicken. Es war das erste Mal, dass Eric mir irgendetwas über seine Familie erzählt hatte, und er hatte es getan, um mir die Sorge wegen meines Fisches zu nehmen – was er geschafft hatte. Nicht nur das, er hatte auch etwas anderes geschafft, etwas, das sich gewaltig anfühlte. Er hatte mich an sich rangelassen, mich in einen Kreis treten lassen, der näher an der Mauer war, die er um sich errichtet hatte, wo er isoliert von allem und jedem war.

Vielleicht hatte ich mich geirrt und Damiens Tod hatte nicht dafür gesorgt, dass er sich zurückzog. Stattdessen hatte es ihn einsamer als je zuvor gemacht, was dazu führte, jemand anderen an sich heranzulassen.

„Ich gehe mich jetzt für unser erstes Treffen heute fertig machen", sagte er. „Ich freue mich schon darauf, diesen dummen Dolch loszuwerden. Die Rudelherrscher können sich mit Bernadetta Fiore und Stephen Erickson befassen. Ich will nichts mehr damit zu tun haben. Es hat Damien sein Leben gekostet. Ich möchte nicht, dass es dich auch deins kostet."

Eric drehte sich auf dem Absatz um und verließ die Küche. Seine Worte hallten in meinem Kopf wider und ich war seltsam berührt. Er sollte rücksichtslos sein, aber er war immer nur gut zu mir gewesen. Und jetzt schien er mich unbedingt beschützen zu wollen. Ich konnte niemand Besseres an meiner Seite haben.

KAPITEL 2

Ich sah Rosalina mit offenem Mund an, als sie zwei Pistolen in ein Lederholster steckte, das um ihren Rücken und ihre Schultern lag. Nachdem sie sie befestigt hatte, nahm sie eine Lederjacke vom Bett und schlüpfte hinein.

Als sie meinen verblüfften Gesichtsausdruck bemerkte, zog sie eine Augenbraue hoch. „Was?"

„Ähm, ich weiß nicht, ich glaube, ich habe ein wenig Angst."

„Gut", sagte sie, schob sich an mir vorbei und verließ den Raum, den Eric ihr zugeteilt hatte. Es hatte dieselbe Größe und Form wie meins, aber es war dekoriert, statt kahl. Die Wände waren in zarten Gelb- und Lavendel-Pastelltönen gestrichen, und Bilder von hübschen Blumen hingen in perfekten Abständen an den Wänden. Wenn ich es nicht besser wüsste, hätte ich vielleicht angenommen, dass dieses Zimmer seiner Tochter gehört hatte, doch Damien hatte mir gesagt, dass Eric das Haus, in dem er mit seiner Familie wohnte, kurz nach ihrem Tod verkauft hatte.

Vielleicht hatte Eric angenommen, dass dieses Zimmer besser zu Rosalinas Persönlichkeit passen würde, da sie mit ihrem Make-up und ihren femininen Outfits immer zurechtgemacht aussah. Aber im Moment passte es kein Stück zu ihr. Sie sah knallhart aus und ich war nicht ganz sicher, was ich davon halten sollte. Sie nahm sogar Schwertkampfunterricht bei einem Kerl, den ihr Jake empfohlen hatte.

Ich folgte ihr den Flur hinunter. Sie bewegte sich mit selbstbewussten Schritten, wobei ihre flachen Stiefel auf das Parkett krachten. Normalerweise trug sie süße Pumps zur Arbeit – sie hatte eine große Sammlung davon – aber an diesem Morgen hatte sie eine andere Art von Arbeit im Sinn.

Ich holte sie ein und schenkte ihr ein Lächeln, das sie kaum erwiderte. Ich hatte Angst, dass Damiens Tod sie abstumpfen würde – genau wie es ihr Waffentraining getan zu haben schien. Schande über Jake, der ihr Unterricht gegeben hatte! Das war nicht die Rosalina, die ich kannte, und ich hasste es, dass diese Veränderungen meine Schuld waren, dass mein verpfuschtes Leben *ihres* durcheinanderbrachte. Das war nicht fair. Sie verdiente das nicht. Das tat niemand.

„Ähm, vielleicht können wir uns morgen wieder an die Arbeit machen", sagte ich. „Vielleicht schickt Aaron seine Freunde zu uns, wenn es Josh besser geht."

„Vielleicht", war alles, was sie antwortete.

Ich wollte weiterreden, als Eric zu uns in den Flur kam. „Da seid ihr ja. Kommt schon, das Auto wartet.

„Beeil dich, Tiger-Toni", sagte Rosalina, als ich zurückfiel.

Eric blickte stirnrunzelnd über seine Schulter. „Tiger-Toni? Was soll das bedeuten? Nein, sagt es mir nicht." Er hob einen Finger und dachte einen Moment lang nach. „Du nennst sie so, weil sie so gefährlich ist wie ein Tiger, seit ich sie trainiere."

Rosalina schüttelte den Kopf. „Nein, wegen der Cornflakes, aber guter Witz."

Eric schnaubte, dann führte er uns eine Treppe hinunter, die in die untere Etage führte. Wir gingen am Trainingsraum vorbei und betraten eine große Garage, wo ein schwarzer Mercedes-Benz mit getönten Scheiben wartete. Es war eine E-Klasse Limousine mit aerodynamischer Karosserie, die aussah, als käme man damit im Handumdrehen von Null auf Hundert.

Er setzte sich ans Steuer. Rosalina stieg hinten ein, also ging ich um den Wagen herum und nahm neben einem sehr ernst aussehenden Werwolf Platz. Er startete den Motor und das Radio erwachte zum Leben und übertrug Werbung.

Einige Schräge verlieren ihre Unsterblichkeit

Es ist eine Epidemie und sie breitet sich aus
Es ist kein Parasit, es ist kein Virus
Es ist Rhabo und es tötet Vampire
Keine Macht den Drogen

Mit einem angeekelten Brummen drückte Eric auf die *Aus*-Taste.

Wir saßen einen langen Moment schweigend da. Ich fragte mich, wie sehr die Auswirkungen des Drogenproblems der Stadt auf ihm lasteten. Er und Damien waren immerhin verantwortlich für die Substanz.

„Eric, du solltest dich nicht sch—", begann ich, doch er unterbrach mich.

„Wir sind spät dran." Er nahm sein Handy.

Okay, anscheinend will er nicht bestärkt werden.

Ich begann, eine Melodie zu summen und tat so, als hätte ich gar nicht gesprochen.

Was für ein Chaos! Viele Tage lang hatte ich mit angehaltenem Atem darauf gewartet, dass ein Krieg ausbrechen würde. Zuletzt hatten wir gehört, dass Bernadetta Fiore sich mit ihren Generälen getroffen hatte, um einen Angriff auf Ulfen zu planen. In der Öffentlichkeit gab sie ihm die Schuld an Rhabo, auch wenn wir jetzt wussten, dass sie hinter all dem steckte. Allerdings war es seltsam still um sie. Es jagte mir eine Riesenangst ein und ich fragte mich, welche schrecklichen Dinge sie plante.

Eric sah auf sein Handy, wo mehrere Videoaufzeichnungen auf einer Reihe winziger Bildschirme sein Haus von außen zeigten. Er beobachtete sie ein paar Sekunden lang und öffnete das Garagentor erst, als er sicher war, dass niemand draußen lauerte.

Sobald das Tor weit genug hochgefahren war, trat Eric auf das Gaspedal und raste aus dem Haus, als wäre ihm der Teufel höchstpersönlich auf den Fersen. Mein Kopf wurde gegen die Kopfstütze gedrückt. Ich blinzelte ihn überrascht an.

Ein bisschen paranoid.

Ich war meistens lockerer und hoffte immer auf das Beste, aber er machte es mir wirklich schwer. Mein ganzer Körper spannte sich an und ich konnte nicht aufhören, mich umzusehen, während wir zu Aarons Haus fuhren. Besonders angespannt war ich an roten Ampeln, und Eric umklammerte das Lenkrad mit so viel Stärke, dass seine Knöchel weiß wurden. Er drehte den Kopf, während er von einem Seitenspiegel zum anderen sah. Rosalina hatte eine Hand unter ihrer Jacke, bereit, eine ihrer Waffen zu ziehen, falls nötig.

Ich rutschte auf meinem Sitz herum und kratzte meinen Unterarm, der vor dem Verlangen juckte, mich zu verwandeln, um mich mit scharfen Krallen und Reißzähnen auszustatten, falls der bevorstehende Angriff, den wir erwarteten, losging.

Um mich abzulenken, sah ich aus dem Fenster und versuchte den schönen Frühlingsmorgen mit dem klaren blauen Himmel und dem strahlenden Sonnenschein zu genießen. Doch das machte es nur noch schlimmer, denn als ich eine Bewegung im Seitenspiegel bemerkte, entdeckte ich einen großen Geländewagen, der hinter uns herfuhr. Ich behielt ihn mehrere Minuten lang im Auge und wollte gerade etwas sagen, als der Wagen abbog und verschwand.

Mann, die beiden verpassen mir noch ein Magengeschwür.

Glücklicherweise schafften wir es ohne Zwischenfälle zu Aaron Blackridges Haus. Sein Anwesen befand sich in Huntleigh. Es war ein riesiges Haus, das von seinem Erfolg als begehrter DJ zeugte.

Eric hielt an dem schmiedeeisernen Tor an und drückte die ‚Anrufen'-Taste auf dem Bedienfeld. Eine Stimme knisterte durch die Luft, und nachdem Eric unser Anliegen erklärt hatte, glitt das Tor auf, um uns hereinzulassen. Während wir über die lange Einfahrt fuhren, bewunderte ich die wunderschöne Landschaftsgestaltung. Perfekt gestutzte Büsche und Unmengen von bunten Blumen. Ich ließ das Fenster herunter, um ihren frischen Duft hereinzulassen. Eric warf mir einen tadelnden Seitenblick zu, sagte aber nichts. Die Anspannung im Auto hatte ein wenig nachgelassen. Rosalinas Hand war sogar aus ihrem Versteck aufgetaucht und ihre rot bemalten Fingerspitzen ruhten nun stattdessen auf ihrem Oberschenkel.

Eric fuhr um einen großen Springbrunnen herum, der Wasser aus der kunstvollen Skulptur einer barbusigen Sirene spritzte. Aus ihren ausgestreckten Handflächen schossen Ströme, die schillernde Regenbögen erzeugten. Er brachte das Auto vor einer Marmortreppe zum Stehen, die zu einem riesigen Eingang führte. Eine Hälfte der sechs Meter hohen Tür öffnete sich, bevor wir aus dem Auto gestiegen waren, und Aaron schritt auf uns zu, um uns zu empfangen. Er eilte die Stufen hinunter, wobei ein ernster Ausdruck seine Züge beherrschte. Er trug lockere Shorts, ein ärmelloses T-Shirt und Schlappen. Es war kein Schmuck zu sehen, wodurch er schlicht und so gar nicht wie der stylische DJ aussah, den ich gewohnt war.

Ich stieg schnell aus dem Auto und begrüßte ihn mit einem Lächeln.

„Toni", sagte er und streckte eine Hand in meine Richtung. „Ich bin so froh, dass Sie hier sind."

Er schüttelte meine Hand ein wenig hektisch, dann richtete sich sein Blick auf Rosalina und schließlich auf Eric, den er misstrauisch beäugte. Seine Nasenlöcher blähten sich auf, als er Erics Werwolfgeruch aufnahm.

„Sie kennen ja Rosalina", sagte ich, um sie schnell miteinander bekanntzumachen. „Und ich bin nicht sicher, ob Sie Eric Cross kennen. Er ist ein guter Freund von mir."

Aaron machte einen Schritt rückwärts und betrachtete Eric missmutig. Das war genau das, wovor ich Angst gehabt hatte, und warum ich nicht gewollt hatte, dass Eric uns begleitete. So sehr ich ihn auch mochte und ihn als Freund betrachtete, der bereits angeschlagene Ruf der Agentur musste sich nicht auch noch mit seinem mischen. Unabhängig von unserer Beziehung war das nicht gut fürs Geschäft. Aber er hatte darauf bestanden, dass wir seinen Schutz brauchten.

Aaron schien die Situation einen Moment lang abzuschätzen; wahrscheinlich erinnerte er sich an jedes schmutzige Gerücht, das er über Eric Lone gehört hatte. Ich kaute auf meiner Unterlippe herum, während mein Magen Saltos machte und der Kaffee von heute Morgen drohte, wieder ans Tageslicht zu kommen. Eine Million Berechnungen liefen hinter Aarons braunen Augen ab, aber das Ergebnis – von welcher Rechnung auch immer – war positiv, denn er nickte in Erics Richtung.

„Ein Freund von Toni ist auch mein Freund." Er streckte eine Hand aus und sie gaben sich einen kräftigen Händedruck. Es gab keinen Hinweis darauf, dass ein Moratorium zwischen ihnen stattfinden würde, wie bei Erics Treffen mit Jake. Ich schätzte, dass es dazu keinen Anlass gab, da Aaron kein Alpha war und kein Problem damit hatte, Eric den Platzhirsch sein zu lassen.

„Bitte, kommen Sie rein." Der besorgte Ausdruck trat wieder auf Aarons Gesicht, während er die Treppe hinaufging und uns in sein teures Haus führte.

Während wir eintraten, tauschten Rosalina und ich einen überraschten Blick, als wir das luxuriöse Innere sahen. Erics Haus war nichts dagegen. Dieses hier war mindestens dreimal so groß und hatte ein viel höheres Budget für die Inneneinrichtung.

Rosalina beugte sich an mich heran und flüsterte mir ins Ohr: „Ich habe das Gefühl, ich wäre in einer Folge von MTV Cribs."

„Was du nicht sagst", flüsterte ich zurück.

Nur Eric schien unbeeindruckt von dem polierten Marmor, der Kunst an den Wänden, die auch in einem Museum hängen könnte, den maßgefertigten Möbeln und der gesamten Pracht. Unbeirrt registrierte er jede Tür, als würde er für den Fall der Fälle einen Fluchtplan schmieden.

„Hier entlang. Josh ist im Arbeitszimmer." Aaron winkte mit der Hand und führte uns durch einen prächtigen Korridor in einen Raum ohne Fenster, dafür aber mit einem lodernden Kamin.

Das Erste, was mir auffiel, war die erdrückende Hitze. Draußen waren es ungefähr zehn Grad – ein wenig kühl für den späten Frühling –, aber hier drin mussten es mindestens fünfunddreißig Grad sein, viel wärmer als in dem Hot Yoga-Kurs, zu dem mich Rosalina mal geschleppt hatte. Ich wollte sofort meine Jacke, mein T-Shirt und meine Hose auszuziehen, doch ich behielt sie an. Kein Grund, unhöflich zu werden.

Aaron ging auf einen Ohrensessel vor dem Kamin zu. Dort saß Josh, mit den Füßen auf einem Polsterhocker und einer Schicht dicker Decken über seinem Körper, aus denen nur sein Kopf herausschaute. Er sah wie geschrumpft aus; von dem attraktiven Vampir, den ich erst vor zwei Wochen getroffen hatte, war nur noch ein Geist übrig. Josh rührte sich. Plötzlich traf mich dieser giftige, faulige Geruch, den ich mit einer Rhabo-Infektion in Verbindung brachte, wie ein Schlag ins Gesicht. Ich kämpfte darum, den Ekel nicht in meinem Gesicht zu zeigen, und war dankbar, als Eric sich an der Tür zu Wort meldete – nachdem er den Raum schnell untersucht hatte, natürlich. So konnte ich meinen Kopf drehen und mein Gesicht verstecken, bis ich mich zusammengerissen hatte.

„Ich bleibe hier draußen. Ruft mich, wenn ihr mich braucht", sagte er und zog die Tür zu.

„Hey, Liebling", sagte Aaron mit süßer, sanfter Stimme. „Es ist jemand da, der dich sehen will."

Josh blinzelte angestrengt mit den Augen, als wäre das einfache Heben seiner Lider eine unmenschliche Bemühung. Sein Blick wanderte einen Moment lang im Raum herum, bis er auf Aaron fiel. Ein langsames Lächeln breitete sich auf seinen rissigen Lippen aus, und eine seiner Hände bewegte sich unter den Decken. Aaron verstand, was er wollte, schob die Decken beiseite und verschränkte die Finger mit seinen.

Bei diesem Anblick schnürte sich mein Herz schmerzhaft zusammen. Ich konnte mich an den Anblick eines kranken Vampirs nicht gewöhnen. Das sollte einfach nicht passieren. Es war unnatürlich. Vampire waren immer gesund, und sie lebten für immer. Sie verkamen nicht zu leeren Hüllen. Sie rochen nicht nach Tod, obwohl sie bereits tot waren.

Die Qualen in Aarons Augen zu sehen, schlug den letzten schmerzhaften Nagel in meinen Sarg. Ich musste schwer schlucken, damit mir keine Tränen über die Wangen liefen. Stattdessen steckte ich meine Hand in meine Jackentasche, zog die winzige Schachtel heraus und entnahm ihr eins der Fläschchen. In der Hoffnung, dass Damiens Elixier erfolgreich sein würde, machte ich einen Schritt vorwärts.

„Hi, Josh. Ich bin's, Toni. Erinnern Sie sich an mich?"

Joshs Blick löste sich widerwillig von Aarons, und brauchte einen langen Moment, um mich zu finden. Ich schenkte ihm ein Lächeln, als sich unsere Blicke trafen und ging noch näher heran. Weil ich ihre Intimität nicht stören wollte, streckte ich das Fläschchen in Aarons Richtung.

„Er muss das trinken", sagte ich mit zitternder Hand, während gute und böse Gedanken in meinem Kopf miteinander kämpften. Die negativen versuchten, sich in den Vordergrund zu drängen, mir zu sagen, dass Damiens Heilmittel fehlschlagen würde, und dass Josh und Damiens Tochter sterben würden, wenn er nicht hier war, um zu ergründen, was schiefgelaufen war. Aber optimistischere Gedanken hielten dagegen. Damien war ein großer Magier gewesen, und sein Trank würde funktionieren. Er war nicht umsonst gestorben. Er hatte sich nicht zu unserer Tür geschleppt und seine schrecklichen Verletzungen erlitten, um eine leere Hoffnung zu uns zu bringen.

Nein. Das Heilmittel würde funktionieren.

Aaron ließ sanft Joshs Hand los und kam mit einem ernsten Gesichtsausdruck auf seinen Zügen auf die Füße, als tobte der Kampf zwischen Hoffnung und Zweifel auch in ihm.

Er nahm mir das kleine Fläschchen ab, wobei er es vorsichtig zwischen seinen Daumen und Zeigefinger nahm, dann hielt er seine andere Hand darunter, falls es versehentlich abrutschte. Er kniete sich noch einmal neben Josh und schraubte vorsichtig den Verschluss des Behältnisses ab. Eine schimmernde Wolke wie eine winzige Galaxie aus Sternen stieg in die Luft.

Meine Nase zuckte, als der Geruch von Honig und verbranntem Karamell die Luft erfüllte. Ich wurde sofort in Damiens Trankküche zurückversetzt, wo er die Flüssigkeit sorgsam gebraut und zugesehen hatte, wie es durch die dünnen Laborschläuche in die Kristallbecher tropfte. Ein Stich der Reue schnürte meine Brust zusammen. Ich würde Damien nie wiedersehen.

„Trink das, Josh. Dadurch wirst du dich besser fühlen", sagte Aaron.

Ich musterte Joshs Gesicht, als Aaron das Fläschchen an seine Lippen hob. Die Miene des Vampirs veränderte sich nicht. Er war so schwach, dass er nicht die Energie hatte, Hoffnung zu fassen. Oder vielleicht fühlte er sich so verloren, dass er nicht glaubte, dass ihn irgendetwas retten konnte. Vielleicht öffnete er nur seinen Mund und trank die süß duftende Flüssigkeit, um Aaron glücklich zu machen.

Seine Augenlider flatterten und seine Kehle bewegte sich, als er schluckte.

Wir sahen ihn mit erstarrten Körpern und erstarrter Hoffnung an.

KAPITEL 3

Als jeder Tropfen getrunken war, richtete sich Aaron auf, trat zurück, legte das leere Fläschchen auf den Kaminsims und konzentrierte sich dann vollkommen auf den Mann, den er liebte. Er schien einen Moment lang die Luft anzuhalten; seine Miene formte sich langsam zu einem verzweifelten Flehen. Seine Hände bebten an seinen Seiten, während Josh weiter träge dasaß und keine Anzeichen zeigte, dass das Elixier etwas bei ihm bewirkte.

Ich tauschte einen Blick mit Rosalina, die einige Schritte hinter mir stand und die Hände rang. Zusammen hielten wir den Atem an, und nach einem endlosen Moment, in dem sich absolut nichts änderte, atmeten wir alle enttäuscht aus.

Gerade, als wir alle unsere Hoffnung aufgegeben hatten, begann Josh zu zucken, mit den Armen und Beinen zu strampeln und die Decken von sich zu werfen. Dunkler Schaum blubberte aus seinem Mund, während er sich an die Kehle fasste.

„Josh!" Aaron versuchte, seine Schultern zu packen und ihn festzuhalten, doch Josh zuckte so stark, dass er ihn von sich warf und Aaron beinahe gegen den Kamin schubste.

Verdammt!

Die Tür hinter uns schlug auf und Eric stürmte in den Raum. Er eilte an meine Seite und sah mich von Kopf bis Fuß an, als wollte er sicherstellen, dass es mir gut ging, und als Josh sich in eine Sitzposition aufrichtete, packte Eric meine Schultern und zog mich zurück.

Ich schüttelte ihn ab, wie gebannt von dem Anblick von Josh, dessen Füße sich vom Boden hoben und der in der Luft bebte, bis seine Umrisse verschwammen.

„Was passiert mit ihm?", wollte Aaron wissen, dessen dunkle Augen sich anklagend auf mich richteten.

Hilflos schüttelte ich den Kopf. Ich wusste nicht, was ich sagen sollte. Damien hatte keine Zeit gehabt, irgendetwas zu erklären, bevor er auf dem Boden meiner Gefährtenagentur seinen letzten Atemzug genommen hatte. Ich hatte keine Ahnung, ob das passieren sollte, oder ob es bedeutete, dass es schiefgelaufen war.

Vielleicht war der Bitterdorn, den Prinz Kalyll uns in Elyndell gegeben hatte, nicht echt gewesen. Vielleicht war etwas bei Damiens akribischer Arbeit falsch gelaufen, während er das Elixier gebraut hatte. Woran auch immer es lag, als schwarzer, teerartiger Schleim aus Joshs Augen, Nase, Mund und Ohren zu laufen begann, gab ich jede Hoffnung auf.

Meine Beine gaben nach und ich wäre beinahe auf die Knie gefallen, wenn Eric nicht gewesen wäre, der einen Arm um meine Taille schlang und mich festhielt.

„Was haben Sie getan?", schrie Aaron entsetzt.

Dunkelbraunes Fell sprießte auf seinen Armen und seinem Rücken. Krallen und Reißzähne fuhren sich aus, als er sich hinhockte und sich in meine Richtung drehte, bereit, mich dafür bezahlen zu lassen, dass ich ihm noch mehr Schmerzen bereitet hatte. Er war immer sanft und höflich gewesen. Das Wesen, das jetzt vor mir stand, war ganz anders.

„Warte!", befahl Eric mit seiner Alphastimme, ein Klang, der durch seine Brust vibrierte, als wären es hundert Stimmen in einer.

Ich erschauderte, obwohl ich selbst ein Alpha war.

Erics Befehl hatte eine sofortige Wirkung auf Aaron. Er schrumpfte in sich zusammen, senkte den Kopf und seine Schultern hoben sich an seine Ohren. Seine Augen funkelten leicht und sein Blick wanderte herum, von mir zu Eric, von Eric zu Josh und dann wieder zurück. Er war hin- und hergerissen zwischen der Sorge um seinen Seelenverwandten und seinem Verlangen, sich für die wenige gemeinsame Zeit an mir zu rächen, die ich ihnen genommen hatte.

Tränen liefen über Rosalinas Gesicht und ich konnte ihr genau ansehen, was sie dachte. Damiens Tochter konnte nicht gerettet werden. Sie
würde den Rhabo-Qualen erliegen, genau wie Josh jetzt, und Damiens
letzter Wunsch würde nicht erfüllt werden.

Als noch mehr Finsternis aus dem Vampir strömte, füllte sich der
Raum mit dem beißenden Gestank seiner Krankheit, und nun spürte
es selbst Rosalina mit ihrem normalen, menschlichen Geruchssinn. Ihre
gerümpfte Nase und ihr Zusammenzucken ließen keinen Zweifel daran.

Josh legte den Kopf in den Nacken und schrie vor Schmerz auf, wobei
er einen dunklen Gifthauch in die Luft entließ. Er schoss nach oben wie
ein Schwarm von Insekten und verdunkelte die Decke. Der Strom war so
dicht wie der Rauch eines Scheiterhaufens. Er schoss mehrere Momente
lang aus ihm heraus, dann dünnte er sich langsam aus, bis nur noch
einzelne Partikel über seine Lippen kamen, und dann gar nichts mehr.

Josh brach auf dem Boden zusammen.

Sofort war Aaron da, um seinen Sturz abzufangen. Er hielt ihn in
seinen Armen und zog ihn an sich, wobei er immer und immer wieder
seinen Namen rief. Josh sank schlaff gegen Aaron, seine Augen waren
geschlossen, seine Wangen und sein Kinn waren mit Schlieren übersät,
die wie schwarzes Blut aussahen.

Verzweifelt griff Aaron nach einer der Decken, mit denen sein See-
lenverwandter zugedeckt gewesen war und säuberte sanft sein Gesicht
damit.

„Josh, Josh, sag etwas, bitte", flehte er, während er die schrecklichen
Spuren seiner Krankheit wegwischte.

Doch Josh war völlig bewegungsunfähig, und es gab nichts, das wir
tun konnten, um herauszufinden, ob er noch lebte. Kein Atem hob und
senkte seine Brust. Kein Herzschlag pulsierte in seinem Hals.

Aaron warf die Decke zur Seite. Joshs attraktives Gesicht war von den
dunklen Rückständen seiner Versuche bedeckt, die Schwärze wegzuwischen, während er weiter unbeweglich, still und leblos dalag.

Ein leises Brummen war aus Erics Kehle zu hören, das sich anhörte wie
„Was für eine Schande, dass es nicht funktioniert hat".

Aaron schaukelte hin und her und blickte zu mir auf, doch seine
Wut war aufgebraucht. Ich erwartete, Hass in seinen Augen zu sehen,
doch ich fand darin nur Resignation. Ohne das Elixier wäre Josh auch

gestorben. Und vielleicht war ihm auf diese Weise zumindest Schmerz erspart geblieben.

Ich öffnete meinen Mund, um ihn um Vergebung anzuflehen, als sich Josh plötzlich gerade aufsetzte und nach Luft zu ringen begann, als gäbe es nicht genug Sauerstoff, um seine Lungen zu füllen, als bräuchte er ihn zum Atmen.

Als es vorbei war, blinzelte er zu Aaron hinauf, der neben ihm kniete und ihn so entsetzt ansah, wie ich mich fühlte. Mit einem Geräusch zwischen einem Lachen und einem Schluchzen nahm Aaron Josh in seine Arme, umarmte ihn heftig und weinte Freudentränen.

„Ich liebe dich, Josh. Ich liebe dich so sehr. Den Hexenlichtern sei Dank hast du mich nicht verlassen."

KAPITEL 4

Einen Moment lang dachte ich, es würde nicht funktionieren", sagte **"** Rosalina vom Beifahrersitz in Erics Auto aus. Dieses Mal hatte ich mich nach hinten geschlichen, und sie gezwungen, mit Mr. Grimmig vorne zu sitzen.

„Da bist du nicht allein", sagte ich. „Es war schrecklich."

Eric fuhr mit beiden Händen am Lenkrad und wachsamen Augen zu unserem nächsten Ziel: zu Liliana. Sie erwartete uns nicht und wusste nicht, dass wir ein Heilmittel für sie hatten. Wir hatten versucht, sie zu kontaktieren, aber sie hatte nie abgenommen. Tatsächlich wussten wir gar nicht, ob die Nummer stimmte, die wir im Internet gefunden hatten.

„Ihr hättet nie zweifeln dürfen", sagte Eric. „Damien war ein großartiger Magier."

Das ernüchterte uns und den Rest der Fahrt waren wir still. Die Anspannung war wieder da, und wir hielten nach Verfolgern Ausschau, die uns bei der Erfüllung von Damiens letztem Wunsch in die Quere kommen könnten.

Als wir Lindenwood Park erreichten, wo Liliana laut einer Adresse wohnte, die Eric in einem Kalender in Damiens Schreibtisch gefunden hatte, parkte Eric vor einem Bungalow-ähnlichen Haus mit einem gepflegten Vorgarten. Wir alle stiegen gleichzeitig aus dem Auto aus, mit angespannten Körpern, auf alles gefasst. Aber unsere Wachsamkeit war umsonst. Die Straße sah ruhig aus und—

Ein krachendes Geräusch und ein Schrei drangen aus dem Haus. Bevor ich Zeit hatte, zu blinzeln, hatte Eric seine übermenschliche Geschwindigkeit benutzt, und war durch die Eingangstür im Haus verschwunden, die er unverschlossen vorfand.

Rosalina und ich tauschten einen Blick, dann rannten wir den Bürgersteig entlang, wobei Rosalina eine Pistole aus ihrem Holster zog und es mit der Mündung gen Himmel neben ihr Gesicht hielt.

Wir stießen ungeschickt aneinander, als wir beide versuchten, gleichzeitig durch die Tür zu kommen. Rosalina trat einen Schritt zurück und ließ mich zuerst durch. Als ich eintrat, bot sich mir ein grauenhaftes Bild.

Eine riesige Kreatur stand mitten im Wohnzimmer, dessen schreckliche, mit Krallen besetzte Hand sich um die Kehle einer Frau schlang. Ihr Gesicht war vor Entsetzen erstarrt und ihr Mund formte ein „O", als wäre ihr ein Schrei im Hals stecken geblieben. Sie starrte Eric an, der vor ihr hockte und seine eigenen Klauen an seinen Seiten bereitmachte. Die dunklen Augen der Frau flehten um Befreiung von dem Monster, das sie festhielt.

Mein Blut gefror mir in den Adern, während ich die Kreatur musterte und sich die Erkenntnis wie eine schaurige Decke um mich legte. Ich hatte diese pulsierenden schwarzen Adern unter dem spärlichen Fell und diese missgebildeten, riesigen Krallen schon einmal gesehen.

Verdammt noch mal.

Es war ein Hybrid.

Aber wie konnte das sein?!

Bernadetta und Stephen hatten nur einen Teil der Geschändeten Amphore in ihrem Besitz. Sie konnten keine Hybriden erschaffen. Sie brauchten den Dolch, den Eric versteckt hatte. Es sei denn … es sei denn, ich lag mit meiner Vermutung falsch und dieser Abend in dem Tempel der Zirkel war nicht das erste Mal gewesen, dass sie das verdammte Ding benutzt hatten.

Mist!

Rosalina trat um einen kaputten Couchtisch herum und richtete ihre Waffe auf den Hybriden, wobei ein roter Punkt zwischen den buschigen

Augenbrauen der Bestie erschien. Der Hybrid knurrte tief in seiner Kehle und festigte seinen Griff um den Hals der Frau. Sie wimmerte und der Geruch ihrer Angst mischte sich mit dem sauren Gestank der Krankheit, den wir gerade in Aarons Haus hinter uns gelassen hatten.

Sie musste Liliana sein, und es war unsere Schuld, dass diese Kreatur hier war. Sie war hinter uns her, nicht hinter ihr. Wir hatten Bernadetta und Stephens Aufmerksamkeit in diese Richtung gelenkt.

„Tu ihr nicht weh", flehte ich.

„Ich bezweifle, dass dieses Ding mit sich reden lässt", sagte Eric, dessen Stimme ein wildes Grollen war. „Rosalina, schieß", fügte er als leisen, kalten Befehl hinzu.

Zu meiner Überraschung zögerte Rosalina nicht. Ich hatte kaum Zeit, Erics Worte zu verarbeiten, als ein Knall durch das kleine Wohnzimmer hallte.

Die Zeit schien sich zu verlangsamen. Der Schuss klingelte in meinen Ohren. Mein Atem blieb mir in der Kehle stecken, als die Kreatur seine Krallen in dem Moment in die Brust der Frau stach, als die Kugel ein Loch zwischen seine Augen schlug und ihn rückwärts schleuderte. Sein Opfer fiel mit ihm und sie krachten gegen einen Küchentisch im Nebenzimmer. Holz splitterte mit einem ohrenbetäubenden Knacken, als das massive Gewicht der Kreatur mitsamt des Tisches auf den Boden sackte.

„Nein!", brüllten Eric und ich im Chor.

Wir stürmten in die kleine Küche. Eric näherte sich vorsichtig und beobachtete den Hybriden wachsam. Als sich die Kreatur nicht bewegte, kniete er sich schnell neben die Frau und sein Blick fiel auf ihre Brust, wo die Hand der Bestie bis zum Handgelenk vergraben war.

„Ist sie …?" Ich konnte die Frage nicht beenden und sah stattdessen zu, wie dunkles, sauer riechendes Blut aus der Wunde in ihrer Brust quoll und sich um die Hand des Hybriden sammelte.

Vorsichtig zog Eric am Arm der Kreatur. Die Klaue kam mit einem schmatzen heraus. Als er sie befreit hatte, hob er die Frau in seine Arme und trug sie wieder ins Wohnzimmer, wo er sie sanft auf das Sofa legte.

Ich folgte ihm, während Rosalina ein paar Schritte von dem Hybriden entfernt stehen blieb und ihre Waffe weiter auf ihn richtete.

Mit einer unleserlichen Maske auf dem Gesicht öffnete Eric ihre Augen und sah vorsichtig hinein. Einen langen Moment später schloss er sie wieder und richtete sich auf. Er schüttelte den Kopf.

„W-woher weißt du das? Sie ist eine Vampirin, richtig? Sie könnte noch am Leben sein."

„Vertrau mir, Toni. Ich kenne den Unterschied zwischen einer *toten* toten Vampirin und einer nicht-toten. Dieses verdammte Biest hat ihr Herz durchstochen."

„Dann kann das nicht Liliana sein. Es muss jemand anderes sein", sagte ich leugnend.

„Sie ist es. Ich erkenne sie von den Bildern."

„Oh Gott, nein!", rief Rosalina beinahe schluchzend. „Wir haben versagt."

Eric wandte sich mit gesenktem Kopf vom Sofa ab. „Es ist nicht unsere Schuld. Wir haben es versucht. Ich schwöre, diese gottverdammte Vampirin und dieser Verräter Stephen werden dafür bezahlen."

Ich drückte eine Faust an meinen Mund und keuchte, als wäre ich gerade einen Marathon gelaufen.

„Diese Bastarde", zischte ich. „Ich bringe sie um."

Wie Eric wollte ich, dass Bernadetta Fiore und Stephen Erickson litten. Für Liliana. Für diese Stadt. Aber besonders für Damien. Ich wusste nicht wie, aber ich würde meine Rache bekommen. Und als ich einen Blick mit Rosalina tauschte, konnte ich sehen, dass sie genauso empfand.

Eric richtete seine Aufmerksamkeit wieder auf die Küche und auf die tote Kreatur, die auf dem kaputten Tisch lag. „Ich dachte, du hast gesagt, dass sie nur einen Hybriden erschaffen hätten."

„Ich schätze, ich habe mich geirrt", sagte ich. „Sie müssen den hier erschaffen haben, bevor sie am Tempel ankamen. Sie taten so, als hätten sie es noch nie probiert, aber das war wohl nur Show."

„Ich frage mich, wie viele sie gemacht haben." Er rieb sich die Stirn und entfernte sich erschöpft von dem scheußlichen Biest.

„Zumindest kann man sie mit einer Kugel in den Kopf ausschalten. Die hier *hatte* einen Eisenhutkern." Rosalina deutete auf ihre Pistole.

Ich nickte und fühlte dieselbe Erleichterung, von der ich wusste, dass sie sie spürte. Ich hatte in dem Tempel einen Hybriden getötet, aber es war nicht einfach gewesen. Er hatte mir den Rücken gebrochen und mich beinahe bei lebendigem Leib gefressen. Der einzige Grund, warum ich diese Geschichte noch erzählen konnte, war, dass meine Fähigkeiten als Fährtensucherin und mein Werwolfdasein eine interessante Mischung aus Kräften ergeben hatten. Ich sah auf meine Hände hinunter und erinnerte mich daran, wie ich einen Hybriden und davor schon einen Vampir mit einer Reizüberflutung getroffen hatte. Würde ich es wieder tun können? Vielleicht hatte Eric recht und ich musste mit dem Training weitermachen. Er hatte gesagt, wir würden meine Grenzen austesten, in kontrollierten Sitzungen herausfinden, zu was genau ich fähig war.

Eric betrachtete Rosalinas Waffe skeptisch.

„Stimmt irgendwas nicht?"

Er zuckte mit einer Schulter, sein Blick wanderte zwischen dem Hybriden und der Waffe hin und her. „Ich weiß nicht. Ich—"

„Was ist hier los?", fragte eine aufgebrachte Stimme hinter uns.

Wir drehten uns alle gleichzeitig um und blickten eine schlanke, kleine Frau Mitte zwanzig an. Sie stand eingerahmt von der Eingangstür da. Sie hatte kinnlanges grünes Haar mit einem glatten Pony, der bis zu ihren Augenbrauen reichte, stechende grüne Augen und blasse Haut, die so glatt wie die eines Babys war. Ihre Beine steckten in einer zerrissenen Jeans und sie trug ein zu großes T-Shirt und Schlappen. Meine Nase zuckte bei dem überwältigenden Geruch ihres Parfüms. Sie roch, als hätte ihr jemand eine Wagenladung Rosen über den Kopf geschüttet. Unerträglich süß!

Eric trat vor. „Wer bist du?"

„Wer seid *ihr*?", wollte sie wissen, doch ihre Stimme brach am Ende, als ihr Blick auf das Sofa fiel, wo Liliana lag, und dann am Wohnzimmer vorbei in die Küche wanderte. „Was ist hier passiert? Liliana", rief sie und hob die Stimme, „geht es dir gut?"

Stille war die einzige Antwort.

Die Hand der Frau zuckte in Richtung ihrer Hosentasche.

„Das würde ich nicht tun, wenn ich du wäre", warnte Eric.

Sie trat einen Schritt zurück. „Ich rufe die Polizei."

Ich hielt eine Hand hoch und sagte mit ruhiger Stimme: „Das ist gut. Wir müssen die Polizei rufen. Lass mich das machen." Ich griff nach meinem Handy, aber sie schüttelte ihren Kopf und entfernte sich mit misstrauischen Augen weiter von uns.

Da merkte ich, dass jemand hinter sie trat und mein Herz setzte einen Schlag lang aus.

Ich erkannte ihn sofort, auch wenn ich ihn erst zweimal gesehen hatte. Es war Bertram, Bernadetta Fiores vampirischer Fahrer. Er hielt einen UV-Schirm und war so gekleidet, als wäre er auf dem Weg zu einer Vorstandssitzung.

Die Frau lief direkt in Bertram hinein und quietschte vor Schreck. Sie wich vor ihm zurück und lief zurück ins Haus, um dem großen, einschüchternden Vampir zu entkommen. Er warf ihr einen vernichtenden Blick zu. Sie schrumpfte noch weiter und ihr Kopf versank zwischen ihren Schultern, als wäre sie eine Schildkröte. Bertram kam herein, klappte seinen Schirm zusammen und sah sich die Szene an. Ich knirschte mit den Zähnen, während ich darauf wartete, dass auch Bernadetta auftauchte, doch sie war nicht da.

Wie von selbst grollte ein Knurren in meiner Brust. Als sie meine Reaktion sah, hob Rosalina ihre Pistole und zielte auf ihn, während Eric sich kampfbereit hinhockte.

„Du kennst ihn?", fragte er mit einem eigenen Knurren.

„Er arbeitet für Bernadetta", sagte ich. „Genau wie dieser verdammte Hybrid."

Bertram runzelte die Stirn und öffnete seinen Mund, um etwas zu sagen, doch der zierliche Eindringling unterbrach ihn. Sie sprach mit einer schrillen Stimme, die ihre Angst verriet. So wie es aussah, war sie eine Fade, die gerade erkannte, dass sie mit der falschen Gruppe Schräger zu tun hatte.

„Ich bin nur Lilianas Nachbarin", platzte sie heraus. „Ich habe nichts mit all dem zu tun. Lasst mich hier verschwinden."

Der breite Vampir lächelte böse auf die Frau hinunter, wobei Verärgerung in seinen Augen funkelte. „Ich würde dir raten, still zu sein." Er machte eine Reißverschluss-Bewegung über seine Lippen und überragte sie, wie ein Riese eine Fee. Als er sie genug eingeschüchtert hatte, richtete Bertram seine Aufmerksamkeit auf uns, oder genauer gesagt auf mich. Er musterte mich für einen langen Moment, dann wanderte seine Aufmerksamkeit zu Lilianas auf dem Sofa liegendem Körper. Eine Erkenntnis trat auf sein Gesicht. Irgendetwas schien ihm zu gefallen.

„Wir müssen reden", sagte er mit seinem leichten deutschen Akzent. Sein Tonfall war versöhnlich, als hätte ein Hybrid seiner Chefin gerade nicht Damiens Tochter getötet.

„Ich habe nichts mit dir zu besprechen, du verdammter Mörder."

„Falls es dir nicht aufgefallen ist, wir sind in der Überzahl", blaffte Eric.

Meine Nase zuckte, als könnte ich irgendwie Bertrams Lakaien vor der Tür erschnuppern, die der Vampir mit seinem schrankbreiten Körper verdeckte. Aber ich konnte nur das viel zu süße Parfüm der Fee riechen. Es war mir schleierhaft, wie Eric wissen konnte, dass Bertram allein war. Zusammen mit dem Hybriden hätte er es mit uns aufnehmen können, aber allein ... nicht unbedingt.

„Ich möchte nicht kämpfen", sagte er. „Ich möchte nur *reden.*"

Eric schnaubte, um zu zeigen, dass er sich auf gar keinen Fall auf ein Kaffeekränzchen mit ihm einlassen würde. Er musterte den Vampir noch ein paar Sekunden, und dann, knallhart wie er war, verwandelte er sich so fließend, wie Wasser um einen Felsen fließt, in seine Wolfsform und griff an. Er sprang ab. Lilianas Freundin schrie auf und warf sich hinter ein Zweisitzer-Sofa. So schnell wie ein Gepard auf Steroiden drehte sich Bertram aus dem Weg und betrat gelassen das Haus. Eric flog durch die Luft, verfehlte ihn vollkommen und landete draußen. Er kam zum Stehen, dann drehte er sich um und sprang zurück.

Schnell schlug Bertram die Tür zu. Ein *Bumm* erklang, als Eric dagegen donnerte.

Rosalina zielte mit ihrer Waffe auf Bertrams Brust und drückte den Abzug fünfmal hintereinander. Das ohrenbetäubende Knallen hallte durch das Haus. Die Fee schrie. Die Kugeln fanden ihr Ziel. Der Vampir zuckte bei jedem Treffer, aber anders als der Hybrid ging er nicht zu Boden. Immerhin war er immun gegen Eisenhut. Vielleicht brauchten wir Rhabo-Kugeln. Das war doch mal eine Idee! Stattdessen stürmte er auf Rosalina zu, riss ihr die Waffe aus der Hand und warf sie durch den Raum, wo sie gegen die Wand schlug und hinter dem Sofa verschwand.

Gerade als er Rosalina aus dem Weg schubste und sie auf den Zweisitzer geschleudert wurde, verwandelte ich mich problemloser in meine Wolfsform als je zuvor. Beinahe so fließend wie Eric war ich auf allen Vieren, meine Krallen und Reißzähne fuhren sich aus, meine Muskeln wuchsen um das Dreifache, meine Kleider zerrissen und rutschten mir vom Rücken. Im selben Atemzug stürzte ich mich mit weit offenem Maul auf Bertrams Knöchel, die messerscharfen Zähne bereit, seinen rechten Fuß abzutrennen.

Nur, dass sich meine Beine in meiner Kleidung verfingen und ich nicht weit kam. Mein Kiefer schnappte nur Zentimeter von ihm entfernt zu, wobei meine Zähne nur einen Fetzen seiner Hose zu fassen bekamen, der mit einem lauten Geräusch abriss.

Diese verdammten Klamotten!

Das war noch nie geschehen, und Eric würde es nie passieren, nicht mit dem Wandlerring, den er trug. Mehr als je zuvor wollte ich einen solchen Ring besitzen.

Bertram verschwendete keine Zeit, packte mich am Genick und bohrte seine riesigen Krallen in mich. Vergeblich versuchte ich mich zu wehren und mich aus seinem Griff zu winden, als er mich wie einen schutzlosen Welpen vom Boden hob. Ich knurrte, strampelte und trat vergeblich mit den Vorderbeinen aus. Er war so groß und stark.

„Hör zu", zischte er mit funkelnden Augen und einer grotesken Maske der Gewalt und des Todes auf dem Gesicht, „kannst du ...?"

Noch mehr Schüsse ertönten. Bertram blinzelte und zuckte, als sie in seinen Rücken einschlugen. Rosalina hatte ihre zweite Waffe gezogen und machte weiter. Ein Krachen und das Geräusch von zersplittertem Glas ertönte, als Eric durch ein Fenster sprang und im Inneren landete, wobei er so stinksauer aussah, dass ich beinahe Mitleid mit dem Vampir hatte.

Gerade, als Eric sich für den Angriff bereitmachte, erfüllte ein ohrenbetäubendes Brüllen das winzige Haus, nach welchem alle Porträts an den Wänden schief hingen.

Mit vor Überraschung geweiteten Augen ließ mich Bertram los und drehte sich zu dem Geräusch um. Sobald meine Vorderpfoten auf dem Boden aufschlugen, fuhr ich ebenfalls herum.

Verdammter Mist!

Der Hybrid war wieder auf den Beinen. Seine riesigen, mit Krallen ausgestatteten Füße kratzten über den Boden, als wäre er ein wütender

Bulle, und die Wunde zwischen seinen Augenbrauen war vollständig verheilt.

Was zur Hölle?

Ich trat mehrere Schritte zurück und konnte meinen Augen nicht glauben.

Das Gesicht der Bestie war vor Zorn verzerrt. Wir hatten ihn wirklich sauer gemacht. Stinksauer. Knurrend schlug er nach Bertram, der zufällig das nächstgelegene Ziel war. Die Kreatur war mindestens einen Kopf größer als der Vampir und doppelt so breit. Sie prallten wie zwei Riesen gegeneinander. Der Hybrid versenkte seine Zähne in Bertrams Schulter, als wäre er ein Kauspielzeug.

Ich war noch immer starr vor Schock, als Eric einen Befehl brüllte.

„Verschwinden wir von hier!"

Ich blickte hinter mich und sah ihn die Tür aufschlagen. Er hatte wieder seine Menschengestalt angenommen und war dank seines Wandlerrings vollständig bekleidet. Hektisch winkte er mit der Hand. Ich starrte Rosalina an, um ihr zu verstehen zu geben, dass sie zuerst gehen sollte. Sie begann zu rennen, doch dann drehte sie sich plötzlich noch einmal um, griff hinter den Zweisitzer und zog die verängstigte Fee aus ihrem Versteck. Rosalina schob sie vor sich her, während sie hinauseilte.

Ich wollte ihnen gerade folgen, als mir etwas Wichtiges einfiel. Das übriggebliebene Fläschchen mit dem Elixier war noch in meiner Jackentasche. Mit hämmerndem Herzen machte ich kehrt, schnappte mir das zerfetzte Ding mit meinem Maul und rannte ohne zurückzublicken aus dem Haus, wobei ich das Krachen und das Fauchen ignorierte, das den himmlischen Frieden des Vororts störte.

Rosalina schob die zierliche Frau auf den Rücksitz des Autos, während Eric auf den Fahrersitz stieg und ich durch das offene Fenster auf den Beifahrersitz sprang.

Eric startete den Motor, trat aufs Gas und wir rasten los wie der Teufel auf Rädern. Rosalina zog ihr Handy heraus und rief den Notruf an, dem sie Lilianas Adresse nannte und die Sichtung einer furchtbaren Kreatur meldete. Sonst nichts.

Während wir flüchteten, fiel mir ein dunkler Geländewagen auf, der auf der anderen Straßenseite geparkt war; derselbe, den ich auf dem Weg zu Aarons Haus im Rückspiegel gesehen hatte.

Dieser verdammte Vampir! Ich hoffe, sein wütender Hybrid reißt ihn in Stücke.

Er sollte selbst zu spüren bekommen, was er uns angetan hatte.

KAPITEL 5

Fünfundzwanzig Minuten später fuhr Eric den Mercedes in die Garage seines riesigen Hauses. Er befahl uns, im Auto zu bleiben, als sich das Tor hinter uns schloss, und sah auf sein Handy, um sicherzugehen, dass das Sicherheitssystem nicht geknackt worden war und niemand auf uns wartete.

Ich war immer noch in meiner Wolfsform, während Rosalina und Lilianas Nachbarin auf dem Rücksitz saßen und wie betäubt aussahen. Die Frau hatte nichts gesagt, sie wollte nicht einmal wissen, wo wir sie hinbrachten. Ich nahm an, es tat nichts zur Sache, solange es weit, weit weg von dem riesigen Vampir und seinem kranken, ebenso riesigen Haustier war. Entweder das, oder der Schock hatte ihr die Sprache verschlagen. Nicht, dass ich es ihr vorhalten konnte. Sie wohnte in einem idyllischen, friedlichen Vorort, und das war wahrscheinlich das Schlimmste, was ihr je passiert war. Das arme Ding.

Sobald Eric uns Entwarnung gab, hob ich meine zerrissene Jacke auf.

„Lass mich dir das abnehmen", sagte Eric.

Ich nickte und ließ zu, dass er die Jacke an sich nahm, dann sprang ich durch das Fenster aus dem Auto und stürmte ins Haus, um mir Kleidung zu suchen. Ich musste nicht extra nach oben gehen. Im Trainingsraum hatte ich eine Sporttasche und die Jogginghose und das T-Shirt waren schnell angezogen.

Sobald ich bekleidet war, traf ich Rosalina und die Frau im Flur, als sie auf die Treppe zur Hauptetage zugingen.

Die Augen der Frau waren weit aufgerissen, während sie sich von Rosalina ins Haus führen ließ. Sie hatte ihre dünnen Arme um ihren Körper geschlungen und sah so ängstlich aus, wie eine Maus in der Falle.

„Wo ist Eric?", fragte ich.

Rosalina schüttelte ihren Kopf. „Er ist nach oben *gesaust.*"

Er konnte tatsächlich sausen, sogar noch schneller als ein Vampir, etwas, das ich schnellstens von ihm lernen musste. Man nannte es *Flinkheit.* Ich hatte mich mit ziemlich kranken Schrägen angelegt und ich brauchte alle Fähigkeiten, die ich kriegen konnte, um mich und diejenigen, die ich liebte, zu beschützen.

Ich dachte mir, dass Eric verschwunden war, um das Elixier in seinen ultra sicheren Safe zu legen – derselbe, in dem er auch den Jadedolch aufbewahrte, mit dem der Hybrid erschaffen worden war. Nur er wusste, wo sich dieses Versteck befand – an einem Ort, der von sehr mächtiger Magie geschützt war, versicherte er mir. Offenbar hatte derselbe Magier oder dieselbe Hexe, die seinen Wandlerring hergestellt hatte, auch diese Sicherheitsvorrichtung geschaffen, was auch immer es war. Auch Damien hatte dazu beigetragen, das Haus so sicher wie möglich zu machen.

„Gut", sagte ich mehr zu mir selbst als zu Rosalina. Ich wollte nicht, dass das Heilmittel ungeschützt blieb. Ich wusste nicht, was ich damit machen würde, jetzt, wo Liliana tot war, aber ich wollte es auf alle Fälle in Sicherheit wissen.

Als wäre sie plötzlich aus ihrer Benommenheit erwacht, blieb die Frau mitten im Flur stehen und schüttelte Rosalinas Hand von ihrer Schulter ab.

„Was zur Hölle ist hier los? Wer seid ihr?"

„Ist schon gut", sagte ich. „Bei uns bist du sicher. Mein Name ist Toni Sunder und das ist Rosalina López. Wie heißt du?"

„Alle nennen mich Em. Ich mag meinen Namen nicht."

Das war eine seltsame Antwort, aber sie war nervös. Wahrscheinlich hatte sie gerade den Schock ihres Lebens erlitten.

„Hier bei uns bist du sicher, Em", wiederholte ich. „Du musst nicht bleiben. Wenn du willst, kannst du wieder nach Hause gehen, aber wenn ich du wäre, würde ich eine Weile warten. Möchtest du einen Tee oder Kaffee?"

Sie nickte geistesabwesend. Wir führten sie nach oben in die Küche. Sie sah sich Erics luxuriöses Haus mit neugieriger Distanziertheit an. Sie entschied sich für Kamillentee, was eine exzellente Wahl war, da er ihre Nerven beruhigen würde.

Em setzte sich an den Küchentisch, und einen Moment später stellte ich eine dampfende Tasse vor ihr ab, dann machte ich einen starken Kaffee für Rosalina und mich. Ich goss noch mehr Wasser für Eric nach, falls er auch Kaffee wollte.

Unser Gast trank ein paar Momente lang schweigend ihren Tee, bevor sie wieder sprach.

„Ist ... ist Liliana tot?"

Rosalina nahm gegenüber von Em Platz und antwortete ihr mit leiser Stimme, die beinahe ein Flüstern war. „Das ist sie."

Ein Kloß bildete sich in meiner Kehle und ich versuchte beschäftigt auszusehen, während ich die brühende Kaffeemaschine anstarrte. Ich war froh, dass Rosalina in solchen Situationen so stark war.

Ich war nicht besonders gut darin, Leute zu trösten – jedenfalls nicht so gut wie Rosalina.

„Es tut mir leid", sagte sie. „Diese Bestie hat sie umgebracht. Wir waren dort, um ... ihr zu helfen, aber ..." Sie zuckte die Schultern und ging nicht weiter darauf ein.

„Oh, Gott." Em schluckte.

Ich erwartete, dass sie anfangen würde zu schluchzen, doch sie drückte nur ihre Hand auf ihren Mund und schluckte schwer. „Ich kannte sie nicht sehr gut", fügte sie hinzu, was wohl die ausbleibenden Tränen erklärte. „Ich bin erst vor zwei Monaten nebenan eingezogen und in letzter Zeit habe ich sie oft besucht. Mir fiel auf, dass es ihr nicht gut ging, also habe ich versucht, ihr zu helfen." Ems grüne Augen richteten sich von Rosalina auf mich und dann wieder auf sie, als würde sie versuchen, zu bestimmen, ob wir von Lilianas Krankheit wussten.

„Wir wissen es", war alles, was Rosalina sagte.

Em trank weiter ihren Tee und sah verloren aus. Nach einer Weile fragte sie: „Was war dieses Ding? Einen solchen Schrägen habe ich noch nie gesehen."

Ich ging mit zwei Tassen Kaffee auf den Tisch zu. Dann stellte ich eine davon vor Rosalina ab und nahm Platz.

„Wir wissen es nicht genau", log Rosalina.

„Es war furchteinflößend."

Ich nickte. „Ja, das war es."

„Du hast gesagt, dein Name ist Toni Sunder, richtig?" Em sah mich stirnrunzelnd an. „Ich glaube, ich habe schon einmal im Radio von dir gehört, oder bin ich verrückt geworden?"

Unsicher kratzte ich mich am Kopf. „Ähm, wahrscheinlich hast du unsere Werbung gehört. Rosalina und ich haben eine Gefährtenagentur."

Em schnippte mit den Fingern. „Das ist es. Ja, ich erinnere mich daran, dass ich dachte, ich könnte etwas Hilfe gebrauchen, was das angeht."

Wir alle lachten angespannt.

Eric stampfte mit wütendem Gesichtsausdruck in die Küche. Er ging schnurstracks auf die Kaffeemaschine zu und schenkte sich eine Tasse ein. Ich sah ihm in die Augen, und als er den Blick erwiderte, nickte er mir leicht zu. Sowohl der Dolch als auch das Elixier waren in Sicherheit. Oder zumindest glaubte ich, dass sein Nicken das bedeutete.

Er seufzte nach nur einem kleinen Schluck seines Kaffees und richtete seine Aufmerksamkeit auf Em, die unter seinem prüfenden Blick mehrere Zentimeter zu schrumpfen schien. Sie starrte in ihre Tasse, als hätte sie noch nie etwas Cooleres gesehen als urinfarbenen Tee.

„Ich habe dir ein Uber bestellt", sagte er trocken.

Ich wollte ihm den Kopf abbeißen, weil er so unhöflich war, doch Em sprang scheinbar erleichtert auf die Füße. Es schien, als hätten Rosalina und ich es trotz des Anscheins nicht geschafft, sie zu beruhigen.

„Danke." Sie entfernte sich vom Tisch und ging unbeholfen auf die Tür der Küche zu.

Ich ließ meinen Kaffee stehen und ging zu ihr. „Ich bringe dich zur Tür."

Sie winkte Rosalina und Eric mit zwei Fingern zu, drehte sich um und marschierte den falschen Flur hinunter.

„Hier entlang." Ich zeigte in die richtige Richtung.

Sie lachte nervös und schloss sich mir an. Ihre Schritte waren schnell und drängten mich vorwärts. Sie konnte uns gar nicht schnell genug loswerden. Das überraschte mich nicht. Wir hatten sie in das Chaos des Krieges zwischen Werwölfen und Vampiren hineingezogen. Bertram und der Hybrid waren wegen des Dolches dort gewesen, und wenn ich ihn nicht mitgenommen hätte, wäre Liliana vielleicht noch am Leben.

Em eilte nach draußen, als sich die Glastür öffnete. „Komisches Haus", kommentierte sie leise.

Ich musste ihr zustimmen. Die Vorderseite war kalt und uneinladend, wie ein Bürokomplex. Wenn man allerdings weiter hineinging, merkte man, dass das eisige Äußere nur Fassade war, um die Leute fernzuhalten und zu schützen, was im Inneren lag. Genau wie bei dem Eigentümer des Hauses.

Ich begleitete Em bis zum Bürgersteig, wobei mein Blick in alle Richtungen wanderte, um nach Feinden Ausschau zu halten, doch es war niemand in der Nähe. Ich war froh, dass das strahlende Sonnenlicht auf uns herab schien. Es hielt die Vampire davon ab, im Freien anzugreifen. Allerdings konnte es den Werwölfen nichts anhaben. Gut, dass Stephen Erickson ein Feigling war.

Er kann trotzdem einen Hybriden schicken, Toni.

Ich erschauderte bei dem Gedanken und fragte mich, wie viele sie wohl schon erschaffen hatten, bevor ich den Dolch an mich genommen hatte. Vielleicht nur den einen? Erhoffte ich mir damit zu viel? Vielleicht nicht. Wenn sie mehr erschaffen hatten, warum hatten sie sie dann nicht alle zu Lilianas Haus geschickt?

Mein Gedankengang wurde von Em unterbrochen.

„Ihr wart so nett zu mir", sagte sie. „Vielleicht habt ihr sogar mein Leben gerettet, aber ich gehe trotzdem von hier aus direkt zur Polizei. Ich dachte nur, du solltest das wissen." Sie sah einen Moment lang ängstlich aus, als erwartete sie, dass ich mich auf der Stelle verwandeln und ihr die Kehle aufreißen würde.

„Tu das", sagte ich. „Wir haben nichts zu verbergen. Wir haben sie nicht umgebracht. Bitte glaub mir."

Sie atmete aus und ihre Schultern entspannten sich.

In diesem Moment fuhr das Uber vor. Ich spähte zum Fahrer hinein und stellte Augenkontakt her. Plötzlich hatte ich ein schlechtes Gefühl und wollte Em nicht gehen lassen, aber das war dumm. Es würde ihr nichts geschehen, und weit weg von uns war sie sicherer. Sie hatte nichts mit all dem zu tun. Außerdem würden die anderen bald hier sein, um uns zu dem Treffen mit den Rudelherrschern zu bringen.

Em rutschte auf den Rücksitz des Autos und sah erleichtert aus. Sie sah sich nicht noch einmal zu mir um, als der Wagen wegfuhr. Für alle Fälle notierte ich mir das Nummernschild.

Ich erlaubte mir, mich wegen ihrer Abfahrt erleichtert zu fühlen und ging wieder ins Haus, wo ich noch erleichterter seufzte, als sich die Tür hinter mir schloss. Ich ging in die Küche, wo ich mich zu Eric und Rosalina an den Tisch stellte.

„Der Dolch und das Heilmittel sind in Sicherheit", sagte Eric.

Ich nickte. „Das habe ich dir angesehen."

„Wie viele Hybriden haben sie wohl erschaffen, bevor du den Dolch genommen hast?", fragte Rosalina, die offensichtlich meine Sorge zu diesem Thema teilte.

„Ich habe keine Ahnung."

„Das ist nicht gut", sagte Eric und sprach damit das Offensichtliche aus.

„Meine Eisenhutkugel hat es nicht getötet." Rosalina erschauderte.

„Ich dachte wirklich, es hätte geklappt", sagte Eric. „Als sie zum ersten Mal erschaffen wurden, gab es keine Eisenhutkugeln, und auch keine anderen. Also gibt es natürlich keine Berichte über ihre Immunität dagegen. In den Überlieferungen steht, dass sie durch Enthauptung getötet wurden, und es scheint, als würde das noch immer gelten." Eric sah mich stirnrunzelnd an. „Es sei denn, man ist eine Werwölfin Schrägstrich Fährtensucherin mit einer seltsamen Mischung von Kräften."

Nachdem ich erlebt hatte, wie der Hybrid nach einem Schuss direkt zwischen seine Augen wieder aufgestanden war, kamen mir meine Kräfte mächtiger vor als je zuvor.

Eric warf mir einen vorwurfsvollen Blick zu. „Wir müssen trainieren, um das Ausmaß deiner Fähigkeiten zu ermitteln. Ich hoffe, du drückst dich nicht weiter vor der Verantwortung."

„Ich *drücke* mich vor gar nichts."

Er rollte mit den Augen.

„Eines haben wir jedenfalls herausgefunden", sagte Rosalina. „Sie mögen es nicht, wenn man auf sie schießt. Es macht sie wütend."

„Ich weiß." Ich schüttelte meinen Kopf und lachte. „Das Ding war blind vor Wut. Es ist wie wild auf Bertram losgegangen. Geschieht ihnen recht, wenn sie einfach so Monster erschaffen."

„Damien muss sich im Grab umdrehen", sagte Eric.

Ein Stich der Reue bohrte sich in mein Herz. Wir hatten ihn so bitterlich enttäuscht.

„Was soll ich jetzt mit dem Heilmittel machen?", fragte ich mich laut.

Eric zuckte mit den Schultern. „Was du willst, schätze ich. Verkauf es an den höchsten Bieter?"

Ich schenkte ihm einen bösen Blick. „Du machst wohl Witze. Das kann ich nicht tun."

„Warum nicht?"

„Es ist einfach ... *falsch*." Ich sah Rosalina an und suchte nach ihrer Zustimmung.

„Das sehe ich genauso", sagte sie und warf Eric ebenfalls einen finsteren Blick zu.

„Dann spende es doch an eine Wohltätigkeitsorganisation für Vampire", schlug Eric in spöttischem Tonfall vor.

Das klang besser, als es für Profit zu verkaufen, aber war es das Richtige?

„Wahrscheinlich würden sie es einfach nehmen und es *an den Höchstbietenden verkaufen*", sagte Eric spitz.

Rosalina schüttelte ihren Kopf. „Gott, du bist so abgebrüht."

„Nein, ich bin Realist."

Ich musste zugeben, dass es möglich war. Man konnte den Leuten nicht trauen. Ich dachte darüber nach, was Damien wollen würde. Ehrlich gesagt hatte ich keine Ahnung.

„Es scheint, als sollten wir es irgendwie verwenden", sagte Rosalina. „Vielleicht hält es nicht ewig, und dann nützt es niemandem mehr."

„Darüber habe ich noch nicht nachgedacht", sagte ich.

„Nein, die Haltbarkeit ist nicht begrenzt", warf Eric ein.

Ich blinzelte ihn an. „Wie kannst du dir so sicher sein?"

„Ich war oft dabei, wenn er an dem Elixier gearbeitet hat. Er hat erwähnt, dass er einen Schutzzauber darauf angewandt hat, damit es nie verdirbt."

„Gut." Ich nickte in mich hinein. Das nahm dem Ganzen den Druck. Es fühlte sich an, als sollte der Inhalt des Fläschchens nicht verschwendet werden, und als sollte ich jemanden finden, der seiner Heilfähigkeiten würdig war, jemanden, den Damien gutheißen würde.

Das erzählte ich den anderen.

Rosalina nickte zustimmend, während Eric nickte, als würde es für ihn keinen Unterschied machen.

Sein Handy vibrierte auf dem Tisch. „Es ist jemand an der Tür." Stirnrunzelnd blickte er auf den Bildschirm und sah alarmiert aus, als würde er erwarten, dass eine Horde Vampire kurz davor war, das Haus zu stürmen. Nach ein paar Klicks auf seiner App entspannte er sich, allerdings nur ein winziges bisschen.

„Knight und Erickson sind hier", verkündete er, kam auf die Füße und verließ den Raum.

Mein Herz begann zu rasen. Ich sah auf meine Uhr. Es waren nicht einmal mehr zwei Stunden bis zum Treffen mit den Rudelherrschern. Jake Knight und Ulfen Erickson waren hier, um uns zu begleiten und um zusätzlichen Schutz zu bieten, um sicherzugehen, dass der Dolch nicht in die falschen Hände fiel.

Ich hatte nicht vorgehabt, mit ihnen zu kommen, doch sie bestanden darauf. Sowohl Ulfen als auch Eric hatten gesagt, dass ich hingehen musste, da ich die einzige Person war, die miterlebt hatte, wie Bernadetta diesem armen Werwolf ihr verdorbenes Blut einflößte.

Angst verknotete meinen Magen wie ein mieser Burrito.

„Alles wird gut", sagte Rosalina vom anderen Ende des Tisches aus, als sie meine Sorge bemerkte.

Ich nickte und versuchte zu lächeln, aber ich war mir da nicht so sicher.

KAPITEL 6

I ch stand allein in Erics Arbeitszimmer und fummelte an meinen Fingern herum. Der Dolch war sicher in meiner Brusttasche verstaut, wo vorher das Elixier gewesen war, auch wenn es eine andere Jacke war, da die andere aussah, als hätte sich ein Krokodil damit vergnügt.

Ich dachte darüber nach, was sich schwerer anfühlte, der Dolch oder das Elixier – im übertragenen Sinne natürlich, nicht wörtlich. Doch die Verantwortung, Liliana das Heilmittel zu bringen, hatte mich mehr belastet. Ich hatte meinen Freund enttäuscht und musste die Verantwortung für dieses Stückchen Erlösung übernehmen. Ich wusste, dass ich es nicht verschwenden durfte, aber ich hatte nicht die geringste Idee, wem ich es geben könnte.

Den Dolch hingegen würde ich bald los sein, und er würde jemand anderem Sorgen bereiten. Die Werwölfe hatten schon in der Vergangenheit mit den monströsen Hybriden zu tun gehabt, und sie würden auch jetzt mit ihnen fertig werden, wenn es mehr von ihnen gab. Die Rudelherrscher würden den Dolch schützen und verhindern, dass er benutzt wurde. Vielleicht war es sogar etwas Gutes, dass Stephen das Gefäß hatte, und wir den Dolch. Denn wer wusste schon, ob einer der Rudelherrscher auf bösartige Ideen kam? Immerhin hatte sich ein Werwolf Bernadetta auf dem Weg zu Macht und Kontrolle über die Stadt angeschlossen.

Die Tür hinter mir öffnete sich und ich sah auf. Jake kam herein. Er bewegte sich geschmeidig und seine Schritte machten auf den vielen Teppichen, die den Boden bedeckten, kaum ein Geräusch.

Ich hatte vor dem Kamin gestanden und in die Asche gestarrt; in Gedanken verloren, ohne es zu merken. Ich wandte dem Sims und dem Porträt von Erics Frau und seiner Tochter, das darüber hing, den Rücken zu.

„Hey", sagte ich und bewunderte Jakes silberne Augen. Die schimmernde Farbe war immer noch so faszinierend wie eh und je. Er hatte mich vor so langer Zeit mit diesen Augen gefangen genommen und hielt mich immer noch fest.

Gott, hat er eine Ahnung, was er mir antut, wenn er mich so ansieht?

„Hey", antwortete er ebenso wortgewandt.

Er trug einen dreiteiligen Anzug, der der Farbe seiner Augen entsprechen sollte, es jedoch nicht schaffte. Er blieb vor mir stehen, 1,90 Meter groß. Seine breiten Schultern verbargen den Rest des Raumes und er nahm ihn ein, wie eine Sonne, die das restliche Universum verblassen lässt.

Okay, vielleicht nicht genau so, aber es fühlte sich ganz sicher so an.

Seine Anwesenheit konnte alles andere in den Hintergrund drängen. Das hatte ich schon einmal zugelassen, und ich versuchte, vorsichtig zu sein und es nicht wieder passieren zu lassen. Allerdings war das verdammt schwer. Besonders wenn er mit diesen Augen in meine Seele blickte. In seiner Miene lag so viel Zärtlichkeit, so viel Sehnsucht.

Heute war er mit seinem Großvater, Walter Knight, unterwegs gewesen und hatte von seiner Rolle während des Treffens mit den Rudelherrschern erfahren. Als zukünftiges Oberhaupt des Knight-Rudels, würde Jake einen Sitz bei den Rudelherrschern haben, und scheinbar hatte Walter ihm beibringen wollen, wie man sich bei diesem Prozess zu verhalten hatte.

„Also, bist du jetzt ein Rudelherrscher-Experte?", fragte ich.

Er zuckte mit den Schultern. „Mein Großvater findet das nicht, aber ich bin sicher, dass ich genug weiß."

„So langweilig, was?"

„Ziemlich langweilig. Er hat sich die Mühe gemacht, mir eine Geschichtsstunde über die Beteiligung unserer Familie bei den St. Louis

Rudelherrschern zu erteilen und hat mich dann über die Kunst der Politik und Diplomatie aufgeklärt, und wie ich beides nutzen sollte, um alle zu betrügen."

„Wow."

„Ja, ‚wow' habe ich auch gedacht." Er lächelte und Falten bildeten sich um seine Augen. „Warum versteckst du dich hier?"

Nachdem Eric verkündet hatte, dass Jake und Ulfen eingetroffen waren, kam ich her, denn ich wusste, dass es zwischen den drei Alphas eine Menge Gehabe geben und dass es ein vierter noch verschlimmern würde.

Außerdem hatte ich befürchtet, dass sie die Ereignisse von heute Morgen durchgehen würden, und ich wollte nicht mehr darüber sprechen. Stattdessen wollte ich den Kopf frei bekommen – nicht, dass ich es geschafft hätte. In meinem Kopf waren eine Million Gedanken, die sich wie verrückte Viren vermehrten, die wohl jetzt einen biologischen Angriff auf meinen Körper starteten, da mir langsam schlecht wurde. Es war so viel los, dass ich permanent das Gefühl hatte, gleich entweder flüchten oder kämpfen zu müssen. Meine Haut juckte. Meine Fingerspitzen schmerzten, denn meine Krallen drohten sich auszufahren. Es war, als würde ich auf das verdammte Armageddon warten.

Jake hier zu sehen machte es nicht einfacher. Seine Verlobung mit Allison Blackridge war noch immer intakt, da es der unumstößliche Pakt war, den er geschworen hatte – der, der ihn verpflichtete, die Hochzeit durchzuziehen, ob er wollte oder nicht, um ein starkes Bündnis zwischen den Knights und den Blackridges zu formen.

Er hatte versprochen, einen Weg zu finden, um das Unumstößliche umzustoßen, doch ich fürchtete, dass er etwas Dummes tun würde, um es zu erreichen. Er und Versprechen passten einfach nicht zusammen. Und so sehr ich es hassen würde, mitanzusehen, wie er diese verwässerte Blondine heiratete, würde ich ihn lieber verlieren.

Sein Tod war einfach keine Option.

Argh! Über die ganze Sache nachzudenken, machte mich immer fuchsteufelswild. Es brachte mich dazu, darüber nachzudenken, was ich tun würde, wenn ich Allison Blackridge wiedersah. Mord schien nicht weit hergeholt, und so, wie es im Moment lief, war das eine lebenslange Haftstrafe auch nicht.

„Ich verstecke mich gar nicht", sagte ich schließlich.

Er machte ein kehliges Geräusch, um mir mitzuteilen, dass er die Lüge durchschaut hatte. Er kam näher und strich eine Haarsträhne hinter mein Ohr, wobei sein Blick über mein Gesicht wanderte und unaussprechliche Dinge mit meinen Fortpflanzungsinstinkten anstellte.

Ich wollte ihn unbedingt küssen, die Wölbung seiner Unterlippe kosten, die so verlockend und verführerisch war, dass es eine Sünde sein musste, doch ich wusste, dass er sich in dem Moment, in dem ich meinen Mund auf seinen drückte, abwenden würde.

„Ich kann nicht", hatte er gesagt. „Wenn ich dich jetzt küsse, weiß ich, dass ich nicht aufhören kann. Ich werde dich nehmen und dich auf jede erdenkliche Weise für mich beanspruchen. Es wäre nicht richtig. Nicht, während ich in dieser Verlobung feststecke."

Stattdessen legte ich also meinen Kopf an seine Brust, versank in seiner Wärme und lauschte dem kräftigen Schlagen seines Herzens.

Eine seiner Hände glitt an meinem Rücken entlang, dann drückte er seine Nase gegen mein Haar und atmete ein. Meine Haut kribbelte, als mir ein Schauer über den Rücken lief. Sein eigener Duft strömte in meine empfindliche Nase und machte mir den überwältigenden Geruch von Verlangen bewusst, der von ihm ausging. Mit einem Geräusch wie Donner in seiner Brust, strich er mein Haar zur Seite und vergrub seine Nase in meiner Halsbeuge. Seine Lippen zitterten über meinem Schlüsselbein.

„Jake", sagte ich schwer atmend, während ich mit der Hand über seine Brustmuskeln fuhr.

Auf einmal nahm er meine Hand in seine und drehte mich um, sodass ich mit dem Rücken zu ihm stand. Er schlang einen Arm um meine Taille und hielt mich fest, wobei sich seine Brust schwer an meinem Rücken bewegte und seine Erektion gegen meinen Hintern drückte. Ich legte meinen Kopf zurück und stöhnte.

Oh mein Gott!

„Was tust du mir nur an?" Seine Stimme war beinahe unverständlich, so tief war ihr Grollen. Langsam ließ er mich los und trat zur Seite, und ich blieb leer und aus dem Gleichgewicht gebracht stehen.

„Ich glaube, du tust es dir selbst an, Mister." Ich schnaufte, während ich versuchte, mich zu sammeln. Ich rieb mir die Brust, als würde das die seltsame Leere vertreiben, die Jake zurückgelassen hatte. Irgendwo tief in mir spürte ich physische Schmerzen.

Ich sah Jake über meine Schulter hinweg an. Er atmete schnell und sah absolut verdutzt aus. Er hob eine Hand an seine Brust und drückte sie unter sein Herz.

„Und, hast du deine Lektion gelernt?", scherzte ich.

Er sah auf und blinzelte, als hätte er Schwierigkeiten, sich auf mich zu konzentrieren. „Meine Lektion?", wiederholte er wie betäubt.

„Ja, dich fernzuhalten."

Er nickte, doch es schien eher ein Reflex zu sein als eine bewusste Bestätigung.

Ich kratzte mich am Kopf. „Das war irgendwie seltsam, oder?"

Seine Augen klärten sich endlich. „Nicht wirklich."

Ich wartete darauf, dass er sich erklärte – das war neu für mich und vielleicht gab es irgendeinen Werwolf-Hokuspokus, der seltsame Situationen wie diese erklärte, doch wir wurden von Eric unterbrochen, als er seinen Kopf in das Arbeitszimmer steckte und uns finster ansah.

„Was macht ihr zwei hier drin? Es wird Zeit zu gehen."

„Ja, stimmt." Jake trat zu ihm an die Tür, wobei er seine Hand weiter an seine Brust drückte, ging an ihm vorbei und verließ den Raum.

„Was ist los?", fragte Eric, als ich mich nicht bewegte. „Du siehst aus, als hättest du Verstopfung."

Ich entspannte mein Gesicht und streckte ihm die Zunge raus. „Du musst die Symptome ja erkennen, denn du siehst sie jeden Tag, wenn du in den Spiegel schaust."

„Ha, ha. Komm schon, beweg deinen Hintern. Wir haben nicht den ganzen Tag Zeit."

Wir verließen das Arbeitszimmer und liefen Seite an Seite durch den Flur. „Ähm, Jake hat mir von der Dämmergier erzählt."

Er hatte erklärt, dass es passierte, wenn ein männlicher und ein weiblicher Werwolf instinktiv wussten, dass sie starken Nachwuchs zeugen würden. Angeblich hielt die Anziehungskraft nur so lange an, bis das Weibchen schwanger wurde, und dann *puff*, war sie weg.

Eric antwortete mit einem strengen Blick.

Ich stammelte: „W-weißt du etwas darüber?"

„Ich kannte ein Paar, das davon betroffen war."

Betroffen? Er sagte es, als wäre es eine Krankheit. Vielleicht war es das. Vielleicht hatten Jake und ich uns mit Dämmergier *angesteckt* und deshalb tat unsere Nähe, oder ihr Fehlen, so weh. Vielleicht würde ich einfach einen Herzinfarkt bekommen und von meinem Elend erlöst werden – allerdings nicht, bevor ich sein Baby bekam.

„Also ... tut es weh?", fragte ich, bereit für die Antwort.

„Was meinst du damit? Physisch? Vielleicht, wenn sie wie die Kaninchen im Rausch bumsen."

„Oh."

Wir kamen am Ende des Flurs an und gingen nach links auf die Treppe zu, die in die untere Etage führte. Ich blieb stehen und sah ihm ins Gesicht, um zu beurteilen, ob er mich auf den Arm nahm oder nicht.

„Was?", sagte er. „Glaubst du, das zwischen dir und Knight ist Dämmergier?" Er fing an zu lachen. „Niemals. Auf gar keinen Fall." Er begann, die Stufen hinunterzugehen und ließ mich stehen.

Ich eilte ihm nach. „Wie kannst du dir so sicher sein?"

„Ihr zwei seid *verliebt*." Er ließ es klingen, als wäre das ebenfalls eine Krankheit. „Und ihr braucht dringend guten Sex, den ihr bereits genossen hättet, wenn es irgendetwas mit Dämmergier zu tun hätte."

Gut, zumindest ist es nicht die Dämmergier. Nur gute, alte, herzzerreißende Liebe. Was für ein Spaß!

Wie mechanisch ging ich die Treppe hinunter und dachte über seine Worte nach. Woher wusste er, dass Jake und ich ... noch keinen Sex gehabt hatten? War es so offensichtlich? Vielleicht zeigte sich der fehlende Sex langsam. Wuchsen mir Hörner? Nein, keine Hörner. Eher Flügel. Ich hatte es seit fast zwei Jahren mit niemandem mehr getrieben. Ich war praktisch eine Heilige.

Geistesabwesend rieb ich mir die Brust, wo der Phantomschmerz noch immer anhielt.

Eric musterte mich neugierig. „Willst du sagen, dass du ihn so sehr liebst, dass es wehtut?" Er senkte sein Kinn und seine blauen Augen richteten sich auf die zuckenden Finger über meinem Brustbein, wobei seine Schritte noch immer schnell waren, während er die letzten Stufen hinunterging und auf die Garage zueilte.

Ich ließ meine Hand sinken und wollte gerade einen Witz machen, um das ganze Thema fallenzulassen, als ich erkannte, dass ich es nicht einfach so stehen lassen konnte. „So ähnlich."

Er verengte seine Augen, die vor Belustigung glänzten. „Jeder weiß, was das bedeutet."

„Hm?"

„Ihr seid Gefährten, aber das sollte niemanden überraschen."

„Was?"

„Wahre Gefährten. Es kommt nicht oft vor, aber wir haben größere Probleme, meinst du nicht?"

Ich blinzelte und fragte mich, warum Jake nichts gesagt hatte. Vielleicht dachte er, dass ich es wusste, und wahrscheinlich stimmte das auch. Wie konnte ich tief in meinem Herzen je daran zweifeln?

Aber Eric hatte mit den *größeren Problemen* recht. Mit Jake war es kompliziert, aber das war nichts dagegen, was in der Stadt los war. Rhabo beherrschte die Straßen, Bernadetta Fiore und Stephen Erickson hatten sich zusammengetan, um die Macht zu ergreifen, eine Geschändete Amphore erschuf Monster, und nur die Hexenlichter wussten, was sonst noch.

Außerdem gab es das bevorstehende Problem des Treffens mit den Rudelherrschern. Nur beim Gedanken daran hämmerte mein Herz schneller. Ich wünschte mir wirklich, Eric würde mich hierbleiben lassen, aber ich hatte keine Wahl. Er würde mich dort hinschleifen, wenn ich mich weigerte.

In der großen Garage wartete Jake mit Rosalina und Ulfen Erickson. Sie drehten sich in unsere Richtung, als sie unsere Schritte hörten. Jake sah mich wissend an.

Ich ging auf ihn zu. „Hi, Gefährte", sagte ich.

Er schüttelte sich leicht, als wäre ihm ein Schauer über den Rücken gelaufen.

„Warum hast du nichts gesagt?"

„Ich bin nicht der Typ, der Offensichtliches ausspricht." Er senkte sein Kinn und schenkte mir ein sexy Zwinkern, bei dem Hitze in meine Mitte stieg.

Gott, dieser Mann konnte mich wahrscheinlich allein mit einem durchtriebenen Blick zur Ekstase treiben, wenn er wollte.

Mein Gefährte. Er war mein Gefährte. Diese Erkenntnis sollte keinen Unterschied machen – ich liebte ihn noch genauso –, doch das tat sie. Er gehörte mir und niemandem sonst.

Leck mich, Allison Blackridge.

Ich schüttelte mich und zwang mich, in den Moment zurückzukehren. Ich ließ meinen Blick in der Garage umherschweifen.

Ulfen trug genau wie Jake Anzug und Krawatte, doch sein Haar und Bart waren zerzaust. Er sah überhaupt nicht wie der gefasste, mächtige Mann aus, den ich kennengelernt hatte, als ich mit seinem Sohn zusammen gewesen war. Stattdessen wirkte er erschöpft und älter, als hätte er während der vergangenen Woche Jahre seines Lebens an Sorge verloren. Es war nicht überraschend. In kürzester Zeit war er im Gefängnis gewesen, hatte herausgefunden, dass sein Sohn wahnsinnig und ein Verräter war, und er hatte eine Zusammenkunft der Rudelherrscher einberufen, die sein Leben noch mehr ins Chaos stürzen würde. Die Gruppe hatte sich sehr lange nicht mehr getroffen. In St. Louis war alles jahrzehntelang glattgelaufen, alle Rudel hatten sich verstanden und hatten ohne große Konflikte das Territorium geteilt. Jetzt waren Ulfen und sein Sohn die Auslöser der Unruhen und für das scheinbare Ende einer friedlichen Ära.

Armer Kerl!

Ich hatte Mitleid mit ihm, und das vielleicht zum ersten Mal, seit ich ihn kennengelernt hatte. Es musste schwer für ihn sein, zu wissen, dass sein eigenes Fleisch und Blut verantwortlich für das Chaos war, das die Struktur der Schrägengemeinschaft in St. Louis zu zerstören drohte.

Rosalina trat vor und nahm meine Hände in ihre. „Bitte sei vorsichtig."

Ich drückte ihre Hände und wünschte mir egoistischerweise, dass sie mitkommen könnte. Doch es war ihr nicht erlaubt, weil sie keine Werwölfin war. Ich wusste, dass es besser so war. Hier in Erics Haus, wo sie bleiben konnte, bis wir wiederkamen, war sie sicherer. Aber ihre Unterstützung würde mir trotzdem fehlen.

„Das werde ich", sagte ich.

Sie ließ los und verschwand wieder im Haus.

Ulfen senkte seinen Kopf für einen höflichen Gruß. „Miss Sunder."

„Mr. Erickson." Auch ich senkte meinen Kopf.

„Haben Sie den Dolch?"

„Ich habe ihn."

„Gut. Ich werde der Lockvogel sein." Er zeigte auf ein Auto, das identisch mit Erics Mercedes war. *Wow*, wo hatten sie das her? Geld zu haben war toll. Damit konnte man Dinge erreichen, die arme Schlucker wie ich nie hinbekommen würden.

„Meine Männer warten draußen, sie werden uns folgen und im Fall der Fälle helfen."

‚Im Fall der Fälle' bedeutete wohl ‚falls ein gestörter Hybrid versucht, uns zu ermorden'.

Nach dieser kurzen Erklärung stieg er in das Lockvogelfahrzeug und ließ den Motor an.

Jake ging auf Erics Auto zu, öffnete die Beifahrertür und schob mich hinein, während Eric sich ans Steuer setzte. Kurz drückte ich Jakes Hand, als ich einstieg, und spürte einen elektrischen Funken zwischen uns. Er zwinkerte mir bestärkend zu, dann setzte er sich auf den Rücksitz. Ich seufzte erleichtert, denn ich wusste, dass er bei mir war.

Ich wollte ihn immer an meiner Seite haben.

KAPITEL 7

Das Garagentor öffnete sich. Ulfen fuhr zuerst raus, gefolgt von uns. Er bog rechts ab, während Eric nach links fuhr. Vier weitere schwarze Wagen warteten draußen. Zwei folgten Ulfen, während die anderen uns verfolgten. Eric blickte alarmiert in alle Spiegel, so wie er es getan hatte, als wir am Morgen unterwegs gewesen waren.

Wir verließen Ballwin, wo sich Erics Haus befand, und fuhren auf dem Highway 100 in Richtung Osten.

„Wo findet das Treffen statt?", fragte Jake hinter mir.

Eric sah ihn im Rückspiegel an. „Das darf ich nicht sagen."

„Dasselbe hat mir mein Großvater gesagt."

„Nur Mitglieder dürfen den Ort kennen. Wenn du also offiziell beitrittst, wenn du ein Rudeloberhaupt bist, sagen sie es dir vielleicht."

„Ehrlich gesagt will ich es nicht wissen."

„Ich kann es dir nicht verdenken."

Eric war einst der Anführer eines Rudels gewesen, doch er schien nicht mehr viel von dieser Position zu halten. Und wer konnte es ihm verdenken? Wenn er nicht der Alpha eines Rudels gewesen wäre, würde seine Familie noch leben.

„Mist!", rief Eric und mein Herz begann sofort zu rasen. Ein Krachen folgte seinem Ausruf, dann trat er aufs Gas und trieb uns mit halsbrecherischer Geschwindigkeit voran.

„Was?!" Jake und ich drehten uns auf unseren Sitzen um und sahen durch die Heckscheibe. Eins der Autos von Ulfens Männern, unseren Bodyguards, stand falsch herum da, die Motorhaube zeigte in die falsche Richtung, und die hintere Stoßstange und der Kofferraum waren eingedrückt.

Ein Geländewagen, ebenfalls mit Frontschaden, kam quietschend daneben zum Stehen, und zwei breite Männer mit großen automatischen Waffen sprangen heraus und begannen, auf die Limousine zu schießen und die Seite mit Kugeln zu übersäen.

„Verdammte Bastarde!", rief Jake.

Ein weiterer Geländewagen beschleunigte und versuchte, den verbleibenden Wagen zu überholen, der uns folgte, doch unsere Bodyguards rissen das Lenkrad herum und blockierten ihm den Weg. Das Geräusch von knirschendem Metall erreichte uns bis in den luxuriösen, schallgedämpften Innenraum, obwohl Eric weiterraste.

Die Bodyguards stürmten aus der Limousine, loyale Mitglieder von Ericksons Rudel, die ihr Leben für das Ziel ihres Alphas riskierten. Ich hoffte, sie wussten, dass sie das Richtige taten. Wir durften nicht zulassen, dass unsere Feinde den Dolch bekamen. Wenn das passierte, könnte es das Ende unserer Stadt bedeuten; das Ende unserer Lebensweise.

Ich klammerte mich an die Rückenlehne und reckte den Hals, um zu sehen, ob sie unversehrt entkommen konnten, doch wir fuhren mit einer scharfen Rechtskurve vom Highway ab. Gebäude und Laternen verschwammen, während Eric versuchte, die Nadel der Geschwindigkeitsanzeige in den roten Bereich zu treiben.

Ich hielt die Luft an und sah ständig über meine Schulter nach hinten. Jakes Arm lag auf der Rückenlehne, während auch er die Straße hinter uns im Auge behielt.

„Keine Spur von ihnen", sagte er nach ein paar Minuten angespannter Stille. „Ich glaube, wir haben sie abgehängt."

„Ich hoffe, es geht Ulfen gut", sagte ich und fragte mich, ob auch seine Gruppe angegriffen worden war.

In einer Tiefgarage in einer Gegend der Stadt, die mir fremd war, parkte Eric neben einem großen Lieferwagen und befahl uns, auszusteigen.

„Was? Hier?" Ich sah mich verwirrt um.

Eric schlug die Fahrertür zu, ohne zu antworten, wobei ein Schlüssel-bund in seiner Hand klimperte.

Jake und ich tauschten einen verwirrten Blick, dann folgten wir Eric aus dem Mercedes.

Dann benutzte Eric die neuen Schlüssel, um die Doppeltür zur Lade-fläche des Lieferwagens zu öffnen.

„Steigt ein", sagte er und zeigte auf das fensterlose, dunkle Innere.

Jakes Augen verengten sich misstrauisch. „Was soll das?"

„So bleibt der Treffpunkt der Rudelherrscher geheim."

„Mein Großvater hat nichts davon erwähnt."

Eric zuckte mit den Schultern, als täte das nichts zur Sache. „Wahrscheinlich hat er es vergessen. Ich bin sicher, seine geistigen Fähigkeiten sind nicht mehr das, was sie mal waren."

Eine unausgesprochene Frage blitzte in Jakes Augen auf, als er in meine Richtung sah. *Traust du ihm?*

Offensichtlich tat Jake das nicht.

Er wollte nicht in den Lieferwagen steigen und ich konnte es ihm nicht verübeln. Ich wollte auch nicht einsteigen. Aber was sollten wir sonst tun? Mit dem Dolch vor Eric wegrennen? Nein. Das war keine Option. Ich wollte das Ding loswerden. Außerdem traute ich Eric tatsächlich.

Mit einem einzigen Nicken an Jake stieg ich also in den Lieferwa-gen und setzte mich auf eine der Bänke, die die Seiten säumten. Jake blieb einen Moment lang schnaubend draußen stehen und trat un-entschlossen von einem Fuß auf den anderen. Schließlich atmete er re-signiert aus, stieg ein und setzte sich gegenüber von mir auf die andere Bank.

Die Türen wurden mit einem Krachen zugeschlagen, das in meinem Kopf widerhallte und uns in völlige Finsternis tauchte. Ein Schauer lief mir über die Arme und erinnerte mich daran, wie das alles begonnen hatte. Wie ich Stephen auf Jakes Aufforderung hin aufgespürt und ihn in der völligen Dunkelheit eines Lieferwagens gefunden hatte, der dem hier sehr ähnlich gewesen war.

„Ich hoffe, du hast recht mit Cross", hallte Jakes Stimme durch un-seren engen Raum.

„Wenn er den Dolch wollte, hätte er ihn schon nehmen können."

„Tja, es könnte sein Plan sein, uns zu töten, den Dolch zu nehmen und den Rudelherrschern dann zu sagen, dass wir damit entkommen sind."

Der Motor des Lieferwagens wurde gestartet und ein nervtötendes *Piep, Piep, Piep* erklang, während wir rückwärts aus der Parklücke fuhren. Dann bewegten wir uns vorwärts und machten uns auf den Weg.

„Wow, du kannst dir echt teuflische Pläne überlegen", sagte ich. „Ich finde, Bernadetta sollte *dich* statt Stephen zurate ziehen."

„Und du kannst sehr naiv sein."

„Ich bin nicht naiv."

„Wie lange kennst du diesen Mann? Seit fünf Tagen? Zehn?"

Ich zählte im Kopf nach. „Über zwei Wochen", sagte ich triumphierend.

„Sag ich doch."

„Ich weiß, dass ich ihm vertrauen kann, okay? Das sagt mir mein Bauchgefühl."

Jake schnaubte nur, dann saßen wir für einen langen Moment schweigend da, wobei meine Ohren dem Geräusch der Reifen lauschten, die über die Straße rasten, und meine Nase versuchte, andere Gerüche wahrzunehmen als Jakes berauschenden Moschus.

„Was glaubst du, wo dieses geheime Versteck ist?", fragte ich, als ich die erdrückende Stille satt hatte.

„Keine Ahnung. Sie nennen es übrigens Wolfsfeste."

„Wolfsfeste, cool", wiederholte ich. „Also, wo ist es? Hast du deinen Großvater nicht danach gefragt?"

„Er hat auch gesagt, dass es ein Geheimnis ist. Ich wünschte, er hätte diesen Teil erwähnt." Er winkte mit der Hand im Lieferwagen herum und ich merkte, dass sich meine scharfen Augen an die Dunkelheit gewöhnt hatten.

Nach einer ungefähr fünfundzwanzig minütigen Fahrt knirschte Kies unter den Reifen und der Lieferwagen schwankte von einer Seite zur anderen.

„Wir sind nicht mehr auf der Straße", bemerkte Jake.

Es dauerte weitere zehn Minuten, bis wir stehenblieben. Der Motor wurde ausgeschaltet und Eric lief um den Wagen herum und öffnete die Türen, wodurch warmes Licht hereinfiel. Ich kniff die Augen zusammen, während sie sich an die Lichtverhältnisse anpassten. Was ich hinter Eric sah, war überhaupt nicht das, was ich mir vorgestellt hatte.

Felsenwände ragten um uns auf, die von echten Fackeln beleuchtet wurden, die in rustikalen Metallhaltern steckten. So wie es aussah, befanden wir uns in einer Höhle; eine große, in die ein Lieferwagen passte. Eric streckte mir eine Hand entgegen und half mir, auszusteigen. Da erkannte ich, dass in diese Höhle mehr passte als nur der Lieferwagen. Drei weitere Autos standen in dem Raum und weitere zwanzig hätten hineingepasst. Mein Blick folgte der Wölbung der Wand bis zu einer zerklüfteten Decke, die sich in den tiefen Schatten verlor.

„Wo zur Hölle sind wir hier?", fragte Jake.

„Willkommen am St. Louis-Eingang der Wolfsfeste", sagte Eric mit einem Hauch von Ehrerbietung in seinem Ton, bei dem ich die Stirn runzelte. Eric respektierte nicht viele Dinge und zeigte für noch weniger seine Wertschätzung. Dass er diesen Ort schätzte, machte mich stutzig.

Jake entfernte sich von dem Lieferwagen und sah sich um. Ich folgte ihm und musterte ebenfalls die Umgebung. Die Höhle war riesig, eine Kuppel, die sich über unsere Köpfe spannte, und ich fragte mich, ob wir uns in einem Berg oder unter der Erde befanden. Ich wusste von keinen Höhlen in St. Louis. Vielleicht waren wir magisch irgendwohin teleportiert worden. Ich wollte nachfragen, doch ich bezweifelte, dass es mir jemand verraten würde. Ich war nichts als eine rudellose, einsame Wölfin, die sich diesem exklusiven Kreis nie anschließen würde.

Auf der rechten Seite erstreckte sich ein dunkler Tunnel, der wahrscheinlich zum Ausgang führte. Links war eine Sackgasse. Ich untersuchte sorgfältig jede Ecke, während ich langsam um die geparkten Autos schlenderte und meine Nase durch den eingeschlossenen Geruch von Abgasen zuckte.

Wo würden wir unser Meeting abhalten? Hier, im Stehen? Es schien, als könnte man nirgendwo anders hin. Wir könnten genauso gut Maulwürfe sein, die in ihren Höhlen gefangen waren.

Als Nächstes richtete sich meine Aufmerksamkeit auf die Rudelherrscher. Ulfen Erickson und Walter Knight waren bereits da. Ulfen lehnte an seinem Auto und betrachtete seine Fingernägel, während Jakes Großvater bei Craig Blackridge stand. Ich hatte ihn noch nie getroffen, hatte ihn aber in den Nachrichten gesehen. Er war Allisons Vater und Aarons Onkel, also Jakes zukünftiger Schwiegervater. Juhu!

Der Mann hatte relativ langes blondes Haar und einen Kinnbart, der langsam grau wurde. Er trug einen Anzug, aber keine Krawatte. Er war ungefähr 1,80 m groß und wirkte etwas weich in der Mitte.

Jake sah finster in seine Richtung und ein scharfer Geruch ging von ihm aus: Wut. Ich streichelte seinen Handrücken und nickte ihm unterstützend zu. Er entspannte sich ein wenig und schenkte mir ein halbes Lächeln.

Ich spürte meine eigene Wut in meiner Brust aufflammen und suchte den letzten Rudelherrscher, aber er war nicht da. Vielleicht würde er nicht kommen. Der Knoten in meiner Brust löste sich ein wenig. Bis ein Motorengeräusch durch den dunklen Tunnel dröhnte und Scheinwerfer ihre hellen Strahlen auf uns richteten.

Ich kniff die Augen zusammen und schirmte sie mit der Hand vor dem Licht ab, bis das Auto stehenblieb und der Motor abgestellt wurde. Das Auto war ein silberner BMW, ein sportliches Cabrio. Die Fahrertür öffnete sich und ein großer Mann stieg aus dem winzigen Wagen und überragte ihn.

Mein Magen krampfte sich beim Anblick des Mannes, den ich bisher nur auf Bildern gesehen hatte, zusammen. In Person war er genauso beeindruckend, wenn nicht sogar noch beeindruckender, als ich es mir vorgestellt hatte. Er war weit über 1,80 m groß, mit breiten, kantigen Schultern und an ihm war überhaupt nichts weich. Sein dunkles Haar glänzte im Licht der Fackeln, genau wie seine braunen Augen. Er sah sich mit hocherhobenem, starkem Kinn um. Als er Ulfen entdeckte, schritt er selbstbewusst in seine Richtung, wobei er eine Hand lässig in der Hosentasche hatte. Er trug einen schwarzen Anzug mit schwarzem Hemd und Krawatte, wodurch er die Definition von groß, dunkel und attraktiv verkörperte.

Ich hasste ihn sofort.

„Hey." Jake stupste mich mit der Schulter an. „Alles ist gut. Mach dir um ihn keine Gedanken. Er weiß es nicht."

Für ihn war das leicht zu sagen. Travis Hillworth war nicht *sein* Vater. Aber Jake hatte recht. Meine Mom hatte ihm nie von mir erzählt. Stattdessen hatte sie meinen Vater und alle anderen angelogen und uns weisgemacht, dass ich Peter Sunders Tochter war, und nicht das uneheliche Kind eines Werwolfs.

Mit einem tiefen Atemzug wandte mich von dem Mann ab und sammelte mich. Ich war aus ganz anderen Gründen hier. Ich hatte kein Interesse an diesem Mann, an jemandem, der seine Ehefrau mit der Frau eines anderen Mannes betrog. Seine Kinder, ein Sohn und eine Tochter, waren noch klein gewesen, als er das getan hatte. Für mich war niemand, der zu so einem Betrug fähig war, meine Zeit wert.

Ich rollte meine Schultern zurück, weil ich mich mit meiner eigenen Logik unwohl fühlte. Nach diesem Prinzip war auch meine Mutter meine Zeit nicht wert. Ein Teil von mir war immer noch wütend auf sie, aber sie beinahe zu verlieren hatte den Großteil meines Grolls gemildert.

Nachdem er einen Moment lang mit Ulfen gesprochen hatte, trat Travis in die Mitte der Höhle und sprach zu uns allen. „Es scheint, als wären alle hier. Sollen wir anfangen?"

Ohne auf eine Antwort zu warten, lief er mit großen, selbstsicheren Schritten in den hinteren Teil der Höhle. Er nickte mir und Jake zu, als er an uns vorbeiging; eine kurze Würdigung, die, dem darauffolgenden höhnischen Blick nach zu urteilen, mehr war, als wir in seinen Augen verdient hatten.

Gleichfalls, Arschloch, dachte ich und warf seinem Hinterkopf tödliche Blicke zu. Er machte es mir ziemlich einfach, ihn zu hassen.

Alle folgten ihm. Nur Jake und ich blieben verwirrt hinter ihnen. Im hinteren Teil der Höhle gab es nichts, außer einer zerklüfteten Felswand und ein paar Fackeln.

Ohne Umschweife trat Travis Hillworth an die Wand und legte eine große Hand auf ihre raue Oberfläche. Einer nach dem anderen taten Ulfen Erickson, Walter Knight, Craig Blackridge und Eric Cross dasselbe und legten alle ihre Handflächen an dieselbe Stelle, die Travis berührt hatte, der zur Seite trat, um die nächste Person an die Wand zu lassen.

Als sie fertig waren, löste sich die Wand vor unseren Augen auf und enthüllte einen schmalen Gang, der ebenfalls von Fackeln erleuchtet war. Der Geruch von eingeschlossenen, uralten Dingen wurde auf einem kühlen Wind herausgetragen, der auf seinem Weg leise pfiff.

Verdammt noch mal!

Ich war kurz davor, die Wolfsfeste zu betreten.

KAPITEL 8

Mein Herz schlug laut, während alle nur reglos dastanden. Ich musterte sämtliche Gesichter. Sie alle blickten in die Höhle, als würden sie auf etwas warten. Schritte hallten durch die Passage. Ich rückte näher an Jake heran. Anspannung umgab ihn.

Ein Schatten materialisierte sich tief in dem Korridor, der langsam größer wurde, während er sich näherte. Mit zusammengekniffenen Augen und angehaltenem Atem sah ich ihm entgegen. Wer war es? Ein weiteres Mitglied, das zuerst hier angekommen war? Nein, Eric hatte mir gesagt, dass es nur fünf von ihnen gab, niemanden sonst. Wer war das also?

Der Umriss wurde zu einer Gestalt von durchschnittlicher Größe, die eine weiße Tunika trug, die mit buntem Garn bestickt war. Ein Paar Fellstiefel rundeten das Outfit ab, das an die Kleidung der Eingeborenen erinnerte. Die Hände der Person steckten in langen, weiten Ärmeln, die ebenfalls mit Fell besetzt waren. Sie blieb am Eingang des Tunnels stehen und verbeugte sich leicht.

„Willkommen", sagte eine klare, feminine Stimme.

Tätowierte Hände zogen die Kapuze herunter und enthüllten eine Frau mit ausgeprägten Wangenknochen, schmalen Augen und vollem, dunklem Haar, das in zwei Zöpfe geteilt war, die auf beiden Seiten ihres Gesichts herunterhingen. Ein Tattoo, das aus drei geraden Linien bestand, verlief von ihrer Unterlippe bis zu ihrem Kinn. Ein weiteres formte ein „V" in der Mitte ihrer Stirn, das zwischen ihren Augenbrauen endete. Sie war schön und schien tatsächlich von den Ureinwohnern abzustammen.

„Bitte, legen Sie Ihr Gelübde ab und treten Sie ein", sprach sie mit leichtem Akzent. Sie trat beiseite und streckte eine Hand in Richtung der Tiefen des Durchgangs aus.

Jeder Mann trat auf die Schwelle zu, hielt seine rechte Hand hoch und sagte: „An dieser heiligen Stätte gelobe ich ein Moratorium mit allen Alphamitgliedern dieser und jeder anderen Gruppe von Rudelherrschern. Ich gelobe, unsere Werte zu wahren und jede Entscheidung für den Schutz unserer Art zu treffen."

Ich trat einen Schritt zurück, damit ich die Letzte in der Schlange war und versuchte, mir die Worte zu merken, falls sie von mir verlangt werden würden. Jake versuchte, ein Gentleman zu sein und wollte mich vorlassen, doch ich schüttelte meinen Kopf und drängte ihn vorwärts. Ebenfalls kopfschüttelnd bewegte er sich vorsichtig auf die Schwelle zu.

Walter stand bereits auf der anderen Seite und trat vor, um zu sagen: „Ich bürge für ihn, Wächterin Yura. Sein Name ist Jacob Knight. Er ist mein Enkel und der zukünftige Alpha des Knight-Rudels. Er war außerdem ein Zeuge der Ereignisse, die wir hier besprechen wollen."

Die Frau, Yura, sah Jake von oben bis unten an, als würde sie seinen Wert abschätzen. Jake stand gerader, zog seine Schultern zurück und streckte sein Kinn heraus. Yura holte Luft und ihre Nasenflügel blähten sich auf, als sie seinen Geruch aufnahm, als gehörte das auch zu ihrer Beurteilung. Nach einem langen Moment bedachte sie ihn mit einem einladenden Nicken.

„Hebe deine linke Hand und sprich mir nach", wies sie ihn an.

Jake tat es und seine tiefe Stimme erklang. „An dieser heiligen Stätte gelobe ich ein Moratorium mit allen Alphamitgliedern dieser und jeder anderen Gruppe von Rudelherrschern. Ich gelobe, nur dann zu sprechen, wenn während der Sitzung gesprochen wird und gelobe außerdem, niemandem zu verraten, was heute hier passiert." Dann trat er über die Schwelle und schien erleichtert aufzuatmen.

Ich blieb zurück und warf einen verstohlenen Blick über meine Schulter. Hatte Eric den Schlüssel im Zündschloss des Lieferwagens stecken lassen? Vielleicht könnte ich auf den Fahrersitz springen und hier rausrasen, wie eine Fledermaus aus einer Höhle – nur, dass Travis' Auto den Weg versperrte. *Verdammt!*

Yura räusperte sich. Mein Kopf drehte sich ruckartig zu ihr um und ich trat von einem Fuß auf den anderen.

„Wer bürgt für sie?", fragte sie.

„Ich tue es." Eric trat vor. „Ihr Name ist Antonietta Sunder. Sie ist ein Alpha und wie Jacob Knight ist sie Zeugin der Ereignisse, die wir hier besprechen wollen."

„Nun gut." Yura winkte mich mit einer ihrer tätowierten Hände vorwärts.

Wenn Jake und Eric nicht auf der anderen Seite gewesen wären, hätte ich mich wohl nicht getraut, dem prüfenden Blick der Frau standzuhalten. Nachdem sie mich abgeschätzt und meinen Geruch aufgenommen hatte, erwartete ich, dass sie mir sagen würde, was ich geloben sollte, aber stattdessen schenkte sie mir ein mitfühlendes Lächeln.

„Ein weiblicher Alpha", sagte sie mit hörbarer Genugtuung. „Es ist schon eine Weile her, dass ich in diesen Tiefen einer Gleichgesinnten begegnet bin."

Ich blinzelte überrascht. Sie war auch ein Alpha. Cool!

„Willkommen, Antonietta Sunder." Sie warf einen Seitenblick auf die Männer, als wollte sie sagen, dass sie froh war, eine weitere Frau dabeizuhaben. Ich stellte mir vor, dass seit Urzeiten eine endlose Reihe von Männern durch dieses versteckte Tor geschritten waren.

„Danke, Yura, wenn ich Sie so nennen darf."

„Du darfst." Sie lächelte und zeigte ihre perfekt weißen Zähne. „Jetzt sprich mir nach."

Ich tat, wie mir geheißen, wobei meine Stimme ein wenig zitterte, während sie dieselben Worte aufsagte, die Jake wiederholt hatte.

„Du darfst die Wolfsfeste betreten", sagte Yura, als ich mein Gelübde abgelegt hatte. Sie senkte ihren Kopf mit einem Respekt, den ich nicht von jemandem wie ihr, wer auch immer sie war, zu verdienen glaubte.

Ich schluckte schwer und trat über die Schwelle. Ein seltsames Gefühl überkam mich und ich fühlte mich in eine andere Welt transportiert, wie es bei meinen Aufspürtrancen passierte. Ich schaute den Weg zurück, den ich gekommen war. Die Autos standen noch immer dort und warteten darauf, dass ihre Fahrer zurückkehrten, und der Geruch von Abgasen hing noch immer in der Luft. Stirnrunzelnd begann ich, mich wieder umzudrehen, doch ich hielt inne, als ich im Augenwinkel sah, dass die Luft wie Wasser waberte. Meine Aufmerksamkeit richtete sich darauf, doch die Illusion verschwand. Ich drehte wieder den Kopf und bemerkte denselben Effekt.

„Du hast scharfe Sinne, Antonietta, wenn ich dich so nennen darf", sagte Yura mit einem sanften Lächeln.

„Sicher. Oder Sie können mich Toni nennen." Ich erwiderte ihr Lächeln. „Wo sind wir?"

„Du bist nicht mehr in Kansas, Dorothy", sagte Travis mit einem spöttischen Lachen.

Ich warf einen bösen Blick in seine Richtung, bei dem er zweimal hinsehen musste. Ich hatte das Gefühl, dass er es gewohnt war, sofort als etwas Besonderes angesehen zu werden. Für etwas Besonderes hielt ich ihn ganz sicher. Für einen besonders verlogenen Drecksack.

Zum ersten Mal schien er mich zu beachten, vielleicht um sich zu fragen, wer genau ich war. Hatte ihm mein Nachname irgendetwas verraten? Hatte er meinen Vater gekannt? Mom hatte mir nur wenig über ihre Beziehung verraten, und weil ich sie nicht wieder hassen wollte, hatte ich nicht mehr gefordert, als sie preisgeben wollte.

Nachdem er mich ein paar Momente lang gemustert hatte, setzte Travis einen gelangweilten Gesichtsausdruck auf und sagte: „Ich weiß nicht, wie es euch geht, aber ich habe nicht den ganzen Tag Zeit." Er drehte sich auf dem Absatz um und ging den langen Flur hinunter.

Alle folgten ihm. Immer noch unsicher, blieb ich zurück, doch jetzt war es Yura, die neben mir lief, nicht Jake. Nach ein paar Schritten sah ich über meine Schulter und entdeckte, dass die Wand hinter uns wieder aufgetaucht war und wir eingesperrt waren.

Nein, Toni, nicht eingesperrt. Ich versuchte, mir ein anderes Wort zu überlegen, das meine Anspannung mildern würde, aber es fiel mir keins ein, also richtete ich meine Aufmerksamkeit auf das Prachtexemplar einer Frau zu meiner Rechten, in der Hoffnung, mich abzulenken.

„Wer ... wer sind Sie?", traute ich mich zu fragen, und erwartete, dass sie mir sagen würde, es ginge mich nichts an.

Zu meiner Überraschung antwortete sie ganz offen. „Ich bin Yura von Maliseet, eine der Wächterinnen der Wolfsfeste. Wenn sich die Rudelherrscher treffen, gewähre ich ihnen den Zutritt."

„Maliseet?"

„Ja, in der Wabanaki-Konföderation."

Ich war immer noch genauso verwirrt.

„Es ist ein Gebiet an der Grenze zu Maine und New Brunswick."

„Ah." Das ergab Sinn. Ich versuchte, mich daran zu erinnern, was ich über diese Rudel in der Schule gelernt hatte, doch es war nicht viel. Das meiste, an das ich mich erinnerte, hatte damit zu tun, wie die Kolonisten sie von Anfang an behandelt hatten. Fade, religiöse Eiferer, die dachten, alle Schrägen seien Abscheulichkeiten der Natur, sie verfolgten und versuchten, sie in ihrem Land auszurotten. Bis zum heutigen Tag, in einer Zeit, in der Fade und Schräge fast überall sonst auf der Welt miteinander auskamen, herrschte dort drüben eine Art Hetzjagd auf unsere Art.

Ich dachte noch eine Weile über ihre Antwort nach, dann fragte ich: „Wenn Sie *Rudelherrscher* sagen, meinen Sie nicht nur *diese* Rudelherrscher, oder?"

Sie nickte.

„Also treffen sich alle Rudelherrscher der Welt hier?" Ich sah mich um, doch wir befanden uns noch immer nur in einem Flur, der wer weiß wo hinführte.

Während wir weiterliefen, erloschen die Fackeln hinter uns mit einem Zischen, während die vor uns zum Leben erwachten.

„Netter Trick", sagte ich nervös und fühlte mich, als würden wir durch das Maul eines riesigen Drachen wandern. Vielleicht waren wir auf dem Weg in seinen Bauch, wo uns seine Magensäfte in ... na ja, noch mehr Saft verwandeln würden. Ich erschauderte.

„Du musst keine Angst haben", sagte Yura mit ihrem melodischen Akzent. „Du bist hier sicher."

Das Gefühl hatte ich überhaupt nicht, aber ich beschloss, ihr zu vertrauen.

Nach einem zehnminütigen Marsch kamen wir an einer weiteren Sackgasse an.

„Entschuldige mich." Yura verbeugte sich leicht, ging an den anderen vorbei und mit einer einzigen Handbewegung öffnete sie den Durchgang zu etwas, das aussah, wie der Ballsaal in einem Mittelalterschloss. Wir alle traten über eine Schwelle, die sich ähnlich anfühlte wie die letzte. Wenn wir zuvor „Kansas" verlassen hatten, fühlte es sich jetzt an, als hätten wir nicht nur unseren Bundesstaat hinter uns gelassen, sondern auch unser ... Zeitalter. Und ohne Zweifel war die Passage nichts als ein Zwischenraum gewesen.

Der Raum, in dem wir uns wiederfanden, war groß; gesäumt von Steinwänden, an denen uralte Banner hingen, die mit feinem Garn gestickte Wappen zeigten. Es gab Hunderte von ihnen, jedes hatte eine andere Farbe und war anders gestaltet, doch auf allen war eine Art Wolf zu sehen. Eine riesige Tafel stand in der Mitte des Raumes. Sie sah schwer und uralt aus.

Jake ging zu seinem Großvater, der ihn zu einem violetten und goldenen Banner herüberwinkte. „Das ist unseres", sagte er in einem ehrfürchtigen Ton.

Jake starrte zu dem Banner hinauf, mit feierlicher und beeindruckter Miene. Es versetzte meiner Wölfin einen Stich des Neides und machte mir ihre Anwesenheit als etwas Eigenständiges bewusst. Es war ein zwiespältiges Gefühl, das mir ganz und gar nicht gefiel. In letzter Zeit waren die Wölfin und ich eins gewesen. Aber hier und jetzt begehrte die Hälfte von mir dieses Zugehörigkeitsgefühl, das sich in Jakes Gesichtsausdruck abzeichnete. Das war etwas, das ich niemals haben würde.

Ich hatte kein Rudel.

Ich war eine einsame Wölfin.

Toni Lone, so würde man mich nennen.

„Welcher Erblinie gehörst du an?", fragte Yura, die neben mich trat und auf die Banner deutete. „Ich kann dir helfen, sie zu finden."

„Danke, aber ich habe keine." Meine Stimme klang viel schroffer, als ich es beabsichtigt hatte, und wie von selbst richteten sich meine Augen in Travis Hillworths Richtung.

Yura übersah meinen Fehler nicht, die ebenfalls zu Travis hinübersah und nach einem Blick auf sein Gesicht die richtige Schlussfolgerung zu ziehen schien. Hatte sie eine Ähnlichkeit erkannt? Nein! Ich weigerte mich zu glauben, dass ich dieser Gesichtsgrätsche ähnlich sah.

Ich biss mir auf die Unterlippe und verfluchte mich dafür, so durchschaubar zu sein. Würde sie etwas sagen? *Gott, ich hoffe nicht.* Mein

Ziel war es, nicht nur den Dolch loszuwerden, sondern auch hier rauszukommen, ohne diesem abscheulichen Mann irgendetwas zu verraten.

Ich riss meinen Blick von den Bannern und inspizierte den Rest des Raumes. Dann ging ich auf den Tisch zu. Es gab genügend Stühle für dreißig Personen. Das Gesicht eines knurrenden Wolfs mit juwelenbesetzten Augen war in die Mitte eingebrannt, mit verschiedenen Holzfarben verziert und in einen Kreis eingefasst. Sterne und Monde umgaben den Wolf und Runen verzierten das runde Muster. Es war ein Kunstwerk, das mit nichts zu vergleichen war, was ich je gesehen hatte.

Ein frischer Duft von Kiefern und Harz wehte aus der Ecke herein, der mich anzog. Die hölzernen Fensterläden standen um ein bogenförmiges Fenster herum offen, das mit Steinen besetzt war, die mit der Zeit und durch den Kontakt vieler Hände glatt geschliffen worden waren. Ich legte meine Finger sanft auf das Fensterbrett und sah zu einem dunkelblauen Himmel hinaus, der in Mondlicht getaucht und mit leuchtenden Sternen übersät war. Ich konnte die Form von großen Bergen in der Ferne sehen, deren Umrisse dunkler waren als das Firmament über ihnen.

Wo zur Hölle waren wir? Auf der anderen Seite der Welt? So musste es sein, denn der Mond war aufgegangen. In St. Louis war es 15 Uhr gewesen. Es sei denn, dies war nur eine Illusion.

Ein Stuhl wurde laut über den Boden geschoben und lenkte meine Aufmerksamkeit wieder auf die Mitte des Raumes. Travis knöpfte sein Jackett auf und setzte sich auf einen Platz, den manche als den Kopf des Tisches bezeichnen würden, da er der Tür zugewandt war, durch die wir gekommen waren.

„Bringen wir es hinter uns", sagte er und zog an seinen Manschetten, während er es sich bequem machte.

Meine Alphainstinkte sträubten sich, und so war es auch bei den anderen, deren Mienen sich verfinsterten. Jake rollte seine Schultern zurück, als verspürte er das Verlangen, Travis ins Gesicht zu schlagen. Ich wollte keine Prügelei, aber wenn er anfing, würde ich mich ihm gerne anschließen.

Ich holte tief Luft und war mir plötzlich des Gewichts des Dolches in meiner Tasche sehr bewusst. Immerhin stimmte ich ihm in einem Punkt zu. Wir mussten es hinter uns bringen.

KAPITEL 9

Travis sah zufrieden aus, als ihm alle zu dem großen Tisch folgten, als würde dieses kleine Einverständnis bedeuten, dass er der Anführer war. Ich stemmte meine Fersen in den Boden und sträubte mich weiter. Wir alle hatten geschworen, keinen Schwanzvergleich zu starten, aber ich wollte es. Dieser Kerl ging mir gegen den Strich, als würde jemand mein Fell falsch herum bürsten.

Yura räusperte sich und trat ebenfalls an den Tisch heran. „Wie immer werde *ich* die Diskussion leiten. Fangen wir an. Es wird Zeit." Als sie das sagte, schien ein Strahl Mondlicht durch ein strategisch platziertes Loch in der Wand und beleuchtete den eingravierten Wolf in der Mitte der Tafel.

Ich sah bewundernd zu, wie die juwelenbesetzten Augen aus reinem Saphir zu leuchten begannen, beinahe wie Erics Augen. Alle nahmen ehrfürchtig Platz und vergaßen Travis und sein Gehabe. Als sich der Winkel des Mondstrahls leicht änderte und die Augen des Wolfes aufhörten zu leuchten, sprach Yura weiter.

„Es sind einhundertunddreiundzwanzig Vollmonde vergangen, seit sich die Rudelherrscher von St. Louis das letzte Mal getroffen haben", sagte sie mit ihrer melodischen Stimme. „Über zehn Jahre voller Einigkeit und Wohlstand für die Rudel. Doch wie es schon immer war, wird die Einigkeit nun bedroht, also wird Ihre Führung gebraucht, um die Harmonie wieder herzustellen."

Travis rutschte auf seinem Platz herum; offensichtlich machte ihn Yuras Einleitung ungeduldig. Er wirkte wie jemand, der woanders etwas Wichtiges zu tun hatte, wie eine Windel zu wechseln oder Hämorridencreme aufzutragen.

Yura sah sich um und ihr weiser Blick richtete sich auf Eric. „Das Wichtigste zuerst … Der Höchsten Rudelherrschaft ist zu Ohren gekommen, dass die Geschändete Amphore ausgegraben wurde und dass Sie, Alpha Eric Cross, nun im Besitz eines Teils davon sind, ist das korrekt?"

Eric öffnete seinen Mund, um zu antworten, doch Travis sprach zuerst.

„Es tut mir leid." Er wedelte mit einer Hand in der Luft. „Aber was hat *er* hier zu suchen? Er ist nur ein einsamer Wolf ohne Rudel. Er hat in unserer Stadt nichts zu sagen."

„Das ist lächerlich", sagte ich. „Natürlich hat er etwas zu sagen. Er lebt dort. Das tun wir alle."

„Jedenfalls ist das hier", er deutete im Raum herum, „ein Treffen der *Rudel*herrscher und er hat keins."

„Er hat ein Rudel. Und zwar mich!", widersprach ich ohne nachzudenken.

Travis, Craig und Walter lachten verächtlich. Jake und Ulfen runzelten die Stirn.

Beschämt versuchte ich, mit meinem Stuhl eins zu werden, aber er gehorchte nicht. *Verdammt!* Manchmal war mein Mund schneller als mein Gehirn. Ich blickte in Erics Richtung und kam mir wie eine Idiotin vor. Ich hatte noch nicht einmal über seine Meinung zu diesem Thema nachgedacht. Aber ich hätte mir darüber keine Sorgen machen sollen, denn seine Augen sagten mir, dass er dankbar für meine Unterstützung war.

Langsam richtete er seine Aufmerksamkeit auf Travis. Ich erwartete, dass er sich auf die offensichtliche Feindseligkeit einlassen würde, doch er wirkte ganz cool. „Das habe ich selbst zu verantworten", antwortete Eric lässig, „aber ich wurde gebeten zu kommen."

„Er ist immer noch ein Mitglied, Alpha Hillworth", sagte Yura. „Außerdem ist er Zeuge der Ereignisse um die Geschändete Amphore. Ich glaube sogar, dass er maßgeblich an der Wiederbeschaffung beteiligt war. Allerdings werde ich es *ihm* überlassen, von den Einzelheiten zu berichten."

Travis schnaubte. „Na schön, aber ich möchte einen Antrag auf seine Amtsenthebung stellen."

Yura neigte den Kopf. „Dann werde ich am Ende der Sitzung um eine Abstimmung bitten."

„Nicht nötig." Eric winkte mit der Hand. „Ich steige aus." Er zeigte ein Lächeln, das so dünn war wie die Klinge eines Messers, und richtete es direkt auf Travis, dessen Kiefer zuckte und so seine Verärgerung preisgab. Er hatte Eric rauswerfen wollen und hasste es, nicht die Genugtuung zu bekommen, es zu schaffen. *Kleiner Bastard!*

„Fahren wir fort." Yura nickte Eric zu.

„Um Ihre Frage zu beantworten", sagte er, „ja, die Geschändete Amphore hat wieder ihr hässliches Gesicht gezeigt. Allerdings ist sie nicht in meinem Besitz. Toni hat sie."

Jetzt richteten sich sämtliche Augenpaare in meine Richtung. Ich erwartete, dass Yura etwas sagen würde, doch sie wartete nur darauf, dass ich weitermachte, wo Eric aufgehört hatte, also nickte ich, griff in meine Brusttasche, zog den Dolch heraus und legte ihn auf den Tisch. Walter, Ulfen, Craig und Travis beugten sich alle vor, um ihn sich genauer anzusehen, wobei Interesse in ihren Augen aufblitzte.

Travis schnaubte. „Sieht nicht nach viel aus." Er lehnte sich auf seinem Stuhl zurück und wirkte unbeeindruckt. „Sind wir sicher, dass das der Dolch ist?"

Meine Wölfin knurrte, doch ich hielt jedes Geräusch zurück. Wollte er andeuten, dass wir eine Fälschung mitgebracht hatten? Statt zu knurren, riss ich mich zusammen und sagte mit kühlem Tonfall: „Ich bin einhundert Prozent sicher, dass er es ist. Ich habe ihn an mich genommen, kurz nachdem er benutzt wurde, um einen Hybriden zu erschaffen."

Travis' braune Augen – die meinen so ähnlich waren, dass ich ihn dafür hasste – musterten mich noch einmal. Er schien eine Million Berechnungen anzustellen, um auf eine Zahl zu kommen, die ihm genau sagte, was er von mir halten sollte. Einen Moment später hob er nur eine

Augenbraue und sagte nichts. Vielleicht war er auf eine dicke, fette Null gekommen. Die Hexenlichter wussten, dass es dieselbe Wertung war, die ich ihm gegeben hatte.

„Bitte erkläre allen, wie du in den Besitz dieses Dolches gekommen bist." Yura streckte einladend eine Hand aus.

Ich erzählte die Geschichte von Anfang an. „Alles begann mit Stephen Ericksons angeblicher Entführung. Als Ulfen seinen Sohn nicht finden konnte, bat er mich um meine Hilfe als Fährtensucherin. Jacob Knight und ich fanden ihn und dachten, wir würden ihn vor einem schlimmeren Schicksal bewahren, doch es stellte sich heraus, dass er die Entführung nur vorgetäuscht hatte. Und am Ende fanden wir heraus, dass Stephen mit Bernadetta Fiore zusammenarbeitete."

Ich sah Ulfen entschuldigend an. Er tippte mit seinen Fingern auf den Tisch, um anzudeuten, dass es keinen anderen Weg gab.

„Vor vier Tagen", fuhr ich fort, „brachte mich Stephen gewaltsam in einen Vampirtempel, wo er mich bat, mich seinem Bestreben anzuschließen, um ... ich weiß nicht ... die Stadt zu erobern, schätze ich. Was auch immer der Grund ist, es ist Wahnsinn, und es beinhaltet, ein ganzes Rudel in Hybriden zu verwandeln, und zwar damit." Ich zeigte auf den Dolch. Während ich die Geschichte erzählte, übermannten mich Emotionen. „Als ich mich weigerte, mich ihm anzuschließen, zwang er mich dazu, zuzusehen, wie sie die Amphore benutzten, um ein Mitglied eines kleinen Rudels in eine dieser Hybrid-Bestien zu verwandeln. Bernadetta Fiore füllte ihr Blut in das Jadegefäß, dann tauchte sie den Dolch hinein und flößte es dem Mann ein. Es war schwer mitanzusehen." Ich schluckte schwer. „Das gesamte Rudel war dort, und sie waren bereit, sämtliche Mitglieder zu verwandeln, doch ich sollte die Nächste sein. Und beinahe schafften sie es. Sie haben beinahe ..." Ich verstummte und erschauderte, als ich mich daran erinnerte, wie nahe ich daran gewesen war, ein hirnloses Monster zu werden.

Alle warteten darauf, dass ich fortfuhr, wobei schwere Stille zwischen uns in der Luft hing. Yura sah entsetzt aus, doch mit einem kleinen Nicken ermutigte sie mich, fortzufahren.

„Mein Freund rettete mich in letzter Sekunde", sagte ich und mein Hals schmerzte. „Sein Name war Damien Ward, und er war ein Kupfermagier. Jetzt ist er tot, und das Einzige, was wir wissen, ist, dass ihn eine

Mitternachtshexe umgebracht hat. Für dieses Mistding!" Ich stieß den Dolch mit meiner Hand an, sodass er über den Tisch rutschte. Er blieb genau auf der Nasenspitze es eingebrannten Wolfs liegen und drehte sich ein paar Mal, bis er zum Stillstand kam. Alle starrten ihn mit Abscheu an.

„Damien war nicht der Einzige am Zirkeltempel. Jake und Eric waren auch dort." Ich erwähnte Rosalina nicht, denn ich wollte sie nicht in diese Sache hineinziehen. Natürlich war sie bereits involviert, aber ich würde alles tun, was ich konnte, wenn sich eine Gelegenheit bot, sie zu schützen. „Wir kämpften gegen Bernadetta Fiore und ihren Zirkel. Stephen rannte wie ein Feigling davon und nahm das Jadegefäß mit. Allerdings konnte ich ihn von dem Dolch trennen."

Ulfens Knöchel knackten, als er seine Finger verschränkte und sie anstarrte, wobei eine Mischung aus Wut und Scham seine kräftigen Züge zeichnete. Ich hatte Mitleid mit ihm, aber ich hasste Stephen trotzdem. Er war ein Mistkerl und er würde dafür bezahlen, was er Damien angetan hatte.

„Und der Hybrid, den sie erschaffen haben, was ist mit ihm passiert?", fragte Travis.

„Toni hat ihn getötet", antwortete Eric und ersparte es mir, mit dem Mann zu sprechen.

Travis schien seinen kleinen Bewertungstaschenrechner wieder hervorzuholen und meinen Wert zu berechnen. Er sah leicht beeindruckt aus, und ich stellte mir vor, wie meine Wertung auf seiner Karte stieg, was mich ärgerte. Ich wollte nicht einmal, dass er in meine Richtung sah, geschweige denn, dass er mich beurteilte.

„Tja, dann scheinen wir von diesem gottverdammten Artefakt nichts mehr befürchten zu müssen." Er machte eine abschätzige Geste in Richtung des Dolches.

„Außer der Tatsache, dass wir heute Morgen gegen einen weiteren Hybriden gekämpft haben", informierte Eric ihn.

Ein Murmeln breitete sich im Raum aus.

„Also haben sie noch mehr erschaffen? Wie viele?", fragte Craig und strich sich über seinen ergrauenden Kinnbart.

Eric schüttelte seinen Kopf. „Das wissen wir nicht. Aber all die Geschichten, all die Legenden über ihre Stärke, sind wahr. Diese Kreatur hat einen Eisenhut-Schuss in den Kopf überlebt. Er brachte ihn zu Boden, doch die Bestie hat sich geheilt und ist wieder aufgestanden. Wir dachten, es sei tot. Wir hätten es köpfen sollen, während es auf dem Boden lag, um sicherzugehen, dass es tot bleibt. Denselben Fehler werden wir nicht noch einmal machen."

Mein Magen krampfte sich bei der Vorstellung, wie Blut aus dem Hals des Monsters sprühte, zusammen.

„Lasst das eine Warnung für jeden sein, der einem Hybriden begegnet", sagte Eric.

Jakes Großvater räusperte sich und setzte sich gerader hin. Er hatte schweigend zugehört und alles mit verengten Augen beobachtet, wobei kalte Berechnung jedes noch so kleine Zucken in seinem Gesicht beherrscht hatte.

„Stephen Erickson ist ein Verräter", sagte er. „Und er sollte als solcher behandelt werden."

Ulfen ballte seine Hände zu Fäusten und sein Gesicht wurde rot vor Wut, doch er gab keine Antwort darauf.

Yura nickte ernst und ihr Gesicht nahm einen finsteren Ausdruck an, bei dem ich mich fragte, wie Verräter wohl behandelt werden sollten.

Travis, Ulfens Verbündeter, schaltete sich ein. „Denken wir an die neuen Regeln. Um die Schuldfrage zu klären, ist ein Prozess erforderlich."

Walter schnaubte und lehnte sich auf seinem Stuhl zurück, wobei er aussah, als hätte er in etwas Saures gebissen.

Craig, der Verbündete des alten Mannes, sprach als Nächstes. „Die Affäre scheint ziemlich klar zu sein. Miss Sunders Aussage lässt keinen Zweifel daran."

„Ein Prozess ist erforderlich", wiederholte Travis, der seine Stimme hob und mich mit seiner Inbrunst überraschte. Er wandte sich an Yura. „Würden Sie bitte die anderen daran erinnern, wie es jetzt funktioniert?"

Sie neigte den Kopf und tat, wie ihr geheißen. „Die Regeln sind nicht gerade neu. Sie gelten schon seit fünfzig Jahren."

Walter zuckte mit den Achseln. „Unser Credo brauchte diese Änderungen nicht. Ich habe dem nie zugestimmt. Für uns funktionierte es hunderte von Jahren lang gut."

Travis sprach mit einem spöttischen Lächeln. „Es tut mir leid, das zu sagen, aber die alten Methoden und die alten", er wedelte mit der Hand in der Luft, als würde er nach dem richtigen Wort suchen, „*Leute* müssen sich immer auf Änderungen und die jüngere Generation einlassen, damit die Dinge nicht stagnieren."

Neben ihm blinzelte Ulfen langsam. Er schien dankbar zu sein, froh, jemanden auf seiner Seite zu haben, der seinen Sohn verteidigte, wenn auch nur, weil sie Verbündete waren.

In Walters dunklen Augen funkelte unverhohlener Hass. Die Anspannung zwischen den Männern – zwei Gruppen gegnerischer Verbündeter – knisterte in der Luft. Jake, der rechts neben seinem Großvater saß, ließ sich nichts anmerken. Seine Züge waren neutral und seine silbernen Augen waren auf einen Punkt an der Wand gerichtet. Indem er sich dem Blackridge-Rudel anschloss, hatte er sich automatisch mit den Ericksons und Hillworths verfeindet, und ich war nicht sicher, ob ihm das gefiel.

„Die Regeln", fuhr Yura fort und ignorierte ihr Gespräch, „besagen, dass Verbrechen gegen unsere Art, die von unserer Art begangen werden, von den Höchsten Rudelherrschaft beurteilt und verurteilt werden. Nur wenn die Schuld festgestellt wird, wird die Todesstrafe verhängt."

Ich blinzelte überrascht. Todesstrafe?! Die Höchste Rudelherrschaft brachte tatsächlich Leute um? Und erst vor fünfzig Jahren wurde ein Gerichtsverfahren zur Pflicht gemacht?

Verdammt! Ich hoffe, ich verärgere sie nie.

Ich wollte Stephen tot sehen, und ich würde mich nicht beschweren, wenn mir jemand einen Freibrief geben würde, ihn auch ohne Beweis seiner Schuld zu töten, weil ich wusste, dass er es verdient hatte, aber ich konnte nicht leugnen, wie gefährlich ein System ohne Rechenschaftspflicht gewesen sein musste.

Craig verschränkte die Finger, seine blauen Augen wanderten um den Tisch und blieben dann bei Ulfen hängen. „Ich kann nur sagen, wenn Stephen Erickson nicht friedlich zu uns kommt, um sich seinem *Prozess* zu stellen ..." Er sagte das Wort, als würde er über einen Clownkongress sprechen. „... dann werde ich nicht mein Leben riskieren, um ihn lebend dort hinzubringen. Dasselbe gilt für jedes Mitglied meines Rudels. Ich kann nicht mit gutem Gewissen von ihnen verlangen, dieses Risiko einzugehen."

„Aye." Walter streckte zwei Finger in die Luft, um zu zeigen, dass dasselbe für sein Rudel galt. Er sah zu Jake hinüber, der zustimmend nickte.

Jake und ich schuldeten Stephen gar nichts – nicht, nachdem er uns belogen hatte und mich entführt und versucht hatte, mich in ein Monster zu verwandeln – und doch hasste ich es, Jake auf der Seite seines Großvaters und von Craig zu sehen. Aus irgendeinem Grund fühlte es sich wie Verrat an.

„Das ist vollkommen vernünftig", sagte Yura, „und es entspricht unseren Regeln. Allerdings darf niemand Stephen Erickson aktiv aufsuchen, um Gerechtigkeit an ihm zu üben. Jeder, der dies tut, riskiert selbst einen Prozess."

„Vielleicht kann diese *merkwürdige* Werwölfin ihn aufspüren?", schlug Travis vor und nickte in meine Richtung.

Ich lehnte mich bedrohlich in meinem Stuhl nach vorne. „Merkwürdig?"

Er hob seine Hände. „Das war nicht böse gemeint." Er lächelte, doch es erreichte seine Augen nicht, was mir verriet, dass seine Worte gelogen waren. „Ich habe nur noch nie einen Werwolf mit zusätzlichen schrägen Kräften getroffen."

Ich öffnete meinen Mund, um seine Mutter zu beleidigen, doch Yura sprach zuerst.

„Sie ist tatsächlich eine seltene Werwölfin, mit wertvollen Fähigkeiten, zu denen es nicht zählt, laufend belanglose Äußerungen zu machen."

Travis sah Yura mit Wut in den Augen an. Sie hielt seinen Blick, bis er überwältigt wegsah. Alphaenergie ging von ihr aus. Etwas Mächtigeres, als alles, was Travis als Alpha hervorbringen konnte. Es dauerte ein paar lange Momente, bis sie verflog. Ich verstand, warum sie die Leiterin dieser Versammlung war.

Mit einem sanften Lächeln wandte sie sich an mich. „Könntest du das tun? Deine Fährtensucherfähigkeiten benutzen, um Stephen Erickson noch einmal aufzuspüren?"

Ich schüttelte den Kopf. „Nein, ich habe nichts, das ihm gehört."

„Was ist mit dem Dolch?", schlug Craig vor.

„Nein. Der wahre Besitzer dieses Dolches ist lange tot."

„Genug davon, was tun wir mit diesem ... Ding?" Walter zeigte auf die kleine Waffe, die in der Mitte des Tisches lag. „Wer soll damit betraut werden, ihn sicher aufzubewahren? Erickson und Hillworth sind ganz klar keine gute Wahl."

„Was willst du damit sagen?", fragte Ulfen knurrend und sprach zum ersten Mal.

Walter lächelte schmal. „Es ist letztendlich deine Schuld, mein lieber Ulfen. Dein Sohn ist für die Erschaffung von Hybriden verantwortlich. Ich kann mir kein abscheulicheres Verbrechen vorstellen. Er ist geistesgestört, und mir stellt sich die Frage ... warum?"

Holz knarzte unter dem Druck von Ulfens großen Händen, als er die Tischkante umklammerte. Scharfe Krallen sprangen aus seinen Fingerspitzen und gruben sich in die polierte Oberfläche. Walter sah amüsiert zu und ein Hauch von Gleichgültigkeit umgab ihn wie zu viel billiges Parfum.

In diesem Moment hasste ich den alten Mann mehr als je zuvor. Ich bezweifelte, dass er sich so benehmen würde, wenn sein starker, fähiger Enkel nicht neben ihm sitzen würde. Außerdem wusste Walter nichts über die Beziehung zwischen Ulfen und Stephen, darüber, wie schwer es für Ulfen war, und darüber, wie verzweifelt er versucht hatte, seinen Sohn auf die richtige Bahn zu lenken. Ich verstand es jetzt. Ulfens Versuche, seinen Sohn von mir fernzuhalten, waren dazu gedacht gewesen, Stephens verdorbenen Charakter zu verändern.

„Wir werden davon absehen, uns gegenseitig zu verhöhnen", sagte Yura, drehte sich zu Walter um und schenkte ihm einen vernichtenden Blick, der eine schwerwiegende Warnung vermittelte.

Ich erwartete, dass der alte Mann widersprechen würde, doch er zuckte mit den Achseln und tat so, als sei es ihm gleichgültig. Ich konnte jedoch sehen, dass er die Warnung bis ins Mark gespürt hatte und dass sie nicht an seiner runzligen Haut abgeprallt war. Immer mehr bekam ich das Gefühl, dass sich niemand mit der Höchsten Rudelherrschaft anlegte.

„Ich hoffe, du schlägst nicht vor, dass der Dolch euch beiden anvertraut werden sollte." Travis beäugte Craig und Walter, als wollte er sagen, dass sie nicht imstande waren, einen Sack Nägel sicher aufzubewahren, geschweige denn einen verzauberten, monstererschaffenden Dolch.

„Ich dachte, die Höchste Rudelherrschaft würden ihn behalten", sagte ich. „Sind wir deshalb nicht hier? Um ihn an Sie zu übergeben?"

„Ursprünglich", erklärte Yura, „waren drei Familien an der Jagd auf die ersten Hybriden beteiligt, die mit der Geschändeten Amphore erschaffen wurden. Sie haben dafür gesorgt, dass jeder einzelne von ihnen aufgespürt und getötet wurde, und danach haben sie die Amphore versteckt und das Geheimnis bewahrt. Diese drei Familien sind hier vertreten. Die Ericksons, Knights und Crosses."

„Und?", forderte ich, dann schämte ich mich für meinen Tonfall. Ich hatte wie ein wütendes Kindergartenkind geklungen, das nicht verstand, warum es nicht noch mehr Bonbons haben durfte. Von allen Anwesenden war ich diejenige, die am wenigsten über die Werwolfwelt und wie sie funktionierte wusste, also hatte ich kein Recht, meinen Mund zu öffnen, es sei denn, ich wollte, dass sie mich behandelten wie eine Fade auf Crack. Denen hört niemand zu.

„Also, meine Liebe—" Travis öffnete seinen Mund, um es zu erklären, aber ich unterbrach ihn.

„Ich bin nicht Ihre Liebe", knurrte ich leise und warf ihm einen tödlichen Blick zu.

Er verdrehte die Augen und sprach weiter. „Also ... die Verantwortung fällt auf dieselben Familien zurück. Die Höchsten Rudelherrscher sind nichts als eine Gruppe, die dieser ähnelt. Nur, weil sie Mitglieder einer höherrangigen Organisation sind, bedeutet es nicht, dass sie fähiger oder besser dafür ausgerüstet sind, sich um den Dolch zu kümmern und zu verhindern, dass er wieder in die falschen Hände gelangt." Er warf einen scharfen Blick auf Ulfen, der plötzlich genug von Travis' Gehabe hatte.

Ulfens Stuhl kratzte über den Steinboden, als der Bär von Mann abrupt aufstand. Sein ganzer Körper zitterte vor Wut. Ich bekam Panik und dachte an das Moratorium, das wir geschworen hatten, dann sah ich Yura an und fragte mich, was sie tun würde.

Welche Maßnahmen würde sie gegen jemanden anwenden, der die Regeln brach? Würde sie Ulfen rauswerfen? Würde sie eine geheime Falltür unter ihm öffnen, durch die er in eine Schlangengrube fiel?

Würde sie ein magisches Schwert ziehen, das tollwütige Werwölfe in zwei Hälften teilte?

Mein Herz schlug mir bis zum Hals, während ich abwartete, und ich war überrascht, als Yura ihre Aufmerksamkeit auf Travis richtete, statt auf Ulfen.

„Sie entehren die Wolfsfeste mit Ihrem Verhalten, Travis Hillworth. Jedes Mal, wenn Sie Ihren Schwur auf ein Moratorium brechen, zeigen Sie, wie wertlos Ihr Wort ist." Dann wandte sie sich wieder an Ulfen. „Ich schätze Ihre Geduld und Zurückhaltung. Sie zeugen von gutem Charakter." Sie neigte respektvoll ihr Kinn.

Autsch. So tritt man jemandem mit Diplomatie in den Hintern.

Jetzt war Travis an der Reihe, zu schäumen. Er wurde ganz rot; die Farbe stieg von seinem Hals nach oben und kletterte bis zu seinem Haaransatz hinauf, wie Quecksilber in einem alten Thermometer. Beinahe fing ich an zu lachen, allerdings nahm ich an, dass auch das als Missachtung meines Gelübdes angesehen werden konnte, und ich wollte Yuras Aufmerksamkeit nicht erregen und einen verbalen Peitschenhieb von ihr kassieren.

Ulfen beruhigte sich, indem er ein paar Mal im Raum hin- und herlief. Als er sich wieder unter Kontrolle hatte, setzte er sich wieder und atmete durch.

„Ich schlage vor, dass Eric Cross den Dolch behält", schlug Ulfen vor, um die Besprechung wieder aufzunehmen.

Oder auch nicht.

Denn Walter, Craig und Travis protestierten im Chor.

„Das ist keine Option."

„Auf keinen Fall."

„Er ist noch nicht mal mehr Teil der Rudelherrscher."

Während all dieser wütenden Einwände blieb Eric ruhig und rieb sich das Kinn, wie er es die letzten zehn Minuten getan hatte. Als alle endlich still wurden – und ihn statt herumzuschreien anfunkelten –, verschränkte Eric seine Arme und antwortete mit einem einzigen Wort.

„Nein."

Die gesamte Anspannung verließ den Raum wie Teenager am Ende eines Schultages.

Ich wartete darauf, dass Eric irgendeine Art von Erklärung abgab, aber das tat er nicht. Die letzten Tage, in denen wir den Dolch beschützt hatten, hatten sich angefühlt, als würden wir darauf warten, dass eine Kiste mit C4 direkt vor unseren Nasen explodierte, also konnte ich ihm nicht vorhalten, dass er sich nicht um das Ding kümmern wollte. Auch ich wollte es so weit von mir weghaben wie möglich. Ich konnte auf keinen Fall zu Rosalina zurückkehren und ihr eröffnen, dass das Ding immer noch zum Repertoire unserer Probleme gehörte. *Auf keinen Fall!*

„Zumindest steckt noch ein Fünkchen Verstand in ihm", sagte Travis und dann, als er merkte, dass er sich wieder wie ein Arschloch verhielt, blinzelte er wie wild und schloss seinen Mund.

„In Anbetracht der Umstände und aller Variablen", sagte Yura, „scheinen die einzigen Optionen, die uns für den Schutz des Dolches bleiben, Craig Blackridge und Walter Knight zu sein."

Travis öffnete seinen Mund, um zu protestieren, doch Yura hob einen Finger und brachte ihn zum Schweigen, als besäße sie eine Art Magie, die freche, verwöhnte Kindsköpfe mundtot machen konnte. Ich fragte mich, ob sie mir ihr Geheimnis verraten würde, wenn ich sie danach fragte.

„Ich denke, je weniger Menschen von seinem Aufbewahrungsort wissen, desto besser. Die Zeiten haben sich geändert, seit er das erste Mal versteckt wurde. Er darf nicht vergraben oder an einen Ort gebracht werden, der unerreichbar scheint. Heutzutage kann man nichts mehr ausschließen – nicht einmal die Tiefen des Ozeans. Daher glaube ich, er sollte bewacht und mit modernen Mitteln geschützt werden. Stimmen Sie zu?"

Ich begann zu nicken. Ich konnte mir problemlos eine Gruppe von Minenarbeitern oder Ölbohrern vorstellen, die in irgendeiner kanadischen Tundra über den Dolch stolperten, in der niemand erwartete, dass er dort entdeckt werden würde. Ich konnte mir auch vorstellen, wie sie sich darum stritten, wer in den Nachrichten erscheinen und den Fund verkünden sollte, und wer das Geld bekommen sollte, wenn der Dolch an den Höchstbietenden verkauft wurde, an irgendeinen gebrechlichen alten Mann mit einer riesigen Sammlung von Dingen, die ihm nicht gehörten. Und ich konnte mir vorstellen, dass jemand wie Stephen Erickson oder Bernadetta Fiore ihn besuchen würde, um ihm seine neue Errungenschaft wieder abzunehmen.

„Ich stimme zu", verkündete Ulfen, womit er mich und sogar Travis neben ihm überraschte. Sein Verbündeter sah Ulfen stirnrunzelnd an, als wollte er sagen: *Bist du dumm?* Aber Ulfen vermied den Augenkontakt mit Travis und blieb still.

Ich hatte das Gefühl, seine Entscheidung zu verstehen. Ich stellte mir vor, dass er nicht wollte, dass Stephen zu ihm kam und den Dolch forderte, wodurch eine Konfrontation entstehen würde, die nicht gut ausgehen würde. Es musste hart für ihn sein, das Objekt, das sein Sohn am meisten begehrte, denjenigen anzuvertrauen, die ihn bereitwillig töten würden. Aber wäre es nicht viel schwerer, sich selbst der Entscheidung zu stellen, den eigenen Sohn zu ermorden oder ihn festzuhalten, damit er einem Prozess ausgesetzt wurde, der sicher zu seinem Tod führen würde?

Ich schluckte den Kloß, der in meinem Hals hochstieg, denn ich hatte Mitgefühl mit Ulfen. Ich wollte nicht, dass der Mann litt, aber ich konnte Stephen auch nicht vergeben. Emotionen kämpften in meiner Brust und ich hasste es, so hin- und hergerissen zu sein.

„Nun gut." Yura erhob sich von ihrem Stuhl, griff über den Tisch und hob den Dolch auf. „Craig und Walter, bitte folgen Sie mir." Ohne auf die beiden zu warten, verließ sie den Raum.

Was? Wo gehen sie hin? Mit einem Stirnrunzeln schickte ich meine Frage durch den Raum zu Jake. Er zuckte mit den Achseln und schüttelte den Kopf, um mir zu zeigen, dass er genauso wenig wusste wie ich.

Craig und Walter folgten Yura aus dem Raum. Die Tür schloss sich hinter ihnen und im Raum wurde es still. Zwei Minuten später kamen sie zurück. Der Dolch war nicht mehr in Yuras Hand, und die beiden Männer, die hinter ihr herliefen, trugen ernste Mienen, die nichts verrieten.

Ich nickte anerkennend. Einer von ihnen hatte den Dolch, doch wir wussten nicht, wer. Und was, wenn Yura ihn behalten hatte? Das wäre doch clever, oder? Ich sah ihnen ins Gesicht, und versuchte die kleinsten Anzeichen zu erkennen, doch ich sah nichts, das darauf hindeutete, wer nun im Besitz des gefährlichen Relikts war. Ich fragte mich, ob ich so ein gutes Pokerface aufsetzen könnte.

Nein, ich kann nicht einmal unschuldig tun, wenn ich mich als Erste über Moms Desserts hergemacht habe.

„Ich glaube, es gibt noch einen weiteren Punkt, der besprochen werden muss", sagte Yura, als sie wieder auf ihrem Stuhl saß und ihre tätowierten Hände sorgfältig vor sich gefaltet hatte.

Ulfen schien sich zu schütteln, als wir das Thema des Dolches hinter uns ließen und uns anderen Dingen widmeten. „Ja, wir müssen einen Weg finden, Rhabo von unseren Straßen zu verbannen und wir müssen uns auf einen Krieg vorbereiten."

KAPITEL 10

L ange nach Mitternacht ging Jake schweigend und nachdenklich neben mir her. Sein starker, großer Körper in meiner Nähe gab mir ein Gefühl der Sicherheit, als ich die Stufen zu meiner Wohnung im zweiten Stock des Gebäudes hinaufstieg. Ich hatte mich geweigert, wieder bei Eric zu übernachten.

Wenn wir den Dolch nicht hatten, bezweifelte ich, dass sich unsere Feinde die Mühe machen würden, uns weiterhin zu verfolgen. Alle hatten ihrem Rudel kommuniziert, dass das Treffen stattfand. Ohne Zweifel hatte diese Information auch Bernadetta und Stephen erreicht, und sie waren ganz sicher schon zu dem Schluss gekommen, dass der Dolch weg war und sich die Rudel gegen sie zusammenschlossen.

Jake und ich hatten uns gegen den Aufzug entschieden, weil wir genug davon hatten, in fensterlosen Räumen festzustecken. Wir waren in demselben Lieferwagen von der Wolfsfeste weggefahren, und die Fahrt hatte uns beiden schlechte Laune gemacht.

Allerdings war in der Dunkelheit eingesperrt zu sein und Reiseübelkeit zu ertragen ein Vergnügen im Vergleich zu der fünf Stunden langen Diskussion, die wir ertragen hatten, nachdem die Sache mit dem Dolch geklärt gewesen war.

Es war unerträglich gewesen. Es war ein Wunder, dass sich die vier Alphas auf etwas geeinigt hatten, und es wäre ein Wunder, wenn sie es schafften, St. Louis von der schrecklichen Droge und Bedrohung zu befreien.

Ich war nicht überrascht davon, dass Travis der Meinung gewesen war, wir sollten zulassen, dass Rhabo sämtliche Vampire in der Stadt vernichtete. Mit Ulfen als Verbündetem konnte er diese Idee allerdings nicht durchsetzen.

„Die Stadt hat sich gut für unsere Rudel entwickelt", hatte Ulfen gesagt. „Vor Rhabo lief sie wie eine gut geölte Maschine. Die Droge mag nur die Vampire betreffen, aber sie sind nicht die Einzigen, die sterben. Überall gibt es Kräftemessen zwischen unserer Art und den Blutsaugern, und viele von uns leiden darunter. Ich habe bereits mehrere Mitglieder meines Rudels verloren, und ich bin sicher, das habt ihr auch. Mein Club wurde letzte Woche angegriffen und es entstand erheblicher Sachschaden."

Am Ende hatten sie sich darauf geeinigt, dass das Training und die Kooperation zwischen den Rudeln intensiviert werden sollte. Scheinbar trainierten Rudelmitglieder in verschiedenen Führungspositionen regelmäßig zusammen, größtenteils Betas, und die Rudel waren immer kampfbereit. Das hatte ich nicht gewusst.

Diese verdammten Werwölfe und ihre Geheimniskrämerei!

Yura hatte sogar vorgeschlagen, dass ich mich einer ihrer Trainingssessions anschließen sollte, um ihnen zu erzählen, was ich über die Hybriden wusste. Sie glaubte, dass es vorteilhaft wäre. Ich wollte nicht teilnehmen, besonders, weil das Training an einem Ort stattfand, der Travis Hillworth gehörte, aber sie hatte nett gefragt und ich konnte nicht Nein sagen. Ich hatte Jake und Eric gebeten, mich zu begleiten, aber sie hatten beide abgelehnt – Jake, weil er ein Rudeltreffen mit seinem Großvater hatte, und Eric, weil er ein zynischer Arsch war.

„Ich gehe nicht einmal in die Nähe, Toni", hatte er gesagt. „Und das solltest du auch nicht. Sie werden dich nicht willkommen heißen. Ganz im Gegenteil. Du hast kein Rudel. Du hast keine Traditionen und kein Erbe, und das ist das Einzige, was ihnen wichtig ist. Lass dir das von jemandem sagen, der auch nichts mehr davon hat."

„So schlimm kann es nicht sein", hatte ich argumentiert, denn trotz meiner Vorbehalte, hatte ich das Bedürfnis, zu meinen Artgenossen zu gehören.

Eric hatte mit den Schultern gezuckt. „Deine Entscheidung."

Auf dem Rückweg hatte ich Jake gefragt, ob sein Großvater den Dolch hatte, doch er sagte, dass Walter es nicht einmal erwähnt hatte und dass er so viel wusste wie ich. Ich war einfach froh, ihn los zu sein, aber ich hoffte insgeheim, dass er nicht derjenige war, der ihn bewachte. Er war zu ehrgeizig. Wenn er ihn hatte, konnte ich nur hoffen, dass er seine Art genug respektierte, um ihnen kein vampirverseuchtes Blut zu verabreichen.

Jake und ich erreichten die Tür zu meiner Wohnung und er packte mein Handgelenk, als ich sie aufschließen wollte. Er spitzte die Ohren, als hätte er im Inneren etwas gehört. Ich tat dasselbe, wobei mein Herz einen Satz machte und heftig gegen meinen Brustkorb schlug. Ich hörte nichts und sah Jake fragend an.

„Was?", formte ich laut los mit den Lippen.

„Ich wollte nur vorsichtig sein."

„Moms Schutzzauber sind noch aktiv." Sie war vorbeigekommen und hatte meine Wohnung mit ein paar starken Zaubern belegt, als sie sich von Blakes Angriff erholt hatte. Großartige Arbeit hatte sie es genannt. Ich wusste, dass niemand eingebrochen war, weil der Türknauf noch zinnfarben war. Er war so verzaubert, dass er wie Messing aussehen würde, wenn sich jemand Zugang verschaffte; eine dezente Veränderung, die jeder übersehen würde, der nicht wusste, wie Zauber funktionierten.

Außerdem nahmen meine Ohren und meine Nase nichts Ungewöhnliches wahr.

Jake nickte, und seine aufmerksamen Augen blickten durch den Flur. Er schien bereit für einen Angriff von Vampiren, Hybriden, den Teenage Mutant Ninja Turtles, egal was.

Er war immer noch nervös und ich auch. Die letzten Tage waren, gelinde gesagt, stressig gewesen.

Ich schloss die Tür auf und betrat meine Wohnung. Ohne viele Möbel und Dekoration war sie immer noch ziemlich leer. Jake schloss die Tür hinter sich, zog seine Jacke aus und schien sich zu entspannen, wenn auch nur minimal.

Er stand einfach da und sah nachdenklich aus.

Ich legte eine Hand auf seinen Arm. „Was ist los?"

„Warum hast du gesagt, dass ... du in Erics Rudel bist?"

Einen Moment lang dachte ich, ich hätte nicht richtig hingehört. „Ich weiß es nicht." Aber das war nicht wahr. Ich wusste es. Es war ein Gefühl in mir, etwas, das ich nicht in Worte fassen konnte, auch wenn es wahrscheinlich nichts bedeutete, da es nicht offiziell war oder erwidert wurde. Eric wollte kein Rudel. „Ich hatte einfach das Gefühl ... dass er meine Unterstützung brauchte. Sie haben sich wie Arschlöcher verhalten." Ich verengte die Augen. „Du bist doch nicht eifersüchtig, oder?"

„Nein, nein, darum geht es nicht."

„Gut."

„Ich hatte einfach immer das Gefühl, dass du und ich ... du weißt schon ..."

Schmetterlinge machten Hampelmänner in meinem Bauch. Ich war davon ausgegangen, dass ich, wenn wir zusammen sein könnten, mich wahrscheinlich seinem Rudel anschließen würde, auch wenn er es noch nie so angesprochen hatte.

„Natürlich sind du und ich ..." Ich ließ die Worte im Raum stehen, so wie er es getan hatte, und dann fügte ich hinzu: „Aber das bedeutet nicht, dass wir Eric nicht dazuholen können."

„Das würde nie funktionieren. Er ist ein Alpha."

„Ich bin auch ein Alpha."

Er sah verwirrt aus, als wäre das zu viel, um es zu begreifen, und vielleicht war es das auch – zumindest im Moment. Ich beließ es dabei und marschierte in die Küche, wo Cupids Fischglas stand. Wahrscheinlich war er am Verhungern.

Sobald ich über die Schwelle trat, stieg ein leicht verdorbener Geruch in meine Nase. Ich blieb stehen und meine Augen richteten sich auf das trübe Wasser, das nun sein kleines Zuhause füllte.

„Nein!" Ich stieß einen erstickten Schrei aus, machte auf dem Absatz kehrt und vergrub mein Gesicht an Jakes Brust, der jetzt direkt hinter mir stand.

„Was ist los?!", fragte er panisch.

„Er ist tot", schluchzte ich und Tränen liefen mir über das Gesicht.

Jake rieb mir den Rücken und legte seine Wange an meinen Kopf. „Es ist nicht deine Schuld."

„Natürlich ist es meine Schuld."

„Nein. So gefühllos es auch klingen mag, er ist auch schuld."

Ich wich zurück und starrte ihn an. War er verrückt geworden?! Wie konnte er Cupid die Schuld geben? Er war eine hilflose kleine Kreatur gewesen, und ich hatte es nicht geschafft, mich um ihn zu kümmern.

Er legte eine Hand an meine Wange. „Er hat Rhabo entwickelt, Toni." *Oh Gott!*

Ich verzog das Gesicht und weinte noch heftiger, wobei ich mich an Jakes Hemd festkrallte. Meine Reaktion war hysterisch, das wusste ich, aber ich konnte nicht anders. Es war alles zu viel, und es schien auf einmal über mich hereinzubrechen, als hätte ich einen Damm aufrechterhalten und jetzt war er endlich gebrochen.

Damien war tot.

Cupid war tot.

Mein Geschäft ging den Bach hinunter.

Meine Stadt war am Ende.

Und noch dazu mussten wir auf der Hut sein und uns darum sorgen, von Bernadettas und Stephens Schergen ermordet zu werden, einschließlich einer unbekannten Anzahl von Hybriden und einer Mitternachtshexe.

„Alles wird gut", murmelte Jake, umarmte mich und wiegte mich von einer Seite zur anderen. „Shh, alles wird wieder normal werden. Wir sind den Dolch los, und die Alphas sind sich endlich einig. Wir vertreiben Rhabo aus der Stadt und bekämpfen alles, was sie sich einfallen lassen. Sie werden damit nicht durchkommen."

Jake hielt mich fest und flüsterte mir tröstliche Worte zu, bis meine Tränen versiegten. Ich hatte nicht um Damien trauern können, und jetzt holte es mich ein. Er trat zurück und sah mich mit zärtlichem und liebevollem Ausdruck an. Er strich mein Haar glatt und schob ein paar Strähnen zur Seite, die an meiner Wange klebten.

Ich wollte ihn küssen und Trost in der Wärme seiner Lippen finden, in der seidenweichen Berührung dieser zärtlichen Liebkosung, aber ich wusste, dass er den Kuss nicht erwidern würde, und das brach mir das Herz noch ein wenig mehr. Ich verstand und respektierte seine Entscheidung, aber ich brauchte ihn so sehr. Schniefend trat ich zurück und löste mich aus seinen starken Armen.

„Wir müssen ihn begraben", sagte ich.

Jake ließ seine Schultern sinken, und an seinem gekränkten Gesichtsausdruck war abzulesen, dass er dachte, der Stress hätte mich endgültig um den Verstand gebracht. Ich war zu müde, um irgendetwas zu erklären, also ging ich zu Cupids Glas und ließ meine Taten sprechen. Aus einer Küchenschublade zog ich einen kleinen Kescher und fischte Cupids schlaffen Körper aus dem trüben Wasser.

„Oh", sagte Jake hinter mir, als er endlich verstand.

Cupids wunderschöne blaue Flossen und sein Schwanz waren farblos und schlapp. Seine schwarzen Knopfaugen waren trüb und leblos. Aus einer anderen Schublade, die voller Süßigkeiten war, zog ich eine Schachtel Milk Duds, leerte sie auf der Arbeitsfläche aus und legte Cupid mit größter Vorsicht hinein.

Jake legte eine Hand auf meine Schulter. „Wir finden einen guten Ort für ihn."

In seinem Tonfall lag kein Spott und er versuchte nicht, mir zu sagen, dass ich mich nicht lächerlich machen sollte, oder dass er mir einen anderen Fisch besorgen würde. Dafür liebte ich ihn; er verstand, dass Fürsorge nicht an der Größe des Empfängers gemessen wird oder daran, was andere für verdient oder angemessen halten, sondern dass Liebe etwas Persönliches ist, das individuell ist und keinen Regeln unterliegt.

Ich trug die Schachtel mit beiden Händen und achtete darauf, sie nicht zu schütteln. Jake öffnete die Tür und folgte mir nach draußen, ohne Einwände wegen unserer Sicherheit oder der späten Stunde zu erheben. Als ich in meinen Camaro stieg, fragte er nur „Wohin?" und fuhr los.

Zehn Minuten später fuhren wir an Moms Haus vor. Alle Lichter waren ausgeschaltet, bis auf ein einzelnes Licht an der Veranda. Ich stellte mir vor, wie sie und meine Schwester Lucia friedlich in ihren Betten schliefen.

Das war mein Zuhause, der einzige Ort, der sich richtig für Cupid anfühlte, da einige unserer ersten Haustiere dort begraben waren. Meine Wohnung fühlte sich noch neu und irgendwie vorübergehend an. Außerdem erschien mir ein Blumenkübel vor dem Gebäude, inmitten von Beton, direkt an einer viel befahrenen Straße nicht genug für ihn zu sein. Dies war ein viel besserer Ort.

Wir fanden eine Stelle hinter dem Haus, wo dichte Farne auf lockerem, dunklem Boden wuchsen. Jake grub mit bloßer Hand ein Loch und trat zur Seite. Ich kniete mich auf das Gras, stellte sanft die Schachtel hinein, dann strich ich Erde über das Loch, um es zu bedecken. Ich stand auf und wischte mir die Hände ab.

„Er ist gestorben, weil ich nicht da war", sagte ich. „Weil mich die Umstände ferngehalten haben. Er war ein guter Fisch. Ruhig und unnahbar, aber das war seine Art. Er hätte nicht sterben sollen, er hätte uns nicht verlassen sollen. Ich wünschte, er wäre noch hier."

„Wir werden ihn rächen", sagte Jake.

Irgendwann hatte ich aufgehört, über Cupid zu reden und nur an Damien gedacht, und Jake wusste es. Ich sah zu ihm hoch. Sein Gesicht war ins Mondlicht getaucht, die goldbraunen Stoppeln auf seinem Kinn glänzten und seine Augen waren intensiv und voller Entschlossenheit.

Ich nickte kurz; ich war froh, dass er meine Gefühle teilte, auch wenn er Damien nicht gut gekannt hatte. „Das werden wir", wiederholte ich. „Das werden wir."

KAPITEL 11

A m nächsten Morgen um 7 Uhr lenkte ich meinen Camaro in eine leere Parklücke und blieb vor einer Gruppe von niedrigen, auf dem Gelände verstreuten Gebäuden im Auto sitzen. Sie nannten es *Packmind* und es war die Einrichtung, wo die Beta-Anführer trainierten, um sich kampfbereit zu halten. Dort erfuhren sie von den gemeinsamen Zielen der Alphas der Stadt. Danach trainierte jeder Beta seine eigene Truppe getrennt von den anderen. Auf diese Weise kommunizierten alle Rudel auch mit den niedersten Mitgliedern.

Einen Moment lang wanderte mein Blick über den Komplex. Er sah aus wie ein schicker Sportkomplex oder ein Countryclub. Die Gebäude bestanden alle aus geraden Linien und Glas und wurden von perfekten Blumenbeeten gesäumt. Bäume verbargen das Gelände vor der Straße, und so wie es aussah, gab es auf mehreren gepflegten Feldern und Sport-plätzen eine Menge Gelegenheit, um im Freien zu trainieren.

Ich fummelte an dem Schlüsselanhänger herum, der immer noch von der Zündung herunterbaumelte und fragte mich, ob ich hineingehen sollte.

Erics Worte hallten noch immer in meinem Kopf wider. *„Sie werden dich nicht willkommen heißen. Ganz im Gegenteil. Du hast kein Rudel. Du hast keine Traditionen und kein Erbe, und das ist das Einzige, was* *ihnen wichtig ist. Lass dir das von jemandem sagen, der auch nichts mehr davon hat."*

Ich dachte daran, das Auto wieder anzulassen und von dort zu verschwinden, aber es ging nicht – nicht, wenn Jake der Alpha des Rudels werden wollte und ich hoffte, irgendwann an seiner Seite zu sein. Wenn ich das wollte, musste ich eine richtige Werwölfin werden. Ich musste dazugehören, ihre ... *unsere* ... Sitten kennenlernen.

Nicht nur das, es ging darum, meine Stadt zu retten und dafür zu sorgen, dass die, die ich liebte, sicher hier leben konnten.

Ich nahm meinen Mut zusammen und massierte meinen Nacken, um mich zu entspannen, dann fasste ich einen Entschluss. Ich würde da reingehen.

An der Glastür zeigte mein Spiegelbild eine sportliche Gestalt. Mein Outfit bestand aus einer Yogahose, einem engen Tanktop und bequemen Turnschuhen – derselben Kleidung, die ich beim Training mit Eric getragen hatte.

Ich atmete tief durch, zog am Türgriff und trat ein. Ein blonder Wachmann mit einem dichten Bart saß an einer glatten Metalltheke, dessen Aufmerksamkeit sich schnell von mehreren Computermonitoren auf mich richtete. Seine Nasenlöcher blähten sich auf, als er meinen Geruch aufnahm. Meine taten dasselbe und verrieten mir, dass auch er ein Werwolf war. Er trug eine Uniform aus einer schwarzen Hose und einem blauen Hemd mit einem auf der rechten Schulter angebrachten Aufnäher, auf dem *Packmind – Hillworth Enterprises* stand.

„Kann ich dir helfen?", fragte er in einem unfreundlichen Tonfall.

Links vom Schalter befand sich ein Drehkreuz, und es schien, dass man eine Karte brauchte, um hineinzukommen – etwas, worüber mir niemand etwas gesagt hatte.

„Hi", sagte ich und versuchte, fröhlich zu klingen. „Ich bin hier um ... zu trainieren."

Hexenlichter, ich klinge total ahnungslos.

Er hob eine blonde Augenbraue, spähte auf ein Klemmbrett und tat so, als würde er lesen. Ich wusste, dass er nur so tat, denn das Papier auf dem Klemmbrett war leer. *Dieser Arsch!*

„Niemand hat mir etwas von *Besuchern* gesagt." Er betonte das Wort auf eine Weise, die mir klarmachte, dass Besucher nicht willkommen waren. Es wirkte definitiv wie ein exklusiver Club, wo die Leute dachten, dass ihre Fürze nicht stinken, doch das lag nur daran, dass sie eine Menge Geld in Potpourri steckten, das sie überall verteilten.

„Travis Hillworth weiß, dass ich heute zu Besuch komme." Ich verschluckte mich fast daran, dieses Arschloch als eine „Gehe über Los"-Karte zu benutzen.

Plötzlich begann meine Haut zu jucken und die Muskeln in meinem Rücken spannten sich unangenehm an. Ich bewegte sie und versuchte, mich zu entspannen. Diese Situation und dieser Kerl begannen, mir auf die Nerven zu gehen.

„Dann hätte er anrufen sollen", zischte der Wachmann.

Ich trat einen Schritt näher, und diesmal drangen meine Worte durch zusammengebissene Zähne und ich verströmte meine Wut. „Vielleicht steht es ja in deinem Computer."

Der Wachmann runzelte die Stirn, dann schnupperte er, wobei er leicht seine Nase hob. Die Unfreundlichkeit seines Blickes verflog langsam. Er wurde nervös, wandte sich dem Computer zu und tippte schnell etwas ein.

„Ähm, hier ist auch nichts." Dieses Mal klang er nicht hochnäsig und feindselig. Stattdessen klang er eher entschuldigend, bereit, alles zu tun, was nötig war, um mich reinzulassen. „Lassen Sie mich einen Anruf machen und nachsehen, was ich für Sie tun kann, Ma'am."

Ma'am? Was? Was zur Hölle? Er hatte an mir geschnuppert und eine Hundertachtzig-Grad-Wende gemacht. War es mein neues Parfum? Rosalina hatte es mir geschenkt, und sie hatte ein Händchen für solche Dinge. Sie sagte, ein Duft muss die Persönlichkeit widerspiegeln. Vielleicht roch er an mir, dass ich eine knallharte Braut war. Aber wem machte ich etwas vor? Das war es nicht, und ich hatte keine Ahnung, was ihn dazu gebracht hatte, sein Verhalten zu ändern.

Der Wachmann erklärte meine Anwesenheit einer Person am Telefon, wer auch immer es war. „Ja, Sir. Ich warte." Er zeigte auf das Telefon und schenkte mir ein wirklich charmantes Lächeln. Ich streckte meine Hüfte raus.

So ist es recht, Arschloch. So solltest du die Leute behandeln. Mit Respekt.

Nach einer kurzen Wartezeit hörte ich die Person am Telefon sagen: „Mr. Hillworths Assistentin hat es mir bestätigt. Er sagt, Sie können sie reinlassen. Überprüfen Sie ihren Ausweis. Ihr Name ist Antonietta Sunder."

Bevor der Wachmann auflegte, hatte ich schon meinen Führerschein herausgeholt und ihn direkt vor seiner Nase auf den Tresen gelegt. Ich zwang mich zu einem Lächeln und legte den Kopf schief, während ich darauf wartete, dass er ihn prüfte. Er warf einen kurzen Blick darauf und schob ihn wieder in meine Richtung.

„Entschuldigen Sie die Unannehmlichkeiten, ich habe strenge Vorschriften, nur Mitglieder reinzulassen, besonders in letzter Zeit. Sie sagen, es liegt an den Unruhen. Hier ist ganz schön was los, weil sich alle darauf vorbereiten, was uns bevorsteht."

Ich steckte meinen Ausweis weg und erlaubte mir, meinen Frust loszulassen. Vielleicht hatte der Kerl nur seinen Job gemacht. Vielleicht waren alle einfach nervös.

„Hier." Der Wachmann reichte mir eine Plastikkarte, an der ein Clip befestigt war. „Halten Sie die einfach an das Lesegerät am Drehkreuz."

„Danke. Einen schönen Tag noch." Meine Stimme war freundlich, während ich ihm zuwinkte, und es war nicht einmal gespielt. Ich konnte nicht erwarten, mit Respekt behandelt zu werden, wenn ich nicht dasselbe tat.

Während ich auf das Drehkreuz zuging, betrat ein Kerl mit sicheren Schritten das Gebäude und zog seinen Geldbeutel aus seiner Hosentasche. Er war groß und schlank, aber nicht drahtig. Er hatte schulterlanges, dunkelblondes Haar und schien ungefähr in meinem Alter zu sein, vielleicht ein wenig älter. Sein Körper war in eine Jogginghose und ein ärmelloses Shirt gehüllt und er trug teure Turnschuhe.

„Morgen, Roger." Er salutierte vor dem Wachmann und bedachte mich mit einem kurzen, anerkennenden Nicken.

„Guten Morgen, Mr. Hillworth."

Ich blieb auf der Stelle stehen und mein ganzer Körper versteifte sich. *Mr. Hillworth?* Wie war er mit Travis verwandt? Mein Herz begann zu rasen.

Er blieb ein paar Schritte vor dem Drehkreuz stehen und sagte: „Ladys first."

„Ähm, danke." Ich hielt die Karte vor das Lesegerät und eilte auf die Aufzüge zu, als sich das Kreuz bewegte.

Er folgte mir und drückte auf den Pfeil nach oben – den einzigen, den es gab –, während ich das Schild an der Wand durchlas. Es gab drei Etagen, die alle mit Büros und Konferenzzimmern belegt zu sein schienen. Bevor ich herausfinden konnte, wo ich hinmusste, sprach mich der Kerl an.

„Wo musst du hin?"

„Ähm, zur Trainingsanlage", sagte ich und warf ihm einen Seitenblick zu, um eine Ähnlichkeit zwischen ihm und meinem biologischen Vater festzustellen. Doch dieser Kerl war blond und nicht so groß wie Travis.

„Oh, dann haben wir dasselbe Ziel." Er lächelte. „Sie ist in der dritten Etage. Im Rest des Gebäudes gibt es vor allem Büros und so."

„Danke."

Die Aufzugtüren klingelten und glitten auf. Wir traten ein und er drückte auf den ‚3'-Knopf.

„Ich habe dich noch nie hier gesehen", sagte er, dann atmete er ein und nahm meinen Geruch auf. „Ich bin Marcus Hillworth."

„Ich bin Antonietta Sunder, aber alle nennen mich Toni."

„Schön, dich kennenzulernen."

Weil ich nicht anders konnte, sagte ich: „Verwandt mit Travis Hillworth?"

„Ja, er ist mein Dad."

Ich schlug mir beinahe auf die Brust, um nicht zu ersticken. Dieser Kerl war mein Halbbruder.

Mist! Mist, Mist, Mist.

Plötzlich kam mir der Aufzug klaustrophobisch vor, und ich war kurz davor, die Metalltüren aufzustemmen, um flüchten zu können. Mir wäre es egal, wenn ich in den Aufzugschacht springen müsste, wenn ich so hier rauskam.

Gott, warum bin ich hergekommen?!

Langsam trat Marcus einen Schritt von mir weg und drückte beinahe seinen Rücken gegen die Wand. Sein Blick richtete sich auf den Boden, und auch er schien kurz davor zu sein, die Türen zu zerschmettern. Das machte mich stutzig.

„Ich nehme an, du kennst meinen Vater", sagte er nervös.

Ich blinzelte verwirrt. Marcus benahm sich, als hätte er Angst vor mir, genau, wie es der Wachmann getan hatte. Warum?! Was für Schwingungen verbreitete ich, dass sie so—

Da kam mir ein Gedanke.

Verstohlen schnüffelte ich an mir selbst und versuchte, eine Veränderung meines Geruchs festzustellen. Es war schwierig – jeder ist an seinen eigenen Geruch gewöhnt –, aber als ich mich anstrengte, erkannte ich einen bitteren Unterton, bei dem ich merkte, dass ich mich als wütender Alpha zeigte. So wie ich es manchmal bei Jake mitbekommen hatte, allerdings nicht mehr, seit er nach New Orleans aufgebrochen war.

Hexenlichter! Eric hatte mich davor gewarnt. Er hatte gesagt, dass er den Geruch nie von mir wahrgenommen hatte und dachte, dass ich die angeborene Fähigkeit hatte, ihn zu kontrollieren, aber offensichtlich hatte ich das nicht. Es schien, als wäre es nur ein weiterer Aspekt meiner sich noch entfaltenden *Wölfigkeit*, der genau in diesem Moment beschloss, sich zu zeigen.

Eric hatte mir erklärt, dass es diese Wirkung auf andere haben könnte, und es wirkte auf Marcus.

Bedeutet das, dass ich ihm überlegen bin?

Ich hatte Mühe, meine Emotionen zu kontrollieren. Ich hatte kein Recht, hier hereinzukommen und die falschen Schwingungen zu verbreiten. Ja, ich war ein Alpha, aber das bedeutete nicht, dass ich echte Macht hatte – nicht, wenn es um Rudel mit echter Führungskraft ging, was der ganze Sinn dieser Einrichtung war.

Mit einem Klingeln öffneten sich die Aufzugtüren. Marcus blieb in der Ecke stehen und wartete darauf, dass ich ausstieg. Ich trat hinaus, und er folgte mir schnell. Er sah erleichtert aus, aus dem engen Raum raus zu sein.

„Ich kenne deinen Vater tatsächlich", sagte ich. „Aber ich habe ihn erst vor kurzem kennengelernt, und er hat mich hierher eingeladen. Ich … bin neu in der Werwolfszene in St. Louis." Ich hatte keine Ahnung, wie ich meine Situation erklären sollte. Ehrlich gesagt wollte ich nicht, dass jemand wusste, dass ich als Werwölfin noch in den Windeln steckte. „Ich bin ein bisschen nervös", fügte ich hinzu und hoffte, das würde meine Dominanz erklären.

„Ich verstehe." Er schien sich zu entspannen und zu verstehen, dass ich nicht vorhatte, meinen Alphastatus gegen ihn zu verwenden. „Ich würde sagen, dass du keinen Grund hast, nervös zu sein, aber das wäre gelogen. Das liegt wohl in unserer Natur. Aber ich stelle dich vor. Komm schon, folge mir."

Er führte mich an den Aufzügen vorbei und einen schmalen Flur entlang. Ächzen, quietschende Sohlen, Schritte, frustriertes Knurren und sogar Fluchen drang durch eine Doppeltür, was uns verriet, dass alle bereits hart an der Arbeit waren.

Als wir kurz davor waren, hineinzugehen, atmete ich tief durch und hoffte, dass ich keinen Fehler machte.

KAPITEL 12

W ir traten in einen großen, offenen Bereich, der so breit war, wie das Gebäude selbst. Der Boden war aus glattem Parkett, wie in einer Schulturnhalle, und grelles Neonlicht schien von der Decke. Die Fenster ganz am Ende des Raumes waren von Rollos bedeckt, die unter dem Strom der Klimaanlage von einer Seite zur anderen schwangen. Trotzdem war die Temperatur ein paar Grad wärmer als im Flur.

Zuerst machten alle einfach das weiter, was sie gerade taten, was sich auf Einzelkämpfe beschränkte. Ungefähr fünfzig Leute waren in Paare aufgeteilt. Sie umkreisten einander geduckt und zeigten ihre Krallen und scharfen Zähne, während sie nach einer Gelegenheit zum Angriff suchten. Meine Augen richteten sich auf eins der Paare, als sich ein drahtiger Mann in nichts als Basketballshorts mordlustig auf seinen Gegner stürzte.

Besagter Gegner war ein Mann, der zweimal so groß war wie er, der versuchte, auszuweichen, doch er war zu langsam. Irgendwie landete er auf dem Boden, mit den Beinen des kleineren Mannes um seinen Nacken und einer spitzen Kralle, die auf eins seiner Augen gerichtet war.

„Gibst du auf?", fragte der drahtige Mann.

Der große Mann knurrte und schlug seine offene Handfläche auf den Boden, dann wurde er losgelassen. Ich war so fasziniert von der Show, dass ich nicht bemerkte, dass die Leute innehielten und in meine

Richtung sahen. Nasen zuckten. Viele runzelten die Stirn und dieses Mal musste ich nicht an mir riechen, um zu wissen, dass ich Alpha-Schwingungen versprühte.

Toll, Toni. Einfach toll! So findet man Freunde. Man kreuzt einfach auf und signalisiert, dass man darauf aus ist, alle zu kontrollieren. Das Einzige, das hier kontrolliert werden musste, war der verdammte Alpha in mir.

Ich beäugte die Menge und erschrocken stellte ich fest, dass Allison Blackridge hier war. In ihrem babyblauen Body und dem passenden Haarband, das ihr blondes Haar zurückhielt, sah sie aus wie Fitness Barbie. Sie nahm eine Pose ein und sah mich mit hochgezogener Augenbraue an. Ich grub Halbmonde in meine Handflächen und benutzte den Schmerz, um meine Empörung und meine Wut über meine eigene Dummheit zu zügeln. Ich hätte mir denken sollen, dass sie hier sein würde.

Eine Frau in einer schwarzen Lycra-Hose und einem Sport-BH löste sich von der Gruppe und kam auf uns zu. Ihr professionell gesträhntes Haar schwang in einem hohen Pferdeschwanz hinter ihr. Sie war ungefähr so groß wie ich, 1,70 m, und bewegte sich selbstbewusst.

„Du bist zu spät", sagte sie zu Marcus, dann beäugte sie mich misstrauisch.

Marcus zuckte mit den Schultern. „Tut mir leid, Olivia. Ich wollte früher hier sein, aber Dad hat mich aufgehalten."

Moment mal, was? Ich sah zwischen den beiden hin und her, und sah schnell die Ähnlichkeit. Ich hatte online gelesen, dass Travis auch eine Tochter hatte, und hier war sie.

„Eine Freundin von dir?", fragte Olivia und nickte in meine Richtung.

Instinktiv entflammte Feindseligkeit in mir. Ich versuchte, dagegen anzukämpfen, aber es schien, dass es nur schlimmer wurde, je mehr ich mich anstrengte. Wie zur Hölle sollte ich bei meinen Artgenossen funktionieren? Und warum passierte das plötzlich? Es war nicht so, als wäre ich noch nie mit Werwölfen zusammen gewesen. Ich war in der Wolfsfeste gewesen. Es sei denn ... meine Wölfin passte sich noch an, und ich war es zu sehr gewöhnt, bei anderen Alphas zu sein.

Verdammt! Wann sind diese Veränderungen endlich vorbei?!

Marcus schüttelte den Kopf und ging von mir weg, in Richtung seiner Schwester. „Nein, ich habe sie draußen getroffen." Er sah nicht mehr eingeschüchtert aus, nicht so, wie er im Aufzug gewirkt hatte. Im Gegenteil, er stand gerader und sah ziemlich eingebildet aus.

Mein Blick wanderte durch den Raum und ich bemerkte, dass sich alle anderen langsam auf uns zubewegten. Ich atmete zitternd durch und zwang mich, ruhig zu bleiben. Meine Menschenseite musste jetzt die Oberhand über meine wilderen Instinkte gewinnen.

Wie eine Idiotin schwenkte ich die Zugangskarte vor mir. „Die Rudelherrscher haben gesagt, ich soll herkommen."

Sie alle sahen mich an, als wäre mir gerade ein drittes Auge gewachsen. Ich kämpfte gegen den Drang an, meine Stirn zu berühren, um zu prüfen, ob ich mich in einen Zyklopen verwandelt hatte. Ich sah zum Ausgang und dachte darüber nach, wegzurennen. Meine Wölfin sträubte sich bei der Idee und informierte mich, dass kein Alpha, der etwas auf sich hält, so etwas tun würde. Die menschliche Toni war da anderer Meinung.

„Sie gehört nicht zum Erickson-Rudel." Der drahtige Kerl, der gerade den Riesen umgeworfen hatte, trat vor. „Jedenfalls nicht, dass ich wüsste."

„Zum Blackridge-Rudel auch nicht", sagte Allison, die mich eingehend musterte.

Ich öffnete meinen Mund, um etwas zu sagen, doch Olivia kam mir zuvor.

„Bist du Toni Sunder?"

Meinen Namen auf ihren Lippen zu hören, überraschte mich so sehr, dass ich innehielt.

Marcus antwortete für mich. „Ja, so hat sie sich vorgestellt."

Olivias Verhalten änderte sich plötzlich und sie kam näher und streckte mir ihre Hand entgegen. „Mein Vater hat mir von dir erzählt. Mein Name ist Olivia Hillworth. Ich habe vergessen, dass er erwähnt hat, dass du heute kommen könntest."

Ich war sprachlos und schüttelte ihre Hand mit der Beweglichkeit eines trainierten Roboters. Ein Stromstoß schien mich zu durchzucken, als ich sie berührte – meine Halbschwester. Nachdem ich Travis getroffen und nichts als völlige Gleichgültigkeit für ihn empfunden hatte, war mir nie eingefallen, dass es bei seinen Familienmitgliedern vielleicht anders wäre. Bei ... meiner Familie?

Ich erschauderte angewidert.

Nein! Ich hatte nur eine Familie. Und dazu gehörten diese beiden ganz sicher nicht.

„Ich bin froh, dich hier zu haben", sagte Olivia und schockierte mich weiter mit ihrer Höflichkeit. „Vater hat gesagt, dass du die Hybriden gesehen hast."

Ein Raunen ging durch alle Anwesenden und ihre Gesichter wurden neugierig.

„Das habe ich." Ich trat einen Schritt zurück und versuchte, mich zu sammeln.

„Bitte", forderte sie mich auf, „du musst uns von ihnen erzählen." Sie winkte mit der Hand, um mich weiter in den Raum zu holen. „Stellt euch alle auf", forderte sie.

Eilig bildeten alle Reihen, wie brave kleine Schüler, die bereit für ihren Unterricht waren. Allison, die mich immer noch musterte, stand ganz vorne.

Na, das ging ja schnell.

Unsicher stellte ich mich vor die versammelten Werwölfe und wollte nichts mehr, als einfach hinauszumarschieren und nie zurückzukommen. Es kostete mich eine Menge Willenskraft, meine dominanten Instinkte unter Kontrolle zu bringen und zu erzählen, was ich über die Hybriden wusste. Alle hörten aufmerksam zu und unterbrachen mich nicht, während ich mich durch die Details kämpfte, wie ein Kind an einer neuen Schule.

Ich wollte, dass sich der Boden auftat und mich direkt in seine sengenden Tiefen sog, aber ich hatte kein Glück. Zumindest kannten sie mich nicht gut genug, um zu merken, was für ein Wrack ich in diesem Moment war. Meine Halbgeschwister zu treffen, hatte mich wirklich aus der Bahn geworfen. Nach dem ersten Eindruck hielten sie mich wahrscheinlich für eine stotternde Dumpfbacke. Aber wen interessierte das schon? Ich würde nie wieder hierherkommen.

Als ich fertig war, blinzelte Olivia und schüttelte sich. Sie sah blass aus. „Danke. Das war unglaublich detailliert und augenöffnend."

Was? Wirklich?!

Ich hatte keine Erinnerung daran, was ich gerade gesagt hatte, aber scheinbar hatte ich mich gut dabei angestellt, zu erklären, was für eine Riesenangst sie haben sollten. Vielleicht hatte meine Nervosität mir doch geholfen.

„Das klingt heftig", sagte der Riese von einem Mann, der zu Boden geworfen worden war. „Wie, glaubst du, tötet man sie am besten?"

Ihnen mit bloßen Händen eine Reizüberflutung zu verpassen schien gut zu funktionieren. Allerdings sagte ich ihnen natürlich nichts von dieser Methode und dem Hybriden, den ich so getötet hatte.

„Also", sagte ich stattdessen, „Kugeln schalten sie aus, aber sie sollten ein hohes Kaliber haben und man sollte auf wichtige Organe zielen. Danach ..." Ich fuhr mit einem Finger über meine Kehle, weil ich die Worte nicht aussprechen wollte.

Niemand schien zimperlich oder überrascht von der Andeutung zu sein. Einige nickten nur, als ob wir über das Beschneiden von Rosen sprechen würden.

Der Drahtige stieß dem Riesen seinen Ellbogen in die Seite. „Und wir sollten sie danach verbrennen, damit sie wirklich tot bleiben."

„Das sind wirklich nützliche Informationen. Danke", sagte Olivia. „Wir werden unser Training an deine Hinweise anpassen. Normalerweise benutzen wir keine Schusswaffen – wir brauchen sie nicht, wenn wir im Kampf sind –, aber diesmal scheinen wir wohl alle Register ziehen zu müssen."

Alle nickten zustimmend.

„Mein Vater hat erwähnt, dass du vielleicht mit uns trainierst?" Sie sah mich von Kopf bis Fuß an und gab mir damit das Gefühl, als würde ich nicht dazugehören, als wären sie etwas Besseres als ich. Travis hatte ihr wahrscheinlich gesagt, dass ich eine einsame Wölfin war, eine Ausgestoßene ohne Rudel. Natürlich hielt sie mich für ein *Nichts*. Geschickt verbarg sie ihre stille Wertung, indem sie sagte: „Du scheinst entsprechend gekleidet zu sein."

Dieses Mal schien mich meine Alpha-Wut mit einem Schlag zu übermannen, wodurch Olivia und Marcus einen Moment lang eingeschüchtert aussahen. Sie setzten jedoch schnell wieder energische und selbstsichere Mienen auf, und nahmen unauffällig dieselbe Haltung ein, die darauf hindeutete, dass sie sich aufeinander verlassen konnten.

Ohne Zweifel hatte ich auch solche Personen in meinem Leben. Aber sie konnten mir hier nicht helfen, nicht unter meinen Artgenossen. Inmitten dieser Leute war ich eine Außenseiterin.

Wenn ich klar hätte denken können, hätte ich gesagt, dass ich nicht dort war, um zu trainieren; dass ich nur gekommen war, um zu erzählen, was ich wusste, doch Red übernahm die Kontrolle, und wenn sie am Steuer war, gab es kein Zurück.

„Ja. Sehr gerne." Ich rollte meine Schultern zurück; alle Nervosität war plötzlich verflogen.

„Bist du sicher, dass das eine gute Idee ist? Ich habe gehört, du seist ... abseits vom Rudelleben aufgewachsen", stichelte Olivia, wobei sie ihre Stimme hob, um dafür zu sorgen, dass es alle mitbekamen.

Ein Raunen breitete sich aus, als alle begannen, gehässige Kommentare loszulassen.

„Was? Sie wurde von Menschen aufgezogen?", fragte der drahtige Mann und drehte den Spieß der Faden damit um, die dachten, dass jeder, der auch nur ein wenig seltsam war, unter Werwölfen aufgewachsen sein musste.

„Tatsächlich wurde ich das", sagte ich, hob mein Kinn und forderte sie alle auf, sich zu trauen, weiterzulachen.

Es hatte eine sofortige Wirkung, besonders bei denjenigen, denen ich direkt in die Augen sah. Ihr Grinsen erstarrte und verschwand dann langsam. Sie mochten sich als Rudel überlegen fühlen, aber als Einzelne verunsicherte mein Alphastatus sie instinktiv. Kaum merklich schienen sie zusammenzurücken und eine dichtere Gruppe zu bilden.

„Untrainiert, was?", sagte Olivias Bruder. „Ich glaube, meine Schwester könnte es mit dir aufnehmen."

Ich beäugte ihn von Kopf bis Fuß und schenkte ihm ein bösartiges Grinsen. „Wie nett von dir, deine Schwester zu opfern."

Er sträubte sich ein wenig, doch am Ende zuckte er nur mit den Schultern. „Ich bin ein Gentleman. Es wäre unhöflich, gegen eine Frau anzutreten. Zumindest, bis wir deine Fähigkeiten einschätzen können."

Olivia funkelte ihren Bruder verärgert an, dann beäugte sie wieder mich. Ich verschränkte die Arme und betrachtete sie mit kühler Gelassenheit. Offensichtlich versuchte sie zu entscheiden, ob ich ein leichter Gegner war oder jemand, der sie vor ihrer Anhängerschaft blamieren würde. Ein paar Sekunden später warf sie sich mit einer lässigen Geste das Haar über die Schulter.

„Klar, wenn sie will. Ich sollte dich aber warnen. Ich beherrsche mehrere Kampfsportarten. Ich trainiere schon, seit ich fünf Jahre alt bin."

Marcus schmunzelte. „Unser Vater hat darauf bestanden."

„Da seid ihr nicht die Einzigen", sagte der Drahtige, der sich offensichtlich ausgeschlossen fühlte und mir zeigte, dass Kampfkunst in Werwolfrudeln viel wichtiger war, als ich gedacht hatte.

Das hätte mich ernüchtern sollen. Ich hatte kein solches Training hinter mir; nichts außer ein bisschen Kickboxen und ein wenig Unterricht mit Eric. Aber Red war ganz wild darauf, sich mit diesem Haufen anzulegen – mit ihrer Halbschwester.

„Es gibt ein paar Regeln", sagte Olivia und zählte sie an einer Hand ab. „Kein Verwandeln und kein Herrschern."

Herrschern, so wird es genannt, wenn Alphawandler ihre Überlegenheit zeigen und versuchen, den anderen durch Instinkte zu dominieren, gegen die untergeordnete Wandler nicht ankämpfen können. Eric hatte diesen Begriff schon einmal verwendet, aber ich hatte ihn vergessen.

Diese zweite Regel hätte mein zweites Signal sein sollen, solche Dummheiten abzulehnen, aber Red kannte keine Logik mehr, und so sehr ich auch gelernt hatte, sie zu kontrollieren, stellte sich heraus, dass ich wenig Fortschritte gemacht hatte.

Im nächsten Moment schüttelte ich meine Arme aus und umkreiste Olivia. Sie und ich schienen uns in Größe und Körperbau viel ähnlicher zu sein, viel mehr, als es bei mir und Lucia und Daniella der Fall war. Meine jüngere Schwester war größer, und obwohl Daniella gleich groß war, war sie schlank; viel dünner. Sie aß zu viele verdammte Salate, das sagte ich ihr immer wieder. Darauf erwiderte sie, dass Heiler keine Muskeln brauchten. Sie glaubte nicht an Sport, nicht im Geringsten.

Olivia ging in die Knie und begann ebenfalls, mich zu umkreisen. Alle anderen traten zur Seite und bildeten einen Kreis um uns. Sie wartete mit einem dummen kleinen Lächeln auf dem Gesicht. Meine Wut wuchs, aber ich schaffte es, meine Alphakräfte zurückzuhalten, wenn auch nur, weil ich dieses hochmütige, reiche Mädchen nach ihren Regeln in die Schranken weisen wollte.

Sie stampfte mit einem Fuß auf und täuschte einen Angriff vor. Ich zuckte zusammen und sie lachte, wodurch meine Wut in die rote Zone geriet. Ich stürzte mich ohne Nachdenken einfach auf sie. Mit Leichtigkeit, als hätte sie es mit einem Kind zu tun, trat Olivia anmutig aus dem Weg, packte meinen Arm und riss ihn nach hinten. Schmerz schoss durch meinen Ellbogen und es fühlte sich an, als wäre er kurz davor zu brechen. Ich linderte den Druck, indem ich auf die Knie fiel.

„*Wow!*", rief der drahtige Mann. „Das war enttäuschend."

Er wandte sich ab, genau wie die anderen, die mit ihrem Sparring weitermachten, weil sie das Interesse verloren hatten. Allison war die Letzte, die sich abwandte, wobei ein halb mitfühlender Ausdruck auf ihrem Gesicht lag.

Olivia ließ mich los und trat zurück, wobei ihr Lächeln viel breiter war als noch vor einer Sekunde. Ich kochte vor Wut und bebte, während ich auf dem polierten Boden kniete.

Du musst das nicht hinnehmen, knurrte Red in meinem Kopf. *Du kannst sie beherrschen. Du kannst sie dazu bringen, vor dir zu kriechen.*

Ein kribbelndes Gefühl rauschte durch meinen Körper und ich war in sekundenschnelle auf den Beinen. Im einen Moment kniete ich auf dem Boden, und im nächsten stand ich und schwankte ein wenig.

Olivias und Marcus' Augen weiteten sich.

Ich schüttelte den Kopf, denn mir war schwindlig. Seit dem Tag, an dem Red freigelassen wurde, hatte ich mich schneller bewegen können als jeder Fade, aber das war anders. Eric hatte mir gezeigt, dass er sich so bewegen konnte. Er hatte gesagt, dass Alphas das konnten – aber nicht alle, nur die Stärksten.

Ich war so schockiert von dem, was ich gerade getan hatte, dass meine Wut verblasste und sich ein Lächeln auf meine Lippen legte. Ich sah auf. Olivias Gesicht war verzogen, als hätte sie gerade an einer riesigen Zitrone gelutscht.

„*Flinkheit*", sagte Marcus mit verwunderter Stimme.

Olivia funkelte ihn an. Er schloss den Mund und versuchte, unbeeindruckt auszusehen.

Ich knackte mit dem Nacken und schüttelte meine Hände aus, um mich zu entspannen, denn mein Verstand war mit Besserem beschäftigt als Wut. „Ich ... ich glaube, ich bin am falschen Ort. Hier werde ich nicht lernen, was ich brauche."

„Du hast ganz schön Nerven, das zu sagen, nachdem ich dich in fünf Sekunden zu Boden gebracht habe", zischte Olivia.

„Das hast du, aber wenn ich die Fähigkeiten beherrsche, auf die es ankommt, wird dir noch so viel *Kampfsport* nichts nützen."

Sie stieß ein entsetztes Keuchen aus, aber ich blieb nicht lange genug, um mich daran zu erfreuen. Ich musste zu Eric. Ich musste mich entschuldigen und mich von ihm zu dem Alpha machen lassen, der ich sein musste.

Eric starrte mich von seinem Schreibtisch in seinem Arbeitszimmer an. „Es scheint, als hätte ich einen Fehler damit gemacht, dir den Code zu geben, um reinzukommen."

Von Packmind aus war ich direkt hierhergefahren und freute mich darauf, ihm zu erzählen, dass ich *flinken* konnte, aber vielleicht hatte ich ihn in einem ungünstigen Moment erwischt. Das spielte keine Rolle. Sobald ich ihm sagte, was passiert war, würde er Freudensprünge machen, oder was auch immer Erics Äquivalent war.

„Ich hab's geschafft", sagte ich.

Er legte seinen Stift ab und verschränkte stirnrunzelnd seine Finger vor sich.

Was? Hatte er mich überhaupt gehört? Ich wollte gerade einen cleveren Kommentar darüber loslassen, dass er wohl ein Hörgerät brauchte, doch stattdessen biss ich mir auf die Unterlippe und überlegte es mir anders. Es lohnte sich nicht, ihn zu verärgern. Also gab ich nach, auch wenn es mir gegen den Strich ging.

„Du hattest recht. Zu Packmind zu gehen war größtenteils Zeitverschwendung."

Erics Stift stoppte auf dem Papier, doch er sah nicht auf.

Zumindest hatte ich seine Aufmerksamkeit. Ich sprach weiter. „Ich weiß nicht, warum ich dachte, ich müsste hingehen. Es war dumm.

Zuerst dachte ich, es wäre in Ordnung. Sie schienen interessiert zu sein, als ich ihnen von den Hybriden erzählt habe. Natürlich hat es nicht geholfen, dass ich Alpha-Schwingungen verbreitet habe, und dass ich sie nicht kontrollieren konnte."

Eric sagte immer noch nichts, doch das war mir egal. Ich war über die Schleimerei hinaus und fing an, mich selbst zu bemitleiden.

Ich wandte mich von ihm ab und ging auf eins der Bücherregale zu, wo ich so tat, als würde ich die Titel auf den Buchrücken lesen. Stattdessen erinnerte ich mich an Olivias Gesicht und dieses nervtötende Grinsen der Abneigung.

„Ich habe die Travis-Kinder getroffen", sagte ich, doch die Worte hörten sich abgehackt an. Ich wollte eigentlich nicht mit Eric darüber reden, aber Rosalina konnte es nicht richtig verstehen, und Jake ... na ja, er war nicht rudellos, wie Eric. „Ich wünschte, jemand hätte mir gesagt, dass sie dort sein würden."

„Ich hatte keine Ahnung", sagte er. „Du weißt, dass ich mich schon lange nicht mehr dafür interessiere, was die Eliterudel von St. Louis treiben. Du hättest es dir allerdings denken können. Die Einrichtung gehört Travis immerhin. Ich dachte, du würdest dich einfach nur gerne quälen."

Ich drehte mich zu ihm um und sah ihn mit verengten Augen an. „So scheint es. Ich bin immerhin hier, oder?"

Er lachte leise, doch nach einem Moment ernüchterte er. „Vielleicht habe ich nicht mehr darauf bestanden, dass du nicht hingehst, weil ich wollte, dass du aus erster Hand erfährst, wie es mit den Rudeln ist. Sie werden keinen Platz für dich machen, Toni. Sie heißen dich nicht mit offenen Armen willkommen. Entweder gehörst du zum Rudel, oder du bist eine Rivalin."

Eine schwere Stille hing zwischen uns in der Luft. Ich hasste es, zuzugeben, dass er recht hatte. In den Rudeln ging es nicht nur um rosa Wolken und Einhörner. Bei ihnen ging es eher um blonde Weiber und Abgebrühtheit.

„Es wird einfacher. Mit der Zeit", sagte er hilfsbereit.

War ich dazu bestimmt, eine einsame Wölfin zu sein? Wenn Jake und ich nie zusammen sein konnten, was würde dann passieren? Ich konnte mir nicht vorstellen, jemals jemand anderen zu lieben. Und auch wenn ich Mom, meine Schwestern, meinen Bruder und Rosalina hatte, war da trotzdem der nagende Wunsch, zu etwas dazuzugehören; eine Leere, die nichts anderes füllen konnte.

Ich kämpfte gegen die Hoffnungslosigkeit an, die mich übermannte. Ich konnte unmöglich wissen, was die Zukunft bringen würde, und Jake und ich gaben nicht auf. Wenn ich ihn hatte, bräuchte ich niemand anderes. Er und ich würden unser eigenes Rudel sein, und wenn wir Kinder hatten, würde unser Rudel auf die einzig wichtige Art und Weise wachsen.

Also widersprach ich Eric nicht. Ich sagte ihm nicht noch einmal, dass ich dazugehören wollte, auch wenn ich es wollte. Unbedingt.

Stattdessen appellierte ich an Reds Stolz.

Sie wollen dich nicht, Red, aber das spielt keine Rolle. Du brauchst sie nicht. Du bist besser als sie. Wir finden unseren eigenen Weg. Wir bauen unser eigenes Rudel auf.

Ich spürte, wie sie das aufnahm und sich fest dazu entschloss, es ihnen früher oder später zu zeigen, und das schien genug zu sein. Mit ihrem Einverständnis konnte ich Eric schließlich zunicken.

„Ich werde morgen früh um 4 Uhr hier sein. Ich bin bereit, von dir zu lernen."

„Nein. Nicht hier. In Damiens Haus."

Was? Ich öffnete meinen Mund, um zu fragen, warum, aber er schrieb bereits weiter, um mich abzuwimmeln.

Das sollte interessant werden, und ich war mehr als bereit.

KAPITEL 13

I ch war nicht mehr in Damiens Haus gewesen, seit ich ihm und Eric von der Ausgrabung der Geschändeten Amphore erzählt hatte. Ich parkte meinen Camaro unter einem leuchtenden Laternenpfahl und machte mich auf die Erinnerungen gefasst, die mich überwältigen könnten, wenn ich hineinging. Damien hatte mein Leben gerettet, als Blake und Jenson Rosalina und mich überfielen, nachdem sie Damiens erstes Rhabo-Heilmittel zerstört hatten. Er hatte meine gebrochenen Knochen genug geheilt, damit ich mich verwandeln und meine eigenen Heilfähigkeiten benutzen konnte.

Und was hatte ich für ihn tun können, als er im Sterben lag? Nichts. Absolut nichts, außer seine Hand zu halten, während er ging.

Hör auf!

Ich schlug mir mit dem Handballen gegen die Stirn. Genau das war es, was ich vermeiden sollte. Warum mussten wir heute hier trainieren?

Wachsam – diese Gegend der Stadt war um diese Tageszeit nicht die beste – überquerte ich die Straße und näherte mich Damiens altem, vierstöckigem Anwesen. Die Gargoyles an den oberen Ecken des Gebäudes schienen mich anzuglotzen, als ich meine Faust hob, um zu klopfen. Bevor ich meine Knöchel gegen das Holz schlug, öffnete sich die Tür von selbst und eine unheimliche Stimme sprach, die sich anhörte wie eine Mischung aus einem Geist und einer monotonen KI.

„Willkommen, Antonietta Sunder."

„Was zur Hölle?", murmelte ich, während ich vorsichtig eintrat, da ich eine Falle erwartete. Das war neu. Das Haus hatte mich nicht so begrüßt, als Damien noch lebte.

„Es ist sicher. Komm rein", rief Eric von der Marmortreppe auf der rechten Seite herunter. Er stand auf der letzten Stufe, seine Füße standen schulterbreit auseinander, seine Fäuste ruhten auf seinen Hüften. Er trug eine schwarze Shorts und ein rotes T-Shirt.

Ich schloss die Tür hinter mir und ging auf die Treppe zu. „Was soll die Gruselshow? So früh am Morgen ist es hier unheimlich."

Eric zuckte mit den Schultern. „Damien hat das Haus mit einem Zauber belegt, der seine Freunde hereinlässt."

Ich hatte kaum Zeit, meine Überraschung zu verarbeiten, weil Eric mit einer Hand eine ‚Folge mir'-Geste machte und dann ohne ein weiteres Wort in einem Flur verschwand. Ich schüttelte meinen Kopf und stürmte die Stufen hinauf, wobei ich zwei auf einmal nahm, bis ich ihn eingeholt hatte.

Bisher war ich nur im Erdgeschoss gewesen, also sah ich mich neugierig um und betrachtete jedes Detail.

Das erste Obergeschoss war modernisiert worden, das zweite schien allerdings unberührt geblieben zu sein. Ich fühlte mich ins achtzehnte Jahrhundert zurückversetzt, in die Zeit, in der das Haus gebaut worden war. Die Möbel, die Gaslaternen an den Wänden, in denen magisch aussehende Flammen flackerten, die uralten Porträts, der karminrote, abgenutzte Teppich, alles erzählte von einer anderen Zeit.

„Warum sind wir hier?", fragte ich und rannte los, um Eric einzuholen.

„Dieses Haus ist ... besonders. Das wird unser Training erleichtern."

„Besonders?"

Ich wartete darauf, dass er das erklärte, doch er ging einfach weiter den Flur hinunter, bis er die letzte Tür erreichte und betrat einen Raum. Ich zögerte, ihm zu folgen, und blieb draußen stehen. Der Raum war schwach beleuchtet, noch schwächer als der Flur, durch den wir gerade gelaufen waren.

„Komm schon, du verschwendest Zeit", hallte Erics Stimme aus dem Raum. Sie klang weit entfernt.

Ich trat näher an die Schwelle, meine Turnschuhe traten kaum darüber, und spähte in einen scheinbar leeren Raum.

„Diese Spiegel sind überall", sagte Eric.

Was? Ich wollte gerade fragen, welche Spiegel er meinte, als sich das Zimmer beim nächsten Blinzeln in eine Art Spiegelkabinett verwandelte.

„Was zur Hölle?", sagte ich leise.

„Schnell", drängte Eric. „Du musst mich finden. Du hast nur zwanzig Sekunden Zeit." Sobald er das sagte, tauchte eine riesige Digitaluhr an der Wand auf und zählte die Sekunden herunter.

20, 19, 18 ...

Endlich trat ich hinein, und die Tür schloss sich wie von selbst hinter mir. Panik flammte in mir auf und beinahe drehte ich mich um und rannte aus dem Raum, aber ich wollte nicht von Eric ausgelacht werden.

„Wenn du mich nicht schnell findest", ertönte Erics Stimme, „bin ich tot."

Mir entkam ein nervöses Lachen. „Sei nicht so dramatisch."

Seine einzige Antwort war sein schweres Atmen. Ich lief vorsichtig um einen der vielen Ganzkörperspiegel herum, die im ganzen Raum verteilt waren. Sie waren nicht an der Wand befestigt. Sie waren gerahmt und freistehend und hatten verschiedenste Formen. Oval, rechteckig, länglich und mehr. Der Spiegel vor mir hatte einen aufwändigen, ver-goldeten Rahmen, der mit geschnitzten Blumen und Ranken verziert war. Der Spiegel war trüb und sah alt aus. Er reflektierte meine ver-schlafenen Augen, in denen auch ein Hauch von Panik lag.

Beruhige dich, Toni, sagte ich mir, doch meine eigene Ermahnung führte nur dazu, dass mein Herz noch schneller klopfte.

„Bitte, Toni. Beeil dich!", hörte ich Erics Stimme leise hinter mir flüstern. Ich wirbelte herum, mein Blick huschte nach links und rechts und meine Haut juckte.

15, 14, 13 ...

„Das gefällt mir nicht Eric", sagte ich, wobei sich mein Mund an einem Dutzend verschiedener Stellen bewegte, als die Spiegel mein Flehen re-flektierten.

Es ist nur ein Spiel. Nur ein Spiel. Er versucht, deine Flinkheit-*Fähigkeit auszulösen. Ganz ruhig!*

„Beeil dich!" Seine Stimme klang wirklich ängstlich.

Was, wenn er wirklich in Gefahr ist?

11, 10, 9 ...

Wie auch immer, er wollte, dass ich es schnell erledigte, also musste ich es versuchen. Ich stürmte durch den Raum, blickte hinter alle Spiegel und ignorierte meine eigene Spiegelung, die mich verwirren wollte. Ich bewegte mich weiter und weiter in den Raum, ließ meinen Blick schweifen und versuchte, Eric zu finden, doch ich sah nur noch mehr Spiegel und noch mehr panisch aussehende Tonis.

7, 6, 5 ...

Ein schmerzhaftes Knurren durchdrang mein lautes Keuchen. Ich drehte mich nach rechts und folgte dem Geräusch.

„Eric!", rief ich, als ich sein rotes Shirt in einem der Spiegel entdeckte. Ich stürmte in diese Richtung, dann erkannte ich, dass es eine Reflexion war, also musste er hinter mir sein. Ich wirbelte herum, doch er war nicht da. Noch immer nichts als ein Spiegelbild.

4, 3, 2 ...

Ratlos trat ich näher heran und legte eine zitternde Hand auf die kühle Oberfläche. Sobald meine Finger in Kontakt mit dem Glas kamen, verschwand die Reflexion.

„Du warst nicht schnell genug", sagte Eric hinter mir.

Ich erstarrte einen Moment lang, dann drehte ich mich langsam zu ihm um.

Er stand mit seiner rechten Hand um seinen linken Unterarm geschlungen da. Blut quoll zwischen seinen Fingern hervor. Er krümmte sich und keuchte.

„Was zum ...? Wie hast du dich verletzt?"

„Du warst nicht schnell genug", wiederholte er.

Ich schüttelte meinen Kopf. „Willst du damit sagen, dass—"

„Du *musst* dieses Mal schneller sein." Er trat einen Schritt zurück und verschwand hinter einem der Spiegel.

Ich streckte eine Hand aus, um ihn aufzuhalten, doch er war bereits verschwunden. „Nein!"

Die Sekunden erschienen wieder auf der Uhr, doch diesmal waren es nur zehn!

10, 9, 8 ...

Finde mich. Schnell! Seine Stimme hallte durch den Raum, und dieses Mal steckte noch mehr Panik darin.

Ich verschwendete keine Zeit und begann mit dem Wissen nach ihm zu suchen, dass ich nur wenige Sekunden hatte, bis ... bis ... ich wusste nicht genau, was dann passieren würde, aber ich musste mich beeilen.

7, 6, 5 ...

Panik erfüllte mich und rauschte durch meine Adern wie heißes Gift. Meine Gliedmaßen kribbelten, meine Sicht war verschwommen, und eine Sekunde lang dachte ich, ich würde beginnen zu flinken, aber stattdessen stolperte ich nur vorwärts und fiel auf die Knie.

4, 3, 2 ...

Eric stieß ein weiteres schmerzverzerrtes Knurren aus. Ich sah auf und entdeckte seine Reflexion im Spiegel zu meiner Linken. Ohne zu zögern, warf ich mich nach rechts und streckte die Arme aus. Sie schlangen sich um Erics Beine. Ich setzte mein Gewicht ein, um ihn zu Boden zu werfen.

Mit einem Krachen und einem Schimpfen fiel er hin.

„Hab' dich", sagte ich.

„Du hast geschummelt. Du musst flinken", war seine Antwort. Allerdings lag keine Genugtuung darin, nur Erleichterung.

Er versuchte, sich loszureißen, doch ich hielt seine Beine fest. Er hatte jetzt zwei Schnitte in seinem Unterarm, und Blut lief bis zu seiner Hand hinunter und benetzte seine Hände. Wieder versuchte er, sich aus meinem Griff zu befreien.

„Lass los." Er schüttelte seine Beine.

„Nein. Ich lasse dich nicht los." Es war ein wenig irrational, aber das war mir egal. Er würde nicht noch einmal in einem dieser Spiegel verschwinden.

„Tja, wir werden nicht den ganzen Tag hier auf dem Boden herumliegen, oder?"

„Für mich klingt das gar nicht so schlecht." Besser als die Alternative. „Das *neue* Training bringt es nicht. Ich bin nicht hier, um mich traumatisieren zu lassen."

„Na schön", sagte er, dann warf er sich zur Seite und streckte den Arm nach einem der Spiegel aus. Sobald seine Finger den Rahmen streiften, war er verschwunden.

„Nein!"

Ich lag auf dem Boden, umarmte die Luft und blinzelte den Platz zwischen meinen Armen an. Fluchend sprang ich auf die Füße. Ich hatte nicht schlecht Lust, aus dem Raum zu stampfen und diesen Arsch sich selbst zu überlassen. Aber das konnte ich nicht. Eric machte keine Witze. Er meinte es immer todernst, und ich wusste, dass das hier keine Ausnahme war. Ich konnte es spüren. Er hatte den Einsatz erhöht.

Und die Uhr hatte sich auf nur noch fünf Sekunden zurückgestellt!

5, 4 ...

Mein erster Instinkt war, im Raum herumzurennen und nach ihm zu suchen, wie ich es vorher getan hatte, aber *Alle guten Dinge sind drei* war nicht gerade mein Motto, besonders nicht in diesem Fall. Ich konnte mich nicht auf das Glück verlassen. Stattdessen schloss ich also meine Augen und bemühte mich, das Kribbeln wieder wachzurufen, das im Packmind durch meinen Körper gerauscht war.

Wut hatte es ausgelöst. Wut auf Olivia, wegen der Art, wie sie mich behandelt hatte. Sobald ich mir ihr Gesicht vorstellte, flammte dieselbe Wut wieder in mir auf.

Du überhebliche kleine Schnepfe!, hörte ich mich denken, und im nächsten Moment schoss die rastlose Energie durch meine Glieder und jede Zelle in mir fühlte sich an, als würde sie von einem Erdbeben erschüttert. Meine Beine und Arme begannen zu vibrieren, und als meine Augen aufschlugen, sah alles um mich herum unscharf aus, als würde ich durch Wasser sehen. Ich starrte meine Hände an und drehte die Handflächen nach oben. Sie sahen normal aus. Als Nächstes warf ich einen Blick auf die Uhr.

Sie war kaputt.

Die Sekunden hatten aufgehört zu ticken. Oder? Ich starrte konzentriert darauf, und wartete, wartete und wartete. Ich kratzte meinen Kopf und zählte leise mit. Eine ganze Minute verging. Die Sekunden tickten von vier auf drei herunter.

Hexenlichter, ich tue es. Ich flinke!

Eine lethargische Stimme, als würde jemand vom Grund eines Schwimmbeckens aus sprechen, drang an meine Ohren.

War das Eric, der mir sagt, ich soll mich beeilen?

Ich riss mich aus den Gedanken los und stürmte auf kribbelnden Beinen durch den Raum und blickte hinter jeden Spiegel. Immer wieder sah ich auf die Uhr. Ich hatte schon den halben Raum durchsucht, und sie zeigte immer noch drei Sekunden an. Dann entdeckte ich Eric hinter einem Spiegel mit silbernem Rahmen.

Ich flinkte dorthin, drückte meine Hand gegen die Glasoberfläche, dann wirbelte ich herum und sah Eric hinter mir stehen. Er sah aus wie eine Steinstatue. Er blinzelte nicht, er regte sich nicht. Ich schüttelte den Kopf und die Zeit lief wieder normal schnell. Die verbleibenden zwei Sekunden vergingen mit einem Wimpernschlag.

Besorgt beäugte ich Erics Arme und den Rest seines Körpers. Er hatte keine zusätzlichen Schnitte erlitten, und die beiden an seinem Unterarm heilten bereits. Ich atmete erleichtert auf.

Einer seiner Mundwinkel verzog sich zu einem Schmunzeln. „Du hast es geschafft."

Ohne Nachzudenken stieß ich eine Hand gegen seine Brust und schubste ihn fest. Er stolperte rückwärts und sein Grinsen verschwand.

„Arschloch", blaffte ich.

Wut legte sich auf seine Züge, und ich spürte, wie Red sich für einen Kampf bereitmachte. Doch er schüttelte sich schnell und tat meinen Angriff mit einer Handbewegung ab.

„Ich schätze, das habe ich verdient", sagte er. „Aber es hat funktioniert, also kannst du dich nicht beschweren."

Ich atmete ein paar Mal tief durch und versuchte, Red zu beruhigen und einen Vorteil in seinem kranken Plan zu sehen.

„Wahrscheinlich war es dumm, dass ich mir Sorgen gemacht habe." Ich rieb mir den Nacken. „Es war nicht so, dass du in echter Gefahr warst."

„War ich das nicht?"

Ich warf ihm einen bösen Blick zu. Weil ich ihm die Wahrheit nicht aus der Nase ziehen wollte, sah ich mich im Raum um. „Wo zur Hölle sind wir hier überhaupt?"

Eric ließ seinen Blick über die Spiegel schweifen. „Ein Ort, den Damien geschaffen hat. Der Raum tut alles, was man will. Dieses Haus ... es ist durchdrungen von Magie, von seiner Essenz." Ein Muskel in seinem Kiefer zuckte. „Weg mit euch", sagte er und klang plötzlich angewidert.

Die Spiegel verschwanden, sobald die Worte seinen Mund verlassen hatten. Ich starrte den leeren Raum fasziniert an – die Wände waren mit schwarz-weißer Tapete mit Blumenmuster bedeckt. Die Sockelleisten waren breit, die Fußböden aus perfekt poliertem Hartholz, und die Gaslaternen waren von magischem, warmem Licht erfüllt.

„Alles, was ich will?", murmelte ich, während ich von der Tür wegging und mit dem Finger an der Wand entlangfuhr.

Ein bestätigendes Geräusch drang aus Erics Kehle.

„Damien", sagte ich, ohne nachzudenken, und ohne genau zu wissen, was ich meinte.

Eine Gestalt materialisierte sich im hinteren Teil des Raumes. Ich keuchte, als ich den seidenen Umhang und den Zylinder sah.

„Was zur Hölle?!", rief Eric, und seine Stimme brach. „Was hast du getan?!"

Ich schüttelte meinen Kopf. Das hatte ich nicht gewollt, ich hatte nur ...

Ich streckte eine Hand in Damiens Richtung und machte einen Schritt vorwärts. Er war groß, schlank und tadellos gekleidet; seine fleckigen Pupillen reflektierten das Licht, während seine kupferfarbenen Iris zu glühen schienen.

„Bist du es wirklich?", flüsterte ich.

Eric knurrte. „Mach dich nicht lächerlich", sagte er. Dann stürmte er aus dem Raum und ließ mich allein.

Nervös sah ich von Damien zur Tür, unsicher, was ich tun sollte. Sollte ich Eric folgen? Oder sollte ich hier bleiben, mit ... einem Geist, oder was auch immer das war?

„Ähm ..." Ich wusste nicht, was ich sagen sollte, und als ich in Damiens teilnahmsloses Gesicht blickte, erkannte ich, dass sich seine Miene kein bisschen verändert hatte.

„Du bist nicht wirklich hier."

Zur Antwort verschwand er so schnell, wie er gekommen war. Mein Herz schnürte sich zusammen, als ich daran erinnert wurde, dass er wirklich tot war und nie zurückkehren würde, egal, wie sehr wir uns wünschten, er würde zu uns kommen.

Eilig verließ ich den Raum, um Eric zu suchen. Ich fand ihn oben auf der Marmortreppe sitzend; er hatte die Ellbogen auf die Knie gestützt und starrte ins Nichts.

Vorsichtig näherte ich mich. „Es tut mir leid."

Er brummte nur zur Antwort, doch es reichte aus, um mich wissen zu lassen, dass er mir nicht die Schuld gab. Ich setzte mich neben ihn und seufzte tief, während die Trauer um Damien mich zerfraß und meine Wut und mein Verlangen nach Rache schürte.

„Er war mein einziger Freund", sagte Eric. „Die einzige Person, die es noch gab, die ... es wusste."

Er musste das nicht ausführen. Ich verstand es. Er meinte seine Familie. Seinen Schmerz; einen Schmerz, der in den Jahren, seitdem sie ermordet worden waren, kein bisschen schwächer geworden war.

„Ich weiß, dass es nicht viel ist, oder auch nur annähernd dasselbe", sagte ich, „aber ich kann deine Freundin sein. Ich meine ... ich betrachte *dich* als meinen Freund. Die eigene Familie zu verlieren ..." Ich schüttelte meinen Kopf. „Ich kann es mir nicht einmal vorstellen, aber falls du irgendwann mal jemanden zum Reden brauchst ..." Ich verstummte wieder. Gott, ich war so schlecht in solchen Dingen.

„Vielleicht." Er warf mir einen Seitenblick zu und schenkte mir ein schiefes Grinsen, das seine Augen nicht erreichte. Es war eine Arschloch-Reaktion, aber aus Erics Mund gab sie mir beinahe Hoffnung. Vielleicht würde er mich irgendwann doch noch an sich heranlassen.

Ich schüttelte mich, stand auf und dehnte meinen Nacken. „Mann, ich fühle mich miserabel." Plötzlich fühlte ich mich schwer und müde, als würden meine Knochen plötzlich aus Blei bestehen.

„So fühlt man sich nach dem Flinken. Man muss sich dran gewöhnen, aber es gibt immer einen Preis, den man dafür zahlt."

„War ja klar", beschwerte ich mich.

„Achte darauf, viel zu trinken und heute viele Kalorien zu dir zu nehmen."

Ich begann, die Stufen hinunterzugehen. „Ich hoffe, du hast heute nicht viel mehr von mir erwartet. Ich habe einen stressigen Tag vor mir. Dinge im Büro. Tschüss!"

Ich ging weiter die Treppe hinunter und als ich am Fuß angekommen war, fragte Eric: „Wie hast du es gemacht? Was hat dir geholfen, endlich zu flinken?"

Er gab mir selten etwas, womit ich arbeiten konnte, aber er erwartete von mir, dass ich ihm meine Seele offenbarte. Wenn es noch ein Fünkchen Hoffnung für ihn gab, musste ich ihm zeigen, wie es ging.

„Wut", sagte ich. „Wut auf Olivia Hillworth."

Eric hob eine Augenbraue.

„Sie hat mich wirklich auf die Palme gebracht", fuhr ich fort. „Sie hat mir das Gefühl gegeben ... dass ich nicht dazugehöre und es auch nie tun werde." Ich hasste dieses Gefühl und wünschte, dieser Rudelinstinkt, der aus irgendeinem Grund in mir aufgekommen war, würde einfach weggehen. „Ich brauche kein Rudel." Die Worte waren unerwartet und kamen aus dem Nichts. Ich wollte, dass sie wahr waren, aber es waren nichts als Lügen.

„Ich würde lügen, wenn ich dir sagen würde, dass das ... *Verlangen* weggeht. Es geht nicht weg, aber es wird einfacher."

Ich nickte und wünschte mir es wäre einfacher, wünschte mir, ich könnte diesen Teil von mir irgendwie loswerden, ihn mit einem Skalpell aus mir herausschneiden und ihn in den Müll werfen.

„Du erinnerst mich wirklich an sie", flüsterte Eric, fast, als wollte er nicht, dass ich es hörte.

„An wen?"

„Meine Tochter."

Ich stand sprachlos da; alle Worte waren aus meinem Hirn verschwunden.

Er stand auf und ging davon. „Wir sehen uns morgen um dieselbe Zeit", rief er über seine Schulter.

Ich schnaubte und ging, doch ich fragte mich, wie viel schlimmer die Folter wäre, wenn ich ihn nicht an eine Person erinnern würde, die er liebte.

KAPITEL 14

Wonach riecht es hier?", fragte ich und rümpfte die Nase, als ich
99 mein Büro betrat.

Rosalinas Stimme kam aus dem Empfangsbereich. „Was meinst du?"

„Bäh!", rief ich, als ich merkte, dass der Gestank aus meinem Papierkorb kam. Ich hatte die Reste einer vergangenen Mahlzeit über Nacht dort gelassen. Zaghaft hielt ich mir die Nase zu, schnappte mir den Mülleimer und zog ihn aus dem Raum.

Rosalina sah mich stirnrunzelnd an. „Ich rieche nichts."

„Dann bist du ganz sicher keine Werwölfin. Ich bin gleich wieder da. Ich muss das hier auskippen."

Ich hielt den Eimer eine Armlänge von mir entfernt, ging durch die Vordertür und bog nach links ab, um auf die Rückseite des Gebäudes zu kommen. Ich kam an Jakes Büro vorbei, sah aber keine Aktivität im Inneren.

Am Müllcontainer entsorgte ich den Abfall, wobei ich die ganze Zeit den Atem anhielt. Der Geruch dieser ekelhaften Brühe brachte mich schneller zum Würgen als alles andere. Ich begann zurückzugehen, doch ein Rascheln brachte mich dazu, herumzuwirbeln.

Mein Herz schlug wie wild, doch es beruhigte sich sofort, als ich eine rauchfarbene Katze mit bernsteinfarbenen Augen sah, die hinter dem Container hervorkam.

„Oh, wie süß bist du denn?"

Die Katze kam näher. Irgendetwas an ihr sagte mir, dass er männlich war. Er war groß, wahrscheinlich bestand er aus über fünfzehn Pfund purer Muskelmasse, statt dem Schwabbel seiner Artgenossen, die in Wohnungen wohnten. Doch sein Gesicht war vor flauschigem Fell ganz rund, und seine Augen waren einfach atemberaubend.

Ich hockte mich hin und streckte eine Hand aus. Er kam näher und schnüffelte vorsichtig an meinen Fingern, bevor er mich ihn streicheln ließ. Ich kraulte ihn auf dem Kopf, dann unter dem Kinn, und er ließ sich auf den Boden fallen, schnurrte und drehte seinen Körper erst in die eine und dann in die andere Richtung.

„Du bist ein ganz liebes Fellknäuel, was?"

Zur Antwort schnurrte er noch lauter.

„Wo ist dein Halsband?"

Er leckte meine Finger.

„Bist du ein Junge?" Ich sah nach, um sicherzugehen. Es war nie gut, sich auf Vermutungen zu verlassen. Seine Körperteile waren alle da, wohlbehalten und unversehrt.

„Du bist ganz sicher ein Streuner. Halte dich von Tierfängern fern. Wenn die dich erwischen, sorgen sie dafür, dass du nur noch Sopran singst."

Ich stand auf und ging um die Ecke. Als ich zurückblickte, sah ich, dass er mir folgte. Ich runzelte die Stirn, dachte mir jedoch, dass er zurückgehen würde, wenn ich um die nächste Ecke bog. Der Verkehr auf der Hauptstraße würde ihn abschrecken. Allerdings tat er das nicht, und folgte mir bis zur Tür der Agentur.

Er blinzelte, als ich zu ihm hinuntersah.

„Hast du Hunger?"

Der Kater kam mir allerdings wohlgenährt und kräftig vor.

„Durstig?"

Er miaute, als wollte er mir antworten.

Rosalina kam zur Tür und öffnete sie. „Warum stehst du da rum? Wir haben zu arbeiten."

Ich deutete auf den Kater. „Ich habe einen Freund gefunden, wie es scheint. Er ist mir von Müllcontainer hierher gefolgt."

„Oh mein Gott, ist der süß!" Sie hockte sich hin, um ihn zu streicheln, und murmelte Zärtlichkeiten, während sie ihn hinter den Ohren kraulte.

„Ich glaube, er hat Durst", sagte ich.

„Na dann sollten wir ihm Wasser geben." Sie hielt die Tür auf und trat zur Seite. „Komm schon."

Ich glaubte nicht, dass der Kater hineinlaufen würde, doch zu meiner Überraschung, schlenderte er mit hocherhobenem Schwanz weiter. Rosalina und ich tauschten einen amüsierten Blick.

Ich füllte einen Plastikbecher und stellte ihn vor den Kater. Er trank so viel er wollte, dann bewegte er sich durch den Raum und erkundete die Agentur. Nach einem Moment fand er den Weg in mein Büro, sprang auf einen Stuhl und machte es sich dort bequem, indem er sich fest zusammenrollte und seine Augen für ein Nickerchen schloss.

Ich runzelte die Stirn. „Was um alles in der Welt ..."

„Na ja, du wolltest immer eine Katze, wenn Cupid ... du weißt schon."

Ich schüttelte meinen Kopf. „Ich kann keine Katze adoptieren. Den Fisch habe ich umgebracht."

„Oh, du hast ihn nicht umgebracht, Tiger-Toni. Cupid war fast zwei Jahre alt. Kampffische leben nicht lange."

„Glaubst du wirklich?"

Sie nickte, warf einen Seitenblick auf die Katze und lächelte, als wollte sie mich mit einem neuen Spielzeug locken. „Ich würde ihn nehmen, aber in meinem Wohnhaus sind keine Haustiere erlaubt."

Ein Stich der Eifersucht traf mich bei der Vorstellung ins Herz, dass Rosalina ihn nehmen würde. Es war dumm, aber es machte mir klar, dass ich ihn wollte. Selbst Cupid hatte mir mit seiner unauffälligen Präsenz Gesellschaft geleistet, und ich vermisste es. Und in meinem Haus waren Haustiere erlaubt, darauf hatte ich geachtet.

„*Aaalso?*", sagte Rosalina mit Singsang-Stimme.

Ich schnaubte. „Tja, wenn er mich will, will ich ihn auch."

In diesem Moment öffnete der Kater ein Auge und schloss es dann wieder, als würde er zustimmend zwinkern.

Rosalina lachte. „Ich schätze, das ist wohl geklärt."

Vor dem Mittagessen machte ich also einen Abstecher zum Tiergeschäft und kaufte einiges an Zubehör. Ich zuckte zusammen, als ich die Belastung meiner Kreditkarte sah, doch ich hatte das Gefühl, dass es das wert war.

Nachdem ich eine Transportbox, ein Katzenklo mit Schaufel, Trockenfutter, Nassfutter, Näpfe, ein Halsband und eine Bürste gekauft hatte, holte ich ihn im Büro ab, steckte ihn in die Box und brachte ihn nach Hause.

Zum Glück schien ihn diese Erfahrung nicht zu stören, und sobald ich ihn freiließ, begann er die Wohnung zu erkunden. Ich ließ ihn nicht gern allein, aber ich musste ins Büro, um einen Trank zu brauen, also stellte ich ihm Wasser und Futter hin und schlich mich hinaus, als er nicht hinsah.

Ich verließ die Wohnung mit einem Lächeln auf dem Gesicht und freute mich, später wieder nach Hause zu kommen.

KAPITEL 15

Wo stehen wir?" Am nächsten Tag saß ich mit Rosalina und einem **"** Stapel ausgedruckter Seiten vor mir an meinem Schreibtisch.

Es war Donnerstag. Vor uns standen große Tassen mit Kaffee und zwei Stücke Käsekuchen warteten in einer Papiertüte, falls wir Hunger bekamen, während wir unsere Finanzen und die Zukunft unserer Agentur besprachen.

Zu Mittag hatte ich ein riesiges Steak, eine Ofenkartoffel mit Toppings und eine Portion cremige Makkaroni mit Käse gegessen. Eric hatte recht mit den Kalorien gehabt. Wir hatten heute wieder das Flinken geübt, und es war unglaublich anstrengend gewesen. Er hatte mir außerdem gezeigt, wie ich meine Alpha-Schwingungen kontrollieren konnte.

Etwas anderes, das mich erschöpfte, war der Mangel an gutem Schlaf. Blaze – so hatte ich meinen neuen Kater wegen seiner schönen Augen genannt – hatte mich in der Nacht ein paar Mal geweckt, während er versuchte, eine bequeme Position neben mir zu finden. Die neue Situation war definitiv gewöhnungsbedürftig. Für uns beide. Allerdings sorgte ich mich ein wenig um ihn. An diesem Morgen hatte ich ihn nicht gesehen, während ich übereilt duschte und mich für die Arbeit anzog. Ich vermutete, dass er hinter den Kühlschrank geklettert war, aber ich hatte keine Zeit gehabt, um nachzusehen.

Nach dem deftigen, langen Mittagessen fühlte ich mich viel besser, auch wenn der Käsekuchen keine lange Lebenserwartung hatte.

Auf der anderen Seite des Schreibtisches saß Rosalina in einer cremefarbenen Seidenbluse und schwarzen Nadelstreifenhose. Ihr Make-up war makellos und ihre Haut strahlte, wie sie es seit Tagen nicht mehr getan hatte. Es war, als könnte sie ihre Laune heben, indem sie sich einfach etwas mehr Zeit für ihre Hautpflege nahm. Ich erinnerte mich daran, wie sie enges Leder getragen und Leute mit einem Gewehr mit Zielfernrohr abgeschossen hatte, und musste mir klarmachen, dass ich nicht an zwei Personen dachte, sondern nur an eine: Meine beste Freundin, die sich in mehr als nur einer Hinsicht als knallhart erwiesen hatte.

Sie reichte mir die erste Seite ihres Berichtes. „Das ist eine Zusammenfassung. Die meisten Rechnungen sind am fünfzehnten Mai fällig. Wenn wir die Miete gezahlt haben, bleiben uns noch genau 251,35 Dollar auf unserem Sparkonto."

„Mist."

„Wenn du es schaffst, eine Gefährtin für Mr. Taylor zu finden, haben wir genug für die Mai-Miete, aber es ist nicht genug, um die restlichen Kosten zu decken … Strom, Wasser, Versicherungen, Vorräte. Ganz zu schweigen von unseren Gehältern."

„Verdammter Mist."

„Jep." Sie nickte und ihre perfekten Augenbrauen runzelten sich. „Mit anderen Worten, wir brauchen neue Kunden. Sofort!"

Mr. Taylor war ein geschiedener Mann Mitte dreißig, der uns letzte Woche gebucht hatte. Er war der einzige Kunde, den wir in diesem Chaos hatten gewinnen können.

Ich fasste mir an den Kopf und starrte die Zahlen an, als könnte ich sie durch reine Willenskraft ändern. Ich versuchte, ein paar Nullen am Ende unseres kläglichen Kontostandes herbeizuwünschen, doch es passierte nichts.

Verdammt! Ich habe wirklich die falsche Art von Magie.

„Vielleicht bringt uns unsere Radiowerbung ein paar Kunden ein", sagte ich hoffnungsvoll.

Ihr Mund verzog sich an einer Seite. „Tut mir leid, die musste ich abbestellen. Wir konnten sie uns nicht mehr leisten."

Ich spürte, wie mir mit einem Mal die Energie ausging. Als wir die Agentur gegründet hatten, stellten wir uns vor, dass uns die Leute verzweifelt nach Liebe die Türen einrennen würden, bereit, ihre perfekten Seelenverwandten zu finden. Aber so war es nicht. Viele Leute hatten sich am Anfang für unsere Dienste interessiert, doch sie hatten alle kaum etwas für die Liebe ihres Lebens zahlen wollen. *Ich meine, was zur Hölle?* Es ging dabei nicht um ein Paar Socken. Warum waren die Leute nur so geizig?

Nach ein paar Monaten im Geschäft, hatten wir unsere Strategie geändert und uns um exklusivere Kunden bemüht; gesellschaftlich angesehene Leute mit wesentlich mehr Geld. Wir hatten Celina Morelli gewonnen, sie mit einem Priester zusammengebracht und geglaubt, wir hätten es geschafft, besonders nachdem sie DJ Slice zu uns geschickt hatte.

Der DJ, Aaron Blackridge, hätte uns vielleicht bei dieser Entwicklung geholfen, wenn Rhabo und der todkranke Partner nicht gewesen wären, den wir ihm geliefert hatten. Ja, wir hatten Josh vor dem sicheren Tod bewahrt, aber der Schaden war bereits angerichtet. Wir hatten Aaron eine Menge Schmerz beschert, und damit alles versaut.

Rosalina hob langsam einen Finger, als würde sie vorsichtig eine Idee auf der Spitze ihres manikürten Fingernagels balancieren. „Ich dachte ... vielleicht ... könntest du Celina Morelli anrufen. Zuerst fragst du, wie es mit ihrem *göttlichen* Mann läuft, dann fragst du ganz beiläufig, ob sie noch weitere Freunde hat, die ihr Liebesleben ankurbeln wollen."

Als sie mir von dieser Idee erzählte, war sie beinahe mein Spiegelbild. Sie wusste genauso gut wie ich, dass das ein Schuss ins Blaue war. Celina Morelli und Aaron Blackridge waren befreundet. Es bestand die Chance, dass sie von unserem Fauxpas wusste, und sie würde sicherlich nicht noch mehr ihrer Freunde in Gefahr bringen.

„Was, wenn unser Ruf für immer ruiniert ist?", fragte ich.

„Ich weigere mich, das zu glauben." Rosalina kam auf die Füße und begann, vor dem Schreibtisch auf und ab zu gehen. „Es war nicht unsere Schuld, dass Josh krank war, und außerdem haben wir alles getan, um sein Leben zu retten."

Das stimmte, doch es minderte nicht den schrecklichen Schmerz, den wir unserem Klienten zugefügt hatten. Wenn irgendwann der letzte Rest seiner Qualen verschwunden war und Aarons Glück mit Josh nicht von dieser schrecklichen Erfahrung überschattet wurde, wäre Aaron vielleicht bereit, uns an andere zu empfehlen, aber so viel Zeit hatten wir nicht. Ganz im Gegenteil.

„Ja, wir haben alles getan", sagte ich, „aber ..." Ich musste den Satz nicht beenden. Rosalina verstand mich nur zu gut.

Sie sank auf ihrem Stuhl zusammen und ein tiefes Seufzen entkam ihr. „Oh, Tiger-Toni, was sollen wir nur tun?"

Als ich ihr besorgtes Gesicht sah und hörte, wie ihre Stimme vor Unsicherheit zitterte, brach mein Herz in tausend Teile. Rosalina war mein Fels in der Brandung, meine ganze Kraft. Sie wusste immer, was zu tun war. Normalerweise war ich diejenige, die wie ein Fisch auf dem Trockenen zappelte, während sie sich zusammenriss und mir sagte, dass alles gut werden würde. Doch dieses Mal glaubte sie nicht daran. Sie glaubte, dass wir verloren waren. Unser Traum eines eigenen Geschäfts und von Unabhängigkeit starb direkt vor unseren Augen.

Mein erster Instinkt war es, verzweifelt in Tränen auszubrechen und ihr zu sagen, dass ich keine Ahnung hatte, was wir tun sollten, aber ...

Ich durfte sie nicht enttäuschen. Sie war für mich da gewesen, als ich sie am meisten gebraucht hatte, als ich hilflos gewesen war und mein Leben so viel Potenzial hatte wie ein unbefruchtetes Ei. Statt also wie ein Baby zu weinen, straffte ich meine Schultern und schwor mir, das Unmögliche möglich zu machen, egal, was dazu nötig war. Um unseren Traum am Leben zu erhalten.

„Ich werde Celina anrufen", sagte ich entschlossen. Auch wenn es sich hoffnungslos anfühlte und an meinem Stolz nagte, ich würde es tun. Ich würde sie anflehen, wenn ich musste.

Rosalina lächelte mich an, doch ihre Augen waren immer noch voller Traurigkeit und einer Niedergeschlagenheit, von der ich gedacht hatte, dass ich sie nie auf ihrem Gesicht sehen würde. „Hoffentlich bringt es etwas."

Ich nickte und wollte gerade sagen, dass es funktionieren würde, als ein lauter Signalton aus der Lobby kam, bei dem wir beide hochschreckten. Wir hatten das Ding gerade erst installiert, und es war das erste Mal, dass es klingelte.

Da wir befürchten mussten, dass Angreifer in unser Büro marschieren würden, um uns zu köpfen, hielten wir es für sicherer, die Eingangstür abzuschließen, also hatten wir eine Klingel und ein Schild angebracht, auf dem stand: *„Wir haben geöffnet. Bitte klingeln Sie und wir sind gleich bei Ihnen."*

Rosalina und ich sprangen auf die Füße und ein Hauch von Hoffnung wehte uns entgegen. Vielleicht war es ein neuer Kunde; jemand, der bereit war, uns zu beauftragen, seine wahre Liebe zu finden.

Wir konnten es nur hoffen.

KAPITEL 16

W ir eilten aus meinem Büro und sahen eine vertraute Gestalt auf der anderen Seite der Glastür.

Es war Em, Lilianas Nachbarin. Das hoffnungsvolle Gefühl verließ mich. Kein neuer Kunde.

„Was will sie?", fragte Rosalina.

Ich seufzte und schüttelten den Kopf, um ihr zu zeigen, dass ich keine Ahnung hatte. „Ich kümmere mich darum." Ich legte den Riegel um und öffnete die Tür, wobei die Glocke über mir läutete.

„Hi", sagte ich und setzte ein Lächeln auf, das Em überhaupt nicht erwiderte.

Sie sah eher aus, als wollte sie mir den Kopf abreißen. *Was ist hier los?*

Irgendetwas sagte mir, dass ich sie nicht reinlassen sollte, aber ich wollte sie nicht noch wütender machen. Sie sah ohnehin schon verdammt angsteinflößend aus.

„Was ... führt dich in unsere Nachbarschaft?", fragte ich in einem Tonfall, der einladend klingen sollte, doch ich versagte.

Sie kam herein, straffte ihre Schultern und stemmte die Fäuste auf die Hüften. „Die Polizei glaubt mir nicht."

Ihr überwältigend süßer Duft erfüllte die Lobby. Ich rieb mir die Nase und kämpfte gegen ein Niesen an. Ihr grünes Haar lag flach an ihrem Kopf an, als hätte sie tagelang eine Kappe getragen. Heute bestand ihr

Outfit aus Khaki-Shorts, die bis zu ihren Knien reichten, Socken mit bunten Streifen und einem Metallica-T-Shirt.

„Ähm, du meinst, wegen ...“ Ich bewegte vage meine Finger. „... wegen was genau?“

„Wegen diesem *Ding*, das nicht tot bleiben wollte, wegen Liliana, die tot *ist*, nichts davon glauben sie mir.“ Mit jedem Wort wurde Ems Stimme immer höher.

Rosalina blinzelte langsam, und ihre falschen Wimpern betonten die Überraschung in ihren Augen. „Was meinst du damit, sie glauben dir nicht, dass Liliana tot ist?“

„Es gab keine Leiche, haben sie gesagt. Keine Anzeichen dafür, dass dort irgendetwas passiert ist.“

„Verdammter Mist“, sagte ich leise. „W-wie ist das möglich? Der Tisch war zerstört, und überall an den Wänden, auf dem Boden und auf den Möbeln war Blut. Sie können doch nicht ...“

Sie können die Beweise nicht entfernt haben, wollte ich eigentlich sagen, aber ich wusste es besser. Für jeden, der einen mächtigen Magier oder eine Hexe zur Verfügung hatte, war es ein Kinderspiel – und Bernadetta und Stephen hatten genau das. Eine Mitternachtshexe, um genau zu sein.

„Ihr müsst mit mir zur Polizeiwache kommen“, forderte Em. „Ihr müsst mir helfen, sie zu überzeugen. Ich glaube nicht, dass sie sich großartig mit der Sache beschäftigt haben. Ich glaube, sie haben nicht einmal die Spurensicherung geschickt. Ich meine ...“ Sie begann, in dem nicht besonders großen Zimmer auf und ab zu gehen. „Ich weiß es nicht genau, aber wenn sie da gewesen wären, hätten sie etwas gefunden, oder? Es gibt Schräge, die für die Polizei arbeiten und diesen ganzen Magiekram aufdecken können, oder nicht?“

„Em.“ Ich ging auf sie zu und legte ihr eine Hand auf die Schulter. „Vielleicht solltest du dich setzen und dich ein wenig beruhigen. Kann ich dir einen Kaffee anbieten? Oder einen Tee? Ich kann rüber zu Cup 'o Java gehen und dir alles besorgen, was du möchtest. Sogar etwas zu essen, wenn du Hunger hast.“

Sie schüttelte heftig den Kopf, wobei ihr grünes Haar von einer Seite zur anderen schwang. „Ich brauche nichts“, sagte sie, doch sie setzte sich auf das Sofa, atmete einige Male tief durch und bemühte sich, sich zu beruhigen.

„Entschuldigung." Sie rieb sich die Schläfen. „Ich weiß, dass es nicht eure Schuld ist ... schätze ich."

Ich verzog den Mund, denn ihre Andeutung gefiel mir nicht.

„Ich kann dir versichern", sagte Rosalina, „dass wir nicht für Lilianas Tod oder für das, was danach mit den Beweisen passiert ist, verantwortlich sind."

Ich setzte mich neben Em und drehte meinen Körper in ihre Richtung. „Keine Sorge. Wir sind auf deiner Seite. Richtig, Rosalina?"

„Auf jeden Fall", sagte meine Freundin.

„Ich komme mit dir zur Polizei. Ich kenne dort einen Detective. Sein Name ist Tom Freeman. Er ist ein guter Freund von mir, also lass mich einfach das Reden übernehmen. Er untersucht alles, was mit Rhabo zu tun hat."

„Rhabo?" Em runzelte die Stirn. „Du meinst die Droge, von der sie in den Nachrichten sprechen? Die, an der Vampire sterben?"

Ich nickte.

„Also willst du sagen, dass Liliana deshalb krank war."

„Ja."

Sie starrte auf den Boden und ihr Blick huschte von rechts nach links, während sie die Informationen verarbeitete. „Ich hätte es wissen müssen. Ich bin so dumm." Ihre großen grünen Augen blinzelten und richteten sich dann auf mich. „Du hast gesagt, du warst dort, um ihr zu helfen. Ich dachte, es gäbe keine Rettung, wenn Vampire die Droge einmal genommen haben."

„Ähm, das stimmt auch", log ich. „Unsere Absicht war es, nach ihr zu sehen. Weißt du, ich kannte ihren Vater, und er ist vor Kurzem ... verstorben. Er hat mich gebeten, auf Liliana aufzupassen, aber ich kam zu spät."

Tränen brannten in meinen Augen. Ich wandte den Blick ab und schluckte schwer.

Em legte ihre Hand auf meine. „Das tut mir leid."

Ich schenkte ihr ein trauriges Lächeln und sah auf meine Armbanduhr. „Ich habe Zeit. Wir können sofort zur Polizeiwache gehen." Ich sah Rosalina an und wartete auf ihre Zustimmung.

Sie nickte. „Klar, ich halte hier die Stellung." Ein Schulterzucken sagte mir, was sie nicht laut aussprach. *Es ist nicht so, als wäre hier viel los.*

Wir standen auf und gingen zur Tür. Eine große Gestalt tauchte auf der anderen Seite auf. Ich blieb stehen und blinzelte zu ihr auf, dann beobachtete ich, wie der Blick der Frau über das Schild wanderte, das wir an die Tür geklebt hatten. Es schien, als hätte sie mich nicht bemerkt, denn sie hob einen Finger, um den Knopf zu drücken, doch bevor sie es schaffte, drückte ich den Griff herunter und öffnete die Tür.

„Hi, willkommen bei Sunder's Gefährtenvermittlung. Wie kann ich Ihnen helfen?" Meine Stimme klang fröhlich und nachbarschaftlich, als wären wir in der Sesamstraße. Diese Frau sah definitiv wie eine potenzielle Kundin aus – eine der exklusiven, die wir versucht hatten anzuwerben.

Sie war ganz sicher über 1,80 m. Vielleicht war sie sogar so groß wie Jake, der 1,90 m maß. Sie trug einfache und doch teuer aussehende Kleidung: eine schwarze Stoffhose, ein hochgeschlossenes weißes T-Shirt, durch dessen durchsichtigen Stoff man leicht einen schwarzen BH sehen konnte, und eine coole Lederjacke, die tailliert geschnitten war. Dazu trug sie ein Paar Stiefel mit flachen Absätzen, ihre beeindruckende Größe war also ganz natürlich. Ein Pony hing über ihren tiefschwarzen Augen, der so perfekt gerade war, dass ich wetten würde, dass er mit einem Laser geschnitten worden war. Bis auf ein wenig Lipgloss trug sie kein Make-up.

Sie lächelte freundlich und sagte: „Es tut mir leid, dass ich ohne einen Termin vorbeikomme, aber ich war in der Nähe und dachte: Warum nicht kurz hereinschneien? Ich bin eine Bekannte von Celina Morelli."

OMG! OMG! Das konnte nicht wahr sein!

Ich gab mir größte Mühe, nicht vor Aufregung in Ohnmacht zu fallen, als sie für den Bruchteil einer Sekunde ein wenig verschwamm. Ich atmete tief durch und warf einen freudigen Blick in Rosalinas Richtung. Ihre Augen, die noch vor wenigen Minuten trüb und mutlos gewirkt hatten, strahlten nun.

Unsere Gebete waren erhört worden. Ich musste Celina Morelli nicht anrufen und sie um Hilfe anflehen. Vielleicht standen die Sterne endlich gut für uns.

„Bitte kommen Sie herein." Ich öffnete die Tür weit und trat aus dem Weg.

Die Frau trat ein, ging an Em vorbei und ließ sie dabei winzig aussehen. Der Größenunterschied war beträchtlich; mindestens dreißig Zentimeter. Gleichzeitig streckte Em den Hals und hob ihr Kinn und die Frau beugte sich leicht, wobei ihre Schultern nach vorne sackten. Es war interessant anzusehen. Keine von beiden sollte sich für ihre Größe schämen. Tolle Menschen haben alle möglichen Größen und Formen, doch sie versuchten, sich anzupassen, ob es nun bewusst oder unbewusst war.

Rosalina zeigte auf den Stuhl vor ihrem Schreibtisch. „Bitte, setzen Sie sich doch. Machen Sie es sich bequem. Möchten Sie ein Glas Wasser?"

Die Frau setzte sich und winkte ab. „Oh, nein. Ich brauche nichts, danke."

Em funkelte mich an und richtete ihren Blick auf die Tür, als wollte sie *Gehen wir* sagen. Aber ich konnte nicht gehen – nicht, wenn wir diese Kundin für uns gewinnen mussten. Ich sah Rosalina in die Augen, während sie um ihren Schreibtisch herumging, um unsere Kundin zu bedienen.

Mit einer schnellen Bewegung meines Kopfes in Richtung Tür sagte ich: „Ich muss kurz nach draußen, aber ich bin gleich wieder da."

Rosalina warf mir einen strengen Blick zu, der *Geh, aber beeil dich* zu sagen schien.

Ich schob Em nach draußen, die wieder angriffslustig aussah.

„Also lässt du mich sitzen?", sagte sie, als wir auf den Bürgersteig traten.

„Nein, ich lasse dich nicht sitzen, aber das ist wichtig, und—"

„Oh, und Lilianas Tod und die Tatsache, dass sich Mörder in meiner Nachbarschaft tummeln ist nicht wichtig?"

„So meinte ich das nicht. Hör zu, wenn du Zeit hast, kannst du auf der anderen Straßenseite im Kaffeehaus warten, und sobald ich hier fertig bin, komme ich rüber und gehe mit dir zur Polizei. Klingt das gut?"

Sie schnaubte. „Wie lange wird das dauern?"

„Ich weiß es nicht genau, aber normalerweise dauert es nicht länger als eine Stunde."

„Eine Stunde?! Ich habe auch zu tun, weißt du?"

„Da bin ich mir sicher. Wenn du nicht warten kannst, können wir uns heute Nachmittag oder morgen an der Wache treffen."

Eine Falte erschien auf ihrer Stirn. „Nein. Ich warte." Mit zusammengekniffenen Augen musterte sie mich von Kopf bis Fuß, als ob sie vermutete, ich wolle sie an der Nase herumführen.

„Okay. Bis gleich." Ich wartete nicht auf eine Antwort und drehte mich einfach auf dem Absatz um und ging wieder rein. Der süße Geruch von Ems Parfüm schlug mir wieder entgegen. Verdammt, jemand musste ihr mal sagen, dass sie es mit den Spritzern übertrieb. Ich konnte nichts mehr anderes riechen."

„Da ist Toni", sagte Rosalina in fröhlichem Ton. „Ms. Graves hat mir gerade erzählt, wie sehr sie sich für Celina und Vincent freut."

Ich streckte der Frau eine Hand entgegen. „Schön, sie kennenzulernen. Mein Name ist Antonietta Sunder, aber Sie können mich Toni nennen."

„Mekare Graves", sagte sie, während sie meine Hand schüttelte.

„Freut mich, Ms. Graves."

Sie winkte ab. „Oh, Sie können mich Mekare nennen." Sie hatte ein angenehmes Lächeln, das mich beruhigte. „Ja, ich habe Ihrer Partnerin gerade erzählt, wie schön es ist, Celina so glücklich zu sehen. Sie hatte vorher so ein Pech mit Männern. Genau wie ich, fürchte ich." Sie seufzte wehmütig, als würde sie sich an bedauerliche Dinge aus früheren Beziehungen erinnern.

„Wir freuen uns auch sehr für sie. Und für Vincent, natürlich", sagte ich.

„Jedenfalls bin ich ein wenig eifersüchtig auf meine Freundin." Mekare lachte selbstironisch. „Und da dachte ich mir ... na ja, *es gibt keinen Grund, dein Glück nicht zu finden, Mekare. Schieb deinen Hintern zu dieser Agentur, bevor du als vertrocknete Jungfer endest.*"

„Wir sind sehr froh, dass sie gekommen sind", sagte Rosalina, während sie einen vorbereiteten Ordner aus einem Schrank zog und ihn mir reichte. Darin waren eine Broschüre, ein Vertrag und alle relevanten Informationen über unsere Dienste. Dieser bestimmte Ordner war mit einem blauen Etikett versehen, was bedeutete, dass die aufgeführten Preise für unsere wohlhabenden Kunden vorgesehen waren.

Ich nahm den Ordner und deutete damit auf mein Büro. „Warum kommen Sie nicht mit mir und wir können näher darauf eingehen? Ich würde mich freuen, Ihnen zu helfen und noch heute zu beginnen, wenn Sie bereit sind."

„Oh, ich bin bereit." Mekare stand ohne zu zögern auf und folgte mir. Sobald wir bequem saßen, zog ich die glänzende Broschüre heraus und schob sie über den Schreibtisch in Mekares Richtung. „Hier ist kurz beschrieben—"

Sie wies die Broschüre mit beiden Händen zurück. „Oh, Liebes, das brauche ich nicht. Wenn ich Celina anschaue, weiß ich alles, was ich über Ihre Arbeit hier wissen muss, also legen wir los."

Ich verschluckte mich fast. So einfach konnte es nicht sein. Ein ausführliches Verkaufsgespräch war nötig, und manchmal musste man sich auch ein Bein ausreißen, damit die Leute unterschrieben. Ich hatte noch nie jemanden getroffen, der sich so gerne von uns helfen lassen wollte. Es war, als würde man seinen Burger aufklappen, um die Zwiebeln runterzunehmen, und zu entdecken, dass keine da waren.

„Wenn das so ist", sagte ich leicht nervös, während meine Hände über dem Inhalt des Ordners in der Luft hingen. Ich blinzelte ein paar Mal, bevor ich den Vertrag herauszog und ihn Mekare vorlegte. „Hier ist unser Vertrag. Darin finden Sie die Gebühr für unseren Service. Die Anzahlung und die Abschlusszahlung, nachdem wir erfolgreich einen Gefährten gefunden haben. Es ist außerdem angegeben, welche Zeitspanne Sie erwarten können, was für eine Suche benötigt wird, und am Ende sind unsere Stornierungsbedingungen aufgeführt."

Ihr Blick wanderte über den Vertrag und sie las sich schnell jeden Punkt durch. Ich sah schweigend zu, wobei ich meine Finger unter dem Schreibtisch verschränkte und mit meinem Knie auf und ab wippte. Wenn sie unterschrieb, könnten wir einen Monat länger ruhig schlafen.

Einen Moment später sah Mekare von dem Vertrag auf. Ich hörte auf, mit den Händen und dem Knie zu zappeln, und lächelte.

„Alles sieht gut aus", sagte sie, ohne den Betrag zu erwähnen, der für die Anzahlung oder die Abschlusszahlung verlangt wurde.

Hexenlichter, ich liebe reiche Leute! Nicht, dass unsere Dienste das Geld nicht wert waren.

Sie seufzte. „Ich muss ihn allerdings von meinem Anwalt prüfen lassen." Sie faltete das Papier zusammen und steckte es in ihre Tasche.

Beinahe ließ ich mich auf den Schreibtisch sinken, um zu weinen. Natürlich machte ihr der Preis nichts aus. Sie hatte beschlossen, uns doch nicht zu beauftragen.

„Ähm, gibt es irgendetwas, das ich Ihnen erklären soll?", fragte ich, und klammerte mich an den letzten Strohhalm, um einen Weg zu finden, sie zum Unterschreiben zu bringen, ohne verzweifelt zu wirken.

„Nicht wirklich. Für mich sieht alles gut aus, aber Sie kennen doch Anwälte. Meiner ist besonders hartnäckig. Er lässt mich nichts unterschreiben, ohne es vorher gelesen zu haben. *Man kann heutzutage nie vorsichtig genug sein, Mekare*", fügte sie mit tieferer Stimme hinzu. „Das sagt er immer zu mir."

„Und er hat recht", sagte ich und zwang mich zu einem Lächeln. „Tun Sie, was Sie tun müssen, und wir freuen uns auf Ihren Anruf." Ich reichte ihr eine Visitenkarte.

Sie nahm sie an sich und steckte sie zu dem Vertrag in ihre Tasche.

Als wir wieder in den Eingangsbereich kamen, sah Rosalina von ihrem Schreibtisch auf und runzelte besorgt die Stirn. Wenn ich mit neuen Kunden sprach, dauerte es immer länger als die wenigen Minuten, die Mekare und ich in meinem Büro verbracht hatten.

Rosalina wusste sofort, dass ich es nicht geschafft hatte, den Vertrag abzuschließen. Ich verzog das Gesicht und fürchtete, sie würde denken, dass ich mich nicht genug angestrengt hatte, aber ich wusste einfach nicht, wie ich Mekare zu einer Unterschrift hätte überreden können, ohne sie zu vertreiben.

An der Tür winkte Mekare uns mit zwei Fingern und sagte: „Ich melde mich." Die Glocke über ihr klingelte, als sie Tür zufiel.

„Sie wird nicht wiederkommen, oder?", seufzte Rosalina und sank in ihrem Stuhl zusammen.

„Ich weiß es nicht. Vielleicht. Vielleicht auch nicht." Ich fuhr mit den Fingern durch meine Haare, während der Frust meinen Magen verdrehte und mir übel wurde.

Ich konnte fast hören, wie unser Konto immer leerer wurde, wie ein Eimer mit einem Loch. Obdachlosigkeit war mir nicht fremd. Ich wusste, wie es sich anfühlte, kein Geld zu haben. Die kurze Zeit, die ich auf der Straße gelebt hatte, hatte die Angst davor tief in mir verankert. Es war ein Wunder, dass ich nicht von einem wild gewordenen Vampir gefressen worden war, während ich auf der Straße schlief.

Logisch betrachtet wusste ich, dass ich immer noch ein Dach über dem Kopf haben würde, wenn unser Geschäft den Bach hinunterging. Ich konnte bei Mom, Dani oder Rosalina einziehen – wenn sie mich noch aufnehmen würde, nachdem ich so schrecklich versagt hatte. Sie hätte immer noch ihre Wohnung. Sie hatte mehr Ersparnisse als ich, genug Geld, um ein paar Monate lang die Miete zu bezahlen, auch wenn sie nicht sofort einen Job fand. Ich würde mir auch einen Job suchen, mit dem ich genug verdienen konnte, um zu überleben und Rosalina Miete zu zahlen, doch was für ein Leben wäre das?

Ich wollte nicht ständig die letzten Groschen zusammenkratzen, um nicht tiefer zu sinken als der Abschaum. Als wir die Agentur gegründet hatten, hatten wir so viel Hoffnung gehabt, wenigstens zahlungsfähig zu bleiben. Ich wäre zufrieden, wenn wir uns nur über Wasser halten könnten, selbst wenn wir nie zusätzliches Geld für schöne Kleidung und Urlaube verdienten. Aber nicht einmal das schien möglich zu sein.

„Sie hat gesagt, sie möchte, dass ihr Anwalt sich den Vertrag durchliest", erklärte ich. „Es klang, als würde sie wiederkommen, aber du weißt, wie die Leute sind ..."

Ein Bruchteil des Leuchtens, das vorher dagewesen war, trat wieder in Rosalinas Augen. „Dann hoffen wir einfach auf das Beste. Wir schicken gute Schwingungen in das Universum."

Ich streckte meine Hände zur Decke und wackelte mit den Fingern. „Ich schicke gute Schwingungen in das Universum", sang ich.

Rosalina ahmte mich nach, wackelte ebenfalls mit den Fingern und summte, als wäre sie eine Art Yogi-Meisterin.

Wir fingen beide an zu lachen und sahen einander wissend in die Augen. Sie sollte wütend auf mich sein. Es war nicht ihre Schuld, dass wir in dieser Situation steckten. Und doch hatte sie nichts als Herzlichkeit im Sinn.

Gott, wie konnte ich nur so viel Glück haben, eine beste Freundin wie sie zu finden?

Ich beendete meinen Gesang, dann sagte ich: „Em wartet im Cup 'o Java auf mich."

„Oh, ich dachte, sie ist gegangen."

„Sie wollte nicht gehen. Sie dachte, ich wollte sie loswerden und hat darauf bestanden, zu warten. Aber das ist schon in Ordnung. Wir gehen zu Tom und klären die Sache. Außerdem wird es nicht schaden. Wir brauchen jede Hilfe, die wir kriegen können, um Bernadetta und Stephen das Handwerk zu legen. Vielleicht fällt Tom und seinen Kollegen etwas ein."

„Ich hoffe es." Sie blinzelte langsam. „Ich hoffe es wirklich."

Ich verließ die Agentur und überquerte die Straße, in der Hoffnung, dass all unsere Träume bald wahr werden würden.

KAPITEL 17

Em hatte einen kleinen Roller – eine Vespa, sagte sie, was ihre Frisur erklärte, da sie wahrscheinlich einen Helm trug –, den sie um die Ecke geparkt hatte und auf den wir nicht beide passten, also fuhren wir in meinem Camaro zur Polizeiwache.

Bevor wir losfuhren, rief ich an, um sicherzugehen, dass Tom dort war. Er war in seinem Büro und versprach uns, zu warten, um ein paar Minuten mit uns zu sprechen. Scheinbar hatte es in The Scourge – einem Industriegebiet, das den Schrägen vorbehalten war – eine Auseinandersetzung zwischen Werwölfen und Vampiren gegeben, und er musste mit seinem Partner hinfahren, um mögliche Zeugen zu befragen.

Als wir in sein Büro kamen, sah Tom von seinen Papieren auf und ein weißes, perfektes Lächeln breitete sich auf seinem freundlichen Gesicht aus.

„Toni, schön dich zu sehen. Kommt herein. Setzt euch."

Er stand wie ein perfekter Gentleman von seinem Stuhl auf und blieb stehen, bis wir uns gesetzt hatten. Er nickte Em zur Begrüßung zu.

„Was führt euch heute hierher? Hast du … noch mehr aufregende Erlebnisse gehabt, Toni?"

Ich zuckte mit den Achseln. Seit unserem letzten Treffen waren ein paar Dinge passiert, die ich ihm noch nicht erzählt hatte, besonders der Vorfall im Zirkeltempel, aber die Grenzen zwischen dem, was ich ihm sagen sollte, und dem, was er nicht wissen sollte, begannen zu verschwimmen.

Wir hatten mehrere Vampire getötet, und obwohl *sie* praktisch ein ganzes Rudel ausgelöscht hatten, bezweifelte ich, dass Tom Selbstjustiz gutheißen würde. Niemand sollte das Gesetz in die eigene Hand nehmen. Niemand sollte einen Tatort verlassen oder Magie benutzen, um Beweise wegzuschrubben.

Das Enright-Massaker hatten es die Nachrichten genannt, weil der Tempel in der Enright Avenue lag. Es waren nur wenige Details bekannt gegeben worden, und es wurde nicht erwähnt, was die Polizei wusste und was nicht. Ich fragte mich, was sie daraus gemacht hatten. Ich hatte ein schlechtes Gewissen dabei, Geheimnisse vor Tom zu haben, aber ich beschützte nicht nur mich selbst. Eric, Jake und Rosalina waren auch dort gewesen.

Ich schüttelte diese Gedanken ab und konzentrierte mich stattdessen auf das, weswegen ich eigentlich hier war.

„Es gibt etwas", sagte ich, „das, ähm, mit Damien Ward zu tun hat."

„Oh." Tom rieb sich seinen Kinnbart.

Tom und sein Partner hatten Rosalinas und meine Aussagen aufgenommen, nachdem der Magier auf dem Fußboden in unserer Agentur gestorben war. Da hatten wir begonnen, Tom zu belügen, und hatten ihm gesagt, dass wir keine Ahnung hatten, warum jemand Damien angegriffen hatte und dass der Magier nur vorbeigekommen sei, um Rosalina für ein Date abzuholen.

Ich hatte das Gefühl, dass Tom uns nicht glaubte. Er hatte seine Augen verengt und seine detaillierten Fragen schienen darauf ausgerichtet gewesen zu sein, uns Fehler zu entlocken. Aber wir hatten es geschafft, bei unserer Geschichte zu bleiben, und am Ende hatte er aufgegeben.

„Na ja, ähm", fuhr ich wortgewandt wie immer fort, „er hatte eine Tochter. Ihr Name war Liliana Ward. Sie hatten keinen Kontakt, und Damien hatte uns gesagt, dass sie krank ist. Ich wollte sie besuchen, um ihr zu sagen, dass Damien tot ist. Ich fand, dass sie verdient hatte, es zu wissen. Aber als ich dort ankam, war dort eine ... Kreatur." Gott, ich hasste es, noch mehr zu lügen, aber ich musste es.

Tom beugte sich nach vorne. „Eine Kreatur? Was für eine?" Sein dunkler Blick ruhte einen Moment lang auf Em.

„Ich weiß nicht, was es war. Aber es war kein normaler Schräger. Ich hatte so etwas noch nie gesehen."

Ich spürte, wie sich mein Magen umdrehte. Nervös rutschte ich auf meinem Platz herum und fummelte am Saum meiner Jacke herum. Jemanden anzulügen, den man liebte, fühlte sich schrecklich an. Aber was sollte ich sonst tun? Ihm von der Geschändeten Amphore erzählen, und von den Monstern, die man damit erschaffen konnte? Das würde zu viele Fragen aufwerfen. Fragen zu meinen Freunden und den Rudelherrschern.

Tom stützte seine Ellbogen auf den Schreibtisch. „Also meinst du ... eine neue Art der Schrägen?"

Ems Blick wanderte von Tom zu mir, doch sie unterbrach uns nicht.

Ich öffnete meinen Mund, um zu antworten, um *Ja* zu sagen, aber ich erkannte gerade rechtzeitig, dass es eine Fangfrage sein könnte. Tom war clever. Ich musste vorsichtig sein. Warum sollte er so eine Frage stellen? Warum sollte er denken, dass es eine neue Art von Schrägen gab, die ihr Unwesen in der Stadt trieben, wenn er nicht irgendetwas wusste?

„Ich bin keine Schrägen-Expertin", sagte ich achselzuckend. „Ich weiß nur, dass ich noch nie so etwas gesehen habe."

Tom schnaubte und lehnte sich auf seinem Stuhl zurück. „Also, was ist passiert? Nachdem du dort ankamst?"

„Das Biest war wütend und hatte sie in seinen Fängen", fuhr ich fort. „Ich habe versucht, es zu beruhigen, aber ..." Bilder von Lilianas zerfetztem Körper blitzten vor meinen Augen auf und verdrehten mir nur noch mehr den Magen.

„Lass dir Zeit, Kindchen", sagte Tom verständnisvoll.

Ich atmete tief durch und befahl dem Inhalt meines Magens, zu bleiben, wo er war. „Ähm, als das Ding versucht hat, mich anzugreifen, habe ich es erschossen. Zwischen die Augen", log ich weiter, denn ich wusste, dass es Fragen nach sich ziehen würde, wenn ich sagte, dass Rosalina es getan hatte. Tom hatte keine Ahnung, dass sie sich zu einer knallharten Schützin entwickelt hatte.

„Zwischen die Augen, was? Gut, dass ich auf Schießtraining bestanden und dir eine Pistole besorgt habe."

„Ja, das war gut." Ich lächelte steif, und mein Gesicht fühlte sich an, als würde es bald zerspringen und die Lügen enthüllen.

„Ich frage mich nur ..." Tom kratzte sich den Kopf. „Wann hast du den Notruf gewählt?"

„Direkt danach."

„Okay, also nachdem du der Kreatur zwischen die Augen geschossen hast?"

„Ja."

Er schürzte die Lippen. „Seltsam, denn davon höre ich zum ersten Mal."

„Genau deshalb sind wir hier", schaltete sich Em mit schüchterner Stimme ein. „Toni und ihre Freunde haben wirklich die Polizei gerufen. Ich war dabei. Und dann bin ich hergekommen, um eine Aussage zu machen, aber niemand tut etwas."

„Toni und ihre Freunde?", fragte Tom.

Em warf der Polizei grobe Fahrlässigkeit vor und Toms einzige Sorge waren wir? Ernsthaft?

„Ja", sagte Em mit genervter Stimme, denn offensichtlich war auch sie verärgert davon, dass der Detective sich auf die falsche Sache konzentrierte.

Tom wandte sich an mich. „Von welchen Freunden spricht sie genau?"

„Ähm es waren nur Rosalina, Eric und ich", sagte ich mit einem freundlichen Lächeln, das starr auf meinem Gesicht verharrte.

„Eric? Meinst du Eric Cross? Oder Eric Lone, wie ihn einige nennen?"

„Ja, er war ... Damiens Freund. Er wollte dabei sein und Liliana sagen, was passiert ist."

Tom schnaubte wieder, doch diesmal drehte er sich zu Em. „Was haben Sie dort gemacht?"

„Ich bin, *war*, Lilianas direkte Nachbarin. Ich wollte nach ihr sehen, weil sie durch das Rhabo erkrankt war."

Ich zuckte zusammen. Es wurde immer schlimmer. Tom würde mich später löchern, und es würde mich nicht überraschen, wenn er mich ins Gefängnis werfen würde, wenn ich ihm nichts sagte. Em sollte mich reden lassen, und warum?

Weil ich ihm nichts verraten durfte.

Argh, herzukommen war eine dumme Idee. Ich hatte das wirklich nicht gut durchdacht.

„Also gehe ich davon aus, dass Liliana eine Vampirin war?", fragte Tom.

„Ja", sagten Em und ich im Chor.

Er rieb sich die Stirn und einen Moment lang wirkte er so müde wie ein Hundertjähriger. „Diese Droge gerät außer Kontrolle. So viele sind tot. Wir finden sie in der ganzen Stadt, und jetzt ist es auch in den Vororten angekommen." Er atmete durch und blinzelte uns an, als hätte er vergessen, dass wir da waren. „Ähm ... also, warum sagen Sie, dass die Polizei nichts unternimmt? Es kommt mir unwahrscheinlich vor, dass—"

Em unterbrach ihn, rutschte mit zorniger Miene zur Kante des Stuhls. „Sie haben gesagt, dass sie dort waren, einen Streifenwagen geschickt haben oder so, aber sie haben nichts Ungewöhnliches entdeckt. Sie sind ins Haus gegangen und ihnen ist nichts aufgefallen, aber wir sind aus dem Haus gerannt, nachdem diese Kreatur versucht hat uns zu fressen, und dieser andere ... Kerl ist aufgetaucht—"

Tom hob seine Hände in die Luft. „Moment mal, einen Moment. Die Kreatur hat noch gelebt, nachdem ihr zwischen die Augen geschossen wurde und da war noch ein Kerl."

„Ja, ich glaube, er könnte ein Vampir gewesen sein. Er hatte einen dieser UV-Schirme, die sie im Fernsehen bewerben."

Ich schrumpfte in meinen Stuhl hinein und wollte verschwinden. Ich spielte mit Damiens Münze um meinen Hals und fragte mich, ob ich wohl einfach nach Elf-hame verschwinden konnte. Vielleicht würde ich nie zurückkommen und zu einer Legende werden.

Die Werwölfin, die auf mysteriöse Weise aus der Polizeiwache verschwand und nie wieder gesehen wurde. Ja, das könnte klappen.

Tom blies seine Wangen auf und stieß dann die Luft aus. „Warum muss alles so verdammt kompliziert sein?"

„Genau das frage ich mich auch die ganze Zeit." Ich grinste nervös.

Er schüttelte den Kopf, denn er kaufte mir meine Masche überhaupt nicht ab. „Okay, ich glaube, ich sollte meinen Partner holen, und dann sollten wir die Sache noch einmal durchgehen. Die Befragung der Zeugen kann warten. Das hier ist *viel* interessanter." Tom stand auf und sah mich mit aufgeblähten Nasenflügeln an, wie ein wütender Vater, der sorgsam eine gemeine Rede für seine ungehorsame Tochter vorbereitet.

Mist.

Er hatte mich durchschaut, und wenn es so weiterging, würde er all meine Lügen aufdecken und mich in eine Zelle werfen.

KAPITEL 18

Als wir die Polizeiwache verließen, grollte mein Magen wie ein entgleister Zug. Ich war so ausgehungert, dass die Vorstellung eines dreifachen Burgers mit einem großen Schokomilchshake und Curly Fries immer wieder meine Gedanken unterbrach. Aber ich wusste schon, wo ich genau das bekommen würde. Ich legte eine Hand auf meinen Bauch und zuckte bei seinem peinlichen Kommentar zusammen.

Als wir aus der Wache traten, warf Em einen Blick auf meinen knurrenden Magen. Ich grinste entschuldigend und zuckte leicht. Hinzu kam, dass ich schon Kopfschmerzen vor Hunger hatte, aber zumindest war es besser, als in einer Gefängniszelle zu hungern.

Tom und sein Partner Frank Archer hatten uns gnadenlos gelöchert. Ich blieb bei meiner anfänglichen Geschichte und schaffte es, mir selbst nicht zu widersprechen. Zumindest glaubte ich das. Die Lügen häuften sich, und ich fühlte mich unglaublich schuldig. Das verdiente Tom nicht.

Bevor er uns gehen ließ, nahm er mich zur Seite und bedachte mich mit einem seiner prüfenden, fragenden Blicke, als könnte er mit reiner Willenskraft die Wahrheit aus mir herausquetschen.

„Was?! Warum machst du das immer wieder?", fragte ich und bemühte mich, Augenkontakt zu halten.

„Weil ich dich kenne, Toni. Ich glaube, du verheimlichst etwas, um deine Freunde zu schützen. Jedes Mal, wenn wir uns sehen, lügst du mich mehr an."

Verdammt! Das machte mir ein noch schlechteres Gefühl. Ich musste mir überlegen, wie ich das in Ordnung bringen konnte. Ich war versucht, ihm alles zu erzählen, aber ich wusste nicht, wie ich mich aus dem Netz aus Lügen herauswinden sollte, in dem ich feststeckte. Außerdem hatte ich den Rudelherrschern Verschwiegenheit geschworen. Ich konnte ihm nichts sagen, ohne auf Details zu stoßen, die ich ihm verschweigen musste.

„Das tue ich nicht", sagte ich und schaffte es tatsächlich mein Poker-face zu bewahren.

„Na schön, wie du willst, aber sei bitte vorsichtig. Du spielst ein extrem gefährliches Spiel, und es wäre nachlässig, dich nicht zu warnen. Dein Vater hat mich gebeten, auf dich aufzupassen, und ich werde nie damit aufhören."

„Ich weiß, Tom, und ich liebe dich dafür. Bitte ... finde einfach denjenigen, der Damien ermordet hat. Finde Stephen und bring ihn hinter Gitter. Das ist alles, worum ich dich bitte."

„Ich arbeite daran, Kindchen. Jeder Cop in der Gegend durchkämmt die Stadt und stellt Fragen. Wenn er noch in St. Louis ist, finden wir ihn."

Jetzt, wo wir endlich frei waren, richtete ich meine Aufmerksamkeit auf Em und fragte: „Bist du jetzt zufrieden?"

Sie nickte. „Ich dachte wirklich, dass du und deine Freunde ... ich weiß nicht ..." Sie zuckte mit den Achseln. „Aber du hast ihm alles gesagt, und ich glaube, dass er sich wirklich damit befassen wird."

„Das wird er", versicherte ich ihr. „Tom steht zu seinem Wort. Ein Versprechen von ihm ist Gold wert."

Natürlich hatte ich ihm nicht *alles* gesagt, aber das wusste Em nicht. Sie konnte sich nicht vorstellen, wie viel noch dahintersteckte.

Ich begann, auf den Parkplatz zuzugehen. „Ich bringe dich zu deinem Roller zurück, aber ich muss kurz anhalten, um mir etwas zu essen zu holen. Ich bin am Verhungern!"

„Ja, ich hatte schon Angst, du könntest mich fressen."

„Mmm. Ein *Em*-Menü."

Wir hielten an einem meiner liebsten Burgerrestaurants und bestellten im Drive-in. Auch Em war hungrig, allerdings wohl nicht so sehr wie ich.

Sie bestellte nur ein Kindermenü, das laut ihr für eine normale Person ausreichte, und dann begann sie sich über die Portionsgrößen in Amerika auszulassen.

Für sie war es einfach, meinen überdimensionalen Appetit zu verurteilen. Sie war eine schmale Fade. Sie hatte keine Ahnung, wie viel Energie es kostete, sich zu verwandeln und manchmal auch, eine Verwandlung zu verhindern. Red wollte noch immer Rache für all die Jahre, die sie eingesperrt gewesen war.

Ich stürzte mich auf meine Pommes, sobald ich mein Essen bekam, aber Em stellte die Papiertüte auf ihren Schoß und nippte nur an ihrem Wasser. Als wir wieder in The Hill ankamen, parkte ich in der Kurve vor der Agentur, wir stiegen aus dem Auto und trafen uns auf dem Bürgersteig.

„Ich schätze, hier trennen sich unsere Wege", sagte Em.

Sie schien darauf zu warten, dass ich so etwas sagte wie *Oh, nein – nicht doch. Lass uns beste Freundinnen sein*, also war es unglaublich unangenehm. Ich hatte nichts gegen sie. Sie war ganz nett, aber aus irgendeinem Grund fühlte ich mich bei ihr unwohl. Vielleicht lag es daran, dass sie so aufdringlich und verzweifelt gewesen war. Es war natürlich ihr gutes Recht, aber ich wollte das, was in Lilianas Haus passiert war, so schnell wie möglich hinter mir lassen.

Stattdessen lächelte ich also und sagte: „Ähm, ich schätze schon. Außer, du brauchst irgendwann mal eine Freundin." Ich ging in Richtung des Büros und winkte ihr, bevor ich ihr den Rücken zudrehte.

Einen Moment später hörte ich einen kleinen, stotternden Motor zum Leben erwachen, und als ich über meine Schulter sah, erhaschte ich einen Blick auf eine babyblaue Vespa, die mit einer Fehlzündung nach der anderen davonfuhr, als ob der Vergaser gleich kaputt gehen würde. Ich atmete erleichtert auf und spähte durch das Fenster der Agentur. Die Lampe auf Rosalinas Schreibtisch war aus, was bedeutete, dass sie bereits nach Hause gegangen war.

Ich schickte ihr schnell eine Nachricht, um sie wissen zu lassen, dass mit Tom alles gut gelaufen war, dann schlenderte ich nach nebenan, um nachzusehen, ob Jake in seinem Geschäft war.

Als ich gegen die Tür drückte, schwang sie auf, und sofort spürte ich, wie sich die Anspannung in meinen Schultern löste. Ich erkannte, dass ich den ganzen Tag so wachsam gewesen war und darauf gewartet hatte, dass meine Lügen aufflogen. Und jetzt, wo die Sonne unterging und die Vampire ohne ihre lächerlichen UV-Schirme umherstreifen konnten, war ich froh, nicht allein zu sein.

„Jake", rief ich und ließ meinen Blick durch den Raum schweifen. Es war schon hier. Er hatte die Renovierungsarbeiten wirklich schnell abgeschlossen. Es gab nicht viel Dekor bis auf funktionelle Möbel – einen Schreibtisch, ein paar Stühle, ein paar Schränke –, aber die Farbe, das neue Parkett und die detaillierten Holzarbeiten verliehen dem Laden einen professionellen und frischen Charme. Bei allem, was in letzter Zeit los gewesen war, hatte er noch nicht eröffnet, und manchmal fragte ich mich, ob es überhaupt passieren würde. Vielleicht war es seine Männer-höhle oder so etwas in der Art.

„Ich bin hier oben", rief er aus dem Loft.

Ich stürmte die Stufen hinauf, während ich meinen Milchshake trank, und dann stopfte ich mir eine Handvoll Pommes in den Mund. Als ich oben ankam, sah ich Jake vor seiner beeindruckenden Computerstation sitzen. Er tippte vor einem Monitor auf einer Tastatur, während auf den anderen ein Wirrwarr von Aktivität ablief: aufblitzende Bilder, scrollende Textzeilen, blinkende Lichter.

„Was machst du da?", murmelte ich, mit einem Klumpen hal-bgekauter Pommes im Mund.

Jake wirbelte in seinem Stuhl herum und seine Nase zuckte. „Ich rieche Essen", sagte er und Hunger blitzte in seinen Augen auf.

„Oh, nein!" Ich zeigte mit dem Finger direkt auf seine Nase. „Dieses Mal klaust du mir mein Essen nicht."

Er verengte seine Augen. „Ich wette, du hast einen Triple-Decker."
Ich schnaubte.

„Sei nicht so selbstsüchtig." Er krümmte einen Finger und machte damit eine *Komm her*-Bewegung. „Gib mir ein Stück Fleisch, ein paar Pommes und einen Schluck von deinem Milchshake.

„Nein, besorg' dir dein eigenes verdammtes Essen."

„Du wärst eine schlechte Rudelführerin", sagte er. „Du solltest für die anderen einstehen."

„Da bin ich ganz und gar anderer Meinung. Ich wäre eine großartige Anführerin, und die anderen würden für mich einstehen. Immer." Ich setzte mich in sicherem Abstand von ihm auf einen Stuhl in der Ecke, stellte meinen Milchshake und die Pommes auf einen Beistelltisch, packte meinen Hamburger aus und biss hinein. Ein genüssliches Stöhnen entkam mir. Der Hamburger war köstlich.

Jake verurteilte mich mit seinen silbernen Augen, dann tippte er weiter an seinem Computer.

„Wer hätte gedacht, dass du dich mal als Computergenie entpuppst?" Ich wischte mir die Finger an einer Serviette ab und starrte auf die komplizierte Anordnung von Rechnern, Monitoren, Kabeln und einigen weiteren Geräten, für die ich keinen Namen hatte und die das Loft füllten.

„Aus irgendeinem Grund liegt es mir einfach. Heutzutage, wo alles in der Cloud gespeichert wird, findet viel Detektivarbeit am Computer statt."

„Und was genau *detektivst* du?"

Er zuckte bei dem Wort zusammen, aber kommentierte es nicht. „Ich suche nur nach allem, was mir einen Hinweis zu Stephens Aufenthaltsort, Damiens Ermordung und den Handel mit Rhabo geben kann. Irgendetwas."

Ich legte meinen Burger auf dem Tisch ab. „Interessant. Also, was hast du bisher?"

Er zeigte auf einen Stapel Papiere. „Eine Liste aller registrierten Mitternachtsmagier und Mitternachtshexen der Stadt. Eine weitere Liste verlassener Lagerhäuser. Sie brauchen ganz sicher ein weiteres, um ihre Drogenvorräte zu lagern. Stephens bekannte Konten. Ich dachte, ich kann vielleicht seine Kontobewegungen verfolgen. Kreditkartennutzung. Geldabhebungen. Es gibt auch eine Menge über Bernadetta, aber nichts hat mich irgendwo hingeführt."

Sie alle klangen nach interessanten und legitimen Ideen. „Vielleicht sollte ich einen Blick darauf werfen und sehen, ob mir etwas bekannt vorkommt."

„Nur zu." Er schob einen Stapel Papiere in meine Richtung.

Ich schnappte sie mir, legte sie auf meinen Schoß, und begann, sie durchzublättern. Wir saßen einen Moment lang schweigend da, während ich mein Getränk schlürfte und Jake auf seiner Tastatur tippte. Die Seiten waren voller Namen, Nummern, Adressen, doch nichts davon brachte mich auf eine Idee. Ich war enttäuscht und wünschte mir, ich könnte irgendwie meine Fährtensucherfähigkeiten nutzen, um unsere Feinde zu finden.

Ich schüttelte meinen Kopf und legte die Papiere wieder auf Jakes Schreibtisch. „Nichts", sagte ich.

Er erwiderte nichts, was wahrscheinlich bedeutete, dass er nicht erwartet hatte, dass ich etwas fand.

„Tom hat von einem Angriff in The Scourge gesprochen. War das Teil des Plans der Rudelherrscher, um die Verbreitung von Rhabo zu bekämpfen?" Beiläufig legte ich den Rest meiner Pommes neben Jakes Tastatur.

Er schenkte mir ein schiefes Lächeln, schnappte sich die Schachtel und warf sich eine Pommes in den Mund. Ich würde das Fleisch behalten, aber die Kohlenhydrate konnte er ruhig haben. Vielleicht würden sie an *seinem* Hintern ansetzen.

„Das war es", murmelte er, während er kaute.

„Das habe ich mir gedacht." Ich ging im Raum herum, während ich an meinem Burger knabberte und meinen Milchshake trank, bis ich beides verdrückt hatte und das Papier und den Becher in den Mülleimer unter Jakes langem Schreibtisch werfen konnte. „Ich habe nachgedacht ..."

Jake wandte seinen Blick nicht von dem Bildschirm ab, ließ mich aber mit einem langgezogenen *hmm* wissen, dass er zuhörte.

„Ich würde das zweite Elixier, das Damien mir gegeben hat, gerne an einen sicheren Ort bringen."

Seine Hände erstarrten über der Tastatur, und endlich unterbrach er seine Arbeit und drehte seinen Stuhl, um mich anzusehen. „Ich dachte, es ist an einem sicheren Ort. Du hast es bei Eric gelassen, richtig?"

„Ja, aber ich weiß nicht ... ich dachte, es ist vielleicht anderswo sicherer."

„Anderswo? Und sicherer als bei Eric? Oder liegt es daran, dass du ihm vielleicht nicht traust?"

„Oh, ich traue ihm. Das ist es nicht. Ich weiß nicht. Ich habe einfach so ein Gefühl. Dass das Heilmittel wichtig ist. Dass es jemanden retten kann, der gerettet werden muss."

„Wo könntest du es sonst verstecken? Woran denkst du?"

„Elf-hame", sagte ich zögerlich.

„Elf-hame?" Jake sah absolut verwirrt aus. „Wen kennst du dort, der es für dich verstecken könnte?"

„Es gibt da einen Kerl."

„Einen Kerl, was?" Seine Miene verhärtete sich und er stand von seinem Stuhl auf und überragte mich. Seine reine Maskulinität traf mich wie ein Hammerschlag. Das T-Shirt, das er trug, spannte sich über seiner Brust, und seine sehnigen, gebräunten Arme brachten mich dazu, von seiner Umarmung zu träumen. Er war einfach ein Prachtexemplar. Ich verdrehte die Augen, um zu verstecken, was er in mir auslöste.

„Eifersüchtig, *Jakey*?", fragte ich, denn wenn irgendjemand das Recht hatte, eifersüchtig zu sein, war ich es. Er war derjenige mit der Verlobten, die ihm Kosenamen gab.

„Ich habe dir schon einmal gesagt, dass du mich nicht so nennen sollst", grollte seine Stimme aus seiner Brust.

Ich hob meine Hände in die Luft. „Na schön."

Da er mir versprochen hatte, dass er einen Weg finden würde, um mit mir zusammen zu sein, hatte ich ihn nicht gefragt, wie seine Mission, aus der Verlobung mit Allison Blackridge herauszukommen, lief. Ich dachte mir, wenn er einen Ausweg aus seinem unumstößlichen Pakt gefunden hätte, würde er es mir sagen, aber ihn *Jakey* zu nennen, wie es seine Verlobte tat, war vielleicht ein kleiner Seitenhieb in diese Richtung. Vielleicht wollte ich wissen, ob diese Recherche nicht so wichtig war wie das, was er hier gerade tat.

„Also, wer ist es?", drängte er.

„Irgendein Kerl. Er ist nett, und er hat Damien und mir geholfen, zum Prinzen zu kommen, als wir nach dem Bitterdorn gesucht haben. Wenn ich es ihm gebe, wird niemand darauf kommen, dass er es hat."

„Dann solltest du es ihm bringen", sagte Jake.

„Ähm willst du ... mich begleiten?"

„Nach Elf-hame?"

Ich nickte.

Er runzelte die Stirn. „Ich war seit vielen Jahren nicht mehr da. Das letzte Mal war bei einem Schulausflug, als ich dreizehn war, glaube ich."

„Wir würden nicht zu den Touristenattraktionen gehen. Wir würden nach Elyndell gehen."

Seine Augen weiteten sich. „Wow, das wäre definitiv interessant, aber wie kommen wir dorthin?"

Ich zog an der Kette, um Damiens Münze unter meinem Shirt hervorzuziehen.

„Was ist das?"

„Etwas, das Damien mir vor seinem Tod geschenkt hat. Es wird uns helfen, nach Elyndell zu kommen."

„Worauf warten wir dann noch?"

KAPITEL 19

Wir starteten mit einem Besuch bei Eric, um das Elixier zu holen. Eric fand es unnötig, es woanders hinzubringen, und dass es in seinem Haus sicher war, aber er widersprach nicht. Damien hatte es mir anvertraut, also verstand er, dass es meine Entscheidung war und ich damit tun konnte, was ich wollte.

„Von mir aus kannst du es im Klo herunterspülen", sagte er, während wir in seinem Arbeitszimmer standen und er mir das kleine Fläschchen reichte. Ich steckte es in meine Brusttasche und spürte, wie ich nervöser wurde, weil ich Angst hatte, es zu zerbrechen.

Ich starrte ihn an, als wäre er dumm. „Das würde ich nie tun. Dieses Elixier kann jemandem das Leben retten."

„Einem Vampir, meinst du. Die Welt kommt auch ohne sie aus."

„Da muss ich zustimmen", meldete sich Jake zu Wort.

„Wer hat dich gefragt?"

Jake zuckte mit den Schultern. „Sie ist Idealistin." Er sagte es, als bräuchte mein Respekt vor dem Leben eine Erklärung.

„Gott, bin ich froh, dass ich nicht als Werwölfin aufgewachsen bin!"

Beide Männer schüttelten die Köpfe, als wollten sie mir zeigen, dass ich nicht wusste, wovon ich sprach.

Ich verdrehte die Augen. *Vergesst es!* Mit ihnen darüber zu diskutieren war verschwendete Lebenszeit.

Dann wurde Jake ernst und wandte sich an Eric. „Ähm, hast du bekommen, um was ich dich gebeten habe?"

Was? Wovon sprach er da? Neugierde wuchs in mir.

„Ja", sagte Eric. „Du findest es im Trainingsraum."

„Danke."

Ich öffnete meinen Mund, um nachzufragen, doch Eric wandte uns den Rücken zu und ging zu seinem Schreibtisch. Ich formte „Was?" mit den Lippen, als ich Jake ansah, aber er nahm meinen Arm und führte mich aus dem Raum.

„Was ist los?", fragte ich, als er die Tür hinter uns schloss.

„Du wirst sehen."

Als wir den Trainingsraum betraten, entdeckte ich zwei hohe Stapel von Kisten. „Was ist das?"

Jake rieb sich den Nacken und seine silbernen Augen tanzten im Raum herum. „Mir gefällt es hier. Ich kann eine zweite Toni ansehen." Er meinte meine Reflexion in dem großen Spiegel, der an der Wand angebracht war. Warum war er so geheimnisvoll? Offensichtlich war es nichts, das er vor mir verheimlichen wollte, sonst hätte er Eric nicht vor mir danach gefragt.

Ich beschloss, ihn nicht zu drängen und machte eine wegwerfende Geste mit der Hand. „Pff, sie kann mir nicht das Wasser reichen."

Er lächelte und kam näher, bis er nur wenige Zentimeter von mir entfernt stehenblieb. „Das kann niemand." Er betrachtete mein Gesicht und seine Lippen teilten sich.

„Stopp, ich werde noch rot."

„Du bist wunderschön, wenn du rot wirst."

„Sagst du das auch zu Allison?", fragte ich, denn es fiel mir schwer, mitzuspielen.

Seine Miene verdüsterte sich. „Tu das nicht. Du weißt, dass sie mich nicht auf diese Weise interessiert."

„Auf diese Weise?", fragte ich. „Du willst wohl andeuten, dass sie dich auf irgendeine Weise doch interessiert."

Er atmete scharf ein, um etwas zu sagen, schien es sich gut zu überlegen, dann sagte er schließlich: „Sie ist keine schlechte Person, Toni. Genau wie ich ist sie nur eine Spielfigur der Umstände."

Vielleicht war sie das, doch ich erinnerte mich noch daran, wie sie und Walter mir ihre Verlobung unter die Nase gerieben hatten, als ich davon erfahren hatte.

„Da wäre ich mir nicht so sicher. Sie hat dich mit Vergnügen vor mir *Jakey* genannt."

Er schüttelte seinen Kopf. „Das hatte nichts mit dir zu tun. Sie war wütend und hat mich für die Abmachung zwischen unseren Rudeln verantwortlich gemacht. Ihr Vater hat sie praktisch dazu gezwungen. Sie hatte weniger Mitspracherecht als ich, und sie wollte mich nur ärgern."

„Heißt das, sie ist jetzt nicht mehr wütend?"

Sie konnte es sehr viel schlechter treffen als Jake. Er war unglaublich heiß, ein starker Alpha und ein guter Mann. Vielleicht begann ihr die Vorstellung, seine Frau zu werden, zu gefallen, nachdem sie Zeit gehabt hatte, darüber nachzudenken, und sie wollte sich bei ihm einschmeicheln."

„Nein, sie ist nicht mehr wütend."

Bingo!

„Wir haben danach geredet. Ich habe ihr von dem Versprechen erzählt, das ich meinem Vater gegeben habe, und ich habe erklärt, dass das mein Grund dafür war, den Pakt einzugehen. Sie versteht die Verantwortung, das Knight-Erbe zu erhalten, und die Last, die damit verbunden ist."

So wie er es sagte, klang es, als würde *ich* nichts davon verstehen, und vielleicht stimmte das, aber seine Worte taten trotzdem weh.

„Das freut mich zu hören", sagte ich in schnippischem Ton. „Wenn du keinen Weg findest, aus dem Pakt herauszukommen, heiratest du wenigstens keine totale Idiotin."

„Komm schon, Toni. So ist es nicht", sagte er in vorwurfsvollem Ton.

„Nein? Also ... hast du ihr von uns erzählt?"

Er rieb sich die Stirn. „Ähm, noch nicht. Ich weiß nicht, ob das so schlau wäre."

„Was, wenn sie sich in dich verliebt?", fragte ich. Ich hatte Angst, es anzusprechen, doch ich konnte die Worte nicht zurückhalten.

„Das wird nicht passieren."

„Wie kannst du dir so sicher sein?"

Er senkte seinen Blick zum Boden und sprach leise: „Ich schätze, ich kann nicht sicher sein." Einen Moment später sah er wieder hoch. „Das

Einzige, bei dem ich mir sicher sein kann, ist, was ich für dich empfinde, und das Versprechen, das ich dir gegeben habe. Ich finde einen Weg, Toni."

„Wie lange wird das dauern?"

Er presste seine Faust gegen seinen Mund und sah aus, als wollte er etwas zurückhalten, was gesagt werden musste. Es war klar, dass es etwas gab, von dem er nicht wollte, dass ich es wusste.

„Was?", forderte ich. „Was sagst du mir nicht?"

„Die Hochzeit ... mein Großvater und Craig haben ein Datum festgelegt."

Die Luft gefror in meinen Lungen und ich keuchte. Ich machte mehrere Schritte rückwärts und schüttelte den Kopf, während ich mir Jake in einem Anzug vorstellte, mit Allison neben ihm, die ein weißes Kleid trug. Meine Fantasie ging mit mir durch, und im nächsten Moment stellte ich mir vor, wie sie eine Kirchentreppe zu einer Menge hinunterschritten, die klatschend davor wartete und mit Reis warf. Doch das war noch nicht alles. Ich hockte mit einem Eimer mit Skorpionen auf einem Baum, die ich auf das glückliche Ehepaar kippen würde, wenn sie vorbeiliefen. Ich schüttelte meinen Kopf, riss mich aus diesen Gedanken los und sprach die Frage aus, die gestellt werden musste.

„Wann?"

„Ich habe noch genau zwei Monate, um eine Lösung zu finden."

Meine Rippen schienen um meine Lunge herum zu schrumpfen, bis ich kaum atmen konnte. Jetzt gab es einen Stichtag, und es fühlte sich an, als ob er das Ende allen Glücks und den Beginn einer lebenslangen Strafe bedeutete.

„Oh, Toni." Er legte eine Hand an meine Wange und wischte eine Träne mit seinem Daumen weg. Ich schluckte schwer und schockierte mich selbst damit, dass ich weinte.

Instinktiv wollte ich seine Hand wegschlagen, doch ich sah, dass seine Augen glänzten, und seine Lippen waren zu einer dünnen Linie zusammengepresst, während er mit seinen eigenen Emotionen kämpfte. Das war sein Fehler, sein Versagen, aber er bezahlte auch dafür. Er hatte es nicht aus Bosheit getan, nur aus dem Wunsch, ehrenhaft zu sein, um ein Versprechen an seinen Vater zu erfüllen. Ich konnte ihm nicht ständig vorwerfen, dass er einen Fehler gemacht hatte – nicht, wenn *ich* in meinem Leben schon so viele Fehler gemacht hatte, nicht, wenn er es wiedergutmachen wollte.

Stattdessen musste ich ihm helfen, eine Lösung zu finden. Ich mochte nichts über unumstößliche Pakte und Werwolftraditionen wissen, aber zusammen konnten wir einen Ausweg finden.

Ich schlang meine Arme um seine Taille und legte meinen Kopf auf seine Schulter.

„Wir finden einen Weg", sagte ich. „Ich werde dir helfen."

Er umarmte mich und ein Laut entwich seiner Kehle; etwas, das verletzlich und gleichzeitig ungläubig klang. „Ich verdiene dich nicht. Ich habe mich selbst in diese Situation gebracht, und du solltest nicht darunter leiden müssen."

Er war so stark in meinen Armen, und doch krampfte sich mein Herz vor Emotionen zusammen, als ich hörte, wie seine Stimme brach. Ich konnte dem nicht wie ein verwöhntes Kind gegenübertreten, das einen Wutanfall bekam und anderen die Schuld gab, weil etwas nicht perfekt gelaufen war. Das hätte die alte Toni getan. Die alte Toni hatte zugelassen, dass ihr ganzes Leben zusammenbrach, als Jake sie verließ. Sie hatte nichts anderes getan als zu verzweifeln. Es brauchte Rosalina, die in mein Leben trat, um es wieder in Ordnung zu bringen, und diese Person war ich nicht mehr.

Doch wenn ich etwas von meiner besten Freundin gelernt hatte, war es, dass man denjenigen helfen musste, die man liebte. Außerdem wäre es dumm, das nicht zu tun, wenn mein eigenes Glück davon abhing. Und wenn wir am Ende doch keine Lösung finden konnten, würde ich immerhin nichts bereuen. Ich würde wissen, dass ich alles getan hatte, was in meiner Macht stand, um die Hochzeit zu verhindern, dass ich für meinen Mann gekämpft hatte.

„Du hast es wirklich verbockt", sagte ich fest entschlossen, „aber wenn ich dich behalten will, darf ich mich nicht auf meinen Lorbeeren ausruhen und mir Luft zufächeln. Nein, ich werde mit allen Mitteln für dich kämpfen."

Jake trat zurück und ich sah, dass sich Tränen in seinen Augenwinkeln sammelten. Seine Lippen bebten, dann sagte er: „Zur Hölle damit", und küsste mich.

Er hielt mein Gesicht mit beiden Händen fest und drückte seinen Mund auf meinen, wobei mir eine Gänsehaut über den Rücken lief. Der Kuss war anders als jeder andere, den er mir je gegeben hatte. Es lag kein Verlangen darin, kein sexueller, elektrischer Impuls, der durch meine Adern rauschte. Stattdessen wurde ich von Jakes intensiver Erleichterung und seiner zärtlichen Liebe erfüllt. Zum ersten Mal kam mir der Gedanke, dass das Gewicht dessen, was er tun musste, um das Unzerbrechliche zu brechen, mehr war, als er glaubte, allein tragen zu können, und dass er jetzt, da ich ihm angeboten hatte, an seiner Seite zu kämpfen, mehr Hoffnung hatte als bisher.

Als er sich zurückzog, lief eine Träne über seine rechte Wange und bahnte sich einen Weg zu seinem stoppeligen Kinn. Jetzt war ich an der Reihe, sie mit meinem Daumen wegzuwischen. Es war das zweite Mal, dass ich Jake weinen sah. Ich hatte es zum ersten Mal gesehen, als ich mich vor ihm verwandelt und ihm gezeigt hatte, dass ich eine Werwölfin war. Dass er jetzt weinte, weil er fürchtete, mich zu verlieren, hob meine Zuneigung zu ihm auf ein ganz neues Level.

Ich atmete tief durch und dachte *Verdammt, ich bin verloren.* Dieser Mann hätte mein Herz auf einem Silbertablett verlangen können, und ich hätte es aus meiner Brust geschnitten und es mit einem Sahnehäubchen serviert.

Jake trat zurück und wischte mit einer Hand über seine Augen. „Ähm, ich glaube, ich weiß genau, wie du mir helfen kannst."

Er ging auf den Stapel Kisten zu, nahm eine herunter und öffnete sie. „Bücher", verkündete er.

Tatsächlich waren darin mehrere Bücher, die rochen, als kämen sie geradewegs vom Dachboden meiner Nonna. Ihre Ledereinbände waren alt und staubig.

„Oh, du hast beschlossen, Gelehrter statt Privatdetektiv zu werden?" Ich rieb mir die Nase, um ein Niesen zu unterdrücken.

„Nein." Er schloss die Kiste und stellte sie wieder auf den Stapel. „Das ist Recherchematerial."

Ich neigte meinen Kopf zur Seite.

„Dafür, wie man einen unumstößlichen Pakt bricht." Er lächelte verlegen und zuckte ein wenig mit den Schultern.

„Oh. Ich wusste nicht, dass du Eric um Hilfe bitten würdest."

„Er ist der Einzige, dem ich vertrauen kann."

Mein Herz machte einen merkwürdigen Salto, als mir klar wurde, dass Eric bereit war, uns zu helfen.

„Wir können sie aufteilen", sagte er.

Ich nickte und ein bescheuertes Lächeln breitete sich auf meinen Lippen aus. Es war nicht der richtige Moment für ein Lächeln, aber es tat gut, Hoffnung zu haben.

Jake lächelte zurück, dann seufzte er. „Vielleicht sollten wir gehen. Wer auch immer dein Fae-Freund ist, er wird nicht erfreut sein, wenn wir mitten in der Nacht an seiner Tür klopfen." Er vermied um jeden Preis Augenkontakt, weil er sich für unser emotionales Gespräch schämte.

Innerlich war ich amüsiert. Er war ein solcher Macho, dass eine kleine Träne zu viel war. Doch sie war da gewesen. Ich hatte sie gesehen, und wenn ich sie für einen Trank benutzt hätte, um seine Gefährtin zu finden, hätte er direkt zu mir geführt.

Dieser Mann gehörte mir und niemandem sonst, und ich würde nicht zulassen, dass ihn mir jemand wegnahm.

„Okay", sagte ich und verschränkte meine Finger mit seinen. „Brechen wir nach Elf-hame auf. Mach dich bereit."

Als ich meine Hand an die Münze um meinen Hals legte, fühlte es sich an, als wäre dies der Anfang von mehr als nur einem Ausflug nach Elf-hame. Vielleicht war es der Anfang eines Ausflugs in ein neues Leben.

KAPITEL 20

Wie bei meiner Reise mit Damien, wurde sämtliche Farbe um uns herum weggewaschen und zu einer neuen Szenerie wiederaufgebaut.

Wir materialisierten uns am Rand der Stadt, mit Blick auf einen großen Wald mit riesigen Bäumen, die die Bäume in unserer Welt in den Schatten stellten. Was wir vom Himmel über uns sehen konnten, war mit Millionen von Sternen übersät und mit einer blassen Mondsichel verziert. Leuchtkäfer huschten über blühende Büsche. Es war so magisch, dass es fast innerlich wehtat.

Jake stand leicht in der Hocke da, als würde er erwarten, dass sich jemand aus dem Wald auf uns stürzte. Seine Nase zuckte, sein Blick schweifte umher, und seine Hand drückte meine fest.

Zuerst fand ich sein Verhalten albern, dann erinnerte ich mich daran, was Damien über die vielen Wesen gesagt hatte, die in den Wäldern von Elf-hame lebten. Ich hatte mich verwandeln wollen, statt auf einem Pony zu reiten, aber er hatte mich gewarnt, es nicht zu tun.

„Das wäre eine schlechte Idee. Dein Wolfsgestank würde die Kreaturen um uns herum bedrohen und ich kann dir sagen, dass das nicht gut für uns ausgehen würde."

Also war Jakes Vorsicht überhaupt nicht albern. Außerdem war es Nacht, und der Mond warf lange Schatten um uns herum, wodurch der Wald einfach unheimlich aussah.

„Wir sollten in die Stadt gehen", sagte ich.

„Wie kommt man dorthin?" Er spähte misstrauisch in den Wald.

Ich packte ihn an der Schulter, drehte ihn um und beobachtete sein Gesicht, als er die majestätische Fae-Hauptstadt zum ersten Mal sah. Sein Mund öffnete sich zu einem „O" der Bewunderung, und ich war versucht, ihn wieder zu küssen und seine volle Unterlippe zwischen meine Zähne zu nehmen und leicht daran zu saugen, doch stattdessen sah ich auch zu Elyndell hinüber und mich überkam selbst eine neue Welle des Erstaunens.

Bei Nacht sah die Hauptstadt der Seelie-Fae ganz anders aus als am Tag. Es war unglaublich, aber sie war noch schöner, als ich sie in Erinnerung hatte.

Von dort, wo wir standen, sah Elyndell aus wie ein ausladender Weihnachtsbaum mit dem Rankenturm, der die Spitze bildete. Warme Lichter leuchteten in den vielen Gebäuden, die aus dem Boden zu wachsen schienen. Laternen hingen an Ästen und beleuchteten moosige Wege, die zwischen den Bauten hindurchführten. Ein Gefühl von Wohlergehen, Ruhe und Trost überkam mich beim Anblick dieses idyllischen Ortes.

„Wow", keuchte Jake. „Ich hatte ja keine Ahnung."

„Atemberaubend, oder? So muss der Himmel sein."

In diesem Moment ertönte ein Rascheln aus dem Gebüsch hinter uns und mein Herz machte einen Satz.

„Ähm, vielleicht ist der Himmel nicht *genau* so", sagte ich und spähte vorsichtig über meine Schulter. „Es sei denn, der Himmel versteckt unbekannte Kreaturen mit unbekannten Absichten. Verschwinden wir von hier." Ich nahm Jakes Hand und führte ihn in schnellem Schritt vorwärts.

„Unbekannte Kreaturen mit unbekannten Absichten?" Er stolperte, als ich an seinem Arm zog.

„Damien hat gesagt, man muss vorsichtig sein, besonders bei Nacht."

Jetzt war es Jake, der mich auf die Stadt zuzog. Als wir den Stadtrand erreichten, blieb er schließlich stehen. „Wohin?"

„Hier entlang."

Während wir an einer Reihe von Häusern vorbeigingen, die in den Stamm eines Baumes eingewachsen waren und den Bewohnern peinlich berührt zuwinkten, die uns aus ihren Fenstern anstarrten, war ich erstaunt über die zaghaften Bewegungen von Jake. In unserer Welt schien er immer so selbstbewusst zu sein, dass es seltsam war, dieses Verhalten von ihm zu sehen. Jetzt war er der Fisch auf dem Trockenen. Nicht, dass ich nicht nachvollziehen konnte, wie er sich fühlte. Ich saß im selben Boot, doch ich hatte ihn nie unsicher oder verletzlich erlebt, und in der letzten Stunde hatte ich beides gesehen. Es wärmte mein Herz, die verschiedenen Tiefen seines Charakters zu sehen.

„Also, erzähl mir mehr über diesen Kerl, nach dem wir suchen", sagte Jake leise.

„Sein Name ist Glimlock Oakenhorn."

„Ist er ein guter Fae? Oder einer dieser Kreaturen mit unbekannten Absichten?"

„Oh nein, er ist sehr nett. Wenn er nicht wäre, hätte ich das hier nicht." Ich legte eine Hand auf meine Brusttasche, wo das Fläschchen mit dem Elixier sicher verstaut war.

„Und er wohnt in der Nähe?" Ich konnte in seiner Stimme hören, dass Jake trotz der Schönheit der Stadt nicht das Verlangen verspürte, länger zu bleiben, als unbedingt notwendig.

„Ja, da oben auf dem Hügel." Ich zeigte auf eine blumenbewachsene Anhöhe, die sich hinter einer Steinbrücke vor uns erstreckte.

„Gut. Beeilen wir uns." Er stürmte vorwärts, marschierte über die Brücke und ignorierte den kristallklaren Bach unter uns vollkommen.

Mit dem Duft von Geißblattblüten in der Nase, trotteten wir den Hügel hinauf. Als wir die Spitze erreichten, trat ein großer Schatten hinter einem Baum hervor und versperrte uns den Weg. Wir blieben abrupt stehen. Jake hockte sich bei diesem ersten Zeichen einer Bedrohung sofort hin und fuhr seine Krallen aus. Meine eigenen Krallen drohten, sich zu zeigen, doch die Form und der Geruch, die zu der Person gehörten, kamen mir schrecklich vertraut vor.

„Warte!" Ich legte Jake eine Hand auf die Schulter.

Ich kannte einen Kerl, der immer in Schatten gehüllt zu sein schien und ein Händchen dafür hatte, mir in unerwarteten Momenten über den Weg zu laufen.

„Prinz Kalyll, seid Ihr es?", fragte ich.

Ich hörte ein tiefes Lachen, dann trat der Seelie-Prinz vor und die Schatten lösten sich von ihm wie eine Art abgeworfener Umhang. Sein mitternachtsblaues Haar glänzte im schwachen Mondlicht und seine spitzen Ohren lugten durch die einzelnen, mit Perlen verzierten Zöpfe, die um sein Gesicht hingen. Seine Gesichtstattoos bildeten einen starken Kontrast zu seiner blassen Haut und ließen ihn einschüchternd aussehen. Er trug eine bestickte Tunika mit einem Schwert an seiner Hüfte, das die bedrohliche Atmosphäre noch verstärkte.

„Guten Tag, Antonietta Sunder", sagte er mit einer kleinen Verbeugung.

Jake behielt seine bedrohliche Haltung bei, und es sah nicht so aus, als würde er seine Krallen einfahren wollen. „Was zum Teufel macht er hier?", wollte er mir einem Grollen in seiner Brust wissen.

Es war *nicht* der richtige Zeitpunkt für Imponiergehabe, besonders nicht dem Prinzen dieser Welt gegenüber. Wenn wir ihn verärgerten, könnten wir in irgendeinem unterirdischen Kerker enden und nie wieder gesehen werden.

Ich machte einen Schritt vorwärts und griff ein, bevor sich diese männlichen Hormone zu einem Molotowcocktail vermischten, der mir die Augenbrauen wegbrennen würde.

„Jake, das ist Kalyll Adanorin, der Kronprinz der Seelie-Fae. Eure Majestät, es ist schön, Euch wiederzusehen."

Ich warf einen bedeutungsvollen Blick auf Jakes Klauen und nickte, um ihm zu signalisieren, dass er sie einziehen sollte. Er tat es und rollte seine Schultern zurück, um zu versuchen, sich zu entspannen. Dennoch kam das, was er als Nächstes sagte, eher der Freundlichkeit eines verärgerten Drachens gleich.

„Der Prinz, was? Und es ist sein Ding, unerwartet an dunklen Orten aufzutauchen?"

„Jake", tadelte ich ihn leise.

„Ich pflege zu erscheinen, wo ich beschützen soll", sagte Kalyll mit todernster Stimme.

Oh, verdammt.

Das entwickelte sich in die absolut falsche Richtung, und bald musste ich mich wahrscheinlich von der bevorstehenden Testosteron-Explosion erholen. Warum nur fanden sich Frauen immer wieder mitten in Schwanzlängen-Vergleichen wieder? Würde es helfen, wenn wir ein Lineal bei uns hätten, um alle Fragen aus der Welt zu schaffen? Natürlich tauchten meine Gedanken sofort in die Gosse ab, als ich mich fragte, wer wohl gewinnen würde. *Verdammt!* Ich sollte nicht über ... die Kronjuwelen des Prinzen nachdenken. Ich schüttelte den Kopf. Meine Wangen brannten vor Hitze und ich beschloss, etwas Estrogen sprechen zu lassen.

„Oh ja, und was für ein Beschützer er ist. Du solltest sehen, wie er sein Schwert schwingt, Jake. Es ist, als würde man Luke Skywalker mit seinem Lichtschwert zusehen." Ich tat so, als würde ich ein Schwert benutzen und machte Surrgeräusche, indem ich Luft durch meine zusammengebissenen Zähne blies.

Prinz Kalyll und Jake sahen mich beide an, als sei ich verrückt geworden.

„Oh, aber Ihr habt wahrscheinlich keine Ahnung, wovon ich spreche." Ich sah den Prinzen entschuldigend an.

„Ich weiß, wer Luke Skywalker ist", sagte er zu meiner Überraschung.

„Wirklich?", fragten Jake und ich im Chor.

„Ja, ich habe viele der beliebten Menschenfilme gesehen."

Wer hätte das gedacht? Ich kratzte mich am Kopf, weil ich das recht seltsam fand und mich fragte, welche Filme er wohl gesehen hatte und warum. Ich öffnete meinen Mund, um etwas in diese Richtung zu fragen, denn was konnte spannender sein, als herauszufinden, für welche Filme sich ein Fae-Prinz interessierte, doch Kalyll hatte etwas anderes im Sinn – etwas, das ich hätte ahnen müssen, als er uns über den Weg lief.

„Wie bist du ohne deinen Magierfreund in unsere Welt gelangt?", fragte er und sein Gesicht nahm einen Ausdruck des Misstrauens an.

Mist!

Ich erstarrte.

Brach ich die Regeln? Sollte niemand anderes die Münze verwenden? Wenn es so war, warum hatte es Damien mir dann gegeben? *Oh Gott!* Jemand war in dem Moment benachrichtigt worden, in dem ich es benutzt hatte, aber der Prinz? Es schien, als sei die Münze sehr viel wichtiger, als ich mir hätte vorstellen können.

Einen Moment lang dachte ich darüber nach, mir irgendeine Lüge auszudenken, doch letztendlich war ich zu angespannt, um mir auf der Stelle etwas Überzeugendes auszudenken, also beschloss ich, dass die Wahrheit die beste Option war.

„Leider muss ich Euch sagen, dass mein Freund ... tot ist."

Kalylls schöne, gewölbte Augenbrauen hoben sich vor Bestürzung.

„Die Schnitzerei gehörte ihm", fuhr ich fort. „Er hat sie mir als sein letztes Geschenk gegeben. Ich schätze, ich hätte sie nicht benutzen sollen. Ich entschuldige mich, falls ich Eure Gesetze gebrochen habe."

Der Prinz schüttelte seinen Kopf. „Das hast du nicht." Er legte eine Faust an sein Herz. „Mein Beileid wegen deines Freundes. Ich schulde ihm meine Dankbarkeit für seine Hilfe mit den Erntemaden. Ich hasse den Gedanken daran, seine Güte nicht erwidern zu können. Jedoch hoffe ich ..." Seine Augen richteten sich misstrauisch auf Jake. „... dass unser Austausch fair war und dazu diente, meine Schuld bei ihm zu begleichen, da sein vorzeitiger Tod es mir unmöglich macht, mehr zu tun."

Ich war gerührt von den einfühlsamen Worten des Prinzen und wusste nicht, was ich sagen sollte.

Jake, der erkannte, dass wir es mit einer anständigen Person zu tun hatten, sprach ebenso vorsichtig wie der Prinz. „Ich versichere Euch, dass Eure Schuld beglichen wurde. Damien war sehr dankbar für den Bitterdorn, den Ihr mit ihm geteilt habt. Es erlaubte ihm, das Elixier herzustellen, das er brauchte."

Kalyll schien Jake ebenfalls neu einzuschätzen. In seinen kobaltblauen Augen schienen sich Tausende winzige Urteile und Erkenntnisse abzuspielen. Am Ende schien auch er seinen ersten Eindruck zum Positiven zu ändern.

„Dann konnte seine Tochter gerettet werden", sagte Kalyll.

Daraufhin ließen Jake und ich die Köpfe hängen.

„Leider nicht", sagte ich. „Aber Damien hat es nicht erfahren. Er starb, bevor er die Gelegenheit hatte, ihr das Elixier zu bringen, und als ich versuchte, es ihr zu übergeben ... war es zu spät."

„Was für eine entsetzliche und unglückliche Wendung der Ereignisse." Kalyll schien aufrichtig bestürzt zu sein.

„Ich weiß, dass es meine Anwesenheit hier und die Benutzung der Münze nicht entschuldigt, aber die Sache ist—", begann ich, doch der Prinz unterbrach mich.

„Es gibt keinen Grund, sich dafür zu entschuldigen. Es ist tatsächlich eine sehr wichtige Passage. Es existieren nur wenige davon, und sie werden nur an vertrauenswürdige Individuen vergeben, die sie weitergeben dürfen, an wen auch immer sie wollen. Jemand hielt es für angebracht, es an Damien weiterzugeben, der dann beschloss, es dir anzuvertrauen. Ich stimme ihm von ganzem Herzen zu." Er lächelte und seine feinen Gesichtszüge strahlten auf eine Weise, die ihn unfassbar schön machte.

Neben mir trat Jake von einem Fuß auf den anderen und schien sich unwohl zu fühlen. Ich hatte das Gefühl, dass er sich von dem unübersehbaren Charme des Prinzen bedroht fühlte, und vielleicht war er sogar eifersüchtig. *Ha!* Er dachte, ich hatte eine Chance bei dem Prinzen. Ich fand mich besonders, aber nicht *so* besonders. Beinahe fing ich an zu lachen.

Natürlich war es dumm von Jake. Mittlerweile sollte er wissen, dass ich zu ihm gehörte, trotz all seiner Fehler und der Last auf unserer Beziehung. Niemand außer Jacob Knight könnte je mein Herz erobern.

„Ich sollte ganz offen sein", fügte der Prinz hinzu und wurde ernst. „Es ist kein Zufall, dass ich hier bin, und dass ich von eurer Ankunft in Kenntnis gesetzt wurde. Tatsächlich ließ ich deine Münze, nachdem du und Damien Elf-hame verlassen hattet, mit einem Warnsignal belegen."

„Oh", war alles, was ich sagen konnte.

Jakes Miene verhärtete sich, als würde er seine neue Meinung über den Prinzen überdenken. „Warum dachtet Ihr, Ihr müsstet sie im Auge behalten?", fragte er und seine Stimme nahm wieder das anfängliche Grollen an, bei dem sich die Haare auf meinen Armen aufstellten wie bereitwillige, kleine Soldaten.

Ich erwartete, dass Kalyll ähnlich reagieren würde, doch stattdessen hob er die Hände und sagte: „Keine Sorge. Ich habe nichts Böses im Sinn, das versichere ich euch. Da ich mich nicht von meinen Pflichten hier lösen konnte, schätze ich mich glücklich, dass ihr uns besucht. Ich möchte es erklären, doch dies ist nicht der beste Ort und wir sollten anderswo hingehen, um es zu besprechen."

Jake und ich tauschten einen Blick. Wir waren aus einem anderen Grund gekommen, und das würde uns davon ablenken. Oder nicht?

Ich dachte an Glimlock, ein gutmütiger Fae, den niemand verdächtigen würde, doch war er ein besserer Kandidat als der Prinz der Seelie? Ich bezweifelte es. Wenn Kalyll das Elixier in seinem Rankenturm versteckte, würde niemand an das Heilmittel herankommen – nicht, wenn sie nicht bereit waren, Krieg mit der königlichen Garde der Seelie-Familie zu führen. Und wenn niemand Glimlock verdächtigte, dann würde nicht einmal meine Mutter, die mich über alles liebte und glaubte, ich könnte den Mond und die Sterne beherrschen, weil ich etwas so *Besonderes* war, glauben, dass ich die Gunst eines Prinzen hatte.

„Ja", hörte ich mich sagen. „Sicher, Jake und ich haben Zeit, und vielleicht erzählen wir Euch danach, warum wir hier sind." Ich warf Jake einen bedeutungsvollen Blick zu und versuchte ihm die Idee zu vermitteln, die mir gerade gekommen war. Er nickte leicht, um mir zu zeigen, dass er verstand.

„Sehr gut", sagte der Prinz. „Dann folgt mir."

Ich konnte die Wendung der Ereignisse noch immer nicht glauben, während ich in Begleitung des Seelie-Prinzen den Weg wieder zurücklief, den wir gekommen waren.

KAPITEL 21

W ir folgten Kalyll den Hügel hinunter und über die Steinbrücke, dann liefen wir einen breiten, moosbewachsenen Weg hinunter. Wir hatten keine Ahnung, wo er uns hinführte, und mehr als einmal fragte ich mich, ob er uns doch in irgendeinen unzugänglichen Kerker führte, weil wir es gewagt hatten, eine Münze zu benutzen, die uns nicht gehörte. Bei jedem Schritt schien Jake dieselben Gedanken zu hegen, denn ich spürte die Anspannung, die von ihm ausging.

Doch als Kalyll uns einlud, eine mir bekannte Taverne zu betreten, löste sich meine Sorge in Luft auf. Ich erkannte die Wände, die aus Tausenden kleinen Ästen bestanden und die Honigwabenfenster sofort. Es war dasselbe Lokal, in das Damien mich gebracht hatte, und der Ort, an dem ich Glimlock kennengelernt hatte.

Der Prinz war ein kluger Mann und hatte sich sicher gedacht, dass uns ein öffentlicher Ort beruhigen würde. Wenn er allerdings Privatsphäre suchte, waren wir hier falsch.

Doch es stellte sich heraus, dass der Prinz ein privates Zimmer in der Taverne bekam, sobald er eintrat. Er führte uns durch eine Passage, die von ineinander verschlungenen Ästen gesäumt war, die so dick und dicht waren wie richtige Wände. Am Ende des kurzen Durchgangs verlangte er nach der Bedienung – ein Mann mit blauer Haut und Leopardenaugen – und bestellte Bier und das Tagesgericht für alle.

Wir setzten uns an einen Tisch, der, wie alles an diesem Ort, aus dem Boden wuchs wie ein Baum, wobei sich das Holz zu perfekten Stühlen und ebenen Flächen zum Essen wand und krümmte. Kaum hatte ich Gelegenheit, den Prinzen anzulächeln, eilte der Kellner wieder mit den Getränken in den Raum und verschwand mit derselben Effizienz.

„Hast du Elyndell schon einmal besucht?", fragte Kalyll Jake, um ein freundliches Gespräch zu beginnen, während wir auf das Essen warteten.

„Nein, es ist mein erstes Mal. Es ist wunderschön hier."

Der Prinz senkte den Kopf und lächelte höflich. „Danke. Wir Elyndellianer sind sehr stolz auf unsere Stadt."

„Was ist mit Euch?", sagte Jake. „Es klingt, als sei Euch unsere Welt nicht fremd – nicht, wenn Ihr eine Star-Wars-Anspielung versteht." Er lachte leise und ich musste ihm zustimmen. Es war irgendwie witzig, sich vorzustellen, wie ein Fae Hollywood-Blockbuster schaute. In ihrer Welt gab es keinen Strom und sie besaßen keine Fernseher. Im Gegenteil, sie lehnten unsere technischen Fortschritte ab und hielten den Zugang zu Elf-hame so eingeschränkt und kontrolliert wie möglich.

Kalyll nickte. „Da hast du recht. Eure Welt ist mir nicht fremd. Dafür haben meine Lehrer gesorgt. Ich kenne mich mit eurer Geschichte und Volkskultur aus. Es ist meine Verantwortung als zukünftiger König, unsere Nachbarn zu verstehen."

Das ergab Sinn, doch ich hatte noch nie so darüber nachgedacht.

„Habt Ihr Zeit dort verbracht?", fragte ich.

„Gewiss. Ich habe eure Welt regelmäßig mit meinem Vater in Staatsangelegenheiten besucht und während meiner Jugend verbrachte ich mehrere Monate am Stück in einigen eurer Städte."

„Wirklich? Wo?" Ich war neugierig darauf, welche Orte die Fae als ihrer Aufmerksamkeit würdig erachteten.

„Cold Spring, Crawley, Ávila, Elmadağ, solche Orte."

Ich runzelte die Stirn, genau wie Jake. Ich erkannte keinen dieser Namen.

Als der Prinz unsere Verwirrung bemerkte, erklärte er es genauer. „Was all diese Städte gemeinsam haben, ist ihre Nähe zu größeren Orten. Cold Spring liegt in der Nähe von New York City. Crawley ist bei London. Ávila bei Madrid und Elmadağ liegt vor Ankara. Vergebt mir, wenn ich sage, dass ich die Natur und die frische Luft vorziehe, daher waren diese kleineren Orte geeigneter. Allerdings ermöglichten sie mir die Nähe zu anderen wichtigen Gegenden."

In diesem Moment kam der Kellner mit einem großen Holztablett herein und stellte köstlich riechenden Eintopf und frisch gebackenes Kräuterbrot ab. Es war einfaches Essen, doch es schien perfekt zubereitet worden zu sein, wenn man vom Aussehen und dem wunderbaren Duft ausging.

„Guten Appetit", sagte Kalyll und deutete auf das Essen.

Jake stürzte sich ohne weitere Aufforderung darauf, und ich tat es ihm gleich, denn den Tripledecker-Burger hatte mein überaktiver Magen schon lange verdaut. Mein Hunger war immer schon besonders stark gewesen, doch seit Damien seinen Zauber nicht hatte erneuern können, schien ich ein schwarzes Loch entwickelt zu haben, das alles innerhalb weniger Minuten verschlang.

Nach einer höflichen Zeitspanne legte Kalyll seinen Löffel ab und sagte: „Auch wenn es nicht so erscheint, hier können wir frei sprechen. Einer meiner Zauberer sitzt in diesem Moment vor der Tür und sorgt dafür, dass uns niemand hören kann."

Ich dachte einen Moment lang darüber nach und entschied, dass ich keinen Grund hatte, ihm nicht zu vertrauen. Ich bezweifelte, dass er wollte, dass die Tavernengäste von seinen Angelegenheiten wussten.

Jake schien mir zuzustimmen und sagte schulterzuckend: „Wir sind ganz Ohr."

Der Prinz schob seine Schüssel mit Eintopf von sich weg und richtete seine verunsichernden Augen auf mich. „Erinnerst du dich an Gonira?"

„Ihr meint die Fae-Frau, die den Lieferwagen fuhr und in dieser Nacht in der Werkstatt war?"

„Ja." Er bekräftigte es, indem er den Kopf neigte. „Es ist mir unangenehm zu sagen, dass sie wieder einmal in eure Welt zurückgekehrt ist, und ich fürchte, sie hat sich wieder denjenigen angeschlossen, die verantwortlich für die Konflikte sind, die in eurer Stadt herrschen."

„Ähm, das höre ich ungern", sagte ich, während ich mich fragte, warum der Prinz mich darüber informieren musste. Es gab nur eine mögliche Erklärung. Er wollte, dass ich sie aufspürte. Ich hielt den Atem an und hoffte, dass ich recht hatte. Vielleicht könnten wir wieder einen

Gefallen tauschen. In Jakes Augen blitzte dieselbe Erkenntnis auf. Ich war dem Prinzen auf keine andere Weise nützlich. Es musste so sein.

„Du musst wissen", fuhr Kalyll fort, „Gonira ist meine Cousine, und meine Tante – die Schwester meiner Mutter – hat mich angefleht, sie zu finden. Ich bin sicher, du weißt, worauf ich damit hinauswill. Wahrscheinlich ist es bei deinen Talenten keine Seltenheit, dass Personen auf dich zukommen und deine Hilfe suchen. Ich weiß, dass sich deine Agentur darauf spezialisiert hat, Gefährten zu finden, keine verwöhnten Gören, Mitglieder der Fae-Königsfamilien, aber ich habe gehofft, dass du möglicherweise eine Ausnahme machen und diese Aufgabe übernehmen könntest. Für eine Gebühr, natürlich."

Mit jedem Wort, das er sagte, schlug mein Herz schneller, aber am Ende drohte es mir bis zum Hals zu schlagen. Eine Gebühr konnte ganz leicht zu einem Gefallen werden.

„Ich sollte sagen, dass wir bereits erfolglos versucht haben, sie selbst zu finden", fuhr der Prinz fort. „Beim letzten Mal fanden wir sie, wie du weißt, aber dieses Mal ist es anders. Es ist ganz sicher Magie im Spiel, und ich bin nicht sicher, ob es dir deine Kräfte erlauben, solche Manipulationen zu durchschauen."

Mein Herz wurde ein wenig schwer. Es rutschte mir nicht in die Hose, aber zumindest steckte es mir nicht im Hals fest.

„Na ja", sagte ich, „abhängig von der Art der Magie und den Fähigkeiten der Hexe oder des Magiers an, der den Standort Eurer Cousine verbirgt, könnten sich meine Fähigkeiten als unwirksam erweisen."

Wenn Gonira bei Stephen oder nahe genug bei seinem Zirkel war, könnte die Mitternachtshexe, die Damien umgebracht hatte, für Goniras Verschwinden verantwortlich sein. Wenn das der Fall war, bezweifelte ich, dass meine Fähigkeiten oder die von irgendjemand anderem einer solchen Macht trotzen konnten.

„Ich verstehe." Kalyll nickte. „Aber es besteht die Möglichkeit, dass du in der Lage bist, sie zu finden."

„Ja."

„Dann wirst du es versuchen?" Er schien ein wenig zu schlucken, als würde es seine Ehre verletzen, einen Menschen um Hilfe zu bitten. „Übernimmt deine Agentur den Fall?"

Ich hatte den Drang, mir einen Spaß mit ihm zu erlauben und zu sagen, dass ich zuerst in meinem Kalender nachsehen musste, aber ich schaffte es, mich wie eine Erwachsene zu verhalten.

Stattdessen neigte ich gnädig meinen Kopf. „Natürlich. Das ist mein Beruf."

Der Prinz schien erleichtert zu seufzen, was verdeutlichte, dass ihm die Ideen ausgegangen waren, wie er seine Cousine finden konnte, und die Ausreden, die er seiner Tante und Mutter auftischen konnte. „Das Honorar ist nicht von Bedeutung, und ich stehe nach wie vor in deiner Schuld."

„Nun ja, vielleicht kein Honorar, sondern ... ein Gefallen." Ich tauschte einen Blick mit Jake.

Der Prinz schien sich zu versteifen.

„Da Ihr erwähnt habt, dass Ihr in Tonis Schuld steht", sagte Jake, „sollte es kein Ding für Euch sein, ihr bei ihrem Anliegen zu helfen."

Oh Mann, das war so was von *nicht* subtil! Aber natürlich war subtil zu sein keine von Jakes Qualitäten Und ich musste zugeben, dass seine Direktheit mir viel Zeit und das Grübeln darüber ersparte, wie ich schwierige Themen am besten ansprechen sollte.

Kalylls dunkelblaue Augen richteten sich auf mich. „Bitte sag mir, wie ich beginnen kann, mich für deine Hilfe zu revanchieren."

„Es ist kein schwieriger Gefallen", sagte ich, zog das Fläschchen aus meiner Brusttasche und legte es auf den Tisch.

Der Prinz starrte den unbedeutenden Gegenstand neugierig an, der vor ihm lag. „Was ist das?"

„Es ist das Elixier, das Damien Ward erschaffen hat, um seine Tochter zu heilen", antwortete Jake.

„Ich verstehe nicht, wie ich dabei helfen kann." Kalyll sah verwirrt aus.

„Ich möchte es einfach gut beschützt wissen", sagte ich. „Es ist ein lebensrettender Trank, der einzige seiner Art, und ich finde, dass er nicht an irgendjemanden verschwendet werden sollte. Die Lage in St. Louis ist im Moment sehr angespannt, und dieses Elixier könnte wichtig werden. Ich könnte mich irren, aber eins ist sicher: Da ich es Damiens Tochter nicht geben konnte, möchte ich sichergehen, dass es eine Person bekommt, die es auch verdient. Ich finde, das ist das Mindeste, was ich tun kann, nachdem ich ihn enttäuscht habe." Am Ende brach meine

Stimme, und ich musste schlucken, um den Kloß aus meinem Hals zu vertreiben, bevor ich weitersprechen konnte. „Und ich habe die Hoffnung noch nicht aufgegeben, dass es vervielfältigt werden kann und dass wir es schaffen, mehr als ein Leben damit zu retten." Ich öffnete meinen Mund, um weiterzusprechen und zu versuchen, dem Prinz zu verstehen zu geben, wie wichtig dieses Elixier war, doch Kalyll hob eine Hand.

„Mehr musst du nicht sagen." Er nahm das Elixier und steckte es in eine Tasche in seiner Tunika. „Ich werde es sicher für dich aufbewahren. Ich verspreche, dass von mir niemand von seiner Existenz erfahren wird, und ich werde es sicher an dich und niemanden sonst übergeben, wenn du es zurückforderst."

„Danke", brachte ich mit schwacher Stimme heraus, die zeigte, wie emotional diese ganze Sache für mich war.

„Danke", sagte auch Jake. „Ich weiß, dass es eine große Erleichterung für Toni ist, und für sie ist es ganz sicher kein kleiner Gefallen."

„Und du hattest recht", fügte der Prinz mit einem freundlichen Lächeln hinzu, „es ist *kein Ding* für mich, ihr damit zu helfen."

„Eure Mentoren haben Euch gut unterrichtet", sagte Jake in amüsiertem Ton. „Ihr versteht unsere verrückten Redensarten. Vielleicht können Sie uns eines Tages eine von Euren beibringen."

Kalyll lächelte und er verhielt sich freundlich gegenüber Jake, was mich überraschte. Es schien, als würde der Prinz Jakes Direktheit schätzen. Seltsamerweise hatte ich das Gefühl, dass die beiden Freunde werden könnten, wenn sie die Gelegenheit hätten.

„Toni ist die beste Fährtensucherin, die ich kenne", warf Jake ein. „Wenn es jemanden gibt, der Eure Cousine finden kann, ist sie es."

„Das ist auch meine Auffassung", sagte Kalyll.

Ich hob eine Augenbraue. Es schien, als hätte er sich informiert, und ich war nicht sicher, was ich davon halten sollte.

„Ähm, normalerweise habe ich einen Vertrag, der unterschrieben wird, aber ..." Ich streckte meine Hand aus. „... vielleicht schütteln wir uns einfach die Hände?" Ich wusste, dass ich keinen Vertrag mit den Fae schließen musste. Wenn sie ein Versprechen gaben, war es bindend, da sie nicht lügen konnten. Außerdem war der Prinz nach dem, was ich über ihn wusste, ein ehrbarer Mann.

Er schlang seine große Hand um meine und drückte sie fest. „Ich verspreche, mich an die Bedingungen zu halten, die wir besprochen haben."

Der Prinz ließ los, griff in die Tasche seiner Tunika und zog einen Metallschlüssel heraus. Die Spitze war kunstvoll und wunderschön gearbeitet. Der Schlüssel war lang und wies mehrere Kerben auf, die eine Blume bildeten. Er reichte ihn mir. Er war schwer und massiv.

„Er gehört Gonira. Ich glaube zu wissen, dass du etwas von ihr brauchst, um sie aufzuspüren."

Ich steckte den Schlüssel weg und nickte. *Jep*, er hatte wirklich seine Hausaufgaben gemacht.

„Diese Reise hätte nicht besser laufen können, wenn ich sie geplant hätte", sagte ich zu Jake, sobald wir uns eine Stunde später wieder in Erics Trainingsraum materialisierten.

„Ich glaube, du hast recht. Der Prinz scheint ein aufrichtiger Kerl zu sein."

„Ja, das ist er. Ich mache mir keine Sorgen um" Ich wurde von Eric unterbrochen, der in den Raum stürmte. Seine Miene war so voller Sorge, dass mein Herz sofort begann, gegen meine Rippen zu hämmern.

Jake drehte sich um und sofort sah er dieselbe Dringlichkeit im Gesicht unseres Freundes. „Was ist los?"

Erics Blick wanderte zwischen uns hin und her, dann verweilte er einen Moment auf mir, bevor er sich schließlich auf Jake richtete.

„Verdammt noch mal, Mann!" Jake trat vor und baute sich vor Eric auf. „Sag es uns."

„Ich habe einen Anruf von Craig Blackridge erhalten", sagte Eric schließlich, wobei seine dunkle Stimme voller Emotionen war. „Es geht um deinen Großvater. Er ist tot."

KAPITEL 22

Die Luft wurde aus dem Raum gesogen und raubte mir den Atem, und es schien, als würde es Jake genauso gehen, denn seine Schultern senkten sich ein ganzes Stück, als er ausatmete. Ich machte einen Schritt vorwärts, legte eine Hand auf seinen Rücken und sah zu ihm hoch, wobei sich mein Herz schmerzhaft zusammenzog.

Jake, oh, Jake.

Was fühlte er?

Ich konnte nicht genau begreifen, was das mit ihm machen würde. Ich wusste nicht, wie stark das Band zwischen ihm und seinem Großvater gewesen war, aber als die gesamte Farbe aus seinem Gesicht wich, wusste ich, dass es wohl tiefer gewesen war, als ich vermutet hatte. Die Nachricht machte ihn fertig, sie zerriss ihn in tausend Teile.

Ich wollte meine Arme um ihn schlingen, aber ich hatte Angst mich zu bewegen, Angst, irgendetwas zu tun, was dazu führen könnte, dass er zerbricht.

Er öffnete seinen Mund, als wollte er etwas sagen, doch es kam nichts heraus. Ich versuchte zu erraten, was er sagen wollte und drehte mich zu Eric um.

„Was ist passiert?", fragte ich mit zitternder Stimme. „Wer hat es getan? Warum?" Ich wusste nicht genau, was Jake sagen wollte, und ging ungeschickt alle Möglichkeiten durch.

Jake wandte sich von mir ab und machte einen Schritt auf die Tür zu. „Ich muss gehen."

Nein. Ich wollte nicht, dass er irgendwo hinging, nicht so, nicht in dieser emotionalen Verfassung. Also war ich dankbar, als sich Eric nicht aus dem Weg bewegte und an der Schwelle stehenblieb, wobei seine Füße fest auf dem Boden verankert waren.

„Du musst bleiben", sagte Eric ruhig. „Ich glaube nicht, dass es klug wäre, jetzt irgendwo hinzugehen."

„Ich muss ihn sehen", sagte Jake.

„Und das wirst du, aber zuerst solltest du dir Zeit nehmen, es zu verarbeiten. Wenn du wirklich gehen musst, lass dich von Toni oder mir fahren."

Jake fasste sich an den Kopf, als wäre die Entscheidung, wer ihn begleiten sollte, eine unlösbare Aufgabe. „Craig kümmert sich gerade um alles Weitere", fügte Eric hinzu. „Wenn du dich also deshalb sorgst, besteht dazu kein Grund."

Jake wirkte ratlos und stand einfach nur da und hielt sich den Kopf. Walter war Jakes einziger noch lebender Verwandter gewesen, und es war traurig, daran zu denken, dass Craig Blackridge – der neue Verbündete der Knights – in einem solchen Moment die Verantwortung übernahm. Sicherlich hatte Jake das Gefühl, dass er es sein sollte, doch er brauchte wirklich zuerst Zeit, um es zu verarbeiten. Ich fragte mich, ob es niemanden in ihrem kleinen Rudel gab, der ihm helfen konnte. Jake hatte nie jemand Bestimmten erwähnt, aber er lernte die Mitglieder seines Rudels gerade erst kennen.

„Gehen wir nach oben. Ich mache dir einen starken Drink", schlug Eric vor.

Ein paar Momente später saßen wir vor dem unangezündeten Kamin in Erics Arbeitszimmer und Jake trank Oakfire aus einem Whiskyglas und starrte ausdruckslos und ohne ein Wort zu sagen auf den Boden.

Eric und ich tauschten besorgte Blicke. Ich fragte mich, was Jake wohl durch den Kopf ging. Aber als er seinen Drink ausgetrunken hatte und das Glas auf den Couchtisch stellte, sammelte er sich und wandte sich an Eric.

„Was weißt du?" Seine Stimme war heiser, doch abgesehen davon schien er sich vollkommen im Griff zu haben.

„Es ist nicht schön. Er ...“ Eric zögerte, was mein Herz dazu brachte, wie wild zu schlagen. „Er war derjenige, dem der Dolch in der Wolfsfeste übergeben wurde.“

Oh nein!

Das musste bedeuten, dass Bernadetta und Stephen wegen des Dolches gekommen waren und ihn getötet hatten. Schuldgefühle überkamen mich, als würde der Himmel über mir zusammenbrechen. Ich hätte den Dolch behalten sollen. Wenn ich das getan hätte, wäre Walter noch am Leben.

„Sie werden dafür bezahlen!“, knurrte Jake und kam mit einer fließenden Bewegung auf die Füße, bereit, auf der Suche nach unseren Feinden loszustürmen. „Bernadetta und Stephen werden es bereuen, zu ihm gegangen zu sein.“

„Nein, Jake.“ Eric schüttelte den Kopf und senkte seinen Blick. „Sie sind nicht zu ihm gegangen. Walter ging zu ihnen.“

„Was?!“, rief Jake.

„Er wollte mit ihnen verhandeln. Scheinbar wollte er das Jadegefäß. Er wollte die Kontrolle über die Geschändete Amphore haben.“

Jake schüttelte seinen Kopf. „Nein, das würde er nicht tun ...“

Aber er beendete seinen Satz nicht, denn tief in seinem Inneren wusste er, dass Walter ein solcher Mann gewesen ist, gierig nach Macht und bereit, alles zu tun, um zu bekommen, was er wollte. Er senkte seinen Kopf und Scham färbte sein Gesicht. Sein rechtes Auge zuckte ein paar Mal, bevor er seine neuen, unerwarteten Emotionen unter Kontrolle bekam.

„Er hat den Dolch verloren, Jake“, sagte Eric zögerlich, als wollte er Jake diesen Schlag ersparen.

Ich konnte das Keuchen nicht zurückhalten, das aus meinen Lippen entkam.

Das war schlimm. Wirklich schlimm.

Jake trat ein paar Schritte zurück und ließ sich wieder auf das Sofa sinken. Langsam sahen seine silbernen Augen auf und er blickte mich an. In ihnen lag so viel Verwirrung und Schmerz.

Ich drehte mich zu Eric um. „Würdest du uns einen Moment geben?“

Eric sagte nichts. Er stand einfach auf und ging aus dem Raum. Ich setzte mich neben Jake und nahm eine seiner großen Hände in eine von meinen.

„Wie konnte er nur?", fragte Jake. „Was hat er sich nur dabei gedacht?"

„Es tut mir so leid, Jake."

„Ich hätte auf William hören sollen."

„William?"

„Der Anwalt meines Großvaters und sein langjähriger Freund. Er ist auch ein Mitglied des Rudels. Er ... hat mich gewarnt, dass Walter nicht bei Verstand ist. Er sagte, dass ich ihn vielleicht zu einem Arzt bringen sollte, einem Neurologen. Er glaubte, dass sich vielleicht die ersten Zeichen von Demenz zeigten. Natürlich habe ich mit Walter gesprochen, aber ich bin sicher, du kannst dir vorstellen, wie er auf dieses Gespräch reagiert hat."

Ich konnte es mir gut vorstellen. Auf keinen Fall hätte Walter irgendeine Art von mentaler Schwäche zugegeben. Ich hatte ihn nicht gut gekannt, aber ich wusste, was für ein Mann er gewesen war. Er hätte lieber ein Tutu in der Öffentlichkeit getragen, als zuzugeben, dass er seine geistigen Fähigkeiten verlor.

Jake fuhr fort: „Und er kam mir so stark vor, so fähig. Du hast ihn gesehen. Ich dachte nicht, dass mit ihm etwas nicht stimmte, abgesehen davon, dass er ein streitlustiger, alter Mann war."

Ich hatte ihn gesehen und bei meiner Erinnerung an ihn in der Wolfsfeste fragte ich mich, ob er wirklich mental instabil gewesen war. Es schien ihm gutzugehen, während er sich mit Ulfen anlegte und ihn indirekt dafür beschuldigt hatte, was Stephen getan hatte. Oder versuchte Jake seinen Großvater nur zu verteidigen?

„Aber ich kannte ihn nicht so gut, nicht so wie Williams ihn kennt ... kannte. Wir standen uns nie nahe, nicht wirklich. Bis Mom und Dad starben, hat er nie Interesse an mir gezeigt. Er war nie mit der Gefährtin zufrieden, die Dad sich ausgesucht hat. Er war immer der Meinung, dass er mit seiner Heirat irgendein Bündnis hätte eingehen sollen. Ich habe das erst vor Kurzem erfahren, nachdem er mich zu einem Pakt mit den Blackridges manipuliert hat. Er wurde ... deutlicher, als ich in der Falle saß. Versteh mich nicht falsch, ich gebe ihm nicht die Schuld für meinen

Fehler. Ich habe wegen des Versprechens mitgespielt, das ich meinem Vater gegeben habe. Walter hat mich nicht gezwungen."

Für mich sah es so aus, als wollte Jake das Verhalten seines Großvaters entschuldigen, vielleicht um sein Andenken zu schützen, jetzt, wo er tot war, aber ich fand nicht, dass Walter es verdient hatte, verschont zu werden. Er *war* manipulativ gewesen, und das war eine Tatsache.

„Warum sollte er so etwas versuchen? Wenn ich nur—"

„*Shh*, mach dich nicht deswegen fertig", sagte ich. „Nur die Hexenlichter kennen seine echten Gründe, und dir tut es nicht gut, zu versuchen, sie zu erraten oder dir selbst die Schuld zu geben. Wenn du mich fragst: Mir kam er nicht labil vor. Er war ehrgeizig, Jake, und die Geschändete Amphore ist eine Quelle unglaublicher Macht. Ich hatte gehofft, Yura hätte nicht ihn ausgewählt, aber ich hatte auch gehofft, dass er seine Art zu sehr respektieren würde, um sie in hirnlose Ungeheuer zu verwandeln."

Jake lachte traurig. „Es ist mir nie in den Sinn gekommen, an ihm zu zweifeln. Ich habe ihm instinktiv vertraut, weil er zur Familie gehörte. Ich hätte es wissen müssen." Er sagte die letzten Worte mit einem wütenden Knurren, bei dem das Glas auf dem Couchtisch vibrierte.

„Bitte gib dir nicht die Schuld", wiederholte ich. „Man weiß nie, wie es wirklich in einer Person aussieht. Ich hätte meine Mutter nie für eine erstklassige Lügnerin gehalten, und sieh dir an, wie sie meine knallharte Wölfin über zwanzig Jahre lang vor mir versteckt hat."

Er schnaubte halb amüsiert. Dann drückte er sanft meine Hand und lehnte seinen Kopf gegen meinen.

Einen langen Moment später, nachdem ich mit der drängenden Frage gekämpft hatte, die mir fast sofort durch den Kopf geschossen war, als Eric uns die Nachricht überbracht hatte, hielt ich es nicht mehr aus und sprach meine Gedanken aus.

„Was bedeutet das für deinen Pakt mit den Blackridges?"

„Ich weiß es nicht wirklich."

„Glaubst du, Craig will immer noch, dass du seine Tochter heiratest?" Ich konnte den Hauch von Hoffnung nicht unterdrücken, der sich in meine Stimme schlich. Vielleicht würde Craig den Namen seines Rudels nach Walters Fauxpas nicht mit den Knights in Verbindung bringen wollen.

„Ah, aber das ist das Schöne an einem unumstößlichen Pakt und der Grund, warum Walter darauf bestanden hat", sagte Jake sarkastisch.

„Ja, aber wenn er seine Meinung ändert und wir alle an einem Strang ziehen, finden wir vielleicht eine Lösung."

Jake antwortete mit Schweigen.

„Natürlich", fügte ich eilig hinzu, „ist das jetzt zweitrangig."

Er setzte sich gerader hin und drehte seinen Körper in meine Richtung, dann griff er nach meiner Hand und drückte sie, um mir seine nächsten Worte zu verdeutlichen.

„Du bist niemals zweitrangig. Niemals. Jetzt, wo Walter tot ist, bist du die einzige Familie, die ich noch habe. Du bist alles für mich, Toni, und ich werde nicht zulassen, dass das irgendetwas ändert. Mein Versprechen steht. Ich bin jetzt der Alpha des Knight-Rudels, und auch wenn es eine Verantwortung ist, die ich nie wollte, muss ich sie übernehmen. Doch du musst wissen, dass das nicht bedeutet, dass sich meine Gefühle dir gegenüber auf irgendeine Weise ändern werden. Toni, wenn du mich willst, werde ich ..." Er verstummte.

Ich hielt den Atem an, denn ich wollte seine nächsten Worte unbedingt hören. Doch er sprach nicht weiter. Er hielt sie zurück und lächelte mich nur an. Einen Moment lang wollte ich ihn drängen und darauf bestehen, zu hören, was er sagen wollte, doch ich konnte es nicht. Vielleicht wollte er mich fragen, ob ich ihn heiraten wollte, doch dann erkannte er, dass er dazu kein Recht hatte – nicht, wenn er mit einer anderen verlobt war, ob er es wollte oder nicht.

Also sagte ich nur: „Ich weiß, Jake. Es ändert meine Gefühle auch nicht. Ich glaube nicht, dass mich irgendetwas dazu bringen könnte, dich nicht mehr zu lieben. Ich schwöre, ich habe es versucht und ich bin kläglich gescheitert."

Er streichelte meine Wange und sein Daumen strich über meine Mundwinkel. „Du weißt nicht, wie froh ich darüber bin. Ich weiß, dass es einen selbstsüchtigen Mistkerl aus mir macht, aber bei Gott, Toni, die Zeit, die ich von dir getrennt war, war kaum lebenswert. Ich kann mir ein Leben ohne dich nicht vorstellen."

„Das musst du nicht", sagte ich. „Das musst du nicht."

Er legte seine Stirn an meine und wir saßen einen langen Moment so da, atmeten den Duft des anderen ein und wünschten uns, die Welt würde anhalten, sodass wir für immer so verharren könnten.

Die Welt ging den Bach runter, aber wenigstens hatten wir einander.

KAPITEL 23

Später an diesem Abend saß ich gemütlich an meinem Couchtisch, mit mehreren aufgeschlagenen Büchern vor mir. Ich hatte Jake angeboten, mit ihm zu seinem Großvater zu fahren, doch er hatte darauf bestanden, dass es etwas war, das er allein tun musste. Ich spürte, dass es ein Rudel-Ding war, und er wollte nicht, dass ich mich ausgeschlossen fühlte. Und da ich die Situation so schmerzlos für ihn machen wollte wie möglich, hatte ich nachgegeben. Stattdessen tat ich das Nächstbeste und schnappte mir ein paar der Bücher, die Eric ihm besorgt hatte, während Jake sich den Rest vornahm.

Ich hatte einen schrecklich langen Tag hinter mir, der mit der Arbeit begonnen und mit der schrecklichen Nachricht von Walters Tod geendet hatte. Darum fühlte Lesen sich auch wie eine Aufgabe für die Lämmer an – die, die zur Schlachtbank geführt werden.

Natürlich hatte ich Essen, um die Müdigkeit zu bekämpfen. Eine extragroße Pizza mit Salami, Peperoni und Pilzen von *Adriana's on The Hill* – jedenfalls die Hälfte davon, da ich schon vier große Stücke verdrückt hatte.

Keine Frau, die etwas auf sich hält, sollte in der Lage sein, eine solche Pizza allein zu essen, aber es schien, dass ich genau das tun würde. Ich hätte schon satt sein sollen, aber während ich las, warf ich immer wieder einen Blick auf die übrigen Stücke. Wenn ich ehrlich war, sorgte ich mich tatsächlich darum, zuzunehmen. Ich hatte einen guten Stoffwechsel, keine Frage, aber war er gut genug, um weiterhin so zu essen? Ich hatte kein Geld, um mir eine komplett neue Garderobe zu kaufen, und so oft wie ich meine Kleidung zerriss, wenn ich mich verwandelte, musste ich vielleicht regelmäßige Ausflüge zu Second-Hand-Läden in meinen Alltag einplanen.

Vielleicht sollte ich dieses Paar Louis Vuitton Stiefeletten verkaufen, dachte ich. Es war sowieso Verschwendung gewesen; ich hatte sie in der Zeit gekauft, in der ich dachte, dass die Agentur durch die Decke gehen würde.

Ich verdrehte die Augen über diesen nutzlosen Gedankengang, nahm mir ein weiteres Stück Pizza und biss hinein. Die Bücher vor mir waren unglaublich frustrierend. Nachdem ich zwei Stunden die Seiten überflogen hatte, konnte ich noch immer nichts finden, das sich auf unumstößliche Pakte bezog – mal abgesehen von den Warnungen, sich nie auf einen solchen Pakt einzulassen, wenn man den Tod nicht für eine verlockende Aussicht hielt. Unnötig zu erwähnen, dass ich nichts darüber gefunden hatte, wie man aus ihnen freikam.

Ich war mit dem zweiten Buch fertig, legte es zur Seite und machte mich an das dritte. Plötzlich tauchte Blaze auf, sprang auf das Sofa und machte es sich hinter mir bequem, als wollte er über meine Schulter mitlesen.

„Hey, Kumpel. Hattest du einen schönen Tag?" Ich hatte ihn gesucht, als ich nach Hause kam, doch ich konnte ihn nicht finden. Ich hatte immer noch keine Ahnung, wo er sich zum Schlafen versteckte. Er war so verstohlen, aber ich nahm an, das bedeutete, dass er eine richtige Katze war.

Seine Nase zuckte, als ich mir ein weiteres Stück Pizza nahm. Er sah das Stück so sehnsüchtig an, dann blickte er hinüber zu seinem Napf mit Trockenfutter in der Ecke des immer noch leeren Esszimmers. Ich bekam Mitleid mit ihm und fischte ein Stück Salami von dem geschmolzenen Käse, dann hielt ich es ihm hin. Er verschlang es und leckte mit seiner rauen Zunge über seine Lippen, wobei seine bernsteinfarbenen Augen vor Genuss strahlten.

„Gut, was?"

Er verengte die Augen, als wollte er *Was denn sonst?* sagen, dann miaute er die Pizza an und bettelte um mehr.

„Du wirst krank davon. Ich sollte dir kein Menschenessen geben."

Er stieß ein kleines Fauchen aus, von dem ich schwor, dass es wie *biiiittteeee* klang.

„Okay, also wirst du nicht krank?"

Ich wartete auf eine Antwort, aber er begann sich den Hintern abzuschlecken.

Ernsthaft?! Zuerst sprach er quasi mit mir und jetzt das?

Ich drehte mich wieder zu den Büchern um und blätterte sie weitere zwanzig Minuten durch. Natürlich verputzte ich den Rest der Pizza, während Blaze friedlich hinter mir schlief. Ohne Essen, das mich ablenkte, wuchs meine Frustration über die vergebliche Suche. Ich schnaufte und schlug das Buch zu, wodurch Blaze aufschreckte. Er miaute und seine Stimme wurde am Ende lauter, als würde er eine Frage stellen.

„Entschuldige, dass ich dich aufgeweckt habe, Süßer. Aber das hier ist Zeitverschwendung. Ich finde nichts über unumstößliche Pakte. Ich bin schon zehn von diesen Büchern durchgegangen und finde nichts. Wahrscheinlich lohnt es sich gar nicht, den ganzen Haufen durchzusehen." Ich deutete auf die drei Stapel, die vor dem Kamin standen.

Blaze, der jetzt wach war, stand auf, streckte seinen Rücken, wobei er sich in einem perfekten Halbkreis wölbte, und sprang vom Sofa. Sein Schwanz schwang in der Luft, während er auf die Bücherstapel zuschlenderte. Ich beobachtete ihn stirnrunzelnd.

Er lief zu einem Stapel und rieb sich daran. Sein Schwanz legte sich um die Buchrücken, während er den Stapel umrundete. Er tat dasselbe mit dem zweiten und dem dritten Stapel, und als er fertig war, setzte er sich vor die Bücher und starrte sie an.

„Und …?", wollte ich wissen. „Was meinst du?"

Er ignorierte mich und legte seinen Kopf auf seine ausgestreckten Vorderpfoten, bereit für ein weiteres Nickerchen.

„Nutzloser Kater!", blaffte ich, dann erkannte ich, dass ich nur meinen Frust an ihm ausließ. „Entschuldigung, das habe ich nicht so gemeint, Blaze. Ich bin diejenige, die nutzlos ist. Ich weiß nichts über meine Art. Wie kann ich Jake so helfen?"

Erschöpft und wissend, dass ich früh aufstehen musste, um mit Eric zu trainieren, nahm ich den leeren Pizzakarton und trug ihn in die Küche. Ich bemühte mich, ihn zusammenzufalten und in den bereits vollen Mülleimer zu stopfen, als ein furchtbares Krachen aus dem Wohnzimmer ertönte. Mein Herz machte einen Satz und ich rannte hinein, wo ich einen der Bücherstapel auf dem Boden verteilt sah, während Blaze auf einem besonders dicken Wälzer saß und sich zufrieden eine seiner Tatzen leckte.

Ich trat näher und las den Titel auf dem Buchrücken. Blutsbande: Mein Leben in Frankreich von Alodar Rune, und darunter stand in sehr kleinen Buchstaben: Pacte de Sang: Ma Vie en France. Ich hatte das Buch gesehen, als ich mir ein paar von dem Stapel genommen hatte, aber ich hatte die Wörter Bande und Pakt nicht miteinander in Verbindung gebracht und auch den französischen Titel nicht gesehen.

„Was zum ...? Versuchst du mir etwas zu sagen?"

Mit ausdruckslosen Augen sah er auf, und seine Miene war so absolut katzenhaft, dass ich mir total dumm dabei vorkam, Luftschlösser zu bauen. Natürlich versuchte er mir nicht zu sagen, dass ich die Antworten, die ich suchte, in diesem Buch finden würde. Natürlich war er nicht irgendeine Schrägen-Katze.

Trotzdem hob ich Blaze auf, setzte ihn auf den Couchtisch und nahm den dicken Wälzer.

„Ich kann mir auch gleich das hier ansehen", sagte ich. „Es macht sowieso keinen Unterschied."

Ich ging zum Sofa und blätterte die ersten Seiten durch. Als ich mich gerade setzen wollte, klingelte mein Handy. Ich legte das Buch weg und sah, dass es Rosalina war.

„Hey!", sagte ich stirnrunzelnd. Sie rief selten noch so spät an. „Ist alles okay?"

„Ich habe gute Neuigkeiten. Ich habe die Nachrichten abgehört, die nach Feierabend bei der Agentur eingegangen sind, und rate mal was?"

„Was?", fragte ich und mein Herz begann wie wild zu schlagen, als es auf ihre Aufregung reagierte.

„Mekare Graves hat angerufen und gesagt, dass ihre Assistentin morgen früh mit einem unterschriebenen Vertrag und einem Fläschchen der besten Tränen aus tiefstem Herzen vorbeikommt, die sie je geweint hat.

Und das Beste ist: Sie bringt auch einen Scheck mit! Fünfzehntausend Dollar, Toni. Der Kampf ist noch nicht entschieden."

„Hexenlichter! Wirklich?"

„Jep."

Beinahe gaben meine Knie vor Erleichterung nach. „Ich braue sofort ihren Trank, sobald die Tränen geliefert werden."

„Wir haben alle Zutaten, die wir brauchen. Ich habe heute Morgen alles dreifach überprüft. Ich plane Zeit für die Aufspürtrance ein, damit nichts dazwischen kommen kann."

„Ich bin so erleichtert." Ich musste ihr von dem Deal erzählen, den ich mit Kalyll hatte. Bald würde ich Gonira aufspüren müssen, doch das war die Priorität.

„Ich auch. Ruh dich jetzt gut aus. Du musst bald zwei Trancen durchstehen. Eine für Mr. Taylor und eine für Miss Graves."

Ich nickte, als könnte sie mich sehen. „Ja, das kann ich am Wochenende machen."

„Wie gesagt, ruh dich aus."

„Wird gemacht."

Tja, ich sollte keine Zeit mehr damit verschwenden, nutzlose Bücher durchzugehen. Es zu schaffen, Gefährten für diese beiden Kunden zu finden, stand genauso hoch auf der Prioritätenliste wie die Rache an Stephen. Also vergewisserte ich mich, dass ich den Wecker auf 3:30 Uhr gestellt hatte, putzte mir die Zähne, und krabbelte ins Bett.

KAPITEL 24

Am nächsten Morgen, nach meinem Training mit Eric, war meine zweite Aufgabe, bei der Agentur vorbeizufahren, nach Mr. Taylors Trank zu sehen *und* den für Mekare anzufangen, sobald ihre Sachen vorbeigebracht worden waren. Rosalina und ich führten einen kleinen Tanz auf, und unsere Laune wurde nur durch Walter Knights Beerdigung getrübt, die zweckmäßig arrangiert worden war und am späten Nachmittag stattfinden würde.

Ich hatte Eric gefragt, ob er hinging, doch er wusste es noch nicht.

„Normalerweise würde ich nicht hingehen", sagte er, „aber ich mag Jake."

Ich hielt inne und starrte ihn an. Ich konnte mich nicht daran erinnern, ihn jemals sagen gehört zu haben, dass er etwas mochte, nicht einmal Welpen oder Pommes.

„Ach, sieh mich nicht so an." Er hatte mich angestarrt, als wollte er sagen: *Du hältst besser den Mund, wenn du weißt, was gut für dich ist.*

Genau das hatte ich getan, meine Lippen zu einer Dünnen Linie zusammengepresst, aber es war klar, dass er Fortschritte machte und sich von einem Cro-Magnon-Menschen zu einem Neandertaler entwickelte. Wow, vielleicht würde bald ein richtiger Homosapien aus ihm werden, sogar einer mit Gefühlen.

Jetzt aßen Rosalina und ich an ihrem Schreibtisch zu Mittag, und scrollten auf unseren Handys.

„Es gab einen weiteren Angriff der Vampire auf Werwölfe, dieses Mal in Sunset Hills. Fünf Tote", sagte sie, während sie durch die Nachrichten scrollte, die in letzter Zeit kaum weniger als ein Kriegsbericht waren.

„Werden hybride Monster erwähnt?"

„Nein."

Eine Welle der Besorgnis überrollte mich. Bernadetta und Stephen hatten den Dolch wieder, worauf warteten sie also? Nicht, dass ich mich darauf freute, dass die Straßen von St. Louis von Monstern gestürmt wurden, doch die Spannung brachte mich um.

Angewidert legte Rosalina ihr Handy ab und stopfte sich ein Salatblatt in den Mund. „Hast du von Leo gehört?", fragte sie, um das Thema zu wechseln.

Ich schüttelte den Kopf und versuchte, meine Sorge um meinen Bruder nicht zu einem weiteren Problem werden zu lassen. Davon hatte ich genügend.

„Er ist immer noch da draußen und versucht, ein mächtiger Magier zu werden." Das war die letzte Ausrede, die er und dafür gegeben hatte, dass er uns nicht besuchte. Als er aufbrach, war er ein Weißer Magier gewesen, der niedrigste Rang. Er war zum nächsten Rang aufgestiegen, zum Messing-Magier, doch er hatte noch einen weiten Weg vor sich, bis er Mitternachtsmagier wurde, was sein Ziel war.

„Ich bin sicher, es geht ihm gut", ermutigte sie mich.

„Ja, er ist nur ein rücksichtsloser Idiot. Er wird von Mom etwas zu hören bekommen, wenn er sich endlich wieder meldet. Da bin ich mir sicher."

„Und er wird es verdienen."

„Jep!"

Als wir mit dem Essen fertig waren, machten wir uns schweren Herzens auf den Weg zum Beerdigungsinstitut. Ich parkte meinen Camaro in der ersten freien Parklücke, die ich finden konnte. Es schien, als seien sämtliche Werwölfe von St. Louis gekommen. Ich starrte das trostlose Gebäude an und spürte einen Knoten in meinem Inneren.

„Geht es dir gut?", fragte Rosalina.

Ich schüttelte meinen Kopf.

„Tut mir leid. Würde noch ein Donut helfen?" Sie griff auf den Rücksitz des Autos und zog den Karton hervor, den wir auf dem Weg hierher gekauft hatten. Sie spähte durch den durchsichtigen Deckel. „Einer ist noch da. Mit Schokolade."

Rosalina hatte einen von dem Dutzend gegessen, und ich hatte den Rest verdrückt. Normalerweise aß ich nur ein halbes Dutzend, aber herumzuflinken zehrte ganz schön an mir.

„Nein, schon gut." Der Anblick des letzten Donuts war verlockend, aber ich wollte nicht riskieren, mein Kleid zu versauen. Es war ein Wunder, dass es nach all den Donuts, die ich auf dem Weg hierher gegessen hatte, unversehrt geblieben war. Allerdings war ich jetzt praktisch ein Staubsauger, also war es vielleicht unnötig, mich um Krümel auf der Kleidung zu sorgen.

Ich kaute auf meiner Unterlippe herum, weil ich befürchtete, meinen Vater, meine Halbgeschwister und Jakes Verlobte zu sehen.

„Jake hat gesagt, dass er es verstehen würde, wenn du nicht kommst", erinnerte mich Rosalina. Sie hatte vorhin mit ihm telefoniert, um ihn zu fragen, ob er irgendetwas brauchte.

Ich sog einen zittrigen Atemzug in meine Lunge. „Was für eine ... Freundin wäre ich, wenn ich ihm in einer solchen Situation nicht beistehen kann?"

Sie nickte. Rosalina verstand solche Dinge so gut. Sie war die Art von Person, die immer das Richtige tat. Nichts brachte sie davon ab. Sie war auch unter schlimmsten Umständen noch mutig, und mit ihrem Beispiel brachte sie mir bei, dasselbe zu tun.

Ich atmete tief ein und versuchte, Mut aus der Luft zu schöpfen. Ich fand natürlich keinen, und musste mich auf meine eigene schwankende innere Kraft verlassen. Vielleicht eines Tages, wenn ich groß war, würde ich wie meine beste Freundin sein.

„Gehen wir rein." Ich warf die Tür auf und stieg aus dem Auto.

„Du siehst toll aus." Rosalina zwinkerte mir zu, während wir auf die Vordertür zugingen.

Ich lächelte. „Ich habe von der Besten gelernt."

Ihr Kompliment stärkte mein Selbstbewusstsein ein wenig. Ich trug ein knielanges schwarzes Kleid mit einem eleganten Faltenrock und kurzen Spitzenärmeln. Für mein Make-up hatte ich ein paar Techniken angewendet, die Rosalina mir gezeigt hatte, und ich hatte es geschafft, die dunklen Ränder unter meinen Augen meisterhaft zu kaschieren – um 4 Uhr morgens mit besessenen Werwölfen zu kämpfen, half nicht gerade dabei, einen Schönheitswettbewerb zu gewinnen. Ein wenig Bronzer und Highlight-Puder auf meinen Wangen hatten mich von einem Zombie in eine attraktive junge Frau verwandelt.

Zwei Männer in schwarzen Anzügen und Krawatten standen auf beiden Seiten der Tür. Ohne zu blinzeln, starrten sie geradeaus. Sie blickten nicht in unsere Richtung, als wir eintraten, und sie waren der erste Vorgeschmack auf die bedrückende Atmosphäre, die uns drinnen erwartete.

Schulter an Schulter liefen wir durch den mit Teppich ausgelegten Flur und betraten einen großen Raum, in dem links und rechts Stuhlreihen vor einem Sarg standen, der von riesigen Blumenarrangements umgeben war. Die schwere Stille, die trotz der großen Anzahl von Menschen in diesem Raum herrschte, schockierte mich. Kaum jemand sprach, und diejenigen, die sich unterhielten, flüsterten so leise, dass nicht einmal Werwolfohren wahrnehmen konnten, was sie sagten.

Mehrere Köpfe drehten sich zu uns um. Nasen zuckten, als sie unseren Geruch aufnahmen. Misstrauen überkam ihre Züge, als sie uns nicht erkannten. Wir waren Neulinge, eine Fade und eine unbekannte Werwölfin. Zumindest schaffte ich es, meine Alpha-Schwingungen zu kontrollieren. Das hatte ich mit Eric geübt. Meine Dominanz hier zur Schau zu stellen, wäre nicht nur schlecht, sondern auch unglaublich unangebracht.

Ihre Aufmerksamkeit richtete sich schnell wieder auf etwas anderes, jedoch sahen sie immer wieder bewertend und misstrauisch zu uns herüber. Werwölfe waren nicht sehr vertrauensselig. Und wenn das hier keine Beerdigung wäre, hätte ich mehr erwartet als nur Starren.

„Da drüben sind ein paar Stühle frei." Rosalina zeigte auf die letzte Reihe.

Perfekt, dachte ich, während wir uns in diese Richtung bewegten. Als wir an der Stuhlreihe ankamen, ließ ich meinen Blick auf der Suche nach Jake über die Menge schweifen, doch er war nicht da.

Gerade, als wir das Ende der Reihe erreichten, traten zwei Leute aus einer Tür, die wir nicht bemerkt hatten, und begannen, sich auf die freien Stühle zu setzen. Und das hätte mir nichts ausgemacht – sie hatten uns nicht kommen sehen –, aber es waren Olivia und Marcus Hillworth. Ohne jeglichen Grund nahm meine Wut im Bruchteil einer Sekunde vulkanische Ausmaße an. Es war eine irrationale Reaktion, aber ich schien keine Kontrolle darüber zu haben.

Ich wollte gerade etwas sagen, das ich wahrscheinlich für den Rest meines Lebens bereut hätte, als Olivia aufsah und uns entdeckte.

„Oh", sagte sie. „Ich habe dich nicht gesehen, Toni. Entschuldigung. Wir suchen uns andere Plätze. Komm schon." Sie nickte ihrem Bruder zu und weg waren sie.

Mein Mund öffnete und schloss sich wieder, doch es kamen keine Worte heraus. Und meine Wut? Tja, sie entwich aus mir wie Luft aus einem ausgeleierten Ballon.

„Waren das deine ... ähm ...?", fragte Rosalina.

Ich nickte und setzte mich, während ein Wirbelsturm von verwirrenden Gefühlen in meiner Brust tobte. *Das* war nicht dieselbe Frau gewesen, die ich gestern getroffen hatte, und wenn sie nicht meinen Namen benutzt hätte, hätte ich angenommen, dass sie mich nicht erkannte. Es schien, als wüsste sie sehr wohl, wie Freundlichkeit funktionierte, wenn auch nur, weil sie auf einer Beerdigung war.

Nachdem wir ein paar Minuten schweigend dagesessen hatten, kam Jake mit Allison an seiner Seite aus einer Tür im vorderen Teil des Raumes. Er trug einen schwarzen Anzug, der perfekt auf seinen Körper geschneidert war, während Allison in einem weißen, figurbetonten Kleid mit Krawattenausschnitt steckte.

Mein Magen krampfte sich beim Anblick der beiden zusammen. Sie gingen an dem Sarg vorbei, ohne in seine Richtung zu sehen, und stellten sich an die Seite.

Die Leute in den vorderen Reihen nahmen dies als Signal, um aufzustehen, Jake die Hand zu schütteln und ihm ihre Beileidsbekundungen zuzuflüstern. Bald standen noch mehr Leute auf und es formte sich eine Schlange, in der alle warteten, um ihr Mitgefühl auszudrücken.

Jake behielt eine aufrechte, würdevolle Haltung bei, schüttelte Hände und nickte höflich. Ich beobachtete ihn, jedes Zucken seines Gesichts, jedes erzwungene Lächeln, und ich wusste, dass es unglaublich schwer für ihn war. Ich wollte an seiner Seite sein, seine Hand halten und ihm meine Unterstützung anbieten. Doch stattdessen war es Allison, die ihre weißen Zähne bei einem übertriebenen Lächeln entblößte, als sei sie eine Hostess bei einer Party.

Verstand sie nicht, dass das schrecklich für Jake sein musste? Nicht nur, weil sein einziger enger Verwandter tot war, sondern auch, weil er etwas ebenso Tragisches bei seinem Vater, seiner Mutter und seinem Bruder durchgemacht hatte. War ihr klar, welche schmerzhaften Erinnerungen dies in seinem Herzen auslösen musste?

Als sich die Schlange auf ein Bruchteil reduziert hatte – die Leute verließen den Raum und gingen in einen angrenzenden Bereich – tätschelte Rosalina meine Hand.

„Ich gehe rüber und spreche ihm mein Beileid aus. Du musst nicht mitkommen. Du kannst hierbleiben." Ihre grünen Augen waren mitfühlend und sagten mir, dass es in Ordnung war, wenn ich sitzenblieb, doch ich wusste, dass ich es tun musste. Für Jake.

„Ich komme mit."

Wir standen auf und stellten uns an das Ende der Schlange. Jake bemerkte mich nicht, bis ich direkt vor ihm stand. Er blinzelte und die Trübheit wich aus seinen silbernen Augen.

„Toni!" Er ergriff meine ausgestreckte Hand, als sei sie eine Rettungsleine, als könnte ich ihn vor all dem bewahren.

Ich spürte, wie Einsamkeit von ihm ausging. Er war gezwungen, das über sich ergehen zu lassen, und er war umgeben von Leuten, die er kaum kannte. Das war nicht richtig. Er hielt mich länger fest, als es höflich gewesen wäre, und unsere Blicke trafen sich und sagten so viel.

Jake, es tut mir leid. Ich wünschte, ich könnte an deiner Seite sein.

Bitte geh nicht, Toni. Ich brauche dich.

Rosalina legte eine Hand auf unsere und machte uns so auf die vielen Augen aufmerksam, die auf uns gerichtet waren.

„Mein Beileid, Jacob", sagte sie mit sanfter Stimme, dann befreite sie meine Hand geschickt aus seiner und ersetzte sie mit ihrer eigenen. „Wenn es irgendetwas gibt, dass ich tun kann, um zu helfen, sag es mir einfach. Dein Verlust tut mir so leid."

„Danke, Rosalina. Das ist sehr nett von dir." Zum ersten Mal sah Jakes Gesichtsausdruck aufrichtig aus.

Neben ihm starrte mich Allison an. Sie richtete ihren Blick auf die Tür, durch die die Leute strömten, um mir klarzumachen, dass es Zeit für mich war zu gehen. Ich schluckte den Kloß in meinem Hals und ging, wobei ich mich dazu zwang, den Frust und Hass zu verdrängen, den Allison in mir auslöste.

Für Jake. Für Jake.

Als wir in dem anderen Raum ankamen, legte Rosalina einen Finger unter mein Kinn und lenkte meinen Blick auf ihren. „Das hast du gut gemacht."

Ich hatte auf den Boden gestarrt und meine Ohren rauschten, während ich mich bemühte, mich zu beruhigen. Zum ersten Mal wurde mir meine Umgebung bewusst. Die Leute wuselten herum, unterhielten sich in normalem Tonfall und hatten kleine Teller mit Tassen voller Kaffee oder Hors d'oeuvres in der Hand. Im hinteren Teil des Raumes stand ein langer Tisch mit einer weißen Tischdecke, der voller Fingerfood war. Neben dem Essen gab es einen weiteren Tisch mit einer Kaffeekanne aus Metall. Daneben stand eine Kanne aus Glas, die mit Wasser und Zitronenscheiben gefüllt war.

Im Nebenzimmer war verdammt noch mal ein Toter und die Leute standen hier herum und aßen?! Was zum Teufel?!

Plötzlich überkam mich ein Gefühl von Klaustrophobie. Ich sah mich um und ging durch die erste Tür, die ich entdeckte. Ich landete in einem kleinen Salon mit zwei Sesseln, einem Holztisch dazwischen und einem runden Teppich auf dem Boden.

Beruhige dich. Beruhige dich, Red.

Ich atmete tief durch, wobei ich aus dem Fenster starrte und mich auf die Bäume draußen konzentrierte. Langsam begann mein Herz, nicht mehr gegen meinen Brustkorb zu hämmern, sondern in akzeptablem Tempo zu klopfen. Nach ein paar stillen Momenten, wollte ich gehen, doch die Tür öffnete sich, und Jake kam herein.

Er sah erleichtert aus, als hätte er nach mir gesucht, und als hätte er nicht lange gebraucht, um mich zu finden. Ohne ein Wort zu sagen, machte er zwei große Schritte in meine Richtung und nahm mich in seine Arme. Ich vergrub sein Gesicht an meinem Hals.

„Ich kann es nicht erwarten, von hier zu verschwinden", sagte er.

„Ich weiß."

„Darf ich zu dir kommen, wenn das alles vorbei ist?"

„Natürlich."

Er löste sich aus der Umarmung und streichelte meine Wange.

Plötzlich öffnete sich die Tür hinter uns ohne ein Klopfen. Allison kam herein. Die Tür klickte, als sie ins Schloss fiel.

„Ernsthaft?!", sagte sie in einem leisen und doch wütenden Tonfall.

„Allison", begann Jake, doch sie unterbrach ihn.

„Erspar es mir", blaffte sie. „Ich weiß, was zwischen euch beiden ist, aber müsst ihr es wirklich so offensichtlich zeigen?" Sie schüttelte ihren Kopf und warf uns einen *Seid ihr wirklich so dumm?*-Blick zu. „Ich schleiche mich nicht mit Maxwell davon, oder? Wir müssen den Schein wahren."

Jakes Stirn legte sich in Falten. „Maxwell?"

Allison verdrehte ihre Augen. „Du bist wirklich nicht der Hellste."

„Den Schein?", sagte ich, als ich es endlich schaffte, Worte zu formen. „Du meinst ..." Ich wusste nicht, wie ich das in Worte fassen sollte, was ich dachte.

Sie ging zu einem der Sessel hinüber und sank darauf zusammen. „Ich schätze, ich bin froh, dass ihr beide heimlich etwas am Laufen habt, selbst wenn ihr euch dabei so blöd anstellt wie zwei Ofenkartoffeln. Zumindest bestätigt es meine Vermutung." Abrupt setzte sie sich auf und sah mit verengten Augen zwischen mir und Jake hin und her. „Ihr liebt euch doch, oder? Es ist nicht nur irgendeine Affäre?"

Jake verschränkte seine Finger mit meinen, was ihr als Antwort zu dienen schien, denn sie entspannte sich sichtlich.

„Gut. Gut!", sagte sie und schnaufte. „Das macht die ganze Sache sehr viel einfacher. Ich liebe übrigens Maxwell, nur damit ihr es wisst."

Jake nickte. „Ich hatte keine Ahnung."

„Natürlich nicht. Ich weiß, was ich tue. Dein Großvater hatte mich immer im Auge. Ihn konnte ich nicht so leicht hinters Licht führen. Jedes Mal, wenn er mich gesehen hat, hat er mich an meine Pflichten erinnert. Er hat gesagt: *Jake kann nicht bis zur Hochzeitsnacht warten*", schnaubte sie in einem tieferen Tonfall. „Ich weiß, dass *er* nicht warten konnte." Sie verdrehte die Augen. „Ich möchte nicht schlecht von einem Verstorbenen reden, aber er war genauso besessen von unserem Pakt wie mein Vater."

„Dein Vater hat dich zu dem Pakt gezwungen, oder?", fragte ich.

Allison nickte. „Ich hatte keine Wahl. Er hat gedroht, Maxwell umzubringen." Bei diesen Worten bebte ihre Stimme vor Angst.

Ich legte eine Hand über meinen Mund, denn ich konnte nicht begreifen, wie ein Vater so etwas tun konnte. Schnell verwandelte sich mein Hass auf Allison in Mitleid.

Sie schniefte und ihre Augen glänzten. „Deshalb müssen wir vorsichtig sein. Mein Vater darf es nicht erfahren. Niemand darf das. Ich habe Maxwell nur ein paar Mal gesehen, seit wir den Pakt eingegangen sind."

„Das ist schrecklich", sagte ich.

Sie zuckte mit den Schultern. „Ja, aber es ist bei schwachen Frauen nicht ungewöhnlich." Sie schüttelte ihren Kopf und sah wieder Jake an. „Aber du bist ein Alpha. Dein Großvater kann dich nicht gezwungen haben. Wenn du sie also liebst ..." Sie deutete mit der Hand auf mich. „... warum hast du dann zugestimmt? Zum Teufel mit dem Erbe. Zum Teufel mit dem Versprechen, das du deinem Vater gegeben hast."

Jetzt war Jake an der Reihe, mit den Schultern zu zucken.

Sie seufzte, denn sie verstand es nur zu gut. „Dieses verdammte Erbe. Es geht immer nur darum, oder? Maxwell ist Mitglied eines niederen Rudels *und* er ist ein Beta. Deshalb würde Dad ihn nie akzeptieren. Wir sind seit der Highschool zusammen, aber meinen Vater interessiert das ebenso wenig, wie die Tatsache, dass er mich wirklich liebt. Nur *Jacob Knight* kann ihn beeindrucken." Sie musterte Jake von Kopf bis Fuß und sah selbst ziemlich unbeeindruckt aus.

Dieser Maxwell musste wirklich toll sein. Wenn Jake ihren Standards nicht genügte, hatte Liebe sie wirklich blind gemacht.

Niemand kann Jake das Wasser reichen!

Ich schüttelte den Kopf, um diesen dummen Gedanken loszuwerden. Er kam von Red, nicht von der empfindsameren Toni, die verstand, dass Liebe das Einzige war, was zählte.

Hexenlichter! Ich hatte mich so in Allison getäuscht. Nie hätte ich mir träumen lassen, dass sie in derselben Situation steckte wie wir. Ich warf Jake einen Seitenblick zu und fragte mich, ob er dachte, was *ich* dachte.

Könnte Allison unsere Verbündete auf der Suche nach einer Möglichkeit werden, den Pakt zu brechen? Ich traute mich nicht, zu fragen. Sie mochte unsterblich in einen anderen verliebt sein, aber würde sie so weit gehen, sich gegen ihren Vater zu stellen? Dieselbe Frage schien in Jakes Augen aufzublitzen, doch er blieb ebenso reserviert wie ich. Er wollte die Sache vorsichtig angehen, und das konnte ich ihm nicht vorwerfen.

Allisons blaue Augen wanderten zwischen uns hin und her, gewitzt und berechnend. Offensichtlich waren wir nicht die Einzigen, die vorsichtig waren. Sie öffnete ihren Mund, um etwas zu sagen, doch wir erfuhren nicht, was, denn im Nebenraum ertönte Lärm. Es waren Rufe, schrille Schreie und Knurren zu hören.

Dann ertönten die Schüsse.

KAPITEL 25

J ake stürmte zur Tür. Da ich wusste, wie impulsiv er war, stürmte ich vorwärts und schob mich zwischen ihn und die Tür.

„Aus dem Weg—"

Ich drückte eine Hand auf seinen Mund. *„Shh."*

Statt einfach da rauszustürmen, mussten wir die Situation einschätzen.

Allison schien mir zuzustimmen, denn sie flüsterte: „Seid still. Sehen wir erst mal nach, was los ist."

Jake biss die Zähne zusammen, bis sein Kiefer zuckte, und nickte, wenn auch widerwillig.

Ich wandte mich um und drehte langsam am Türknauf. Mit angehaltenem Atem öffnete ich die Tür einen Spalt weit und spähte hinaus. Jake, der mich überragte, tat dasselbe. Bis auf einen kleinen Teil des angrenzenden Zimmers konnten wir nicht viel sehen. Einige Leute rannten und stolperten übereinander, aber die meisten standen mit dem Rücken zu uns still da, und richteten ihre Aufmerksamkeit auf einen der Ausgänge.

Es gab mehr Geschrei, gefolgt von einem Kugelhagel. Angsterfülltes Kreischen und tiefes Knurren war die Antwort.

Oh Gott! Ging es Rosalina gut? Ich konnte sie nicht sehen.

Mögen die Hexenlichter sie beschützen!

„Niemand bewegt sich, oder wir erschießen euch mit Eisen-hut-Kugeln", sagte eine Stimme, die ich sofort erkannte.

„Stephen", flüsterte Jake mir ins Ohr.

Ich nickte.

„Oder vielleicht lernen sie meine kleinen Freunde kennen", fügte Stephen hinzu und zur Antwort ließ markerschütterndes Gebrüll die Wände erzittern.

„Und Hybriden", sagte ich.

Mein Magen krampfte sich bei der Erinnerung an die schrecklichen Biester zusammen, dann wurde meine Wut beinahe zu einem Lebewesen; zu einer Masse, die in meiner Brust pochte wie ein zweites Herz, das kurz vor dem Explodieren stand.

„Wie viele?", flüsterte Allison.

Ich schüttelte meinen Kopf. Ich hatte keine Ahnung. Bei der Vorstellung, wie viele Bernadetta und Stephen noch erschaffen hatten, jetzt, wo sie den Dolch hatten, lief mir ein Schauer über den Rücken.

Ich dachte darüber nach, was wir als Nächstes tun sollte, als Allison hinter uns ein Fenster öffnete. „Lasst uns aus dem Fenster steigen", drängte sie. „Vielleicht können wir sie von der anderen Seite über-raschen."

Ich schloss vorsichtig die Tür, und wir folgten ihr ohne zu zögern.

Allison streckte ihren Kopf durch das offene Fenster. „Es ist sicher", sagte sie über ihre Schulter, dann sprang sie hinaus, als würde sie in einen Pool springen. Als sie auf der Wiese landete, sich in einer fließenden Bewegung abrollte und auf die Füße kam, entblößte sie ein Spitzen-höschen. Jake wandte die Augen ab und seine Wangen färbten sich rot.

Ich schnaubte und verdrehte die Augen. *Männer!*

Ich raffte mein Kleid zusammen und stieg als Nächste hinaus. Ich streckte ein Bein aus dem Fenster, duckte mich hindurch und glitt un-beholfen aus dem Raum. Jake folgte mir auf ähnliche Weise, doch trotz seiner Masse schaffte er es, anmutig dabei auszusehen. *Nicht fair.*

Die Sonne begann unterzugehen und färbte den Himmel in ver-schiedensten Tönen.

„Was können sie wollen?", fragte ich niemand Bestimmten, weil ich nicht begreifen konnte, warum Stephen so etwas tun sollte. Warum sollte er der Beerdigung eines alten Mannes mit so wenig Respekt begegnen? Die des Mannes, den er selbst ermordet hatte?

Zur Antwort drang Stephens laute Stimme durch das Fenster, durch das wir gerade den Raum verlassen hatten. Sie war kaum auszumachen, und ohne meine Werwolfkräfte hätte ich es nicht hören können.

„Wo ist Jacob Knight?", wollte er wissen.

Neben mir erstarrte Jake.

„Was zur Hölle?", formte ich mit den Lippen.

Was konnte Stephen mit Jake wollen?

Ein weiterer Kugelhagel. Mehr Geschrei.

„Wo ist Jacob Knight?", brüllte Stephen wieder. „Versteck dich nicht, du Feigling."

Jake machte einen Schritt vorwärts, doch ich packte ihn am Handgelenk. „Nein, geh nicht."

„Ich kann mich nicht verstecken. Er könnte diese Leute verletzen."

„Er wird *dich* verletzen."

Er zuckte mit den Schultern, als sei das unwichtig.

Ein einziger Schuss ertönte, gefolgt von einem herzzerreißenden Schrei.

„NEEIIN!"

„Ich werde diese Leute einen nach dem anderen töten, wenn du dich nicht zeigst, Jake", knurrte Stephen.

Ich ließ Jakes Handgelenk los, denn ich verstand nur zu gut, dass er keine andere Wahl hatte. Er musste gehen. Tja, aber er würde nicht allein gehen. Er begann loszulaufen, und ich folgte ihm. Als er das bemerkte, blieb er stehen und schüttelte seinen Kopf.

„Ich bin bei dir. Immer", sagte ich.

„Oh, wie bewundernswert", kommentierte Allison.

Ich ignorierte sie und erwartete, dass Jake mir widersprechen würde, doch er nickte nur und nahm mich mit. Als wir um das Gebäude traten, konnten wir bewaffnete Menschen und Wölfe sehen, die am Eingang standen. Sie bemerkten uns sofort und drehten ihre Waffen und scharfen Zähne in unsere Richtung. Ein großer Escalade-Geländewagen stand mit geöffneter Tür und laufendem Motor mitten auf einem Blumenbeet.

Jake hob seine Hände, und ich tat es ihm gleich.

„Ich bin Jacob Knight", sagte er, laut genug, um drinnen gehört zu werden, sowohl von Werwolfohren als auch von allen anderen.

„Er ist hier draußen", rief einer der bewaffneten Männer und trat einen Schritt vor die anderen, womit er sich als einer ihrer Anführer zu erkennen gab.

Ich lenkte all meine Wut in seine Richtung, funkelte ihn an und bemühte mich, genau zu kommunizieren, wie ich mich fühlte, jedoch ohne meine Alphakräfte zu benutzen, um den Gedanken in seinem Kopf zu platzieren.

Ich hoffe, du stirbst, und dass Satan dir höchstpersönlich bis in alle Ewigkeit jeden Morgen deine Eier zum Frühstück serviert.

Er schien die stille Nachricht laut und deutlich zu hören, denn er musterte mich von Kopf bis Fuß, fletschte die Zähne und zielte mit der Waffe in *meine* Richtung, während sich alle anderen auf Jake konzentrierten.

Einen Moment später kam Stephen aus dem Haus und blieb mit einer automatischen Waffe in der Hand etwa drei Meter vor uns stehen. Er schien allein zu sein, ohne Anzeichen von Bernadetta oder ihren Vampiren.

„Ich dachte schon, du interessierst dich nicht für unsere Gäste", sagte er und sein rotes Haar glänzte im späten Sonnenlicht.

„Was machst du hier? Hast du wirklich vor gar nichts Respekt?!", wollte Jake wissen.

Stephen ignorierte seine Frage und richtete seinen Blick auf mich. „Toni, ich dachte schon, dass ich dich hier sehen würde."

In seinem Tonfall schwang ein gewisses Bedauern mit. Er hatte mich an seiner Seite haben wollen, damit ich bei seinem kranken Plan mitmachte, die Macht an sich zu reißen. Und vielleicht hatte er noch nicht alle Hoffnung aufgegeben. Offensichtlich hatte er keine Ahnung, wie sehr ich ihn jetzt hasste und wie schnell ich ihm die Kehle durchschneiden würde, wenn ich die Gelegenheit hätte.

Ich hatte keine Worte für ihn. Alles, was ich ihm anbieten konnte, war der Tod, und meine Finger zuckten vor Ungeduld.

Er schnaubte, um gleichgültig zu wirken, doch ich kannte ihn gut genug. Er hatte mich als eine Art Preis angesehen, und er hasste die Tatsache, dass er mich verloren hatte. Ich hatte keinen Zweifel daran, dass er wieder versuchen würde, mich zu seiner Sklavin zu machen, wenn er die Chance bekam. Er hatte keine Skrupel gehabt, mir das verdorbene Blut aus der Geschändeten Amphore einzuflößen. Ob ich ihm freiwillig folgte oder nicht, machte keinen Unterschied für ihn.

Doch ich würde eher sterben, und ich würde mein Bestes geben, um ihn mit mir in den Abgrund zu ziehen.

Er drehte sich zu Jake und beantwortete verspätet seine Frage. „Du weißt, warum ich hier bin. Gib es mir."

Ich runzelte die Stirn.

Was sollte er ihm geben? Wovon sprach Stephen da?

Aus dem Augenwinkel versuchte ich Jakes Reaktion abzuschätzen, aber er zeigte keine. Meine Gedanken schossen mir in doppeltem Tempo durch den Kopf, während ich versuchte, herauszufinden, was hier los war.

„Dies ist wohl kaum der geeignete Ort dafür", sagte Jake. „Du hast meinen Großvater ermordet und dann kommst du her und tust *das*? Du bist ein verdammter Bastard."

Stephen stieß ein müdes Seufzen aus. „Ich habe keine Zeit für diese Spielchen." Mit zwei Fingern machte er eine Handbewegung über seine Schulter, und zwei massive Gestalten traten aus dem Gebäude. Sie hatten in den Schatten auf ihr Signal gewartet.

Die Hybriden nahmen ihre Positionen auf beiden Seiten ihres Herrn ein. Ich erkannte den aus Lilianas Haus. Sie waren beide groß und monströs, standen auf zwei Beinen und stellten ihre groteske Nacktheit, das spärliche Fell und die pulsierenden schwarzen Venen zur Schau, die wie Kabel über ihre prallen Muskeln verliefen.

Ich versuchte, über die Türschwelle hinauszusehen und zu erspähen, ob noch mehr im Inneren waren, doch es war unmöglich. Warteten noch mehr auf ein Signal von Stephen?

„Gib mir den Dolch oder du wirst die Konsequenzen zu spüren bekommen", zischte Stephen durch zusammengebissene Zähne.

Mir stockte der Atem. Den Dolch?! Aber er hatte Walter Knight umgebracht, um ihn zu stehlen. Hatte er versagt? Hatte Jake ihn? Er hatte nichts davon gesagt. Was zur Hölle war hier los?

„Natürlich ist er nicht hier", sagte Jake. „Und diese Leute zu verletzen, wird dir nicht dabei helfen, ihn zu bekommen. Das kann ich dir versichern."

Ich sah fragend in Jakes Richtung. Seine Miene war noch immer ausdruckslos und verriet nichts, aber ich kannte ihn gut genug, um zu merken, dass er bluffte. Er hatte nicht das, was Stephen wollte.

Mein Blick wanderte zwischen den beiden Hybriden hin und her. *Verdammt!* Ich war so verwirrt. Wenn Stephen Walter den Dolch nicht abgenommen hatte, bedeutete das, dass sie diese beiden Monster vor dem Tempel erschaffen hatten. Hatten sie es nur geschafft, diese zwei zu erschaffen? Oder eine ganze Armee?

Ich wollte es unbedingt wissen.

Stephens Mund zuckte und Wut blitzte in seinen blauen Augen auf. Jakes gelassenes Verhalten verunsicherte ihn. Einen Moment lang schien er nachzudenken, und dann, als Entscheidung getroffen hatte, wurde seine Miene entschlossen.

„Natürlich ist dir egal, was mit deinen Gästen passiert." Stephen winkte vage in Richtung des Gebäudes hinter ihm. „Du bist kein ... Rudel-Typ. Ich habe dich immer für einen seltsamen Kerl gehalten. Aber ich weiß, was dir am allerwichtigsten ist." Sein Blick glitt langsam zu mir, dann erhob er die Stimme: „Packt sie!"

Mehrere seiner bewaffneten Lakaien kamen auf mich zu. Bereit zum Angriff hockte ich mich hin.

Sollte ich mich verwandeln? Flinken?

Nichts davon schien eine gute Option zu sein. Wir waren in der Unterzahl. Vielleicht könnte ich mich selbst retten, doch sie würden Jake verletzen. Konnte ich meine sensorischen Kräfte benutzen, um sie zu überwältigen? Nein, nicht alle auf einmal. Ich schüttelte den Kopf.

Tu etwas, Toni.

Aber was?

Stephens Männer hatten mich schon fast erreicht.

Jake meldete sich zu Wort. „Wenn du ihr wehtust, bekommst du den Dolch auch nicht. Lass sie alle in Ruhe, und ich komme mit dir. Ich bringe dich hin."

„Nein, Jake. Nicht", protestierte ich und ein Schauer der Angst lief mir über die Haut.

Ich war kurz davor, mich zu verwandeln, und musste die Zähne fest zusammenbeißen, um meine Wölfin unter Kontrolle zu halten.

Jake sah mich an; seine Miene war ruhig und resigniert. In seinen klaren Augen lag kein Zweifel. Kein Anzeichen von Angst oder Zögern. Er tat, was er als richtig empfand – diese Leute zu retten, *mich* zu retten.

Er sagte kein Wort, doch ich konnte sein Flehen von seinen Augen ablesen. Es war intensiv und unbestreitbar. *Lass mich gehen, Toni.*

Ich schüttelte den Kopf.

Es ist am besten so. Es ist die einzige Möglichkeit, ihn davon abzuhalten, noch mehr zu morden, war ganz sicher sein Gedankengang.

Aber hast du den Dolch?, wollte ich fragen, denn wenn er ihn nicht hatte – was dann? Bernadetta und Stephen würden wütend werden, und sie würden ihn ganz sicher umbringen. Und wenn er ihn hatte …

Würde das einen Unterschied machen? Nein, ganz sicher nicht. Sie würden ihn trotzdem umbringen. Oder schlimmer noch, sie würden ihn in einen Hybriden verwandeln. Beide Optionen kamen nicht in Frage. Ich konnte nicht zulassen, dass Stephen ihn mitnahm. Dann würde ich ihn vielleicht nie wiedersehen.

Ich nahm Jakes Hand und drückte sie. „Ich komme mit dir", flüsterte ich.

„NEIN!" Seine Antwort kam sofort und mit Nachdruck. Er wandte sich an Stephen. „Sie bleibt. Du bekommst den Dolch nur, wenn du alle anderen in Frieden lässt."

Stephens blaue Augen wanderten von Jake zu mir. Er schien genau darüber nachzudenken. Schließlich nickte er einmal und es flackerte kein Bedauern über sein Gesicht, als würde ihm der Gedanke gefallen, dass ich in Sicherheit war. Ja, ich hatte recht gehabt. Er hatte seine Idee, mich dazu zu zwingen, Teil seines Rudels zu werden, noch nicht aufgegeben. Würde er das je tun? Würde ich bis zu seinem Tod auf der Hut sein müssen?

Wenn ja, war das ein Grund mehr, ihn zu töten.

Ich ließ Jake los, denn wieder einmal verstand ich, dass es die einzige Möglichkeit war. Ich musste ihm vertrauen. Er war ein starker Alpha, und er wusste, was er tat. Außerdem würde ich ihn nicht im Stich lassen. Sobald ich konnte, würde ich ihn aufspüren. Stephen wusste nicht, dass ich jetzt eine neue Art hatte, das zu tun; eine schnellere Art. Ich hatte den Spinnensinn, wie Rosalina es nannte. Ich hatte ihn bei dem Amulett angewandt, das er um den Hals trug, und so von seinen Hybriden-Plänen erfahren.

Jake nickte, als wollte er mir dafür danken, dass ich auf ihn hörte. Ich wollte ihm sagen, dass ich ihn finden und ihm helfen würde, doch das konnte ich nicht. Wenn ich ihm mit meinen Alphakräften eine Nachricht schickte, würden die anderen sie auch hören. Es kostete mich all meine Kraft, doch ich trat zurück und zwang mich, eine Maske der Gleichgültigkeit aufzusetzen, die seiner gleichkam.

„Dein Kopf wird rollen, Stephen Erickson", sandte ich so laut ich konnte in seinen Kopf.

Zu meiner Freude erschrak Stephen über die stechende Nachricht. Die Männer um uns herum tauschten bedeutungsvolle Blicke und traten nervös von einem Fuß auf den anderen. Was dachten sie über einen weiblichen Alpha? Nach ihrer Reaktion zu urteilen, schien ihnen diese Vorstellung nicht gerade zu gefallen.

Stephen musterte mich von Kopf bis Fuß und Überraschung erfüllte seine Augen, während sich eine seiner roten Augenbrauen leicht hob. Er hatte nicht gewusst, dass ich ein Alpha war, und es schien, dass das sein Verlangen nach mir nur noch steigerte.

„Du steckst voller Überraschungen, Antonietta Sunder", sagte er. „Nur noch ein weiterer Grund, warum ich dich mag."

„Leck mich", knurrte ich.

Stephen knackte seinen Nacken, dann gab er seinen Hybriden ein Signal. „Packt ihn!"

Die riesigen Kreaturen machten gemeinsam einen Schritt nach vorne; Zwillingsbedrohungen, begierig darauf, zu dienen.

Jake hielt eine Hand nach oben. „Das ist nicht nötig." Er drehte ihnen den Rücken zu und ging auf den Geländewagen zu, der auf dem Blumenbeet abgestellt worden war. „Ich nehme an, das ist dein Auto."

Der Kreis aus Männern und Werwölfen um uns teilte sich, um ihn durchzulassen. Ich stand mit geballten Fäusten da und bebte, wobei ich versuchte, ruhig zu bleiben, während ich ihm hinterherblickte. Sein Gang war sicher. Sein Kopf war hocherhoben. Er zeigte keine Angst, obwohl er in den Tod gehen könnte.

Stephens Schritte ertönten hinter mir. Er blieb neben mir stehen und beobachtete Jake ebenfalls.

„Wie nobel von ihm", sagte er in spöttischem Tonfall, den Jake zweifellos hörte. „Ich habe nie verstanden, was du an ihm findest, und jetzt, wo ich weiß, dass du ein Alpha bist, verstehe ich es noch weniger. Ich würde dich an meiner Seite herrschen lassen, weißt du? Das wirst du bei ihm nie bekommen. Er ist ein Wesen ohne Ambitionen. Er begnügt sich mit Kleinigkeiten, und mehr wird er dir nie bieten können."

Jake erreichte das Auto, und ohne einen Blick in unsere Richtung stieg er auf den Beifahrersitz und schlug die Tür mit lauter Endgültigkeit zu. Ich biss die Zähne zusammen und betrachtete seine dunkle Silhouette durch das getönte Fenster des Wagens. Er sah mich nicht an, sondern hatte seinen Blick auf das Armaturenbrett gerichtet. Ich hatte das Gefühl, er könnte nicht mitspielen, wenn er mich ansah. Er würde bleiben und kämpfen, ungeachtet der Konsequenzen.

„Sieh mich an, Jake. Sieh mich an!"

Dieses Mal war meine Nachricht für alle klar hörbar.

Zur Antwort senkte Jake noch mehr den Kopf.

Neben mir schnaubte Stephen. „Ich hätte nie gedacht, dass es so einfach sein würde. Ich schätze, ich habe seine Schwäche unterschätzt."

Was er eine Schwäche nannte, war nichts als purer Mut und Ehre. Aber natürlich würde er beides nicht erkennen, wenn es ihn an den Eiern packte.

„Mach dir nicht die Mühe, ihn aufzuspüren, Toni", sagte Stephen. „Wenn du die Gelegenheit dazu bekommst, wird er tot sein. Und wenn er nicht mehr ist, wirst du endlich klar sehen können."

Ich diskutierte nicht mit ihm oder versuchte zu erklären, dass ich die Dinge nie so sehen würde, wie er es tat. Ich würde meinen Atem nicht an ihn verschwenden.

Stattdessen würde ich meine Kräfte sparen, um meinen Gefährten aufzuspüren.

KAPITEL 26

Die Reifen des Geländewagens drehten ein paar Mal durch, rissen die schöne Landschaftsgestaltung auf und Grasstücke flogen durch die Luft. Mit Stephen am Steuer fuhren sie davon. Etwas Wildes regte sich in mir, wollte die Jagd aufnehmen und Jake im Auge behalten, ihn beschützen. Doch ich schaffte es, meine Aufmerksamkeit von dem wegfahrenden Wagen zu lösen und mich auf dem Absatz umzudrehen.

Andere Autos folgten ihnen, in denen die bewaffneten Männer und die Werwölfe saßen.

Mit hämmerndem Herzen marschierte ich in das Gebäude. Als ich den größeren Raum betrat, indem die Erfrischungen serviert wurden, suchte ich hektisch nach Rosalina. Innerhalb von Sekunden entdeckte ich sie und atmete erleichtert auf.

„Sind sie weg?", fragte jemand zu meiner Linken.

Ich konnte nichts tun als zu nicken, während Rosalina auf mich zukam, die glücklicherweise unverletzt war.

Erst als ich sie fest in meine Arme nahm und sie meine Umarmung erwiderte, bemerkte ich den Schutt auf dem Boden und die Einschusslöcher in der Decke. Aber das Schlimmste war eine Leiche, ein Mann in einem zerrissenen Anzug, aus dessen Bauch Blut strömte. Nach dem Zustand seiner Kleidung zu urteilen, war er gerade dabei gewesen, sich zu verwandeln, als Stephen ihn erschoss. Eine Frau kniete neben ihm und hielt schluchzend seine Hand, wobei Blut ihre verschränkten Finger bedeckte.

Ich kniff meine Augen zusammen, während der Hass in mir aufflammte und wie eine Krankheit eiterte. Ich spürte seine Auswirkungen, die in Wellen über mich hereinbrachen und mich an den Rand des Wahnsinns trieben.

„Dafür wird er bezahlen", sagte ich durch zusammengebissene Zähne.

Rosalina löste sich aus der Umarmung und hielt meine Schultern fest. Ich wusste nicht, was ich auf ihrem Gesicht zu sehen erwartete, aber es war nicht die grimmige Entschlossenheit, die meiner glich.

„Das wird er", sagte sie. „Das wird er."

„Er hat Jake mitgenommen", brachte ich heraus.

Sie keuchte und drückte meine Schultern, denn sie verstand meinen tiefen Schmerz besser als jeder andere. „Du musst ihn aufspüren."

Ich wusste, was das für unsere Agentur bedeuten könnten. Wir könnten unsere mageren zwei Kunden verlieren, wenn wir nicht rechtzeitig lieferten. Sie musste die Besorgnis in meinem Gesicht sehen, denn sie schüttelte mich leicht.

„Jakes Leben ist in Gefahr. Nichts ist wichtiger als das."

Und natürlich hatte sie recht, doch ich war trotzdem dankbar für ihre gutherzige Seele, die immer zu wissen schien, was zu tun war, und nie davor zurückschreckte.

Ohne zu zögern, nahm sie meine Hand und führte mich aus dem Raum. Zusammen marschierten wir auf meinen Camaro zu. Als wir einsteigen wollten, bog ein vertrautes Auto in eine Parklücke und Eric Cross stieg aus. Er war ziemlich spät dran.

Er schaute sich um und sah sich die aufgeregten Menschen, die aus dem Gebäude strömten, und das zerrissene Blumenbeet. Als er uns entdeckte, kam er in unsere Richtung.

„Was ist passiert?!"

„Stephen war hier. Anscheinend hat Walter ihm den Dolch nicht gegeben", sagte ich keuchend und versuchte, es ihm so schnell wie möglich zu erklären. Wir durften keine Zeit verschwenden. „Er ist mit Waffen und Werwölfen und Hybriden aufgetaucht. Er hat jemanden umgebracht. Jake ist mit ihm gegangen und hat so getan, als würde er ihm den Dolch geben wollen, aber ich weiß nicht, ob er ihn hat oder ob er es nur vorgegeben hat, um Stephen daran zu hindern, weitere Leute umzubringen."

Erics blaue Augen wanderten von einer Seite zur anderen, während er sich alles anhörte. Schließlich sagte er: „Verdammt!"

„Ich muss ihn aufspüren, und zwar sofort! Können wir es in deinem Haus machen?"

Sein Haus war näher als jeder andere Ort, an dem wir die Trance durchführen konnten – es war nur zehn Minuten entfernt. Außerdem hatte Jake eine Sporttasche dort gelassen, bevor wir zur Wolfsfeste aufgebrochen waren.

Eric nickte und rannte zu seinem Auto zurück. Wir rasten vom Parkplatz, wobei Eric vorausfuhr. Wir brachen jedes Tempolimit und missachteten jedes Verkehrsschild, an dem wir vorbeikamen, um in Rekordzeit dort anzukommen. Glücklicherweise begegneten wir trotz unserer waghalsigen Fahrweise keinen Polizisten.

Ich fuhr mein Auto in Erics Garage und war in Windeseile im Trainingsraum, denn meine Flinkheit aktivierte sich, ohne dass ich darüber nachdachte. Bevor ich wusste, was ich tat, kniete ich vor Jakes Tasche, kramte nach einem T-Shirt und hielt es in meinen Fäusten.

Eric und Rosalina rannten einen Moment später in den Raum, mit den gleichen überraschten Ausdrücken auf dem Gesicht. Ich starrte sie an und drückte das T-Shirt an meine Brust, als wäre es eine Art Rettungsleine.

„Kannst du ihn spüren?", fragte Eric, während er sich vorsichtig näherte.

Ich wusste es noch nicht, also schloss ich meine Augen. Durch den Duft von Regen und Kiefern, die den Stoff tränkten, tauchte ich sofort in seine Gegenwart ein. Schnell verdrängte ich alles andere und konzentrierte mich nur auf Jake.

Ich spürte nichts.

Mist! Es *musste* funktionieren. Ich konnte nicht in eine Trance eintauchen, denn danach konnte ich ihm nicht helfen. Meine Augen öffneten sich und ich sah Rosalina an. Verzweifelt schüttelte ich den Kopf.

„Versuch es noch mal", sagte sie sanft. „Wenn es nicht funktioniert, ist es okay. Du kannst ihn trotzdem finden und Eric wird ihm helfen. Richtig?"

Eric nickte ohne zu zögern.

Ich drücke Jakes T-Shirt an mein Gesicht und atmete tief ein, wobei ich meine Augen zukniff und mir erlaubte, mich zu verlieren und die schimmernde Finsternis zu suchen, die mich immer umgab, wenn ich eine Trance erlebte.

Jake. Jake. Jake.

Er war der einzige Gedanke in meinem Kopf. Seine silbernen Augen, seine starken Schultern und großen Hände, sein Duft, das Gefühl seines Haars zwischen meinen Fingern.

Wo bist du?

Regen und Kiefern. Regen und Kiefern.

Und ... noch etwas anderes, das *nicht* Jake war.

Ich konzentrierte mich auf den neuen Geruch und erschauderte, als ich ihn erkannte. Ich wusste sofort, wo ich ihn schon einmal gerochen hatte. Ich sprang auf die Füße und ließ das T-Shirt auf die Sporttasche fallen.

„Ich weiß, wo er ist. Holen wir ihn."

„*Hexenlichter!*", rief Rosalina.

„Verdammt", sagte Eric gleichzeitig.

Ich hatte keine Zeit für ihre Bewunderung und rannte zwischen ihnen hindurch und aus dem Raum. Nur Sekunden später saß ich in meinem Camaro und ließ den Motor an.

„Beeilung!", schrie ich, denn Rosalina und Eric schienen ewig zu brauchen, um mich einzuholen. In Wirklichkeit waren sie nur einige Schritte hinter mir.

Eric quetschte sich sofort auf den Rücksitz und benutzte sein Handy, um die Garagentür zu öffnen.

Rosalina hingegen stürmte in den hinteren Teil der Garage. „Gib mir einen Moment", rief sie und trieb meine Ungeduld auf die Spitze.

Allerdings saß sie nur wenige Sekunden später mit ihrem Trenchcoat und ihrem Gewehr auf dem Beifahrersitz, die sie scheinbar hier verstaut hatte. Es schien, als würde Erics Haus schnell zu unserem Hauptquartier werden.

„Das könnte ich brauchen", sagte sie.

Ich trat auf das Gaspedal, die Reifen quietschten und der Geruch von verbranntem Gummi lag schwer in der Luft. Ich bog scharf nach Norden ab und flehte die Hexenlichter an, dass uns nichts in die Quere kommen würde, damit wir rechtzeitig ankommen und Jake helfen konnten.

„Wo ist er?", fragte Eric.

„Es ist eine Höhle", sagte ich. „Jake hat Blake dorthin gebraucht. Ich bin sicher, dass sie dort sind."

Weder Rosalina noch Eric stellten meine Überzeugung in Frage. Vielleicht hätte *ich* mich fragen sollen, ob diese wilde Jagd aussichtslos war und Jake sein Leben kosten würde, aber ich durfte nicht an mir zweifeln. Jake *musste* dort sein. Er *war* dort.

Sämtliche Menschengötter mussten auf meiner Seite sein, während ich meinen Camaro wie der Road Runner auf Steroiden fuhr. Während der zwanzigminütigen Fahrt brach ich mehr Verkehrsregeln als in meinem ganzen Leben, aber wir schafften es unversehrt an unser Ziel.

Als wir uns dem bewaldeten Highway näherten, war es bereits dunkel. In der Ferne entdeckte ich zwei der Geländewagen, die auch am Bestattungsinstitut gewesen waren, darunter Stephens Escalade. Sie waren nahe dem Hang, der zum Wald führte, auf den Seitenstreifen gefahren. Es schien, als hätte Stephen ein paar seiner Lakaien in den Feierabend geschickt, was wahrscheinlich bedeutete, dass die Hybriden bei ihm waren.

Ich fuhr langsamer und näherte mich vorsichtig, denn ich wusste nicht, ob jemand vor den Fahrzeugen Wache stand. Ich parkte ein paar Meter von ihnen entfernt auf der anderen Seite der Straße. Sobald ich die Tür öffnete, verwandelte ich mich und mein Kleid riss in Stücke und fiel von meinem Körper ab.

Sofort verdreifachten sich die Gerüche und Geräusche und überfluteten meine Sinne. Der Geruch von blühenden Hartriegelbäumen war am stärksten und übertönte alles andere. Das war es, was mich hergeführt hatte.

Plötzlich hörte ich ein mechanisches Surren, als ein Fenster von einem der Geländewagen heruntergefahren wurde. Ein Schuss ertönte, der nur knapp an meinem Kopf vorbeizischte.

Ohne Zeit zu verlieren, stürmte ich auf die Bäume zu. Meine scharfen Krallen kratzten zuerst über den Asphalt, dann gruben sie sich in die Erde, als ich die Straße verließ. Daraufhin wurde eine Reihe lauterer Schüsse abgefeuert. Ich wusste, dass es Rosalina war, die zurückschoss und mir Deckung gab, doch ich hatte keine Zeit, zurückzublicken. Ich konnte nur hoffen, dass ihr und Eric nichts passieren würde. Ich musste darauf vertrauen, dass sie auf sich aufpassen konnten. Es war die einzige Möglichkeit, das Chaos, das sich in unserem Leben breit gemacht hatte, zu überwinden.

Schüsse hallten durch den Wald und das Geräusch prallte an den dicken Baumstämmen und Felsen ab, die in der Gegend verstreut waren. Sie würden Stephen und wer auch immer noch bei ihm war, warnen, doch darüber konnte ich mir jetzt keine Gedanken machen. Ich musste Jake finden.

Mit zuckender Nase bemühte ich mich, seinem Duft nachzugehen, doch die Gerüche des Waldes überwältigten mich.

Zuerst rannte ich geradeaus, sprang über umgestürzte Bäume und meine Pfoten wühlten die Erde auf, während ich versuchte, Jakes Spur zu finden. Nachdem ich mehrere Minuten ohne richtige Orientierung herumgelaufen war, bog ich nach links ab und lief im Zickzack durch den Bereich, den ich gerade durchkämmt hatte.

Immer noch nichts. Hatte ich einen Fehler gemacht? Hier gab es überall blühende Hartriegelbäume. Immerhin waren es die Bäume des Staats Missouri. Ich wollte gerade vor Frust aufheulen, als ich statt Jakes Geruch den von Stephen bemerkte. Seltsamerweise war sein Duft stark von etwas Scharfem geprägt.

Angst.

Wieso?

Ich verlangsamte meinen Sprint zu einem Trab und als der scharfe Geruch stärker wurde, pirschte ich auf lautlosen Pfoten weiter. Ich steuerte auf ein dichtes Gebüsch zu und meine scharfen Wolfsaugen blickten durch das Geäst.

Ungefähr dreißig Meter entfernt, umgeben von einer Baumgruppe, stand Stephen mit seinen zwei Hybriden und dem Mann, der am Bestattungsinstitut seine Waffe auf mich gerichtet hatte. Ich bewegte mich entgegen dem Wind und hoffte, dass sie meinen Geruch nicht bemerken würden, während ich sie beobachtete.

„Findet ihn!", blaffte Stephen, der eine Pistole schwang. „Er kann nicht weit gekommen sein."

Der Mann, der eine eigene Waffe hielt, schüttelte seinen Kopf. „Ich habe überall gesucht. Dieser Wald ist groß und er kennt sich hier aus. Diese Schüsse sind ein schlechtes Zeichen. Wir sollten gehen."

Die Anspannung, die meine Lunge zuschnürte, seit der Escalade das Bestattungsinstitut hinter sich gelassen hatte, löste sich, als ich erleichtert aufatmete.

Jake war entkommen.

Es ging ihm gut. Natürlich.

Er war einfallsreich, das war er schon immer gewesen.

Doch wo war er? In der Höhle, wo er Blake festgehalten hatte? Nein, er würde nicht in eine Höhle gehen. Das würde bedeuten, in der Falle zu sitzen.

„Deshalb müssen wir uns beeilen, also will ich keine Ausreden hören, Marlowe", rief Stephen und in seinen Augen blitzte ein blaues Glühen auf, als wäre er kurz davor, sich zu verwandeln.

Tu es. Verwandle dich und ich kämpfe gegen dich und reiße dich in Stücke.

Ich wartete auf seine Verwandlung, doch er behielt seine Menschen-form bei. Er würde seine Hybriden und Waffen nicht verlassen, um nach Jake zu suchen. Er hatte Angst vor ihm.

„Schick sie!", sagte Marlowe und zeigte auf die Hybriden, die teil-nahmslos dastanden und wie seelenlose Roboter in die Ferne starrten.

Ich schüttelte meinen Kopf und fletschte die Zähne, in der Hoffnung, dass Stephen diese Bestien nicht aussenden würde, um Jake zu suchen. Zu meiner Erleichterung tat er das nicht. Ich war verwundert über sein Zögern, aber als er sprach, verstand ich, warum er es nicht riskieren wollte.

„Sie sind Tötungsmaschinen und ich will ihn nicht töten. Noch nicht, jedenfalls."

„Wir hätten ohne die anderen nicht herkommen sollen."

„Bernadetta hat sie gebraucht und wir sollten in der Lage sein, mit einem verdammten Werwolf klarzukommen."

„Sie wird wütend sein", sagte Marlowe.

Stephen schnaubte. „Das ist mir egal. Sie wird bald kein Problem mehr sein."

Marlowe runzelte die Stirn, da er offensichtlich nicht sicher war, was Stephen meinte. Hatte er einen Plan, um Bernadetta loszuwerden? Natürlich hatte er das, dieser falsche, hinterlistige Bastard. Er hatte uns alle verraten und bereitete sich darauf vor, seine neue Verbündete zu verraten. Es schien, als wollte er wirklich alle hintergehen.

„Wir brauchen den Dolch!", blaffte er. „Alles hängt vom Wachstum unserer Armee ab." Seine Augen richteten sich auf die Hybriden. „Mein Plan wird nur mit diesen beiden nicht aufgehen."

Ahh, das war es also. Sie hatten nur die beiden erschaffen können, bevor ich den Dolch an mich nahm.

Ich war erleichtert.

„Wenn doch nur mehr Blut in diesem Gefäß gewesen wäre", murmelte er vor sich hin.

Meine Gedanken überschlugen sich einen Moment lang, bis ich verstand, was er meinte. Er und Bernadetta hatten diese Hybriden nicht erschaffen, bevor er mich in den Zirkeltempel gebracht hatte. Er hatte sie erschaffen, nachdem er geflüchtet war, mit dem Blut, das noch in dem Gefäß gewesen war.

Irgendwann schien Stephens Frust ihn zu übermannen. „Verdammt! Ich bringe dich um, Jacob Knight." Dann drehte er sich zu Marlowe und sagte: „Finden wir ihn."

Zu meiner Überraschung warf Stephen seine Waffe zu Boden, knackte mit dem Nacken und verwandelte sich.

Im nächsten Augenblick stand ein rostroter Wolf an seiner Stelle. Beim Anblick dieses Tieres kochte meine Wut hoch und es kostete mich all meine Willenskraft, nicht anzugreifen.

Ich reiße dich in Stücke, Red, zischten meine menschlichen Instinkte, die versuchten, sich gegen Reds Drang durchzusetzen, aus diesem Verräter Hackfleisch zu machen. Eine meiner Pfoten bewegte sich wie von selbst.

Red!, mahnte ich und warf einen Blick in Richtung der Hybriden, um sie daran zu erinnern, dass wir es nicht nur mit Stephen und Marlowe zu tun hatten.

Marlowe verwandelte sich als Nächster, dann rannten die beiden Werwölfe nach Westen, weg von mir.

Ich erwartete, dass die Hybriden ihnen hinterherlaufen würden, doch sie standen einfach nur da wie Statuen – bewegungslos und ausdruckslos. Meine Gedanken überschlugen sich, während ich versuchte, zu entscheiden, was ich tun sollte. Meines Wissens konnte er bereits meilenweit von hier entfernt sein. Jetzt zu gehen wäre die cleverste Entscheidung. Als ich jedoch ein Rascheln im Gebüsch hinter mir hörte und mich herumwirbelte, stellte ich fest, dass er immer noch hier war.

Jakes riesiger Wolf blinzelte mir entgegen. Ich machte beinahe einen Freudensprung, als ich auf ihn zuging und die Seite meines Gesichts gegen seins drückte. Ich seufzte erleichtert. Sein Fell an meinem zu spüren war elektrisierend. Ein leises Schnurren drang aus seiner Brust, dann trat er zurück und starrte mich mit seinen silbernen Augen kritisch an.

„*Was machst du hier?*", forderte er, als er seine Alphakräfte gegen meine rammte. Ich trat zwei Schritte zurück und richtete mich zu meiner vollen Größe auf, doch es war kaum genug, damit meine Augen auf Höhe seines breiten Halses waren. Dann verströmte ich meine eigene Alphakraft. Ich würde mich nicht von ihm einschüchtern lassen.

„*Du bist dumm, wenn du dachtest, dass ich dich nicht suchen kommen würde.*"

Er schnaubte und blies Luft durch seine Nase, dann richtete sich seine Aufmerksamkeit auf die steifen Hybriden hinter mir. Er untersuchte die Umgebung kritisch und seine Haltung spannte sich nach und nach an, während er die Situation beurteilte. Plötzlich schüttelte er seinen großen Kopf, als wäre er über eine Erkenntnis verärgert, dann durchfuhr mich ein dringender Gedanke.

„*Renn!*" Er stieß mich in die Richtung der Straße. Ich hielt einen Moment lang inne, da ich seine Panik nicht verstand, doch als sich eine Gestalt hinter einem Dickicht aus Gestrüpp materialisierte, verstand ich es.

Ich hatte es versaut. Irgendwie hatte ich Stephen auf meine Anwesenheit aufmerksam gemacht.

KAPITEL 27

Der rostrote Wolf pirschte mit gesenktem Kopf und gefletschten Zähnen auf uns zu. Als er seinen Kopf schüttelte, erschien eine zweite Gestalt zu unserer Linken. Marlowe. Er sah genauso bedrohlich aus wie Stephen, und einen Moment lang schüchterten sie mich beinahe ein, doch dann wurde mir klar ...

Sie sind uns nicht gewachsen.

Natürlich kam das von Red, denn meine menschliche Seite war sich nicht so sicher. Denn offensichtlich hatte Red die Hybriden vergessen.

Ich wollte einen Blick in ihre Richtung werfen, um nachzusehen, ob sie sich bewegt hatten, hielt meine Augen jedoch auf Stehen und Marlowe gerichtet und tat so, als hätten sie ihre monströsen Helfer vergessen. Als ob.

Die Hoffnung stirbt zuletzt.

„Der Dolch!", hörte ich Stephens Stimme in meinem Kopf.

Ich warf einen Seitenblick auf Jake und wartete auf seine Antwort, doch er verschwendete keine Zeit mit Worten. Stattdessen griff er an.

Ich hatte kaum Zeit zu blinzeln, da stürzte sich Jake bereits auf Stephen und seine mit Krallen ausgestatteten Pranken schlugen nach seinem Gesicht. Er verfehlte sein Ziel nur knapp, als dieses mit einem überraschten Schrei zurückwich. Jake stürmte vorwärts; eine Mauer aus Muskeln, die sich schneller bewegte, als es physisch möglich schien.

Stephen hatte sich kaum von dem ersten Angriff erholt, und Jakes scharfe Zähne schnappten bereits nur wenige Zentimeter von seinem Hals entfernt zu. Stephen wich noch weiter zurück.

Ich bewegte mich neben Jake, um meine Rache für Damien zu bekommen, doch Marlowe stürmte von der Seite auf mich zu. Sein Maul war weit aufgerissen und seine spitzen Zähne glänzten vor Speichel.

Ich blieb stehen und drehte mich zur Seite, wodurch ich dem Angriff knapp entkam.

Unerbittlich drängte er vorwärts.

Ich wollte schon den Schwanz einziehen und weglaufen, doch Reds Instinkte überwältigten diesen Wunsch. Gut, dass sie die Kontrolle hatte, denn dies war ihr Territorium, nicht meins.

Mein Nackenfell stand zu Berge, während ich ein Knurren ausstieß und meine Alphakräfte verströmte. Sofort legte Marlowe die Ohren an, sein Schwanz bog sich nach unten und das Leuchten in seinen Augen wurde schwächer. Trotzdem setzte er sich über seine Instinkte hinweg und kam weiter auf mich zu.

Wildes Knurren ertönte hinter mir, doch ich konnte mich nicht umdrehen, um nachzusehen. Ich betete einfach, dass es Jake gut ging.

Als Marlow näherkam, senkte ich den Kopf und stürzte mich auf sein Genick. Meine Zähne bissen in sein Fleisch und durchtrennten dicke Sehnen. Blut floss in meinen Mund und brachten meine Wut und meine Instinkte auf die Spitze. Ich schüttelte den Kopf und riss fleischige und pelzige Stücke aus ihm heraus.

Ich riss mein Maul nach unten und brachte Marlowe zu Boden, dann versenkte ich meine Zähne noch tiefer in ihm und erhöhte den Druck, bis ich auf Knochen stieß. Knurrend schüttelte ich weiter meinen Kopf. Es war kaum noch Menschlichkeit in mir vorhanden. Ich war nichts als eine wilde Kreatur, die von ihren Instinkten gesteuert wurde und um ihr Leben kämpfte. Es existierte kein Mitleid, keine Reue, nichts als die Sicherheit, dass ich alles tun würde, um am Leben zu bleiben.

Mein Zorn tobte weiter in mir, selbst als sich mein Gegner nicht mehr bewegte. Ich brauchte einen langen Moment, um von ihm abzulassen und den zerfleischten Körper anzublinzeln, der vor meinen Füßen lag. Als die Vernunft wieder in mich zurückkehrte, trat ich einen Schritt zurück, denn ich konnte kaum begreifen, was ich getan hatte. Es war nicht das erste Mal, dass ich getötet hatte, doch es war das erste Mal, dass ich jemanden meiner Art umbrachte.

Ein *Rumms* holte mich in die Gegenwart zurück. Jake und Stephen kämpften noch immer, sie lagen auf dem Boden und rollten sich in einem Gewirr aus Zähnen und Krallen über die Erde. Es fühlte sich an, als sei eine Ewigkeit vergangen, doch ich hatte Marlowe innerhalb von Sekunden überwältigt. Und während dieser wenigen Momente hatte Stephen keine Zeit verloren und seine Monster befehligt.

Ich wusste nicht, wie er sie gerufen hatte, doch ich sah ihre Bewegungen im Augenwinkel. Mein Kopf drehte sich ruckartig in ihre Richtung. Sie rannten halb geduckt, wobei ihre Hände leicht über den Boden schliffen, während sie vorwärts stürmten wie zwei Rammböcke, die uns gleich in eine Million Splitter zerschlagen würden.

Mist!

Mein Instinkt übernahm wieder die Kontrolle und ich drängte meine Alphakräfte in Richtung der Hybriden, demonstrierte meinen Willen und nahm eine bedrohliche Haltung ein, während ich knurrte und ihnen so befahl, zurückzubleiben.

Nichts passierte.

Ich versuchte es wieder, zeigte meine Zähne noch mehr und baute ein noch tieferes Grollen in meiner Kehle auf.

Immer noch keine Reaktion.

Verdammt! Vielleicht waren sie Alphas gewesen, bevor Stephen sie in Monster verwandelt hatte. Vielleicht steckte nicht mehr genügend *Werwolf* in ihnen, um sich befehligen zu lassen. Wie auch immer, wir waren geliefert.

„Jake, sie kommen!"

Jakes Kopf schoss nach oben und seine silbernen Augen beurteilten schnell die Gefahr. Er hatte Stephen gegen einen Baum gedrängt und ihn verletzt.

„Wir können nicht gegen sie gewinnen. Wir müssen von hier verschwinden", dachte ich.

Jake hatte nicht viel Zeit, über seine Entscheidung nachzudenken. Entweder konnte er bleiben, um Stephen zu erledigen und dann selbst dabei umkommen, oder er konnte wegrennen.

Er rannte.

Gemeinsam sprangen wir über einen Aufschluss aus zerklüfteten Felsen. Meine Ohren drehten sich nach hinten und lauschten auf Geräusche von unseren Verfolgern. Sie knurrten und keuchten, während sie schweren Schrittes über das Unterholz liefen, und ich wusste genau, wo sie waren.

„Sie kommen näher."

„Ich weiß. Renn schneller."

„Das kann ich nicht."

Ich rannte so schnell ich konnte, doch Jake war langsamer geworden, um an meiner Seite zu bleiben. Er war viel größer als ich und jeder seiner Schritte machte zwei von meinen aus.

„Komm schon, Toni! Schneller. Schneller!"

Die Bäume zischten vorbei. Meine Pfoten schlugen gegen spitze Steine. Meine Beine bewegten sich so schnell sie konnten, doch ich konnte nicht schneller werden. Als wir eine Lichtung erreichten, wusste ich, dass wir nicht weiterrennen konnten. Ich schlitterte ein Stück und kam zum Stehen, grub meine Krallen in die Erde und wirbelte herum, um mich unseren Verfolgern zu stellen.

Als hätten wir uns darauf geeinigt, tat Jake dasselbe und stand groß und gebieterisch da, mit geradem Rücken, und sein Fell stellte sich auf, sodass er noch größer aussah, als er ohnehin schon war. Er knurrte und ich spürte, wie die Erde unter meinen Pfoten vibrierte. Er war nur halb so groß wie einer der Hybriden, und trotzdem blieben sie beim Anblick seiner beeindruckenden Präsenz abrupt stehen. Doch was auch immer sie zögern ließ, verflog schnell wieder, und der Größere stürzte sich auf Jake.

Jake wich nicht zurück, nicht eine Sekunde lang. Stattdessen sprang er und prallte in der Luft gegen die Bestie. Blitzschnell schlug der Hybrid mit einer gigantischen Klaue nach Jake, der donnernd gegen einen Baum krachte. Er jaulte und brach auf dem Boden zusammen.

Der Hybrid stürmte wieder auf ihn zu, doch ich sprang in seine Richtung und biss in seine Wade. Die Bestie heulte auf und wirbelte herum, dann verfehlte er nur knapp meinen Kopf, als er nach mir schlug. Wutentbrannt wandte er sich von Jake ab. Ich lief rückwärts, um ihn von Jakes gefallener Gestalt wegzulenken. Der andere Hybrid stürmte vorwärts und schloss sich ihm an.

Wir sind tot. Tot! Das waren die einzigen Worte, die mir durch den Kopf schossen und abprallten wie Kugeln, womit sie alle Hoffnung zerstörten. Beinahe ergab ich mich diesem Schicksal, als Rosalina hinter einem Baum hervortrat, mit dem Finger am Abzug ihres Gewehres.

Schüsse ertönten, die in meinen empfindlichen Ohren wie Atomexplosionen klangen. Sie schoss mit hochkalibrigen Kugeln, die Art, die Panzer durchschlagen kann. Sie hatte das Gewehr von Jake und konnte, wie ein kleines Mädchen mit einem neuen Spielzeug, nicht aufhören, von den endlosen Funktionen zu sprechen. Jetzt konnte sie sie endlich einsetzen, und sie hielt sich nicht damit zurück.

Jede Kugel traf die Hybriden direkt in die Brust. Sie zuckten, als sie einschlugen, und ihre Körper krampften, während Rosalina immerzu mit kleinen Schritten auf sie zuging und einen tödlichen Bleiregen auf sie abfeuerte.

Der kleinere Hybrid fiel zu Boden, doch der Größere blieb auf den Beinen und sprang zielstrebig auf Rosalina zu. Ihre Augen weiteten sich, als sich der Hybrid aufrichtete und bereit zum Angriff seine mit Jakes Blut benetzte Klaue hob.

Ich stürmte auf die Bestie zu, doch es war zu spät.

Nein!

Eric – ein kleiner, und doch mächtiger gelbbrauner Wolf – flog aus dem Nichts auf den Hybriden zu und grub seine scharfen Zähne in die weiche Mitte des Monsters. Der Hybrid heulte vor Schmerz auf und versuchte, Eric zu packen, doch er war bereits aus dem Weg gesprungen – mit einem Stück Fleisch im Maul.

Rosalina lief rückwärts, doch sie drückte weiter den Abzug. Ein Sperrfeuer von Kugeln traf den verletzten Hybriden und schwächte ihn weiter, bis er schließlich auf die Knie fiel, während Blut aus mehreren Wunden in seinem Bauch strömte. Doch auch wenn er blutete, schlossen sich die Wunden vor unseren Augen. Und er war nicht allein damit. Der andere erholte sich ebenfalls, und die Löcher in seiner nackten Brust spuckten Kugeln, als sei er Wolverine höchstpersönlich.

Zu allem Überfluss hatte Stephen uns gefunden und rannte in seinem Adamskostüm und mit einer Pistole in der Hand auf uns zu.

„Wir müssen hier verschwinden", durchbrach Erics Stimme das Chaos, das meine Gedanken darstellte.

Ich wollte auf Jake zurennen, der versuchte, auf die Füße zu kommen, wobei seine Beine vor Anstrengung zitterten. Doch Eric war in seiner Menschenform bereits dort – vollständig bekleidet, dank seines Wandlerrings – und half Jake, indem er den riesigen Wolf auf seinen Rücken hievte und auf die Straße zurannte.

„Renn, Rosalina!", befahl Eric.

Sie verschwendete keine Zeit und tat, was er sagte. Ich rannte ihr nach und bildete so das Schlusslicht. Während ich im Zickzack zwischen den Bäumen hindurchlief, schoss Stephen auf uns. Kugeln prallten an den Stämmen ab und Splitter flogen durch die Luft.

Rosalina überholte Eric schnell, der trotz seiner übermenschlichen Kraft immer langsamer wurde. Ein Mann seiner Statur sollte nicht in der Lage sein, einen riesigen Wolf wie Jake zu tragen, doch er war kein normaler Mann. Er war ein Werwolf, ein starker noch dazu. Obwohl er kleiner war, war seine Stärke beeindruckend.

Wir brauchten eine Ewigkeit, um den kiesigen Hang zu erreichen, der zur Straße hinaufführte, und die ganze Zeit näherten sich die Hybriden immer weiter. Ich konnte hören, wie sie durch das Gebüsch hetzten und sich immer schneller bewegten, je mehr ihre Verletzungen heilten.

Eric erreichte den Hang und versuchte, mit Jake auf seinem Rücken hinaufzusteigen, doch er glitt auf dem Kies wieder hinunter.

Ich drängte meine Gedanken in seinen Kopf. *„Schnell! Sie kommen näher!"*

Eric versuchte es erneut, mit demselben Ergebnis.

„Lass mich runter", flüsterten Jakes schwache Gedanken in meinem Verstand. *„Ich kann laufen. Ich habe mich ein wenig geheilt."*

Eric setzte Jake auf dem Boden ab. Jakes Beine gaben fast unter ihm nach, doch er begann, den Hang hinaufzusteigen. Eric packte ihn im Nacken und begann, ihn zu ziehen. Ich begann ebenfalls zu helfen, indem ich meine Schulter gegen seinen Hintern stemmte und drückte. Wir bewegten uns aufwärts.

Die Hybriden durchbrachen die Baumgrenze und knurrten wie besessene tollwütige Hunde. Wir hatten sie wütend gemacht. Und zwar gewaltig.

„Wir werden es nicht schaffen." Der Gedanke materialisierte sich in meinem Kopf, als Rosalina gerade die Spitze des Hangs erreichte,

herumwirbelte und begann, Kugeln zu verteilen, als seien es Weihnachtsgeschenke. Von ihrem Aussichtspunkt aus verfehlte sie keinen Schuss.

„Beeilt euch, ihr könnt es schaffen", schrie sie über das ohrenbetäubende Krachen ihrer Waffe hinweg.

Als wir den Hang halb erklommen hatten, gingen ihr die Kugeln aus, doch sie setzte schnell ein weiteres Magazin ein und schon war es wieder Weihnachtszeit.

Ich riskierte einen schnellen Blick über meine Schulter und sah, dass einer der Hybriden mit einer Kugel zwischen den Augen auf dem Boden lag. Der andere hatte allerdings gerade trotz seiner blutenden Wunden den Hang erreicht.

Plötzlich hörte der Kugelhagel abrupt auf. Rosalina kämpfte mit einem neuen Magazin und biss sich auf die Lippe, während sie versuchte, nachzuladen.

„Verdammt, irgendetwas klemmt." Sie warf die Waffe auf den Boden und rannte zu meinem Camaro.

Jake, Eric und ich legten uns noch mehr ins Zeug und erreichten endlich die Spitze des Hangs.

Rosalina sprang auf den Fahrersitz. Der Motor erwachte dröhnend zum Leben und die Reifen quietschten auf dem Asphalt, während sie rückwärts in unsere Richtung bretterte, das Auto mit einem geschickten Manöver umdrehte und neben uns zum Stehen kam. Sie griff durch den Innenraum und öffnete die Beifahrertür.

„Steigt ein! Steigt ein!"

Eric und ich halfen Jake auf den Rücksitz. Ich sprang nach ihm hinein – wodurch wir gequetscht wurden wie Sardinen –, dann drückte Eric den Sitz zurück, stieg ein und schlug die Tür zu.

„Drück drauf!", sagte er.

Gummi schmolz auf dem Asphalt, als sich die Reifen durchdrehten. Der große Hybrid hatte die Spitze des Hangs erreicht. Humpelnd und voller Blut rannte er auf uns zu, unablässig den Befehlen seines Herrn gehorchend.

Doch wir fuhren los, als Rosalina das Gaspedal durchdrückte und die Bestie wurde im Rückspiegel kleiner und kleiner. In diesem Moment beruhigte sich mein Herz zum ersten Mal, seit Jake entführt worden war.

Ich lehnte meinen Kopf gegen seinen, während seine unregelmäßige Atmung ruhiger wurde und seine Wunden heilten.

KAPITEL 28

Wir fuhren schweigend, und keiner sagte ein Wort. Rosalina starrte geradeaus; ihre Hände lagen bei zehn und zwei Uhr fest auf dem Lenkrad. Als wir an Erics Haus ankamen, hatte Jake sich geheilt und setzte sich, immer noch in Wolfsgestalt, auf, um aus dem Fenster zu schauen.

Sobald wir in die Garage gefahren waren, sprang Eric aus dem Auto und sagte: „Wir können nicht hier bleiben. Wir müssen weg. Schnappt euch, was ihr braucht, und dann verschwinden wir von hier."

„Wo sollen wir denn hin?", fragte Rosalina und stieg ebenfalls aus.

„Ich habe ein Versteck, von dem niemand weiß. Dieses Haus ist ziemlich sicher, aber jeder weiß, wo ich wohne. Was für ein Waffenstillstand auch immer zwischen uns geherrscht hat, er ist jetzt vorbei. Wir müssen uns verstecken."

Ich wusste, dass er recht hatte, doch die Vorstellung gefiel mir überhaupt nicht. Ich tauschte einen bedeutungsvollen Blick mit Rosalina. Auf der Flucht konnten wir unser Geschäft nicht über Wasser halten, oder? Doch wenn das alles vorbei war und falls wir es überlebten, waren wir auf unsere Jobs angewiesen.

Ich sprang aus dem Auto. *„Können wir bei der Agentur vorbeifahren?"*, fragte ich mit meinen Alpha-Gedanken. *„Dort ist etwas, das ich abholen muss."*

Eric verzog das Gesicht, und ich hatte schon Angst, dass er Nein sagen würde, doch dann nickte er. „Was auch immer es ist, beeil dich."

„Ich werde mich beeilen."

Jake folgte mir. Sein Fell war blutverschmiert, doch er hatte sich vollständig geheilt. Zusammen gingen wir zurück zum Trainingsraum, verwandelten uns, durchwühlten unsere Sporttaschen und zogen uns an, ohneeinander anzusehen. Als ich fertig war, drehte ich mich zu ihm um. Er stand reglos da und starrte seine Reflexion im Spiegel an. Getrocknetes Blut befleckte seinen unteren Bauch. Er hielt ein schwarzes T-Shirt in der Hand.

„Geht es dir gut?", fragte ich.

Seine silbernen Augen richteten sich langsam auf meine. Er nickte. „Mir geht es gut."

„Bist du sicher? Du siehst, na ja ..."

„Ich hatte ihn fast." Die unterschwellige Wut in seiner Stimme traf mich wie ein Schlag und ich wusste sofort, wie er sich fühlte.

Stephen hätte heute Abend sterben sollen, aber wieder einmal war er entkommen.

Ich ging auf ihn zu und ließ meinen Blick über die Pracht seiner muskulösen Brust und seines Bauches wandern, um zu prüfen, ob er unverletzt war. Ein Hauch von braunem Haar verlief zwischen seinen großen Brustmuskeln, hörte kurz auf und begann dann wieder unterhalb seines Bauchnabels. Der Anblick des Blutes ließ mich erschaudern. Wütend verdrängte ich die negativen Gedanken, die meinen Verstand zu übermannen drohten. So viel hätte heute Abend richtig laufen können, doch wir waren kaum mit unserem Leben davongekommen.

Sanft legte ich eine Hand auf sein Herz. „Ich bin froh, dass du okay bist."

Er nahm meine Finger in seine und drückte sie fest gegen seine Brust. Ich spürte seinen Herzschlag, der kräftig klopfte, und ich war so dankbar für seine Stärke und seine Heilkräfte.

„Du hättest nicht kommen sollen", sagte er vorwurfsvoll.

Ich öffnete meinen Mund, um zu protestieren, doch dann erkannte ich, dass er nur verletzt worden war, weil ich gekommen war.

„Es tut mir leid", sagte ich und Tränen brannten in meinen Augen.

Er schüttelte seinen Kopf und legte einen Finger an meine Lippen. *„Shh.* Du musst dich nicht entschuldigen. Natürlich bist du gekommen. Ich hätte dich auch gesucht. Egal, unter welchen Umständen." Er setzte ein trauriges und doch verständnisvolles Lächeln auf, beugte sich vor und küsste mich mit unglaublicher Zärtlichkeit auf die Stirn. „Nichts könnte mich je von dir fernhalten. Ich würde tausend Hybriden bekämpfen, um bei dir zu sein."

Eine Träne lief über meine Wange. Ich schluckte den Kloß in meinem Hals, um die Flut zurückzuhalten, dann schlang ich meine Arme um seine Taille und legte meine Wange an seine nackte Brust.

„Ich bin froh, dass wir uns verstehen", scherzte ich.

Er schnaubte amüsiert.

„Seid ihr zwei fertig?", rief Eric durch die Tür.

Widerwillig lösten wir uns voneinander und folgten ihm. Auf dem Weg rief ich meine Mom und meine Schwestern an, und erklärte, was passiert war. Blake hatte Mom angegriffen, und dieses Mal würde ich kein Risiko eingehen. Widerwillig stimmten sie zu, für ein paar Tage in einem Hotel zu übernachten und sich unauffällig zu verhalten. Ausnahmsweise war ich froh, dass mein Bruder nicht in der Nähe war.

Als wir die Garage erreichten, zeigte Eric auf seine schwarze Limousine. „Ich habe ein paar Dinge hineingepackt, Sachen, die uns vielleicht nützlich sein könnten. Hier." Er drückte mir ein Stück Papier in die Hand.

„Was ist das?", fragte ich, während ich es entfaltete.

„Eine Karte und eine Adresse."

„Legt alle eure Handys dorthin." Er zeigte auf ein Regal an der Wand. „Wir können kein Risiko eingehen. Sie könnten sie benutzen, um uns zu orten."

Ich hasste es, mich von meinem Handy zu trennen, tat jedoch, was er sagte.

„Ich besorge uns auf dem Weg Wegwerfhandys. Ihr fahrt zur Agentur und wir treffen uns an dieser Adresse. Okay?"

Ich nickte.

Wir stiegen in den Camaro, und diesmal saß ich wieder am Steuer. Als wir aus der Garage fuhren und uns auf den Weg nach The Hill machten, kehrte die bedrückende Stille zurück. Jake, der neben mir saß, musterte die Karten, die Eric uns gegeben hatte und zeichnete mit einem Stift eine Route darauf ein.

„Ich weiß nicht, wie sich die Leute ohne GPS zurechtgefunden haben. Ich vermisse mein Handy jetzt schon", sagte Rosalina hinter uns, um ein leichtes Gespräch zu beginnen.

„Ich auch", sagte ich. „Mit diesem Ding könnte ich uns bestimmt nicht dorthin bringen. Ich bin froh, dass du dich nützlich machst, Jake."

Er warf mir einen Seitenblick zu. „Oh, ich mache mich gerne noch mehr nützlich."

„Vielleicht könnt ihr zwei mit eurem Techtelmechtel warten, bis wir da sind." Rosalina sah mich durch den Rückspiegel an und rümpfte ihre Nase.

Als wir an der Agentur ankamen, parkte ich direkt vor der Tür. Wir spähten durch die Glastür in das dunkle Innere, denn wir wussten nicht, was darin lauern könnte.

„Sieht sicher aus", sagte Jake. „Gib mir den Schlüssel. Ich gehe rein."

Ich widersprach ihm nicht, denn ich wusste, dass es keinen Zweck hatte. Ich hielt die Luft an, während er die Tür aufschloss und hineinstürmte. Mein Herz klopfte wie wild in meiner Brust, während ich wartete und mir auf den Daumennagel biss.

Rosalina stöhnte hinter mir auf. Ich blickte mich um und sah, dass sie eine Hand an ihren Mund drückte.

„Ich schwöre dir", murmelte sie durch ihre Finger. „Diese Spannung ..." Sie zeigte auf uns und dann auf das Büro. „... ist schlimmer als auf diese verdammten Hybriden zu schießen."

Ich wusste, was sie meinte. Die Ungewissheit war, als würde man auf einen Befund beim Arzt warten.

Als Jake wieder aus dem Büro kam, stießen Rosalina und ich beide erleichtert die Luft aus, die wir angehalten hatten. Er schloss die Tür hinter ihm ab, eilte wieder zum Auto und reichte mir eine der gepolsterten Schachteln, in denen wir unsere Tränke aufbewahrten.

„Hast du das hier gewollt? Ich habe ein wenig aus beiden Töpfen abgeschöpft."

Ich hatte heute Morgen zwei Tränke angesetzt, einen für jeden unserer Kunden, und Jake gebeten, mir beide zu holen.

Schnell öffnete ich die Schachtel und sah hinein. „Ja, das ist richtig."

„Wie sehen sie aus?", fragte Rosalina.

„Sie schimmern beide. Ich glaube, es ist alles in Ordnung."

„Gut, machen wir uns auf den Weg zur I-44." Jake stieß einen Finger gegen die Karte.

Ich schaltete in den ersten Gang und fuhr los. Wir hatten uns kaum ein paar Straßen von der Agentur entfernt, als ich abrupt auf die Bremse trat. Alle wurden nach vorne geschleudert.

„Was zur Hölle?", rief Rosalina.

„Scheiße!", sagte Jake in gewagterer Ausdrucksweise. „Stimmt etwas nicht?" Er sah sich um und musterte die verlassene Straße. Es war spät und es gab nicht viel Verkehr.

„Ich muss Blaze holen."

„Blaze?"

„Ihren Kater", sagte Rosalina. „Du hast ihn an dem Tag im Büro gesehen, als sie ihn gefunden hat."

Jake war an diesem Tag ins Büro gekommen, während ich in der Tierhandlung gewesen war. Scheinbar hatten sie sich nicht verstanden.

Er verzog das Gesicht. „Dieser furchtbare Plagegeist?"

„Nur weil er dich nicht mag, ist er nicht furchtbar. Er ist einfach clever."

Jake verengte die Augen. „Ganz wie du meinst, Toni. Ich glaube nicht, dass wir deine Katze holen müssen. Er kommt schon klar."

„Nein! Das hat Eric auch über Cupid gesagt, und jetzt ist er tot."

„Er hatte ein langes Leben für einen Fisch."

„Ähm, das hatte er wirklich, Toni", warf Rosalina ein. „Du musst aufhören, dir dafür die Schuld zu geben."

„Nein!" Ich schüttelte meinen Kopf. „Es ist mir egal, was ihr beide sagt. Katzen brauchen mehr Pflege als Fische. Ich habe keine Ahnung, wie lange wir weg sein werden, und er ist in meiner Wohnung eingesperrt."

Ich drehte das Lenkrad bis zum Anschlag, um einen U-Turn zu machen.

„Das kannst du nicht ernst meinen." Jake sackte auf seinem Sitz zusammen. „Wenn wir ausgerechnet wegen einer Katze getötet werden, sorge ich dafür, dass Blaze mit uns untergeht."

„Siehst du, du bist der Furchtbare. Er ist nur eine wehrlose Katze und du bist ein böser Wolf, der kein Herz hat."

Rosalina schnaubte.

Jake sah sie mit hochgezogener Augenbraue an.

„Was?", fragte Rosalina. „Ich stimme ihr irgendwie zu."

„Natürlich tust du das."

„Wir Mädels müssen zusammenhalten." Ich trat aufs Gas und raste in Richtung Compton Heights. Ein paar Minuten später wollte ich in das Parkhaus meines Wohngebäudes einbiegen.

„Nein, fahr nicht da rein. Es ist nicht sicher", sagte Jake.

Ich wollte ihm widersprechen, doch er hatte recht. Es gab nur einen Ausgang aus dem Parkhaus. Dort hineinzufahren war wie eine Aufforderung.

„Machen wir es so ... du übernimmst das Steuer und setzt mich am Eingang ab, dann hole ich ihn."

„Auf keinen Fall gehst du allein da rein."

„Okay, Rosalina übernimmt das Steuer und wir beide gehen zusammen."

Sie winkte mit einer Hand durch die Luft. „Kümmert euch nicht um meine Wenigkeit. Es ist schon okay, wenn ich ganz allein hierbleibe und nicht von einem ritterlichen und tapferen Werwolf beschützt werde."

Ich sah sie durch den Rückspiegel an, weil mir allmählich die Ideen ausgingen.

Rosalina verdrehte die Augen. „Geht einfach. Ich komme schon zurecht." Sie zog eine riesige Pistole unter ihrem Trenchcoat hervor und blies in die Mündung. Ich musste zugeben, dass sie knallhart aussah. Auch wenn das nicht bedeutete, dass wir uns nicht um sie sorgen sollten.

Ich schüttelte meinen Kopf und starrte Jake streng an. „Du bleibst bei ihr, ich hole Blaze."

Jake öffnete seinen Mund, um mir zu widersprechen. Ich verengte meine Augen noch mehr, denn ich duldete keine Widerrede. Ich konnte spüren, wie er versuchte, mich mit seiner Alphakraft einzuschüchtern.

„Tu das nicht, Jake", warnte ich ihn und ließ meine eigenen Alphaschwingungen ausströmen.

So etwas wie ein elektrischer Schlag durchfuhr mich, als unsere Kräfte aufeinanderprallten.

„Das ist neu", dachte ich, während Red sich für einen Kampf bereitzumachen schien. Doch wir hatten keine Zeit für diesen Mist. Also löste ich meinen Sicherheitsgurt, stieg aus dem Auto und marschierte zum Vordereingang. Jakes leises Fluchen drang an meine Ohren, während ich mich entfernte. Ich zeigte ihm den Stinkefinger.

Als ich an der Tür ankam, benutzte ich den Sicherheitscode, um hineinzukommen. Einer der Nachtwächter benutzte eine Maschine, um den Boden zu polieren. Er neigte den Kopf zum Gruß, während ich auf die Aufzüge zuging. Ich drückte den Knopf und wartete. Es klingelte. Die Metalltüren öffneten sich. Ich trat einen Schritt vorwärts, dann sprang ich schreiend zurück.

„Was zur Hölle?"

„Ist alles in Ordnung, Ma'am?", rief der Wächter.

„Ähm, ja, ist schon gut."

Mein Mund stand offen, als ich zu Blaze hinunterblickte. Er saß mitten im Aufzug und blinzelte mich mit seinen intensiven orangefarbenen Augen an. Er miaute, stand auf und schlenderte aus dem Aufzug. Nachdem er an mir vorbeigegangen war, machte er sich auf den Weg zur Eingangstür, als gehöre ihm die Welt.

Der Arbeiter unterbrach sein Polieren, um den Neuankömmling zu begrüßen. „Hallo, kleiner Kerl", sagte er und sah erfreut aus. Blaze ignorierte ihn und lief weiter.

Ich sah ihm fassungslos dabei zu, wie er anhielt, über seine Schulter sah und mich mit einem *Kommst du, oder was?*-Blick ansah.

„Gehört er Ihnen?", fragte der Arbeiter.

„Jep." Ich lächelte entschuldigend und versuchte, den Kater hochzuheben, doch er rannte voraus und ließ mich wie eine Idiotin dastehen. „Er macht, was er will. Schönen Abend noch", rief ich, während ich meinem extrem seltsamen neuen Haustier die Tür öffnete.

Als wir draußen waren, stemmte ich die Hände auf die Hüften und wollte wissen: „Wie bist du aus der Wohnung gekommen, junger Mann?"

Ich kratzte mir den Kopf, denn mir war klar, dass ich meine Zeit verschwendete. Eine Katze zu befragen, würde mir nichts nutzen.

Jake fuhr an den Bordstein heran und Blaze spazierte die Stufen hinunter und sprang ins Auto, als Jake die Beifahrertür öffnete. Sie starrten einander an und Jake runzelte die Stirn. Ich stieg nach Blaze ein, nahm ich hoch und setzte ihn auf meinen Schoß.

„Das ging schnell", sagte Rosalina.

„Ja, er ... ähm ... er ist tatsächlich im Aufzug runtergekommen", sagte ich.

„Er ist was?" Die Falten auf Jakes Stirn vertieften sich und er warf Blaze einen weiteren misstrauischen Blick zu.

Ich nickte und vermied Augenkontakt mit ihm.

Jakes Nase zuckte, während er den Geruch der Katze aufnahm. „Kann man diesem Ding trauen?"

„Ich glaube schon", sagte ich.

„Wo hast du ihn noch mal gefunden?"

„An dem Müllcontainer hinter unserem Gebäude."

Ein Muskel zuckte an Jakes Kiefer, während er schweigend nachdachte. Der Motor des Camaros lief im Leerlauf.

„Ich stimme dafür, dass du ihn rauswirfst", sagte Jake einen Moment später.

„Was?! Nein! Das werde ich nicht tun", protestierte ich.

Blaze fauchte, um seinen Unmut auszudrücken.

Jake fletschte die Zähne und knurrte die Katze an. Jedes vernünftige Lebewesen hätte sich vor einem Werwolf wie Jake gefürchtet, aber Blaze stand einfach auf meinem Schoß und begann lässig seine Pfote zu lecken.

„Stimmen wir ab", sagte Jake. „Alle, die dafür sind, dieses missratene Vieh loszuwerden, hebt seine Hand." Seine große Hand hob sich in die Luft. Wir sahen beide Rosalina an, die in der Mitte des Rücksitzes saß und deren Augen zwischen mir und Jake hin und her wanderten. Sie sah sehr wie jemand aus, der sich nicht einmischen wollte.

Zu meiner Überraschung hob sie langsam eine Hand. Sie zuckte die Schultern. „Tut mir leid, Toni, aber Jake hat recht. Wir werden uns verstecken, und der Kater ist eine Belastung."

„Das kannst du nicht ernst meinen."

„Ich meine", fügte sie hinzu, „wenn es Cupid wäre, würde ich dagegen stimmen. Er war ein guter kleiner Fisch."

„Blaze ist ein guter Kater", gab ich zurück.

„Diese Diskussion ist bescheuert." Jakes Hände glitten über das Lenkrad, bis das Leder quietschte. „Wir sitzen hier ungeschützt herum und streiten uns wegen einer dummen Katze. Schmeiß ihn einfach raus, Toni."

„Das werde ich nicht tun", blaffte ich und meine Wut flammte in mir auf, was mich und die anderen überraschte.

Logisch betrachtet wusste ich, dass Blaze wahrscheinlich allein klarkommen würde, entweder auf der Straße oder in meiner Wohnung, aber ich konnte ihn nicht zurücklassen. Er war erst seit ein paar Tagen bei mir, aber ich fühlte mich mit ihm verbunden. Ich konnte ihn nicht zurücklassen. Das konnte ich einfach nicht.

Jake hob seine Hände. „O-kay, wenn es dir so wichtig ist, kann er mitkommen. Aber wenn er irgendetwas Verdächtiges tut, werde ich—"

„Was auch immer du gerade sagen willst, tu es nicht."

Er straffte seine Schultern und starrte angestrengt auf die Straße vor uns. Nachdem er ein paar Mal durchgeatmet hatte, schaltete er in den ersten Gang und wir machten uns auf den Weg. Als wir auf der Interstate fuhren, rollte sich Blaze auf meinem Schoß zusammen und schnurrte eine Weile, dann schlief er ein.

Während ich dabei zusah, wie seine Schnurrhaare bei seinen Katzenträumen zuckten, streichelte ich seinen Kopf und dachte darüber nach, wie dumm es war, wegen einer harmlosen Katze zu streiten.

Es dauerte nicht lange, bis seine Wärme auf meinem Schoß und der Rhythmus des Verkehrs mich in meine eigenen Träume entführten.

KAPITEL 29

E in lauter Knall weckte mich, als die Fahrertür zugeschlagen wurde. Blaze lag nicht mehr auf meinem Schoß und ich sah mich panisch nach ihm um

„Er ist hier hinten", sagte Rosalina.

Er schlief auf dem Schoß meiner Freundin.

„Du Verräter", sagte ich, dann streckte ich mich und sah mich angestrengt in unserer dunklen Umgebung um. „Sind wir schon da?"

„Ja. Jake sieht nach, ob es sicher ist."

Ich spähte durch die Windschutzscheibe und sah Jake vorsichtig die hölzernen Stufen zu etwas hinaufgehen, das wie eine Holzhütte aussah. Bäume umgaben uns und es gab kein elektrisches Licht. Die einzige Lichtquelle war ein zunehmender Mond.

Erics Auto stand auf der anderen Seite einer unbefestigten Einfahrt.

„Es ist so dunkel", beschwerte sich Rosalina, die ebenfalls aus dem Fenster spähte. „Kannst du irgendwas sehen?"

Ich hatte keine Ahnung, wie viel sie mit ihren Fadenaugen überhaupt sehen konnte. „Ähm, ja, da steht eine Holzhütte, aber alles ist dunkel."

Sie gab ein leises, kehliges Geräusch von sich. In diesem Moment wachte Blaze auf, sprang von Rosalinas Schoß und krümmte seinen Rücken, während er sich streckte. Plötzlich sprang er auf den Fahrersitz, dann auf das Armaturenbrett, wo er eine wachsame Position einnahm.

„Er ist schon ein seltsamer Kater", sagte Rosalina. „Meine Abuelita sagt, dass man Katzen nicht trauen kann. Sie mag Hunde lieber."

Blaze schnaubte, als wollte er sich über Abuela Esperanzas Vorliebe für Haustiere lustig machen. Er sah sich jedoch nicht um. Er starrte einfach weiter die Hütte an, wobei seine Schwanzspitze zuckte. Sobald Jake, in Begleitung von Eric, wieder auftauchte, rührte er sich wieder.

„Es ist alles gut", sagte ich zu Rosalina, dann stieg ich aus dem Wagen.

Blaze sprang sofort von dem Armaturenbrett auf den Sitz, den ich gerade verlassen hatte und auf den Boden. Ich zog den Hebel, um den Sitz nach vorne zu ziehen und Rosalina rauszulassen. Sie nahm meine ausgestreckte Hand und richtete sich zu ihrer vollen Größe auf. Ächzend legte sie eine Hand an ihren unteren Rücken und bewegte ihre Hüften nach vorne.

„Verdammt, ich bin so steif", sagte sie.

„Wie lange haben wir hierher gebraucht?", wollte ich wissen, als mir die Frage zum ersten Mal in den Sinn kam.

„Etwas über eine Stunde", sagte sie.

Das war nicht allzu lang. Einen Moment lang hatte ich befürchtet, dass es viel länger gedauert hatte, doch es war die perfekte Fahrtzeit für ein Nickerchen gewesen. Seit ich klein war, konnte ich auf Autofahrten immer schlafen. Aber meine Geschwister? Eher weniger. Sie zogen es immer vor, sich wegen dummer Kleinigkeiten zu streiten.

„Alles gut?", fragte Eric, der ein Stück vor dem Camaro stehenblieb. Ich nickte.

Blaze wählte diesen Moment, um aus dem Schatten eines nahegelegenen Baumes zu treten, in den er sich einen Moment lang verzogen hatte, wahrscheinlich, um sein Geschäft zu verrichten. Er sprang auf die Motorhaube des Autos. Ich zuckte zusammen, denn ich hatte Angst, dass er den Lack zerkratzen würde, doch er landete sanft. Er setzte sich hin und starrte Eric hochmütig an, der ihm in die Augen sah und ihn vorsichtig musterte und abschätzte, als wäre er ein Mensch.

„Siehst du", sagte Jake. „Ich habe dir ja gesagt, dass er seltsam ist."

Langsam beugte sich Eric vor und lehnte sich vorwärts, bis er Blaze direkt gegenüberstand. Er verharrte einen langen Moment so, seine Nase zuckte, und seine Hände waren in seinem Rücken verschränkt.

Schließlich richtete er sich auf und machte ein kehliges Geräusch der Zustimmung.

„Was?", sagte ich.

Eric zuckte mit den Achseln. „Nichts. Er ist ein schöner Kater. Kommt schon, gehen wir rein."

„Ein schöner Kater?", murmelte Jake leise und sah genervt von Erics Einschätzung aus.

Ich streckte ihm die Zunge raus. Zur Antwort schnitt er mir eine Grimasse. Schnaubend zeigte er mit zwei Fingern auf seine Augen und dann auf Blaze.

„Ich hab' dich im Auge."

Der Kater schien die Augen zu verdrehen, doch das können Katzen nicht, oder?

Als ich mich auf den Weg machte, tapste Blaze neben mir her und wir betraten die Hütte. Sie hatte eine annehmbare Größe und war in einen Küchenbereich mit einem Tisch für vier Personen und eine angrenzende Sitzecke aufgeteilt, die mit einem Sofa, einem Couchtisch, einem Sessel, einem Schaukelstuhl und einem gewebten Teppich, der den Raum abtrennte, ausgestattet war. In einer Ecke gab es einen steinernen Kamin, dessen Inneres dunkel war und dringend das warme Glühen eines Feuers brauchte. Das hätte die Hütte sehr viel gemütlicher gemacht als die Lampen, die den Raum beleuchteten.

Es gab drei Türen, die wahrscheinlich zu Schlafzimmern führten.

Blaze sprang sofort auf den Sessel und machte es sich bequem, indem er sich zu einem festen Donut zusammenrollte. Wie versprochen, beobachtete Jake jede seiner Bewegungen.

„Reiß dich zusammen. Du hast Angst vor einer Katze", sagte ich.

„Ich habe keine Angst. Ich traue ihm nur nicht."

„Ich habe auf dem Weg hierher ein paar Sachen besorgt", sagte Eric von der kleinen Küche aus, während er Lebensmittel aus großen Papiertüten zog.

Ein paar Dosen mit Chili, ein großes Paket Hot Dogs, Senf, Ketchup, Chips, Softgetränke und Brot. Wie aufmerksam. Wer hätte das gedacht? Gemessen an seiner hochgezogenen Augenbraue, schien auch Jake überrascht zu sein.

„Chili Dogs!", rief Rosalina und klatschte in die Hände. „Ich bin so hungrig."

Zusammen nahmen Eric und Rosalina Teller und Besteck aus den Schränken und wärmten die Hot Dogs und das Chili in einer kleinen Mikrowelle auf.

„Was ist mit deinem Kater, Toni? Meinst du, er frisst Hot Dogs?"

Ich zuckte die Schultern. „Ich habe keine Ahnung. Ich schneide einen klein und finde es heraus."

Blaze fraß nicht nur den Hot Dog, er verspeiste auch ein paar Kartoffelchips, die Rosalina auf seinen Teller gelegt hatte. Wir beobachteten ihn alle interessiert, während wir unser eigenes Essen verdrückten.

„Ich habe Angst, dass er krank werden könnte", sagte ich. „Aber er hat noch nie so eifrig sein Katzenfutter gefressen."

„Vielleicht ist er besessen", schlug Jake vor. „Du weißt, dass das passieren kann. Besonders bei Katzen."

„Er ist nicht besessen", protestierte ich. „Dein Hintern ist besessen."

Jake rutschte auf seinem Platz herum, als wollte er testen, wie sich sein Hinterteil anfühlte. „Hmm, nein. Mein Hintern fühlt sich normal an."

„Sind die beiden immer so?" Eric richtete diese Frage an Rosalina.

„Meistens", sagte sie.

Eric stöhnte. „Dann sollten wir uns bald einen Plan ausdenken, damit wir hier verschwinden können. Ich bezweifle, dass wir es auf so engem Raum zusammen aushalten."

Ich ignorierte seinen Seitenhieb und beschloss, über besagten Plan zu sprechen. „Okay, bevor wir loslegen, muss ich eine Aufspürtrance für mindestens einen unserer Kunden durchführen. Wir haben auf dem Weg hierher alles mitgenommen, was ich dafür brauche."

Eric runzelte die Stirn. „Ist das wirklich nötig?"

„Ja!", sagten Rosalina und ich im Chor.

Meine Miene verhärtete sich und ich funkelte die Männer an. *Ich schwöre, wenn einer von euch uns Geld anbietet ...*

Jake betrachtete die Dachsparren.

Eric nickte. „Also ... wie lange wird das dauern?"

„Das kommt darauf an." Ich zuckte mit den Achseln und wischte mir mit einem rauen Küchenkrepp über den Mund, da Eric keine Servietten hatte. „Die Trance dauert nicht lange, aber sich davon zu erholen kann dauern, abhängig davon, wie schnell ich mein Ziel aufspüren kann."

„Kann das nicht warten?", fragte Eric und sah genervt aus.

„Nein, kann es nicht."

Na ja, in Wirklichkeit konnte es warten. Es war nicht so, als würden Mr. Taylor oder Mekare ohne einen Gefährten sterben, aber die Agentur hing ohnehin schon am seidenen Faden. Irgendwie *mussten* wir diese schwere Zeit überstehen.

Jake verputzte seinen fünften Hot Dog und tätschelte seinen Bauch. „Könnt ihr nicht eure Kunden anrufen und ihnen erklären, dass etwas dazwischen gekommen ist? Sagt ihnen einfach, dass es ein paar Tage länger dauert."

„Wir lassen sie schon warten, da ich damit beschäftigt war, Hybride zu bekämpfen, und die neue Kundin ist zu angesehen, um es zu versauen. Nein, das kommt nicht in Frage."

Ich sah zu Rosalina hinüber, um ihre Meinung zu dem Ganzen abzuschätzen. Ihre Miene war neutral, wahrscheinlich, weil sie mich nicht unter Druck setzen wollte.

„Ich will nicht unsensibel klingen", sagte Jake, „aber es gibt im Moment wichtigere Dinge zu tun."

Ich wusste, dass er recht hatte, doch sein Kommentar ärgerte mich trotzdem. „Das sagt sich so leicht, Mr. *Ich habe gerade das Knight-Vermögen geerbt*. Ein paar von uns haben nicht so viel Glück."

Jake seufzte schwer und beugte sich vor, dann presste er eine Hand fest auf den Tisch und ließ seinen Blick zwischen mir und Rosalina hin und her schweifen. „Hört zu, ich weiß, dass ihr euch Sorgen darum macht, die Agentur zu verlieren, aber das müsst ihr nicht. Ich kann euch helfen. Wie du gerade gesagt hast, steht mir das *Knight-Vermögen* zur Verfügung."

Wieder einmal wusste ich, dass er es gut meinte, aber sein Angebot verärgerte mich nur. Ich öffnete meinen Mund, um ihm die Meinung zu sagen, doch Rosalina kam mir zuvor und sprach in Tönen und mit Worten, die viel freundlicher waren als die, die ich benutzt hätte.

„Wir sind dankbar für dein Angebot, Jake. Es ist sehr großzügig von dir, aber ich fürchte, wir können es nicht annehmen. Die Agentur bedeutet Toni und mir mehr, als du dir vorstellen kannst, und es hängt nur von uns ab, ob sie erfolgreich ist oder scheitert."

Ich begegnete dem scharfen grünen Blick meiner Freundin und nickte ihr fast unmerklich zu. Ihr zuliebe wäre ich versucht gewesen, Jakes Hilfe anzunehmen, aber ich war froh zu hören, dass wir derselben Meinung waren. Wir würden beide mit diesem Schiff untergehen, wenn es so weit kam.

Wir würden niemand anderem die Schuld geben können als uns selbst. Aber wenn wir es jedoch schafften, dann wäre der Sieg umso süßer.

„Tja", sagte Eric, „dann ist es wohl entschieden. Kannst du die Trance morgen durchführen? Oder musst du dich darauf vorbereiten?"

„Wir haben alles, was wir brauchen", sagte ich. „Ich kann es gleich morgen früh machen, nachdem ich die Nacht durchgeschlafen habe."

Eric stand von seinem Sitz auf, nahm seinen Teller und ging zu der Metallspüle hinüber, um ihn abzuwaschen. „Wir alle können Schlaf gebrauchen. Es gibt zwei Schlafzimmer. Eins davon gehört natürlich mir." Er zeigte auf die Tür ganz links. „Um das andere könnt ihr eine Münze werfen. Wer verliert, bekommt das Ausziehsofa."

„Ich nehme das Sofa", bot Jake an. „Wenn das zweite Bett groß genug für zwei Personen ist."

„Das ist es." Eric stellte den nun sauberen Teller auf das Abtropfgitter und nahm sich eine der Einkaufstüten, die er mitgebracht hatte. „Das ist das Badezimmer", sagte er, als er vor der Tür neben der zu seinem Schlafzimmer stand. „Es gibt genügend Handtücher für alle." Er hob die Papiertüte an und schüttelte sie. „Ich habe auch ein paar Pflegeprodukte."

Damit ging er ins Badezimmer und schloss sich ein.

Er hatte daran gedacht, Essen und Hygieneartikel für alle zu besorgen, aber er war wohl kaum ein perfekter Gastgeber. Er hatte kein Problem damit, uns klarzumachen, dass er das Sagen hatte und bei allem zuerst entscheiden durfte. Typisch Eric.

„Dann werde ich mich mal einrichten." Rosalina spülte ihren Teller, dann verschwand sie im zweiten Schlafzimmer und ließ Jake und mich allein.

KAPITEL 30

Mehrere Minuten lang saßen wir schweigend da. Es war so viel passiert, dass ich keine Ahnung hatte, was ich sagen sollte. Ohne ein einziges Wort stand er auf, nahm unsere beiden Teller und wusch sie ab. Ich starrte seinen breiten Rücken an und blickte hinunter zu der Stelle, an dem er sich zu einer schmalen Taille verjüngte. Unweigerlich fiel mein Blick auf seinen Hintern und seine enge, abgenutzte Bluejeans. Ich mochte Männer, die sich nicht zu fein dafür waren, ein paar Aufgaben im Haushalt zu übernehmen. Als wir vor Ewigkeiten zusammen gewohnt hatten, hatte er immer beim Putzen der Wohnung geholfen. Ich hatte es unglaublich sexy gefunden, besonders, wenn er es in nichts als seiner Unterwäsche getan hatte.

Ich riss rechtzeitig meinen Blick von ihm, um nicht beim Starren erwischt zu werden. Damit hätte er mich ewig aufgezogen. Stattdessen sah er, wie ich meine verschränkten Finger ansah.

„Worüber denkst du nach?", fragte er.

Ich zuckte mit den Schultern. Ich konnte ihm nicht sagen, dass ich gerade an seinen knackigen Hintern gedacht hatte.

Als ich nicht antwortete, drang ein Laut aus seiner Kehle, dann ging er in den Wohnbereich und nahm die Kissen vom Sofa. Vorsichtig zog er das Bett aus. Ich sprang auf die Füße und bewegte ein paar Möbel aus dem Weg, um Platz dafür zu schaffen.

„Danke."

Im Badezimmer wurde die Dusche aufgedreht, was mir klarmachte, wie merkwürdig die Situation war. Wenn mir noch vor ein paar Monaten jemand gesagt hätte, dass ich mit zwei Alphas und meiner besten Freundin in einer Holzhütte übernachten würde, hätte ich es nicht geglaubt.

„Die Laken sehen doch sehr sauber aus, findest du nicht?", fragte Jake, der einen Kopf zur Seite neigte, während er die Unterkunft begutachtete.

„Ich schätze schon."

Sie waren unglaublich faltig und zerknittert, da das Bett zusammengefaltet worden war, ohne sie abzuziehen, doch abgesehen davon, dass sie ein wenig staubig waren, sahen sie gut aus.

„Na ja." Jake setzte sich auf die Bettkante. „Ich habe schon an schlimmeren Orten geschlafen." Er rieb sich die Stirn, während er geradeaus starrte.

Ich setzte mich neben ihn, wobei ich ein Stück Platz zwischen uns ließ. „Geht es dir gut? Ich meine, du hast das Begräbnis deines Großvaters nicht gesehen." Ich runzelte die Stirn. „Meinst du … sie haben es getan?"

„Ich habe keine Ahnung. Ich sollte morgen dort anrufen."

Ich nickte unsicher. *Was für ein Riesenchaos.*

„Ich kann nicht aufhören, an den Dolch zu denken. Wo hat er ihn versteckt?" Er schüttelte frustriert den Kopf. „Warum musste er nur so verdammt ehrgeizig sein?"

Also wusste Jake nicht, wo der Dolch war. Er hatte tatsächlich geblufft, um alle im Beerdigungsinstitut zu beschützen.

„Es tut mir so leid, Jake." Ich griff nach seiner Hand und drückte sie.

Wir schwiegen ein paar Sekunden lang, dann sah er in meine Richtung und streichelte meine Wange. „Danke, dass du hier bist."

Ich schenkte ihm ein Lächeln, das sagte: *Ich mache doch gar nichts.*

Er beugte sich vor und seine Lippen teilten sich. Als er mich gerade küssen wollte, schob Blaze sich in die schmale Lücke zwischen uns. Jake wich zurück und funkelte den Kater an.

„Was?! Jetzt gehst du zu weit, Kumpel", sagte Jake zu ihm. „Es ist, als wäre er eifersüchtig oder so."

Ich kicherte und streichelte Blaze am Kopf. „Vielleicht ist er das."

„Ich kann es ihm nicht verübeln." Jakes klare Augen blickten wieder in meine und ich sah eine Fülle von Emotionen darin. „Ironisch, oder?"

Ich neigte meinen Kopf zur Seite, weil ich nicht sicher war, was er meinte.

„Allison ... sie liebt jemand anderen. Vier Leben werden ruiniert, wenn wir keinen Weg finden, den Pakt zu brechen. Ich bin alle Bücher durchgegangen und habe nichts gefunden."

„Alle?!"

Er nickte.

Wie?! Er musste überhaupt nicht geschlafen haben, um das zu schaffen. Ich hatte kaum ein paar von ihnen durchgeblättert, und er hatte sich um die Beerdigung seines Großvaters kümmern müssen.

„Ich glaube, ich würde eher sterben, als sie zu heiraten", sagte er in einem kaum hörbaren Flüsterton.

Ich schüttelte meinen Kopf. „Sag das nicht. Wir werden einen Weg finden."

Er senkte seinen Kopf und ein Muskel in seinem Kiefer zuckte, als er die Zähne zusammenbiss. Er verströmte Zorn wie Hitze.

„Was ist los?", fragte ich.

„Es geht um Allisons Vater. Er will die Hochzeit vorziehen."

„Was?! Warum?!"

„Er sagt, die Unruhen verheißen nichts Gutes für alle Rudel, die als schwach gelten. Da hat er nicht unrecht."

„Argh!" Ich drückte meine Hände gegen meinen Kopf, als könnte ich so irgendwie alle schlechten Dinge, die in letzter Zeit jede wache Stunde, meine Träume und ganz sicher auch meine Albträume beherrschten, so loswerden.

„Es tut mir leid, Toni. So lange war ich ein Narr. Ich war so fehlgeleitet bei meinen Versuchen, das Richtige zu tun. Ich dachte, ich sollte meinen Vater, meine Familie ehren, aber ich habe nicht erkannt, dass ich, indem ich diesen Pakt eingegangen bin, genau das Gegenteil getan habe. Mein Vater wollte nie, dass ich unglücklich bin. Ja, er wollte, dass ich das Erbe fortführe, aber ich bin sicher, dass er das nie gewollt hätte. Ich könnte Walter die Schuld geben. Er hat die Blütezeit des Knight-Rudels miterlebt. Es war an der Spitze, als er ein junger Alpha war, und er hat viel Macht und Prestige genossen. Er und sein Vater haben das große Knight-Vermögen angehäuft. Als mein Vater kein Interesse daran zeigte, das Erbe aufrechtzuerhalten und sich dafür entschied, aus Liebe zu heiraten und nicht zum Wohl des Rudels, war Walter sehr enttäuscht. Sie haben sich nicht verstanden, bis mein Bruder Anzeichen von großer Führungsstärke zeigte. Er hatte all die Qualitäten, die mein Vater nicht hatte. Er war Walters perfekter Kandidat, um seinen Platz einzunehmen."

Jakes Schultern senkten sich um ein paar Zentimeter, als würde ihn seine Traurigkeit niederdrücken. „Dann ist Neil verschwunden und alles ist in sich zusammengebrochen. Mein Vater, meine Mutter, das gesamte Knight-Erbe. Danach, ich weiß nicht ... ich habe aus den Augen verloren, was wirklich wichtig war."

„Du musst nichts mehr erklären, Jake. Ich verstehe es."

Und das tat ich. Ich hatte selbst viele Fehler gemacht – einer davon war, direkt nach der Highschool mit ihm zusammenzuziehen. Es tat nichts zur Sache, ob wir verliebt ineinander gewesen waren. Es tat nichts zur Sache, dass ich mir eine Zukunft ohne ihn nicht hatte vorstellen können. Wir waren einfach zu jung gewesen, um solche Entscheidungen zu treffen.

Wenn ich auf meine Mutter gehört hätte, wenn ich ans College gegangen wäre, statt Hausfrau mit ihm zu spielen, wäre er vielleicht geblieben. Vielleicht wäre er nie nach New Orleans gegangen. Zusammenzuziehen hatte ihn unter Druck gesetzt. Er war zwischen seiner Verantwortung und seinen Gefühlen hin- und hergerissen gewesen. Wir hatten alles überstürzt, obwohl wir Zeit gebraucht hätten, um erwachsen zu werden und uns als Individuen kennenzulernen. Nicht als „wir", sondern als ein eigenständige Toni und ein eigenständiger Jake.

Die fast zwei Jahre, die wir getrennt verbracht hatten, hatten uns das gegeben. Selbst wenn Jake ein wenig mehr Zeit brauchte, um seinen Weg zu finden, einen Weg, der zu *seinem* Glück führte, nicht zu Walters oder dem von irgendjemand anderem. Nur seins.

„Was auch immer passiert", sagte er und drehte sich mit dem ernstesten Ausdruck zu mir um, den ich je auf seinem Gesicht gesehen hatte, „du sollst wissen, dass du die bist, die ich will. Du bist die, die mein Herz hat. Du bist es immer gewesen. Seit dem Tag, an dem ich dich auf dieser

Party sah, wollte ich nie jemand anderen. Selbst damals wusste ich tief in mir, dass du die Eine für mich bist. Ich liebe dich, Toni."

Er drückte seine Stirn gegen meine und streichelte meine Wange, wobei er seinen Daumen vor und zurück bewegte. Sein Blick bohrte sich tief in meinen, als würde er direkt in meine Seele blicken wollen. Langsam kam er näher, um mich zu küssen.

In seiner Brust entstand ein Grollen, das mir einen Schauer über den Rücken jagte. „Meine Geliebte. Mein Grund zu leben. Meine G—"

Blaze machte uns wieder auf seine Anwesenheit aufmerksam.

„Verdammter Kater", knurrte Jake.

Ich selbst war kurz davor, Jake zuzustimmen, als ich sah, dass der Kater auf etwas saß.

Ich runzelte die Stirn. „Was ist das?"

Jake blinzelte und sah nach unten. „Es ist ... ein Buch."

„Wo ist das denn hergekommen?"

„Eins von Erics Büchern", fügte Jake hinzu, als er es sich genauer ansah.

Wir sahen uns in der Hütte nach Bücherregalen um. Es gab keine. Wir richteten unsere Aufmerksamkeit auf die Katze.

Schnurrend legte Blaze eine Pfote auf Jakes Oberschenkel, dann drehte er sich mit einem zufriedenen Ausdruck in seinen bernsteinfarbenen Augen um, ging in eine Ecke des Schlafsofas und rollte sich zum Schlafen zusammen.

„Hat er mich gerade ... akzeptiert?", fragte Jake.

So sah es aus.

Mit einem seltsamen, ängstlichen Gefühl in meiner Brust nahm ich das Buch, drehte es um und las den Titel. *Blutsbande: Mein Leben in Frankreich*", hauchte ich. „Dieses Buch ...", begann ich, unsicher, ob ich weitersprechen sollte.

„Was?"

„Es war in meiner Wohnung. Es ist eins der Bücher, die ich mitgenommen habe."

Jakes Blick wanderte von einer Seite zur anderen. „Und du ... hast es mitgebracht?"

Ich schüttelte den Kopf. „Nein." Ich sah Blaze an, der sich in einem angenehmen Schlaf verloren zu haben schien.

„Also ... hat die Katze es mitgebracht?", sagte Jake zögerlich.

Ich rieb mir ratlos das Gesicht. „Ich glaube ja, was bedeutet ..." Ich wollte es nicht zugeben.

„Was bedeutet, dass ich recht hatte", beendete Jake meinen Satz. „Die Katze ist seltsam."

Ich nickte widerwillig. Ich konnte es nicht mehr abstreiten. Mit Blaze stimmte definitiv etwas nicht, aber was? Und bedeutete das, dass ich ihn loswerden musste? Oder dass ich ihn von einer Hexentierärztin untersuchen lassen sollte? Vielleicht könnte man mir dort auch sagen, ob er besessen war, wie Jake es vermutet hatte. Oder vielleicht war er auch einfach ... besonders, vielleicht stammte er aus Elf-hame oder einer anderen Welt, in der Katzen super schlau und noch dazu magisch waren.

„Warum dieses Buch?", fragte Jake.

Ich hatte Angst, die Worte auch nur laut auszusprechen, mir Hoffnung zu machen, also begann ich ganz langsam. „Ich glaube ... ich glaube darin steht etwas, das uns dabei helfen könnte, den Pakt zu brechen. Er hat schon einmal versucht, mich auf dieses Buch aufmerksam zu machen, aber ich wurde abgelenkt und habe es vergessen."

Er nahm das Buch aus meinen Händen, schlug es auf und fuhr mit dem Finger über das Inhaltsverzeichnis, wobei sich sein Blick vor und zurück über die Seite bewegten. Seine Bewegungen sahen so verzweifelt aus, dass ich sofort verstand, wie er es geschafft hatte, all diese Bücher so schnell zu lesen. Ich beobachtete ihn neugierig, während er Seite für Seite die Worte verschlang, wobei seine Vorgehensweise viel verzweifelter war als meine, als ich meinen Recherchestapel durchgegangen war.

Er verströmte nervöse Aufregung, und ich schämte mich, doch gleichzeitig schmeichelte es mir auch schrecklich. Ich schämte mich, weil ich mich genauso hätte engagieren sollen wie er, um die Antwort zu finden, und ich war geschmeichelt, weil er das für mich tat, weil er mich genug liebte, um sein Leben zu riskieren, indem er den Pakt brach.

Ohne nachzudenken, hob ich eine Hand und fuhr mit den Fingern durch sein Haar. Widerwillig wandte er seine Augen von dem Buch ab und sah in meine Richtung. Als er meinen Gesichtsausdruck sah, veränderte sich die Intensität auf seinem Gesicht langsam.

„Was?", fragte er und schien von den Emotionen, die er auf meinem Gesicht sah, verwirrt zu sein.

„Nichts", sagte ich. „Ich liebe dich einfach so sehr."

Er stieß einen schnellen Atemzug aus, als hätte ich ihm in den Bauch geschlagen. Doch er erholte sich schnell, legte das Buch zur Seite und kam näher. „Ich liebe dich auch, Toni."

Seine Lippen teilten sich und er sah meinen Mund an. Da ich der Versuchung seines köstlichen Mundes nicht widerstehen konnte, schwang ich ein Bein über seinen Schoß und setzte mich darauf. Er blinzelte überrascht, fing sich jedoch schnell wieder. Lächelnd legte er seine großen Hände auf meine Hüften, dann ließ er sie nach oben gleiten und zog geschickt mein Shirt aus meiner Hose. Seine Finger fuhren über die nackte Haut meines Bauches und wieder zurück.

Ich senkte meine Lippen auf seine und küsste ihn. Ein elektrisierender Impuls durchfuhr uns, und er legte seine Hände um meine Taille und zog mich zu sich heran.

„Ich habe meine Zeit verschwendet", sagte er, während er an meiner Unterlippe nagte. „Ich kann es kaum erwarten, mit dir zu schlafen. Es war dumm von mir, mich zurückzuhalten. Ich will dich." In seiner Brust entstand ein Grollen, als seine Zunge über meine Unterlippe fuhr und einen Stich der Begierde direkt in meiner Mitte auslöste.

Ich vertiefte den Kuss, wobei eine meiner Hände in seinem weichen Haar verfangen war und die andere seine harte Brust erforschte. Plötzlich rollte er sich zur Seite, legte mich auf das Bett und bedeckte meinen Körper mit seinem, wobei er sich zwischen meinen Beinen niederließ. Seine Erektion drückte gegen mich und verwandelte mein Verlangen von *Machen wir rum* in *Reiß mir sofort die Kleider vom Leib*.

„Ich träume jede Nacht von dir." Er küsste sich an meinem Hals entlang, während seine Hand sich langsam zu meiner linken Brust bewegte.

Ich krümmte meinen Rücken und schlang meine Beine um seine Hüfte, um ihn besser spüren zu können.

„Ich wache schweißgebadet auf und ... sehne mich nach dir." Seine Zunge zeichnete wirbelnde Muster an meinem Schlüsselbein, während seine Hand schließlich meine Brust umfasste und sie sanft drückte, wobei er mit Daumen und Zeigefinger durch den seidenen BH meine Brustwarze drückte.

„Ich liebe dich und ich will dich so sehr", zischte ich.

Plötzlich hörte er auf. Er hörte einfach auf.

Ich blinzelte verwirrt zu ihm hoch, dann wurden mir schließlich zwei Dinge klar: Die Dusche war abgestellt worden und Blaze stand direkt über unseren Köpfen und starrte uns missbilligend an.

Innerlich fluchte ich, als ich meine Beine von Jakes Körper löste und meine Hände auf das Bett sinken ließ. Ich fühlte mich hoffnungslos besiegt.

„Ich schätze, unser Timing war nicht das beste", sagte Jake, der noch über mir war und mich mit seinen wunderschönen Augen verschlang.

„Das ist die Untertreibung des Jahrhunderts", erwiderte ich atemlos.

„Ich muss mit dir allein sein, Toni. Bald, sonst werde ich verrückt. Ich hatte so lange keinen Sex und dir nur beim *Gehen* zuzusehen, löst in mir den Wunsch aus, dich besinnungslos zu vögeln."

Sein Ton war wild und brachte meinen Bauch dazu, sich zu verkrampfen. Ich zügelte mein eigenes Verlangen und betrachtete seine Gesichtszüge voller Bewunderung. Ich konnte noch immer nicht glauben, dass er wie ich mit niemandem geschlafen hatten, seit wir das letzte Mal zusammen gewesen waren.

„Wenn ich dich nehme, wird es perfekt sein. Wie bei unserem ersten Mal, erinnerst du dich noch?"

Wie könnte ich es je vergessen, wenn er alles getan hatte, um diese Nacht so unvergesslich zu machen? Angefangen mit einem perfekten Abendessen bis hin zu einer Luxussuite, in der er mir jede erdenkliche Art gezeigt hatte, wie ein Mann eine Frau verwöhnen konnte. Bei der Erinnerung an seine verführerischen Augen, während er Küsse von meinem Hals bis zu meiner intimsten Stelle platziert hatte, lief mir ein Schauer über den Rücken. Es war mein erstes Mal gewesen, und er hatte mir so viel gezeigt.

„Ich erinnere mich", flüsterte ich. „Aber jetzt gerade ist es mir egal, ob es perfekt ist. Wir können nach draußen gehen. Mein Camaro würde reichen. Es wäre nicht das erste Mal."

Seine Augen wurden einen Moment lang trüb, als würde er sich an das Mal erinnern, als ich ihn auf den Rücksitz meines Autos gezogen und ihn geleckt hatte, bis er vor Befriedigung erzitterte.

„Hmm, verführerisch. Sehr verführerisch, aber ich weiß nicht, ob der Camaro privat genug ist." Er warf Blaze einen bösen Blick zu, der immer noch an derselben Stelle saß und uns mit seinen perfekt runden Augen anstarrte. „Aber ich verspreche, dass ich dich vernaschen werde, sobald wir einen Moment zu zweit haben."

„Ich werde dich daran erinnern", sagte ich und schenkte ihm ein schiefes Grinsen.

„Ich verlasse mich darauf."

Mit einem bedauernden Lächeln rollte er sich von mir herunter und stand auf. Wie aufs Stichwort kam Eric aus dem Badezimmer, bekleidet mit einem frischen T-Shirt und einer weiten Jogginghose. Er ging auf sein Schlafzimmer zu, doch dann blieb er stehen. Seine Nasenlöcher weiteten sich und er funkelte uns an. Er schien etwas sagen zu wollen, doch dann überlegte er es sich anders und verschwand durch die Tür.

„Du solltest lieber zu Rosalina gehen", sagte Jake, dann schnappte er sich wieder das Buch. „Ich werde noch eine Weile wach sein und lesen."

Ich wollte nicht gehen. Ich wollte bleiben und mit ihm auf dem Ausziehsofa schlafen, doch ich glaubte nicht, dass ich mich zurückhalten könnte, wenn keine Wand zwischen uns war. Außerdem musste ich mich für die Trance morgen ausruhen.

Ich schlurfte vom Sofa weg. Jake sah mir hinterher, biss sich auf die Unterlippe und betrachtete mich von Kopf bis Fuß, wobei sein Blick lange an meinem Hintern hängen blieb. Doch als ich die Tür erreichte und die Klinke herunterdrückte, hatte er seine Aufmerksamkeit auf das Buch gerichtet und las es genauso fieberhaft wie noch vor ein paar Minuten.

KAPITEL 31

Als ich am nächsten Morgen aufwachte und mich reckte, zwitscherten die Vögel und der Wind rauschte durch die Baumkronen. Ich warf einen Seitenblick auf Rosalina. Sie schlief noch, ihr gebräuntes Gesicht war entspannt und ihr schwarzes Haar war über das Kissen verteilt. Sie sah friedlich und unschuldig aus, überhaupt nicht wie die knallharte Scharfschützin, zu der sie geworden war.

Ich schlüpfte aus dem Bett und bemühte mich, keinen Lärm zu machen. Im Wohnbereich sah Jake ähnlich aus; er lag schlafend auf dem Rücken und das Buch lag auf seiner Brust, als sei er beim Lesen eingeschlafen. Zu meiner Überraschung sah ich Blaze zusammengerollt neben ihm liegen. Sie sahen wie die besten Freunde aus.

Jep, ganz schön seltsam.

Auf dem Weg zum Badezimmer schnappte ich mir meine Sporttasche. Ich war mehr als bereit für eine heiße Dusche. Ich hatte befürchtet, dass die sanitären Anlagen in der Hütte nicht die modernsten waren, doch das Wasser war perfekt und half dabei, die Anspannung von gestern zu lösen und bereitete mich auf den bevorstehenden Tag vor. Wie üblich freute ich mich nicht gerade auf die Trance und ihre Nebenwirkungen. Ich konnte nur darauf hoffen, dass es schnell gehen würde, und dass ich meine Sinne nicht allzu lange verlieren würde.

Als ich fertig geduscht hatte und in einer bequemen Shorts und einem T-Shirt in den Wohnbereich trat, waren die anderen bereits aufgestanden. Rosalina und Jake standen am Herd und brieten Eier.

„Guten Morgen", sagten sie im Chor.

Rosalina konzentrierte sich weiter auf das Essen, doch Jake hielt inne und sah mich an, wobei sich seine Augenbrauen hoben, als er meine Beine musterte.

„Du siehst ... entspannt aus", sagte er.

„Ich bin ... entspannt", erwiderte ich mit einem durchtriebenen Grinsen.

„Erspart mir das bitte", schnaubte Eric an dem kleinen Küchentisch, dessen Nase in *Blutsbande: Mein Leben in Frankreich* steckte. „Ich fürchte, in dieser Hütte wird es nicht mehr lange sicher für uns sein."

„Was?" Ich sah ich stirnrunzelnd an.

Er legte das Buch auf den Tisch. „Ich will sagen, dass ich bei dieser ekelhaften Romantik bald ausraste und alle hier töten muss."

Ich hätte vielleicht über den Scherz gelacht, wenn die Tatsache nicht wäre, dass Eric schon einmal ausgerastet war und es mit der Ausrottung eines gesamten Rudels geendet hatte.

Jake schien etwas sagen zu wollen, widmete sich dann aber wieder dem Abkratzen der verbrannten Stellen an den etwas zu braunen Toasts. Er konnte ein impulsiver Idiot sein, doch manchmal dachte er tatsächlich über die Konsequenzen seines Handelns nach. Er musste sich an ein paar Versprechen halten, und es war einfach nicht schlau, einen rachsüchtigen Wolf aufzustacheln.

Ich tapste in den Küchenbereich und nahm Teller von den Regalen und Besteck aus einer klapprigen Schublade. Als wir alle mit genug Rührei für zwanzig Fade am Tisch saßen, legte Eric das Buch zur Seite.

„Ich glaube, es könnte klappen", sagte er.

Ich spitzte die Ohren. „Was könnte klappen?"

Mit gerunzelter Stirn trat Jake näher. „Ich glaube ... ich habe vielleicht einen Weg gefunden, den Pakt zu brechen."

„Wirklich?!"

Er nickte. „Es wird nicht einfach, aber ich bin bereit, zu tun, was nötig ist."

Warum hatte sich sein Blick verfinstert?

Eric seufzte müde. „Das ist nicht die Priorität. Genau wie deine Trance."

Hexenlichter! Er würde kein Mitgefühl erkennen, wenn es ihn in seinen Werwolfschwanz biss. Ich hasste es, von Jakes wichtigen Neuigkeiten abzulenken, aber ich ging in die Defensive und entschied mich, die Details später von Jake zu erfahren. Dieses Thema ging ohnehin nur uns etwas an. Jake hätte Eric nach seiner Meinung dazu gefragt, ob das, was in dem Buch stand, funktionieren würde oder nicht, aber schließlich ging es hier nicht um den mürrischen Eric.

„Diese Dinge sind uns wichtig und müssen erledigt werden", gab ich zurück.

Er schob sich eine Gabel voll Eier in den Mund, verdrehte die Augen und murmelte: „Sicher, aber eins nach dem anderen und nach der Priorität. Ich vermisse mein altes Leben sehr und würde gerne so schnell wie möglich zur Normalität zurückkehren."

„Leben? Welches Leben? Du meinst das, in dem du ein zynischer Einzelgänger bist?", sagte ich.

Rosalina atmete scharf ein und tauschte einen panischen Blick mit Jake. Offensichtlich fanden sie, dass es keine so gute Idee war, in diesem Ton mit dem mörderischen Werwolf zu sprechen, doch ehrlich gesagt hatte ich genug von Eric und seiner schrulligen Art. Gerade, als ich gedacht hatte, er hätte Fortschritte gemacht, trat er zwei Schritte zurück!

„Genau das", antwortete er mit einem Gesichtsausdruck, der zu vermitteln schien, dass er sehr stolz auf dieses Leben war, was mir irgendwie den Wind aus den Segeln nahm. „Ich bin nicht alle losgeworden, um mit Leuten wie euch festzustecken."

„Was ist dir denn über die Leber gelaufen?"

Er verengte die Augen und ohne ein weiteres Wort aß er weiter sein Rührei. Vielleicht war er am Morgen nur reizbar. Manchmal fragte ich mich, warum ich mir so viel Mühe mit ihm gab.

Eric richtete seine Aufmerksamkeit auf Jake. „Wie wäre es, wenn du und ich die Gegend ein wenig erkunden, während Toni ihre Aufspürtrance durchführt? Sehen wir nach, ob alles sicher ist. Außerdem brauchen wir noch mehr Vorräte und ein paar Meilen nördlich gibt es eine Kleinstadt."

„Klingt gut", sagte Jake und sah froh aus, etwas zu tun zu haben.

„Ja", sagte Rosalina in freudigem Ton. „Das klingt super."

Ich schnaubte. Auch sie schien bereit, die beiden loszuwerden. In diesem Moment miaute Blaze und sprang auf Rosalinas Schoß, womit er sie erschrak.

„Oh, hey du!", rief sie und kraulte seinen Kopf. Er schnurrte und legte seinen Kopf zurück, um seine kleine Nase zu ihrem Kinn zu strecken.

„Er möchte einen Kuss, Rosalina", neckte sie Jake.

„Oh!" Sie streichelte ihn weiter und er legte sich auf ihren Schoß und ließ sie essen.

Nach dem Frühstück folgte ich Jake aus der Hütte, während er einen Rucksack zu Erics Auto trug. Sie hatten Kugeln für eine von Rosalinas Waffen eingepackt, doch größtenteils war die Tasche mit Snacks gefüllt. *Wölfe!*

„Hey", sagte ich, als ich ihn einholte. „Was stand in dem Buch über das Brechen des Paktes?"

Jake wurde wieder ernst und seine Pupillen weiteten sich, obwohl er in der Morgensonne stand, die durch die dicken Äste über uns fiel.

„Es ist kompliziert und gefährlich." Er stellte den Rucksack auf den Boden und wandte sich mit angespanntem Kiefer dem Wald zu.

„Ja?"

„Wir müssen uns überlegen, wie wir es anstellen, und—"

„Jake, sag es mir!"

Er seufzte und drehte sich mit einem resignierten Ausdruck auf seinen schönen Zügen zu mir um. „Na ja, da es ein Blutsbündnis ist, das in meinen Adern brennt, müssen wir die Magie aus mir vertreiben."

„Und ... wie macht man das?", fragte ich vorsichtig.

Jake schluckte. „Wir ... lassen sie von einem Blutdämon aus mir herausfressen."

„Was?!"

Mit einem frustrierten Stöhnen nahm er seinen Rucksack und ging auf den Mercedes zu.

Ich blieb dicht hinter ihm. „Wie funktioniert das? Wo bekommt man einen Blutdämon her? Und ist das nicht so etwas wie Besessenheit?"

„Ich habe genau so viele Fragen wie du, Toni, und genau so wenige Antworten." Er öffnete die hintere Tür der Limousine, warf die Tasche hinein, dann sah er mich an. „Wir müssen uns näher damit beschäftigen."

Ich schüttelte fassungslos meinen Kopf. Meine Kehle schnürte sich zu und das Atmen fiel mir schwer.

„Oh, Toni." Er nahm mich in die Arme und legte sein Kinn auf meinem Kopf ab. „Bitte mach dir darüber jetzt keine Sorgen, okay? Immerhin haben wir einen Ausweg gefunden."

Ich nickte, dann löste ich mich von ihm und starrte ihm in die Augen. „Versprich mir, dass du nichts Dummes tust und dass du nichts versuchst, ohne es mit mir zu besprechen."

Ein Lächeln legte sich auf seine Lippen. „Keine Sorge. Ich habe meine Lektion gelernt. Von jetzt an tun du und ich es gemeinsam."

„Gut."

Er küsste mich sanft auf die Lippen und umgeben von den Klängen der Natur hielten wir einander fest. Einen Moment später stampfte Eric aus der Hütte und stieg ohne ein Wort zu sagen in das Auto.

„Vielleicht beruhigt er sich wieder, wenn er auf dem Klo war", flüsterte Jake mir ins Ohr.

Ich kicherte.

„Das habe ich gehört!", rief Erics gedämpfte Stimme aus dem Auto.

Jake stieg auf den Beifahrersitz und sie fuhren los.

Als wir allein waren, bereiteten Rosalina und ich das Schlafzimmer vor, gossen den Trank in eine flache Schale, die wir in der Küche fanden und bauschten ein paar Kissen auf, sodass ich es bequem hatte, während ich mich in dem überwältigenden Getöse meiner Sinne verlor.

„Ich wünschte, wir wären in meiner Wohnung", sagte Rosalina.

„Ist schon gut. Alles wird gut."

„Ich weiß. Es ist nur so schwer, wenn du aus einer Trance aufwachst, und ich glaube, es hilft dir, wenn du dich so wohl wie möglich fühlst."

Sie machte mir die Erholung danach immer erträglich. Sie machte verschiedene Tees, um meine Nerven zu beruhigen, hatte Bücher in der Hand, um mir vorzulesen und die Zeit zu überbrücken, zündete Kerzen an, damit ich etwas Wohltuendes roch, wenn mein Geruchssinn wiederkehrte, und mehr …

„Das hilft ganz sicher, sogar sehr", gab ich zu. „Aber ich verspreche dir, dass alles gut wird. Ich werde einfach schlafen."

Mit einem traurigen Lächeln nickte sie. „Dann bist du bereit?"

Ich nahm Damiens Münze und auch das Pfeilarmband ab, das Jake mir gegeben hatte, dann wandte ich mich dem schimmernden Trank zu. Wir hatten beschlossen, Mekares Gefährten zuerst aufzuspüren, da es finanziell am meisten Sinn ergab. Sanft tauchte ich meine Hände in die dicke Flüssigkeit. Als sie bewegt wurde, stieg der Duft von Pancakes und Sirup darauf auf. Meine Hände waren bedeckt, und ich hielt sie vor mich, während ich ins Bett stieg und darauf achtete, nichts zu berühren. Rosalina zog die Decke bis zu meiner Brust, während ich es mir auf den Kissen bequem machte.

„Du solltest Blaze besser mitnehmen." Ich deutete auf den Kater, der auf eine rustikale Kommode gesprungen war und uns von seinem Aussichtspunkt aus beobachtete.

Als sie nach ihm griff, wich er zurück und versuchte, sich zu wehren.

„Komm schon, Kumpel", sagte sie mit zuckersüßer Stimme. „Toni braucht Privatsphäre. Wir könnten sie ablenken, wenn wir bleiben."

Als ob er es verstehen würde, erlaubte er ihr, ihn hochzunehmen und ihn in ihrer Armbeuge aus dem Raum zu tragen. Sie schloss die Tür.

Ich starrte meine schimmernden Hände an, die aussahen, als steckten sie in Paillettenhandschuhen. Voller Angst vor der immer unangenehmen Trance führte ich meine Hände langsam zu meinem Gesicht und berührte meine Augenlider, Ohren, Nase und Mund und kostete den süßen Trank.

Nach ein paar Momenten verschwand der Trank und meine Hände waren sauber, dann wurde ich in diese vertraute, glitzernde Schwärze gesogen. Sofort machte ich mich an die Arbeit, aktivierte meinen Geruchssinn und ließ eine Vielzahl von Gerüchen auf mich einströmen. Ein spezieller war besonders dominant und regte meine Erinnerung an.

Geißblattblüten. Das letzte Mal, dass ich sie so stark gerochen hatte, war in Elf-hame gewesen, als wir Prinz Kalyll begegnet waren. War Mekares Gefährt ein Fae? Konnte es der Prinz sein? Nein, auf keinen Fall. Das fühlte sich einfach nicht richtig an. Neben dem Geißblatt nahm ich auch einen unglaublich starken Rosenduft wahr, der mir ebenfalls bekannt vorkam. Ich hatte ihn schon einmal gerochen, doch wo?

Ich musste mehr wissen. Schnell ließ ich meinen Gehörsinn los. Eine Kakophonie von Geräuschen überwältigte mich. Laute Musik, das Surren von Maschinen, ein unaufhörliches Klopfen und mehr. Ich ging die Geräusche so schnell ich konnte durch, bis ich eines fand, das mir bekannt vorkam. Es war ein Motor mit Fehlzündung. Er lief unruhig und machte ein merkwürdiges Geräusch.

Es klang wie Ems Vespa.

Was zur Hölle?

Em? War Lilianas kleine Nachbarin Mekares Gefährtin?

Das fühlte sich ebenfalls falsch an.

Was passierte hier? Waren meine Aufspürkräfte kaputt?

Verzweifelt nutzte ich mein Sehvermögen. Wenn ich Mekares Gefährte oder Gefährtin so nicht finden konnte, gab es keine Hoffnung für unsere Agentur.

Auf einmal blitzten Kalylls Gesichtstattoos und Ems grünes Haar in meinem Verstand auf. Ich versuchte, etwas anderes zu erkennen, doch das war alles, was ich sehen konnte. Tintenlinien und limettenfarbene, glatte Haarsträhnen.

Die Bilder schlugen hartnäckig auf mich ein und verdrängten alles andere. Das Schlimmste aber war, dass sie sich fehlerhaft anfühlten, weil ihnen das Gefühl der Sicherheit fehlte, das ich zuvor erlebt hatte. Das war noch nie passiert.

Oh Gott! Ich hatte erst eine Trance durchgeführt, seit ich herausgefunden hatte, dass ich eine Werwölfin war. Vielleicht hatten sich auch meine Fährtensucherfähigkeiten verändert – alles andere war anders, wieso also nicht auch das? Vielleicht waren sie auch vollständig kaputt, und ich würde nie wieder jemandes Gefährten aufspüren können.

Wie auch immer, es wurde Zeit für mich, aus der Trance auszubrechen. Ich war schon zu lange darin, und ich hatte alle meine Sinne benutzt. Ich würde stundenlang taub und stumm sein.

Sofort schaltete ich meine Sinne ab und erwartete, dass ich in meine schimmernde Welt zurückkehren würde, doch ich roch, sah und hörte noch immer dasselbe.

Panik machte sich in mir breit, doch ich kämpfte dagegen an und stellte mir die Hütte vor, um mich aufzuwecken.

Nichts passierte.

Mein Herz begann zu rasen, schlug gegen meinen Brustkorb und erfüllte meine Ohren mit seinem lauten Klopfen. Das Pochen verschmolz mit anderen Klängen. Ich presste meine Hände auf meine Ohren und wirbelte in der Leere herum, um einen Ausweg zu finden. Die sanft schimmernden Lichter, die mich immer umgaben, wurden langsam schwächer und die bereits winzigen Punkte wurden von dem Hintergrund verschluckt. Ich streckte die Hand aus, als könnte ich sie aufhalten, doch die Partikel verschwanden und tauchten mich in völlige Dunkelheit.

Tränen liefen mir über die Wangen und ich fiel auf die Knie und versteckte meinen Kopf in meinen Händen, dann wiegte ich vor und zurück.

Bitte, lass mich raus. Bitte, bitte, bitte, flehte ich in meinem Kopf, doch niemand hörte mir zu.

Ich war gefangen.

KAPITEL 32

Es war immer einfach gewesen, aus der Aufspürtrance aufzuwachen. Sobald sich der Wunsch, zurückzugehen, materialisierte, tauchte ich immer auf – ohne meine Sinne, aber ich tauchte auf.

Jetzt war ich hier, zusammengerollt, in Dunkelheit gehüllt und Tränen liefen mir über die Wangen.

Zuerst hatte ich Gerüche und Geräusche und Bilder gesehen, doch sie waren jetzt weg und alles, was blieb, war das unendliche Nichts, das ich nicht verdrängen konnte.

Ich hatte ohne Stimme geschrien. Ich hatte gegen die Vergessenheit angekämpft, in der ich schwebte, doch es war vergebens. Es fühlte sich an, als würde ich in die Luft schlagen, als würde ich mich an ein Vakuum eines leeren Raums klammern, während ich immer weiter in einen bodenlosen Abgrund stürzte.

Rosalina, hilf mir! Hilf mir!

Doch meine Freundin, meine Retterin, konnte mich nicht hören. Sie war nicht hier. Ich war allein.

Jake, Jake, Jake.

Er war auch nicht hier. Wussten sie, dass ich verloren war? Wie lange war es her, dass ich Mekares Trank benutzt und meine Augen geschlossen hatte? Minuten? Stunden? Tage?

Wenn ich erwachte, würde ich vielleicht nie mehr riechen, hören oder sehen können.

Oh Gott! Bitte helft mir.

Irgendjemand.

Bitte helft mir!

Aber niemand kam. Niemand hörte mich.

Und obwohl ich immer wieder versuchte, in die Realität zurück-zukehren, blieb ich verloren.

Stille und Dunkelheit waren alles, was noch um mich herum existierte und doch brüllte mein Verstand vor Verzweiflung und schrie ständig nach Hilfe, die nicht kam.

Ich grub meine Krallen in meine Kopfhaut, um zu versuchen, etwas zu spüren, denn ich zog Schmerz der Leere vor, die mich verschlungen hatte.

Plötzlich spürte ich etwas Feuchtes an meinen Fingerspitzen. Er war das Erste, das ich spüren konnte, außer des Abgrunds. Ich zog meine Hand weg und versuchte, die Nässe anzusehen.

War es Blut?

Das musste es sein.

In meiner Verzweiflung nach einer Empfindung, irgendetwas, grub ich meine Krallen in meine Handflächen. Ich biss die Zähne zusammen und stöhnte vor Schmerz auf.

Ein winziges Flüstern ertönte in meinem Kopf. Ich setzte mich auf, drehte den Kopf und ließ meinen Blick schweifen.

Dunkelheit.

Nur Dunkelheit.

Das Flüstern wurde lauter. Ich bemühte mich, es zu verstehen; die Bedeutung des Klangs zu begreifen. Wo kam es her? War es eine Stimme?

Ja! Ja! Es *war* eine Stimme!

Ich drückte meine Fäuste gegen meine Augen und konzentrierte mich vollkommen auf den kleinen Hauch eines Klangs.

„Toni."

„Toni."

„TONI!"

Mein Name. Jemand rief nach mir.

Jake! Es war Jake. *Ich bin hier. Bitte hilf mir. Bitte!*

„Toni?"

Ja, ja, ja!

„Oh, den Hexenlichtern sei Dank. Öffne deine Augen."

Ich kann nicht. Ich kann es nicht.

„Das musst du. Du musst aufwachen. Wir müssen von hier verschwinden. Sofort!" Er klang verzweifelt, drängend.

Was war los? Ich wusste es nicht, doch ich versuchte es wieder, mit all meiner Kraft; ich versuchte, aus der Trance auszubrechen, doch ich konnte es nicht. Ich steckte fest. Vielleicht für immer.

„Komm schon, Toni. Du kannst es."

Ich schüttelte meinen Kopf. *Ich kann nicht. Es funktioniert nicht. Nichts funktioniert.*

Jakes Stimme veränderte sich und sprach einen deutlichen Alphabefehl. *„Tu es!"*

Red sträubte sich. Ihr erster Instinkt war es, sich zu weigern und zu wehren. Niemand sagte ihr, was sie zu tun hatte. Niemand. Doch sie konnte sich nicht mehr irren. Heute musste sie sich fügen.

Tu, was er befiehlt, flehte ich und hoffte, sie würde nachgeben.

Sie tat es nicht. Stattdessen hielt sie dagegen wie eine Idiotin.

„Du bist seit einer Stunde weg", sagte Jake. *„Du musst dich losreißen. TU ES!"*, wiederholte er noch heftiger als zuvor.

Eine Stunde?! Verdammte Hexenlichter! Das bedeutete, dass mir meine Sinne fast drei Tage lang genommen werden würden, und was, wenn sie nicht zurückkehrten? Ich war noch nie länger als zehn Minuten in der Trance geblieben.

Ich weiß, es widerstrebt jeder Faser in dir, Red, aber du musst mir zuhören, ich flehe dich an. Nur dieses eine Mal. Ich werde nie wieder von dir verlangen, dich zu fügen. Ich schwöre es.

Ihr Widerstand erstarb immer mehr, während sie meine Bitte verstand. Langsam verschmolz ihr Wille und ihre Stärke mit meiner und plötzlich wusste ich, dass ich die Kraft hatte, mich loszureißen.

Ich wachte ruckartig auf und Verwirrung übermannte mich, als ich versuchte, mich zu sammeln. Ich stand auf dem Kopf. Mein Bauch war gegen etwas Hartes gedruckt, und ein fester Griff hielt meine Knöchel fest. Meine Arme baumelten an meinen Seiten, während sich mein ganzer Körper auf und ab bewegte und jeder Ruck hämmerte gegen meinen Bauch.

Es dauerte mehrere Sekunden, bis mein Hirn registrierte, was passierte. Ich bewegte mich – ich wurde von jemandem auf seinen Schultern getragen, während er rannte.

„Jake!", rief ich verzweifelt. „Was ist los?"

Aber ich wusste nicht, ob er antwortete, denn ich konnte nichts hören, und jetzt fühlte ich statt des Nichts nur das Gepolter von etwas, das sich wie ein verzweifelter Fluchtversuch anfühlte.

Hexenlichter! Sie hatten uns gefunden.

Im nächsten Moment wurde ich umgedreht und nicht gerade sanft auf etwas abgelegt, das sich wie ein Bett oder eine Couch anfühlte. Mein Kopf schlug gegen etwas Hartes, und ich stöhnte und rieb die Stelle. Jemand packte meine Beine und schob sie zur Seite. Derjenige setzte sich neben mich. Unbeholfen kämpfte ich mich in eine Sitzposition.

Ein leichtes Rumpeln entstand unter mir. Ich legte eine Hand auf die Oberfläche, auf der man mich abgesetzt hatte. Sie fühlte sich glatt an, wie Leder. Wir wurden nach vorne geworfen, dann schlug ich wieder gegen das, was ein Autositz sein musste.

Das Rumpeln unter mir wurde intensiver, und dann erkannte ich, dass wir fuhren. Und das sehr schnell. Über eine sehr unebene Straße.

Eine Hand verschränkte sich mit meiner. Ich erkannte sie sofort. Rosalina.

Nach einem kurzen Drücken ließ sie mich los und zeichnete die Buchstaben A-U-T-O in meine Handfläche. Ich nickte, als ich verstand.

„Haben sie uns gefunden?", fragte ich.

Sie tippte einmal auf meine Hand.

„Verdammt!" Ich versuchte, meinen Atem zu beruhigen, der rasend schnell ging.

Meine Gedanken überschlugen sich, während ich unsere Situation zu verarbeiten versuchte. Jake hatte gesagt, dass ich eine Stunde lang weggewesen war, was bedeutete, dass er und Eric mindestens so lange unterwegs gewesen waren. Waren sie gesehen worden? Oder waren sie geflohen, bevor sie bemerkt wurden?

„Verfolgen sie uns jetzt?", fragte ich.

Sie tippte zweimal auf meine Hand. Nein.

Ich atmete erleichtert auf, dann fiel mir etwas anderes ein. „Wo ist Blaze?"

Keine Antwort von Rosalina. Es war so dumm, mir darüber Gedanken zu machen, über meine Katze, doch ich konnte nicht anders.

„Haben wir ihn zurückgelassen?", fragte ich.

Ich spürte Rosalinas Faust auf meiner Brust, wo sie sie im Kreis bewegte.

Entschuldigung.

Sie entschuldigte sich.

Niemand hatte an Blaze gedacht, als wir aus der Hütte gerannt waren.

Ich rutschte von ihr weg und packte mir an den Kopf. Ich fühlte mich schrecklich, desorientiert, panisch, verloren. Warum passierte das? Warum konnte sich mein Leben, so sehr ich mich auch bemühte, nicht halbwegs normalisieren? Ich hatte nichts davon gewollt. Ich wollte nur in Ruhe gelassen werden und mein Leben leben, wie jeder andere auch. Stattdessen waren ein kranker Werwolf, eine uralte Vampirin und eine Mitternachtshexe hinter mir her.

Und ich konnte nicht einmal meine Katze beschützen.

Ich stieß ein Stöhnen aus, das sich zu einem Schluchzen entwickelte. Eine schwere Hand legte sich auf mein Knie. Ich wusste instinktiv, dass sie zu Jake gehören musste. Sie beruhigte mich kaum.

Ich verschloss mich und wich vor ihm zurück, zog meine Knie an meine Brust und drückte meinen Körper fest an die Seite des Autos, wobei ich mein Gesicht versteckte und mein Bestes gab, um still zu weinen.

Das Auto ruckelte noch mehrere lange Minuten, dann fuhren wir schließlich auf eine glatte Straße, auf der wir viel schneller wurden. Ich wusste, dass ich nichts tun konnte, außer mir selbst leidzutun. Ich kniff die Augen zusammen und versuchte, zu schlafen.

Als ich aufwachte, war ich nicht mehr im Auto. Es lagen zwei Decken auf mir und ein weiches Kissen unter meinem Kopf. Ich lag in einem Bett.

Wo?

Ich konnte nur versuchen, es mir vorzustellen, denn meine Sinne waren noch nicht zurückgekehrt. Ein weiteres Versteck? Ein Motel? Und was, wenn sie uns wieder fanden? Die Mitternachtshexe war mächtig und irgendwie hatte sie es geschafft, uns in dieser abgelegenen Hütte zu finden. Oder vielleicht hatte sie einen Fährtensucher engagiert, jemanden wie mich. Stephen und Bernadetta hatten das Geld, um die Besten der Besten zu bezahlen.

Ich setzte mich auf. Rosalina nahm meine Hand, sobald ich an die Kante des Bettes rutschte und meine Füße auf den Boden stellte.

„Du bist hier", sagte ich.

Ein Tippen auf meine Hand, gefolgt von dem Buchstaben „H". Sie fragte, ob ich hungrig war. Es gehörte zu den einfachen Zeichen, die wir uns ausgedacht hatten, um kommunizieren zu können.

Ich schüttelte meinen Kopf.

Ein „D" folgte.

Durstig?

„Ja", sagte ich und erkannte, dass meine Zunge praktisch an meinem Gaumen klebte und sich meine Kehle anfühlte, als bestünde sie aus Schmirgelpapier.

Sie entfernte sich für einen Moment, dann war sie wieder da und drückte mir einen Plastikbecher in die Hand. Das Wasser war kalt und Eis schwamm darin. Ich trank jeden Tropfen aus. Rosalina nahm mir den Becher ab.

Zitternd setzte ich mich auf die Bettkante. „Sind Jake und Eric hier?"

Sie tippte einmal auf meine Hand.

„Wo sind wir hier überhaupt? In einem Motel?"

Zweimaliges Tippen auf meine Hand.

„Ein weiteres Versteck?"

Sie tippte wieder zweimal.

„Erics Haus?" Ich glaubte nicht, dass wir dorthin zurückkonnten, aber vielleicht doch.

Rosalina tippte wieder zweimal und dann zeichnete sie den Buchstaben „S" auf meine Handfläche.

Schlaf.

Ich schüttelte meinen Kopf. Ich wollte nicht mehr schlafen, doch gerade, als mir dieser Gedanke kam, überwältigte mich ein schläfriges Gefühl und meine Augenlider wurden schwer. Langsam blinzelte ich und kämpfte darum, meine Augen aufzuhalten, auch wenn ich nichts sehen konnte. Ich schluckte schwer und schmeckte etwas Bitteres in meinem Mund.

„Du hast etwas in das Wasser gemischt", sagte ich. Es war halb Frage, halb Feststellung.

Rosalina tätschelte meine Hand, dann drückte sie gegen meine Schultern, führte meinen Kopf auf das Kissen und hob meine Beine an, um sie auf das Bett zu legen.

Wie Vorhänge, die sich zuzogen, schlief ich sofort ein.

KAPITEL 33

Ich erwachte nach und nach. In meinen Ohren rauschte es und meine Naseninnenseiten brannten wie von kalter Winterluft. Ein orangefarbenes Glühen drückte gegen meine Augenlider.

Ich riss meine Augen auf und kniff sie sofort wieder zu, als das Licht in sie hineinstach wie Nadeln. Ich setzte mich auf, während eine an meine Augenbraue gelegte Hand mich vor dem Leuchten schützte. Langsam spähte ich durch meine Finger und erlaubte es meinem Sehvermögen, sich an das zu gewöhnen, was sich als das warme Leuchten von vielen Kerzen entpuppte.

Gott sei Dank sind meine Sinne wieder da!

Langsam blickte ich mich um. Ich lag auf einem großen Himmelbett, auf dem mehrere dicke Decken aufgetürmt waren. Der Rest der Möbel war ebenso beeindruckend und die Wände bestanden aus blankem Stein. Ganz auf der rechten Seite war ein Fenster, und sofern ich es durch die durchsichtigen Vorhänge sehen konnte, war es Nacht. Dieser Ort war mir komplett fremd; ich war hier noch nie gewesen.

Ich war allein; niemand war in Sicht. Keine Rosalina, kein Jake, kein Eric.

Ich warf die Decken von mir und rutschte zur Bettkante. Meine Füße baumelten mehrere Zentimeter über dem Boden. Auf dem Nachttisch stand ein Teller mit geschnittenem Obst und ein Glas Wasser. Ich leckte mir über meine trockenen Lippen, griff nach dem Wasser und wollte es gerade trinken, als ich mich daran erinnerte, was beim letzten Mal passiert war.

Rosalina hatte mir etwas zum Schlafen gegeben, sicherlich, um mich vor den Qualen zu bewahren, meine Sinne nicht benutzen zu können. Es war immer einfacher, wenn ich es verschlief, aber ich musste wirklich in einem schlechten Zustand gewesen sein, wenn sie das für nötig gehalten hatte. Das hatte sie noch nie getan.

Wie auch immer, jetzt brauchte ich keinen Schlaf mehr.

Ich stellte das Glas wieder ab, und obwohl das Obst verführerisch war, rührte ich auch das nicht an. Vielleicht gab es ein Badezimmer, in dem ich Wasser aus dem Hahn trinken konnte. Ich sah mich um. Es gab nur eine Tür, also schloss ich, dass sie aus dem Zimmer und nicht in ein Bad führen musste.

Auf nackten Füßen tapste ich zu der Tür, dann blieb ich stehen, als sie sich plötzlich öffnete und Rosalina hereinkam. Sie trug eine Jeans und eine Bluse, die ich noch nie gesehen hatte.

„Oh, gut, du bist wach." Ihre grünen Augen blickten in meine. „Ich bin froh, dass es dir besser geht."

„Ich weiß nicht so recht. Ich habe meine Sinne wieder, aber ich fühle mich seltsam."

„Das ist verständlich, nach allem, was du durchgemacht hast."

Ich nickte, während mein Blick durch den Raum wanderte. „Wo sind wir?"

„An einem sicheren Ort. Niemand wird uns hierher folgen können. Er wird von Magie geschützt ... jedenfalls wurde mir das gesagt." Sie lächelte verlegen.

„Wo sind Jake und Eric?"

„Im Arbeitszimmer. Sie streiten."

Ich verdrehte die Augen.

„Was genau ist passiert?"

Sie öffnete den Mund, um zu antworten, doch stattdessen stürzte sie in meine Richtung, als meine Beine unter mir nachgaben. Sie fing mich gerade rechtzeitig auf und schleifte mich praktisch zu einem Sessel, wo sie mich ächzend absetzte.

„Hexenlichter!", rief sie. „Ich dachte, du würdest in Ohnmacht fallen. Bist du sicher, dass es dir gut geht?"

Ich legte eine Hand auf meine Stirn, denn ich fühlte mich, als befände ich mich während des Schleudergangs in einer Waschmaschine. Mein Magen krampfte sich zusammen, als ich von Übelkeit übermannt wurde. „Ich weiß nicht, was los ist."

Sie trat zurück und setzte sich auf die Kante des Sessels gegenüber von meinem, wobei sie mich wachsam beobachtete, als erwartete sie, dass ich mit der Nase voran auf den Teppich fiel. Sie fummelte an ihrem Haar herum und wickelte es um ihren Finger.

„Ruh dich aus, bis du dich besser fühlst. Wir haben Zeit. Hier ist es wirklich sicher. Es sind schon zwei Tage vergangen und niemand hat uns gefunden."

Zwei Tage?! Hexenlichter!

Was war mit unseren Kunden?

Das Chaos meiner Trance drängte sich in mein Gedächtnis und erinnerte mich daran, was für ein Reinfall es gewesen war. Ich hatte nicht die geringste Ahnung, wo sich Mekares Gefährte aufhielt. Wie sollte ich es Rosalina sagen? Ich sah ihre besorgte Miene. Sie hatte mich nicht nach der Trance gefragt. Ihre Fürsorglichkeit kannte keine Grenzen.

Ich schloss meine Augen und lehnte meinen Kopf an, dann atmete ich tief durch. Wir schwiegen ein paar Minuten lang, und langsam verflüchtigte sich der Schwindel.

Als ich meine Augen öffnete, wandte Rosalina den Blick ab und tat so, als hätte sie mich nicht wie eine Glucke beobachtet. Geistesabwesend zog sie ihr Handy aus ihrer Hosentasche, überkreuzte die Beine und begann zu scrollen.

Ich runzelte die Stirn. Das sah nicht nach den Wegwerfhandys aus, die Eric uns besorgt hatte.

Mit einem angewiderten Geräusch legte sie das Telefon weg. „Nachrichten sind furchtbar."

„Was ist passiert?"

Sie winkte ab und tat so, als wollte sie mich nicht mit etwas so Banalem beunruhigen.

„Was, Rosalina."

Sie seufzte schwer. „Überall gab es Unruhen, aber besonders in den Schrägen-Zonen. Der Bürgermeister hat eine Ausgangssperre verhängt und eine Menge Leute wurden verhaftet. Gestern Abend sind über zwanzig Schräge in einem Nachtclub gestorben, als ein Kampf zwischen Vampiren und Wandlern ausbrach. Anscheinend hat Rhabo in den letzten Tagen die Straßen überflutet. Sie zählen die Todesfälle jetzt offiziell, und sie sagen, dass fünftausend Vampire gestorben sind, seit Rhabo auf den Markt gekommen ist."

Fünftausend Vampire!

Die Droge war erst vor ungefähr drei Monaten erschaffen worden. Diese Zahl war erschreckend, und es war nicht abzusehen, wie viele weitere Personen die Droge bereits ausprobiert hatten und unweigerlich daran zugrunde gehen würden.

„Wenn Damien doch nur einen Weg gefunden hätte, dieses Elixier für alle herzustellen", sagte Rosalina und ihre grünen Augen trübten sich vor Traurigkeit, als sie sich an den Magier erinnerte. „Und wir haben nur noch eine Dosis. Ich wünschte, jemand könnte mehr davon brauen."

Ich ballte meine Hände zu Fäusten, als mein Hass auf Stephen und Bernadetta in meiner Brust aufzuflammen begann.

„Vielleicht ...", begann Rosalina nachdenklich und ihre Stimme wurde leiser. „Vielleicht sollten wir es jemandem geben, der es analysieren und herausfinden kann, wie es hergestellt wird. Vielleicht ... vielleicht sollten wir es holen."

Als ihre Stimme brach, sah ich vom Boden auf. In ihrem Gesichtsausdruck lag etwas, das nahezu verzweifelt schien. Sie knackte mit ihren Fingern – etwas, das sie nie tat.

Ich sah mich im Raum um. Mein Blick blieb an dem Glas Wasser auf dem Nachttisch hängen. „Hmm ... ich glaube nicht, dass es eine gute Idee ist, das Elixier zurückzuholen."

Sie kam auf die Füße. „Wir müssen irgendetwas tun! Wir können nicht noch mehr Leute sterben lassen. Diese verdammten Vampire sterben wie die Fliegen. Es ist schrecklich."

Verdammte Vampire?! Rosalina sprach nie mit solchem Misstrauen von den Vampiren. Sprach sie nicht davon, ihre Leben zu retten?

Irgendetwas stimmte nicht. Diese Person ... sie war nicht ... Rosalina.

„Ja", sagte ich und meine Hände begannen leicht zu zittern. „Du hast recht. Wir werden jemanden finden, der es untersuchen kann. Vielleicht kennt meine Schwester Daniella einen Heiler, der sich auf solche Dinge spezialisiert hat. Sie kennt ..." Ich sprach langsamer und blinzelte müde. „... viele Leute in diesem Bereich."

„Ja, das ist eine gute Idee." Sie lächelte kühl.

Ich nickte, stand auf und trottete zum Bett hinüber. „Ich glaube, ich lege mich eine Weile hin. Mir ist wieder schwindlig und ich kann kaum klar denken."

Sie neigte ihren Kopf verständnisvoll und schenkte mir ein Lächeln, doch es erreichte ihre Augen nicht. „Sobald du dich besser fühlst, sollten wir aufbrechen."

„Das werden wir, aber das Elixier ist vorerst im Schließfach sicher."

„Ja, natürlich."

Ich verschluckte mich fast, schaffte es jedoch, eine ausdruckslose Miene zu bewahren, während ich wieder in das riesige Bett stieg. Ich ließ meinen Kopf auf das Kissen sinken und seufzte, dann schloss ich meine Augen und zog die Decken bis unter mein Kinn. Fast war ich versucht, durch meine Wimpern zu spähen, doch ich hielt meine Augen geschlossen und lauschte angestrengt.

Füße bewegten sich leise über den Boden, doch die Tür öffnete sich nicht. Nach ein paar Minuten atmete ich in einem regelmäßigen Rhythmus, dann vertiefte ich sie und bemühte mich, Schlaf zu simulieren.

Endlich, nach einer gefühlten Ewigkeit, öffnete und schloss sich die Tür. Auch dann wagte ich mehrere Minuten lang nicht, mich zu bewegen – nicht einmal meine Wimpern flatterten. Als ich sicher war, dass ich allein war, drehte ich mich auf die Seite, als würde ich unruhig schlafen, und riskierte einen Blick.

Sie war weg.

Ich warf die Decken von mir, sprang aus dem Bett und rannte auf das Fenster zu. Hektisch zog ich die Vorhänge zur Seite und sah nach draußen. Ich war im Erdgeschoss von etwas, das nach einem Haus im Wald aussah – nicht viel anders als Erics Hütte. Ungefähr zwanzig Meter entfernt begann ein dichter, von Mondlicht beschienener Wald. Ich sah kein Anzeichen von einer Straße oder jeglicher Zivilisation.

Egal. Sobald ich hier raus war, musste ich mich nur verwandeln und mich zwischen den Bäumen verlieren. Dort würde ich blitzschnell von dieser Person wegflinken, die sich als meine Freundin ausgab.

Bitte geh auf. Bitte geh auf, wiederholte ich im Kopf, während ich den Fensterriegel umlegte. Vorsichtig schob ich das Fenster hoch. Es ertönte ein lautes Knacken, als das Holz aus dem Rahmen gehoben wurde. Ich zuckte zusammen und wurde ganz still, während meine Ohren auf Geräusche horchten, die von der Tür kamen.

Nichts.

Ich stieß die Luft aus, die ich angehalten hatte, und begann, das Fenster weiter hochzuschieben.

Jemand anderes als Rosalina sprach hinter mir, doch auch diese Stimme kannte ich.

„Wo willst du hin?"

Ich hielt inne und mein Herz hämmerte gegen meine Brust. Langsam drehte ich mich um und sah Mekare Graves, ihre gesamten 1,90 m, die im Türrahmen standen.

KAPITEL 34

Abgesehen von ihrer beeindruckenden Größe sah Mekare Graves der Frau, die ich in meinem Büro getroffen hatte, kaum ähnlich. Der Pony ihrer vorher blonden Haare war nun zweifarbig – eine Hälfte war grün und die andere pechschwarz. Zöpfe fielen über ihren Rücken, deren Spitzen eine Mischung aus Gelb, Schwarz und Grün zeigten. Sie trug einen Lederminirock, eine zerrissene Strumpfhose und hohe Doc Martens mit herabhängenden Ketten. Ihr Oberteil war eng und mit so vielen Stacheln besetzt, dass sie aussah wie ein Stachelschwein.

Meine Gedanken überschlugen sich und stolperten übereinander, während sie um meine Aufmerksamkeit kämpften. Einer war allerdings lauter als der Rest.

„Wo sind meine Freunde?!", wollte ich wissen. „Was hast du mit ihnen gemacht? Wo ist Rosalina?" Ich sah über Mekares Schulter und hielt Ausschau nach meiner Freundin.

War sie überhaupt hier? War *ich* überhaupt hier? Was, wenn ich noch in der Trance feststeckte?

„Ich kann beinahe hören, wie sich die Zahnräder in deinem Kopf drehen", sagte Mekare in einem leisen Tonfall, der sich stark von der schwungvollen Stimme unterschied, die sie zuvor benutzt und mit der sie offen und nett geklungen hatte. Stattdessen war ihr gesamtes Auftreten kalt und kalkulierend.

„Wer zum Teufel bist du?!"

„Ich wette, was dich wirklich um den Verstand bringt, ist, ob du wirklich hier bist oder nicht. Und was noch wichtiger ist: Ob du noch in deiner Trance bist", fügte sie mit einem winzigen Lächeln hinzu, bei dem sich ihre dünnen Lippen kaum verzogen.

Mir wurde plötzlich schwindlig.

Mist!

Was, wenn alles, was ich erlebt hatte, seit ich in Erics Hütte meine Augen geschlossen hatte, nur eine raffinierte Illusion gewesen war? Aber wie konnte das sein? Ich zerbrach mir den Kopf, dann traf mich die Erkenntnis wie ein Schlag ins Gesicht.

Die Tränen für ihren Trank!

Oh Gott!

Mein Herz hämmerte unkontrolliert, während mein Blick verzweifelt im Zimmer umherschweifte.

„Was hast du mir angetan?!", rief ich.

Sie zuckte mit den Schultern. „Aber du weißt es doch schon, oder?"

„Die Tränen", flüsterte ich.

Mein Magen drehte sich um und ich schluckte schwer, um mich daran zu hindern, zu würgen. Plötzlich fühlte ich mich innerlich so schmutzig, als wäre ich mit den schlimmsten vorstellbaren Läusen infiziert worden.

Mit Hexenläusen!

Denn sie musste eine Hexe sein. Sie hatte eine Verzauberung benutzt, um sich als Rosalina auszugeben. Entweder das, oder sie hatte mir das alles in den Kopf gesetzt. Wie auch immer, ich konnte nicht glauben, dass ich es nicht sofort durchschaut hatte. Rückblickend betrachtet, sah ich die Anzeichen. Rosalina spielte nicht an ihrem Haar herum.

Ich schüttelte den Kopf. *Toni, reiß dich los!*

Wenn ich noch in der Trance war, musste ich aufwachen. Ich biss mir auf die Wange, bis der Geschmack von Blut meinen Mund erfüllte.

Autsch, das fühlt sich real an.

Aber wenn ich wirklich an diesem merkwürdigen Ort war, wie hatte mich Mekare aus der Hütte geholt und hergebracht? Rosalina, Jake und Eric hätten nie zugelassen, dass sie mich mitnahm, sie hätten um mich gekämpft. Allerdings waren Jake und Eric nicht da gewesen. Oder waren sie zurückgekommen? Jake hatte mir dabei geholfen, aus der Trance auszubrechen, oder? Vielleicht war es die ganze Zeit Mekare gewesen? *Diese verdammte Hexe!*

Woher hatte sie gewusst, wo sie mich finden würde? Die Antwort war dieselbe: Die Tränen. Sie hatte Zauber benutzt, um mich damit aufzuspüren. Ich keuchte, als mir alles klar wurde und Wut und mein Verlangen nach Rache wie eine Flutwelle in mir anschwoll. *„Du* hast Damien ermordet."

Sie schnaubte und setzte eine schüchterne Miene auf. „Das habe ich." Sie klang stolz, als sei sie das Kind in der Schule, das den Wissenschaftswettbewerb gewonnen hatte, und nicht das Monster, das meinen Freund getötet hatte.

„Dafür wirst du bezahlen."

Sofort wuchsen meine Reißzähne und meine Krallen fuhren sich aus. Voller Zorn sprang ich auf sie zu, bereit, ihr den Kopf abzureißen, doch ich schlug gegen eine unsichtbare Barriere und mein Mund krachte gegen etwas, das sich wie Steinmauern um uns anfühlte. Ich schüttelte meinen Kopf, um den Schmerz loszuwerden und starrte Mekare mit ungezügeltem Hass an; die Art, die Arterien verstopft.

Die Hexe stand mit hinter ihrem Rücken verschränkten Händen da und sah gleichgültig aus. „Ich habe erwartet, dass er ein würdiger Gegner sein würde, aber er hat mich enttäuscht."

„Du hast ihn überfallen, du Miststück!"

„Ein Magier sollte immer auf der Hut sein. Es schien, als sei er unvorsichtig geworden. Du kannst mir nicht vorwerfen, dass ich das ausgenutzt habe. In der Liebe und im Krieg ist alles erlaubt. Trotzdem habe ich nicht von ihm bekommen, was ich wollte. Also schätze ich, er hatte doch ein paar Asse im Ärmel."

Was sie von ihm wollte. Dasselbe, das sie versucht hatte, von mir zu bekommen. Das Heilmittel! Damien hatte es mit Magie versteckt.

Schwer atmend blieb ich stehen. „Heb das hier auf", forderte ich und legte eine Hand auf die unsichtbare Barriere, „und ich zeige dir, was erlaubt ist."

Sie verdrehte die Augen und kam einen Schritt näher. „In einem Schließfach, hast du gesagt. Wo genau?"

„Leck mich! Ich weiß nicht, warum du dieses Elixier willst, aber du wirst es nie in die Finger bekommen."

Mekare lachte. „Ich bekomme immer, was ich will, meine Liebe. Zum Beispiel die Geschändete Amphore, das Gefäß und den Dolch."

Was? Nein! Das war nicht möglich.

„Es ist beinahe frevelhaft, dass der alte und einst so mächtige Alpha des legendären Knight-Rudels nie richtig begraben wurde, findest du nicht?"

Ich schüttelte meinen Kopf. „Was hast du getan?"

„Du hast doch nicht gedacht, wir würden zulassen, dass er das Geheimnis des Verstecks des Dolches mit ins Grab nimmt, oder?"

Als sie das Wort *wir* sagte, kam Stephen Erickson in den Raum, mit einem Lächeln auf dem Gesicht, das von einem Ohr zum anderen reichte.

Stephen ist hier?!

Real. Das ist real.

Je mehr Zeit verging, desto sicherer war ich mir. Das hier war keine Trance, keine durch Magie hervorgerufene Halluzination.

„Selbst die Toten reden, wenn man die richtige Frage stellt", sagte Mekare und warf Stephen einen Seitenblick zu.

„Und er hat geredet." Stephen hielt den silbernen Dolch mit dem Jadegriff hoch. „Jake dachte, es sei schlau, so zu tun, als hätte er den Dolch, aber wir wussten, dass der alte Mann ihn versteckt hat. Dieser gierige Bastard, der außerhalb seiner Liga spielen wollte."

Sie lachten beide. Gott, sie hatten das Chaos im Beerdigungsinstitut verursacht, um Walters Begräbnis zu verhindern. All das war nur ein Ablenkungsmanöver gewesen.

Beim Anblick des Dolches in Stephens Hand hatte ich das Gefühl zu ersticken.

Nein, das darf nicht sein.

„Also ..." Mekare legte eine Hand auf Stephens Arm. „Wenn du uns jetzt einfach zu Damiens Elixier bringen könntest, hätten wir alles, was wir brauchen, richtig, mein Lieber?"

„Richtig", sagte Stephen und schenkte ihr ein Lächeln, das von Bettgeschichten zwischen ihnen zeugte.

Ich übergab mich ein wenig in meinem Mund, als ich mir die beiden zusammen vorstellte. Sie waren beide verabscheuungswürdig, und Leute wie sie sollten definitiv nicht vögeln. Sie sollten genug Verstand haben, um nicht zu riskieren, Nachwuchs in die Welt zu setzen. Aus ihrer Beziehung könnte etwas Abscheuliches entstehen. Gremlins wären nichts im Vergleich zu den Kindern, die diese beiden hervorbringen würden.

Die Hexe nahm Stephen den Dolch ab und nachdem sie ihn gekonnt herumgewirbelt hatte, verschwand er. Dann trat sie näher. „Wo genau ist das Schließfach?"

Ich trat einen Schritt zurück und versuchte, das Fenster zu erreichen, doch ich prallte gegen eine weitere Barriere.

Mekare streckte einen Finger in meine Richtung, dann wackelte sie damit. „Na, na, das Kraftfeld umgibt dich, du Dummerchen. Was wäre sonst der Sinn dahinter?"

„Warum willst du das Elixier?", fragte ich, denn ich begriff es nicht.

Hatten sie wirklich so viel Angst, dass Damiens einziges übriggebliebenes Heilmittel vervielfältigt werden könnte? Das würde der Verbreitung von Rhabo ganz sicher in die Quere kommen, und ihre Gans mit den goldenen Eiern töten.

„Wir wollen es einfach", sagte Mekare. „Also sag uns, wo wir es finden können, oder wir zwingen dich dazu."

Ich biss die Zähne zusammen und starrte sie mit dem vollen Ausmaß meines Hasses in den Augen an.

Stephen stieß ein müdes Seufzen aus. „Ich wünschte, der Trick mit den Tränen hätte funktioniert."

Ich runzelte die Stirn. Wovon sprach er?

„Ich auch", sagte Mekare. „Aber während sie in ihrer Trance war, habe ich nur ... Chaos gesehen. Ich konnte keine einzige nützliche Information aus ihrem Kopf ziehen, bis auf generelle Details über ihre Freundin und ihren Lover. Diese kleine Kommunikationsmethode mit dem Tippen und den Zeichen, die ihr euch ausgedacht habt, ist lächerlich. Tatsächlich sind deine gesamten Kräfte ziemlich lächerlich."

Oh, dieses Miststück! Sie war in meinen Verstand eingedrungen.

Dieses schmutzige Gefühl von vorhin kehrte zurück; ein unangenehmes Gefühl, von dem ich nicht glaubte, dass hundert Duschen und zehn Lobotomien es beseitigen könnten. Wenigstens war ihr Versuch gescheitert. Sie hatte nicht damit gerechnet, wie verwirrend meine Kräfte waren. Manchmal hatte *ich* Probleme dabei, die Gerüche, Geräusche und Bilder zu entziffern. Niemand außer mir konnte sich einen Reim auf dieses Durcheinander machen.

Ich dachte an all die Dinge zurück, die ich gespürt hatte und erkannte, dass ich Prinz Kalyll gesehen hatte, weil Mekare nach dem Versteck des Elixiers gesucht hatte. Aber was war mit Em? Warum war sie aufgetaucht? Es würde ewig dauern, herauszufinden, was genau passiert war, doch einige Dinge begannen Sinn zu ergeben. Sie hatte die Tränen benutzt, um meinen Verstand zu durchforsten und uns bis zu der Hütte zu verfolgen. Ich war sicher, dass sie dort angekommen war, bevor Jake und Eric zurückkamen, und dann hatte sie die Scharade der Flucht und der Hilfe beim Ausbrechen aus der Trance gespielt und gehofft, herauszufinden, wo das Elixier versteckt war. Aber was war mit Rosalina und Blaze? Wo waren sie?

Mein Gedankengang wurde von einem plötzlichen verärgerten Ausruf der Hexe unterbrochen.

„Wir warten. Sag uns, wo das Elixier ist!" Plötzlich wurde das Weiße in ihren Augen komplett schwarz, während sie mich anfunkelte, als würde sich Tinte darin ausbreiten.

Verdammte Mitternachtshexe!

Doch auch jetzt sagte ich nichts.

„Was jetzt?!", wollte sie wissen und drehte sich zu Stephen um. „Verlangst du weiter von mir, sie nicht zu verletzen? Ich hätte die Wahrheit schon lange aus ihr herauskriegen können, aber du klammerst dich weiter an die dumme kleine Idee, dass sie sich dir anschließt."

Stephen senkte seinen blauen Blick zum Boden, sobald ich ihn ansah. Einen Moment lang sah er beschämt aus, dann schaute er wieder auf und seine Miene war finster.

Oh-oh! Nicht gut.

„Du kannst mit ihr machen, was du willst", sagte er, auch wenn ein Hauch von Enttäuschung in seiner Stimme lag. „Sag nicht, ich hätte dir keine Chance gegeben, Toni. Ich wollte nicht, dass es so endet. Ich hätte dir alles gegeben, aber es scheint, dass du dich lieber mit deiner mittelmäßigen Agentur durchschlägst und Jake anflehst, dich zu beachten."

„Leck mich", sagte ich. „Wenn du mir mehr als Abschaum zu bieten hast, kannst du dich bei mir melden."

„Den Hexenlichtern sei Dank bist du zur Vernunft gekommen!", sagte Mekare zu Stephen, dann hob sie ihre Hände und bewegte sie in einem komplizierten Muster.

Meine Ohren klingelten, als mich Panik überflutete. Ich rammte meine Schulter gegen die unsichtbare Barriere, prallte jedoch davon ab und Schmerz durchzuckte meinen Arm. Ich tastete die Wände ab und schlug meine Fäuste gegen den magischen Käfig, der mich wie ein Glaszylinder umgab, doch es gab keinen Ausweg. Ich war der Hexe ausgeliefert. Ich dachte darüber nach, mich zu verwandeln, doch was würde das bringen?

Schmerz explodierte in meinem Kopf. Meine Hände flogen an meine Schläfen und ich schrie vor Qualen auf. Mekares eiskalte Stimme durchdrang den Schmerz und hallte in meinem Kopf wider.

Das ist nichts im Vergleich zu dem Schmerz, den ich dir zufügen kann. Aber du kannst dir diese gesamte Erfahrung sparen, indem du mir einfach sagst, wo ich das Elixier finden kann.

Ich biss knurrend die Zähne zusammen und senkte meinen Kopf auf den Boden, um eine Position zu finden, in der diese Folter aushaltbarer war, aber die gab es nicht. Ich spürte nur reine, ungetrübte Qualen.

Ich kann dafür sorgen, dass es aufhört. Sie schnippte mit den Fingern und der Schmerz hörte sofort auf. *Siehst du?*

„Ich kann sogar dafür sorgen, dass du dich besser fühlst." Sie schnippte noch einmal mit den Fingern, und eine Welle des Wohlbefindens überflutete mich.

Ich atmete durch und sank erleichtert auf den Boden.

„Also." Sie neigte ihren Kopf zur Seite und sah mich mit fast mütterlicher Sorge an. „Bist du jetzt bereit zu reden?"

Schnell atmend drückte ich mich auf die Knie und nickte.

Ihre Augenbrauen hoben sich und sie drehte sich zu Stephen. „Ich dachte, du hast gesagt, dass sie willensstark ist?"

Er verengte die Augen. „Wahrscheinlich hat sie vor zu lügen."

Mistkerl! Ich hasste ihn, auch wenn er mich gut kannte, das musste ich ihm lassen.

„Lügen werden nichts bringen, Liebes", sagte Mekare. „Ich werde es merken, wenn du uns nicht die Wahrheit sagst."

Würde sie es merken? War das etwas, was Mitternachtshexen beherrschten? Eine Lüge zu wittern? Ich hatte keine Ahnung. Ich hatte noch nie eine getroffen, und ich wollte keine weitere kennenlernen – nicht, wenn sie alle die Fähigkeit hatten, mein Hirn in einen Smoothie zu verwandeln.

Aber ich musste es versuchen, denn ich konnte nicht zulassen, dass sie Damiens Elixier in die Finger bekamen.

„Es ist in Eric Cross' Haus", sagte ich zögerlich, als würde es mich schmerzen, es zu verraten.

Wieder explodierte Schmerz in meinem Kopf. Ich legte den Kopf zurück und ein qualvoller Schrei entriss sich meiner Kehle. Dann wurde mein ganzer Körper schlaff und ich brach mit einem *Rumms* auf dem Boden zusammen. Meine Glieder zuckten. Mein Rücken krümmte sich, bis er fast durchbrach.

Der Schmerz endete so plötzlich, wie er begonnen hatte.

Tränen traten aus meinen Augenwinkeln und tropften auf den Boden. Ein Speichelfaden lief aus meinem Mund und meine Zunge hing wie eine schlaffe Fahne herab.

Weiße Blitze tauchten vor meinen Augen auf, als ich versuchte, meine Peinigerin anzuschauen. Eins meiner Augen schien in die falsche Richtung zu wandern. Ich blinzelte, denn ich war desorientiert und konnte keinen zusammenhängenden Gedanken fassen.

„Sie wird uns nichts sagen können, wenn du sie umbringst", beschwerte sich Stephen.

„*Komm näher und ich bringe* dich *um, du Arschloch.*" Ich zwang den Gedanken mit meinen Alphakräften in seinen Kopf.

Er ignorierte mich.

„Oh, es geht ihr blendend." Mekare winkte mit einer Hand durch die Luft. „Vielleicht ist sie jetzt bereit, uns die Wahrheit zu sagen."

Meine Atmung kam nun in kurzen Schüben. Einatmen durch den Mund, ausatmen durch den Mund. Mehr Speichel tropfte heraus und hing in Fäden bis auf den Boden.

„Nein?" Mekare ging in die Knie und beugte sich herunter, um mich besser ansehen zu können. „Du bist noch nicht bereit? Vielleicht", sie wackelte mit ihren Fingern, „sollten wir es noch einmal machen?"

Beim Gedanken daran, dass dieser schreckliche Schmerz zurückkehren würde, machte ich mir fast in die Hose.

Sag es ihr. Sag es ihr einfach.

Sie würde Prinz Kalyll das Elixier sowieso nicht abnehmen können. Er hatte gesagt, dass er es sicher aufbewahren würde, und dass er niemandem von seiner Existenz erzählen würde. Wenn sie nach Elyndell reiste, müsste sie gegen den Prinzen und seine Garde kämpfen, um zu bekommen, was sie wollte.

Ich öffnete meinen Mund und die erste Silbe formte sich auf meinen Lippen. Mekares Augen weiteten sich erwartungsvoll und während sie wartete, genoss sie das Gefühl, mich gebrochen zu haben. Aber gerade, als ich es ihr sagen wollte, überkam mich eine Welle von Kraft und völligem Wahnsinn und ich schloss meinen Mund fest.

Ich konnte dem Prinzen seinen Gefallen nicht so zurückzahlen. Wenn ich ihnen sagen würde, wer das Elixier hatte, würde ich einen Krieg zu Kalyll und in sein Reich bringen, und das konnte ich nicht zulassen.

Ermüdet schnaubte Mekare und richtete sich zu ihrer vollen Größe auf. „Tot oder lebendig, sie nutzt uns nichts, also sollte ich es wohl noch einmal probieren." Sie hob ihre Hände, um noch einmal ihren Folterzauber zu wirken, doch als sie ihn gerade in meine Richtung lenken wollte, explodierte die Steinmauer hinter mir nach innen und Trümmer flogen in alle Richtungen.

KAPITEL 35

G roße Stücke Stein und zersplittertes Holz flogen durch die Luft. Mekare drehte sich um und richtete ihre wirbelnden Hände in Richtung der Explosion. Die Trümmer, die auf sie zuflogen, trafen ein Kraftfeld und stürzten stattdessen zu Boden. Stephen rannte los und versteckte sich hinter der Hexe, womit er knapp einem Stück Stein entkam.

Ich rollte mich auf dem Boden zusammen und schlang meine Hände über meinen Kopf. Ein Stück von etwas traf mich an der Seite. Ich stöhnte auf, doch der Schmerz war nichts im Vergleich dazu, was Mekare mir angetan hatte. Da sie ihre Aufmerksamkeit von mir abgelenkt hatte, hatte sich mein unsichtbares Gefängnis scheinbar aufgelöst.

Durch eine Lücke zwischen meinen Augen sah ich zu, wie sich der Staub um ein breites, zerklüftetes Loch legte. Jake und Eric tauchten in dem Hohlraum auf. Sie waren in ihrer Werwolfsgestalt und sprangen sofort vorwärts. In ihren funkelnden Augen glänzte Mordlust.

„Nein! Stopp!", krächzte ich kaum hörbar.

Es gab nichts, was sie gegen die Mitternachtshexe ausrichten konnten. Sie dachten, dass sie mich retteten, doch sie rannten nur in ihren Tod.

Doch natürlich hörten sie nicht auf mich und Mekare bewegte bereits ihre Hände und wirkte einen Zauber, der sie mit Sicherheit töten würde.

Sie hatte Damien besiegt. Zwei Werwölfe zu besiegen, wäre ein Kinderspiel für sie.

Zitternd drückte ich mich auf die Hände und Knie.

Komm schon, Red!

Wenn ich mich verwandeln könnte, würde ich meine Heilungskräfte aktivieren, und dann könnte ich ihnen helfen. Ich spürte, wie mich die Verwandlung ergriff, doch es war langsam, zu langsam. Dunkles Licht schoss aus Mekares Fingerspitzen und flog direkt auf Jake zu, der vorauslief.

Nein!

Ich sah hilflos zu, wie die Magie der Hexe ihn frontal traf. Ich erwartete, dass er vor Schmerzen aufheulen und zu Boden fallen würde, doch stattdessen sprang er unversehrt in die Luft und zielte mit seinen scharfen Krallen auf die Brust der Hexe.

Mekares Mund öffnete sich zu einem „O" der Überraschung, das genau zu meinem passte. Ihr Zauber war an dem grauen Wolf abgeprallt, als wäre es nichts als eine harmlose Brise. Und jetzt stürmte Jake auf sie zu und würde sie in Stücke reißen. Oder zumindest war es das, was hätte passieren sollen, doch er segelte durch die Hexe hindurch, als sie sich eine Sekunde lang in Rauch verwandelte. *Was zum ...?*

Jake krachte stattdessen gegen Stephen, der sich noch immer hinter der Hexe versteckte. Seine Krallen gruben sich in Stephens Rücken, als der Feigling versuchte, sich umzudrehen und wegzurennen.

Mekare erschien wieder. Sie schien Jake unbedingt ins nächste Jahrhundert sprengen zu wollen, doch als sie ihren nächsten Angriff bereitmachte, biss Eric sie in die Wade. Sie schrie vor Schmerzen auf.

Im nächsten Moment waren drei Wölfe im Raum statt nur zwei. Stephen hatte sich blitzschnell verwandelt und umrundete Jake nun knurrend. Mekare richtete ihre knisternden Hände wieder auf Erics Kopf.

Bitte nicht!

Ich versuchte wieder, mich zu verwandeln. Dieses Mal meldete sich Red, und mein Körper wurde von Verwandlungsenergie überströmt. Meine Muskeln und Knochen wuchsen. Scharfe Zähne fuhren sich aus und Krallen durchstachen meine Haut, bereit, Rache zu üben. Meine Kleidung zerriss und fiel von meinem Körper ab. Mein Kopf war plötzlich ganz klar und alle Nachwirkungen von Mekares Folter waren wie weggespült.

Meine Aufmerksamkeit richtete sich wieder auf den Kampf. Jake und Stephen rollten sich auf dem Boden herum und gutturales Knurren drang aus ihren Mäulern, während sie versuchten, einander zu zerfleischen. Eric war nirgends zu sehen und Mekare stand an der Stelle, an der ich sie zuletzt gesehen hatte und schoss Heilungsenergie in ihr Bein.

„Nein, Eric! Wo bist du?" Meine Alphakräfte trugen meinen Gedanken in die Köpfe der Wölfe. Was hatte die Hexe ihm angetan?

„Ich bin hier, Sunder." Ich sah eine Bewegung an dem Loch, das sie in die Wand gerissen hatten und entdeckte einen unverletzten Eric.

Was? Wie war er dort hingekommen? Als ich ihn zuletzt gesehen hatte, war Mekare kurz davor gewesen, ihn in ein Spiegelei zu verwandeln.

Ein Schatten tauchte hinter Eric auf. Ich versuchte, in die Dunkelheit draußen zu spähen, doch ich konnte nur den Umriss einer Person erkennen. War es Rosalina? Nein, das ergab keinen Sinn. Sie würden sie nicht in eine so gefährliche Situation bringen. Außerdem würde sie ihr Gewehr abfeuern, wenn sie hier wäre. Doch wenn sie nicht hier war, wo war sie dann? Ging es ihr gut? Und wer konnte der Schatten sein? Ich schüttelte den Kopf und konzentrierte mich auf Jake. Ich musste ihm helfen, besonders, weil Mekare mit ihrer Heilung fertig war.

Mit hochgezogener Lippe schnippte sie mit einer Hand in Jakes Richtung. Ein Schwall Magie traf ihn und schleuderte ihn durch die Luft. Er prallte gegen die Wand.

Ich brannte vor Wut und sprang auf die Hexe zu, um ihr die Schmerzen heimzuzahlen, die sie mir zugefügt hatte. Kurz bevor ich sie erreichte, warf Stephen jedoch einen bedeutungsvollen Blick in meine Richtung und warnte sie. Blitzschnell bewegten sich ihre Hände für einen komplexen Zauber, und ein Gespinst aus knisternder Energie materialisierte sich vor mir. Ich konnte nicht mehr bremsen und verfing mich in dem Netz. Meine Beine zappelten unter mir.

Ich kämpfte dagegen an, biss die Zähne zusammen, und instinktiv ließ ich einen Stoß sensorischer Energie los, wobei ich meine Fährtensucherkräfte so benutzte, wie ich sie im Zirkeltempel gegen die Hybriden benutzt hatte. Die Reizüberflutung rauschte durch meinen ganzen Körper und reagierte auf Mekares Magie.

Ich machte zwei Schritte vorwärts und mein Blick traf den der Hexe. Sie starrte mich an, als wäre ich ein Alien mit drei Köpfen. Ganz sicher hatte sie noch nie jemanden wie mich getroffen, eine Werwölfin mit Magie.

Sie beugte sich vor und streckte ihre Hände auf meinen Kopf zu, um ihren Angriff zu intensivieren. Ich verdoppelte meine eigene Verteidigung und machte einen weiteren Schritt nach vorne. Mein ganzer Körper zitterte vor Anstrengung, aber ich schaffte es, voranzukommen.

Mekares Gesicht verhärtete sich vor Panik. Der schimmernde Abgrund ihrer vollkommen schwarzen Augen erzitterte. Ich machte einen weiteren Schritt, jeder Muskel war angespannt, so sehr, dass ich wie eine Rakete aus einem Raketenwerfer davonfliegen würde, wenn sie ihren Angriff abbrach. Gut, vielleicht würde ich durch sie hindurchfliegen und ein riesiges Loch in ihre Mitte schlagen.

Um ihre Taktik zu ändern, hob sie eine Hand und wackelte mit ihren Fingern, um einen Feuerball zu schaffen. Bösartig stieß sie ihn mir ins Gesicht. Ich wich zurück; die Hitze versengte meine Wimpern und blendete mich eine Sekunde lang.

Ich schüttelte meinen Kopf, um den Schleier vor meinen Augen zu vertreiben, und als ich mich umblickte, sah ich, dass Jake wieder auf den Pfoten stand und sich Eric wieder an die Hexe heranschlich. Hinter Mekare lauerte Stephen, der den Kopf zum Boden gesenkt hatte und mit funkelnden blauen Augen immer wieder zur Tür hinüberschaute.

Der Feigling plante bereits seine Flucht, genau wie beim letzten Mal. Doch heute würde er für alles bezahlen, was er getan hatte. Für Damien, für all die Vampire, die durch Rhabo umgekommen waren, und für alle, die noch immer unter den Effekten litten und keine Hoffnung mehr hatten.

Es stand drei von uns gegen zwei von ihnen. Nein, vier, erkannte ich, als die andere Person, die ich draußen gesehen hatte, diesen Moment dafür wählte, sich zu zeigen.

Einen Moment lang hatte ich Hoffnung und dachte, dass derjenige, den Jake und Eric mitgebracht hatten, das Blatt wenden würde, doch ich irrte mich. Und wie. Denn die Person, die in den Raum trat, war niemand anderes als Bernadetta Fiore.

Die Dunkle Donna war hier und sie war definitiv *nicht* auf unserer Seite.

KAPITEL 36

Die Luft gefror in meinen Lungen und es wurde unmöglich zu atmen. Jede Hoffnung, die ich gehegt hatte, starb einen schrecklichen Tod. Die Waage war zur falschen Seite gekippt, so sehr, dass sich das Gefühl hatte, der Raum wurde aus den Angeln gehoben.

Ich sah panisch in Jakes Richtung. Er war auf Mekare und Stephen konzentriert und ignorierte die Anwesenheit der Vampirin. Hatte er nicht bemerkt, dass die bösartige Blutsaugerin hereingekommen war? Das war unmöglich. Seine scharfen Werwolfssinne verpassten nichts, auch wenn noch immer eine Menge Staub und Magiegeruch in der Luft lag, was es schwierig machte, Gerüche zu erkennen.

Auch Eric bemerkte ihre Anwesenheit nicht und ging mit gefletschten Zähnen und aufgestellten Nackenhaaren auf die Mitternachtshexe zu.

Waren sie beide blind? Oder hatte Mekare mein Hirn so sehr gegrillt, dass ich halluzinierte? *Oje.* Das musste es sein. Mein Hirn war nur noch ein gebratener Hühnerflügel. Anders konnte ich mir nicht erklären, was ich als Nächstes sah.

Blaze schlenderte herein und stellte sich neben Bernadetta.

Was im Namen der heiligen Hexenlichter?!

Was machte mein Kater hier? Und warum glühten seine Augen wie Glut?

Ich blinzelte und schüttelte meinen Kopf, um ihn freizubekommen, dann sah ich noch einmal hin. Blaze war immer noch da und alle taten so, als würde nichts Seltsames passieren.

Na ja, nicht wirklich.

Mekare und Stephen bewegten sich nicht mehr und ihre Augen waren auf die Vampirin mit der rauchgrauen Katze an ihrer Seite gerichtet.

„Endlich finde ich euch", sagte Bernadetta mit ihrer dunklen Stimme. „Ihr habt euch als ziemlich schwer zu fassen erwiesen."

Mekare machte ein paar Schritte zur Seite, als wollte sie ihr zeigen, dass Stephen auch dort war und sich hinter ihr versteckte. Als er entblößt wurde, sah Stephen aus, als wäre er kurz davor, sich in die Hose zu machen – oder eher auf den Boden, denn er trug keine Hose. Aber er war nicht der Einzige, der ängstlich aussah. Mekare schien auch eine Erwachsenenwindel zu brauchen.

Jetzt war ich wirklich verwirrt.

Mekares Blick richtete sich auf Blaze. Sie schüttelte sich und richtete sich merklich auf, um weniger eingeschüchtert auszusehen. „Ist das alles, was du zu bieten hast? Eine Katze?"

„Es ist keine gewöhnliche Katze. Er ist ein Kupfermagier, der aus vielen Gründen unglaublich wütend auf dich ist", sagte die Dunkle Donna, deren schmale Figur inmitten der massiven Trümmer unglaublich einschüchternd aussah.

Was?!

Die Zahnräder in meinem Hirn begannen, sich zu drehen. Ein Kupfermagier? Mein Herz setzte einen Schlag lang aus.

Damien?

Nein. Das war unmöglich. Ich hatte ihn sterben sehen. Doch wenn es nicht Damien war, wer war es dann?

Oh, Hexenlichter! Blaze war gar kein Kater. Kein Wunder, dass er sich nie wie ein richtiges Haustier verhalten hatte. Panisch versuchte ich mich an all unsere Interaktionen zu erinnern. Ich war immer gut zu ihm gewesen, oder? Hasste er mich dafür, dass ich ihn wie ein Tier behandelt hatte?

„Ihr mögt denken, dass ihr im Vorteil seid ..." Mekares Blick wanderte im Raum herum, während sie jeden von uns ansah. Drei Werwölfe, eine uralte Vampirin und ein Kupfermagier ... das Blatt hatte sich wirklich gewendet.

„Und vielleicht ist es wahr", gab die Hexe zu. „Aber ihr werdet mich nicht lebend kriegen. Du bist schwach, *Dunkle Donna*." Sie sprach den Spitznamen mit einer gehörigen Portion Sarkasmus aus. „Du bist nur noch ein Schatten deines alten Selbst und bald wirst du tot sein."

Bernadettas Gesicht zuckte und ich sah einen Hauch von Angst. Ich beobachtete sie aufmerksam und versuchte, zwischen den Zeilen zu lesen. In den Worten der Hexe lag ein Unterton, eine Wahrheit, die sich nicht leugnen ließ. Und da wurde es mir klar. Die Dunkle Donna war krank, was nur eines bedeuten konnte.

Sie hatte Rhabo konsumiert.

Verdammt noch mal!

Mekare lachte; ein tiefes, kehliges Geräusch, das gezwungen klang. Obwohl sie wusste, dass die Gesundheit der Vampirin gefährdet war, hatte die Hexe trotzdem Angst vor ihr.

„Ihr werdet für euren Verrat bezahlen. Ihr beide", sagte Bernadetta und in ihrer gebieterischen Stimme schwang ein Versprechen mit. „Händigt mir die Geschändete Amphore aus, und ich erwäge, euch schnell zu töten."

Stephen, der praktisch am ganzen Körper bebte, trat mehrere Schritte zurück und drückte sich an die Wand. Dann rannte er los und sprang auf die Tür zu, doch bevor er es über die Schwelle schaffte, flinkte Eric in das Loch und versperrte ihm den Weg. Stephen wich zurück und schlich langsam auf Mekare zu. Sie wirbelte zu ihm herum und trat ihm in die Rippen.

„Weg von mir, du Feigling", blaffte sie. „Ich habe meine Zeit mit dir verschwendet. Du bist mir schon lange nicht mehr nützlich."

Er heulte auf und seine Beine zitterten. Panisch sah er sich im Raum um und sein Blick blieb an mir hängen. Plötzlich legte er die Ohren an und sein Schwanz krümmte sich nach unten. Er bewegte sich, als würde ihm ein Korken im Hintern stecken, und kam in meine Richtung.

„Toni, du darfst nicht zulassen, dass sie mich umbringen. Bitte hilf mir."

Ich stieß ein kurzes Bellen aus, das wie ein Lachen klang. *„Dir helfen? DIR helfen?! Nach allem, was du getan hast? Deinetwegen ist Damien tot."*

Stephen schüttelte seinen Kopf. *„Nein. Das war Mekare. Nicht ich."*

Er kam langsam näher, so nah, dass ich praktisch seine Angst schmecken konnte. Seine Feigheit. Ein tödlicher Instinkt überkam mich. Er musste sterben, um für seine Taten zu bezahlen. Ich fletschte die Zähne, bereit, ihm die Kehle herauszureißen.

„Bitte, Toni. Sie ... Mekare hat die Geschändete Amphore, nicht ich. Sie war es die ganze Zeit."

Bevor ich einen Muskel bewegen konnte, um Stephen anzugreifen und meine Rache auszuüben, griff die Mitternachtshexe mit einer fließenden Bewegung an. Sie hielt den Jadedolch in der Hand und stach ihn in Stephens Schulterblatt, doch sie verstärkte ihren Angriff mit einem Magiestoß.

Stephen jaulte vor Schmerzen, legte seinen Kopf in den Nacken und wand sich. Mit einem freudigen Glanz in den Augen zog Mekare die Klinge wieder heraus. Stephen brach auf dem Boden zusammen, als seine Beine nutzlos für ihn wurden. In seinem Gesichtsausdruck lag ein Flehen, das unmöglich zu übersehen war.

Ich spürte einen Stich des Mitleids in meiner Brust und ich hasste mich dafür. Er verdiente es nicht.

„Ich habe n-nie irgendjemanden getötet", dachte er traurig, und ich wusste nicht, ob es Bedauern oder Reue war.

Wie auch immer, es tat nichts zur Sache. Er mochte niemanden direkt getötet haben, aber er war verantwortlich für den Tod vieler. Dass er nie eine Waffe in seinen eigenen Händen gehalten hatte, bedeutete gar nichts.

Ich trat mehrere Schritte von ihm weg, um mich weder an seinem langsamen Tod zu erfreuen, noch mich von meinem Mitleid überwältigen zu lassen. Stattdessen richtete ich meine Aufmerksamkeit auf die Hexe vor mir. Ein winziges Lächeln legte sich auf ihre Lippen und als ich Bernadetta ansah, entdeckte ich einen ähnlichen Ausdruck auf ihrem Gesicht.

„Ich muss dir dafür danken", sagte die Dunkle Donna. „Ich glaube, jeder hier hegte aus irgendeinem Grund Groll auf ihn. Selbst du." Sie sah zu Blaze hinunter, der neben ihr saß, wie Katzen es eben tun – auf seinen Hinterläufen, die Vorderbeine perfekt ausgerichtet, seinen Schwanz um seine Pfoten geschlungen.

Stephens Atmung wurde immer schwerer. Der metallische Geruch von Blut erfüllte die Luft und ich weigerte mich, ihn noch einmal anzusehen.

„Jetzt seid ihr dran", sagte Bernadetta. Sie zeigte auf Jake und Eric.

Und die Wölfe begannen, sich auf die Hexe zuzubewegen.

KAPITEL 37

Mekare, die noch immer den Dolch hielt, hob ihre freie Hand und schoss einen Strom dunkler Magie auf Jake zu. Ich handelte instinktiv, sprang über Stephens Körper und stürzte mich auf die Hexe. Sie sprang aus dem Weg und ließ einen weiteren Magiestrom in meine Richtung fließen. Ich zuckte zusammen und mein Körper versteifte sich, als er sich auf den Schmerz vorbereitete, doch ich bekam ihn nicht zu spüren.

Ich war unversehrt und Jake ebenfalls.

Die Hexe fluchte, und dieses Mal richtete sie ihren Angriff auf Eric. Bernsteinfarbene Energie schoss aus Blazes Augen und traf Mekares, um das Geschoss abzuwehren. Sie funkelte die Katze hasserfüllt an.

„Ich bereue es, dich nicht getötet zu haben", rief sie und warf ein Geschoss aus dunkler Energie in seine Richtung, das Blaze verfehlte, als er anmutig aus dem Weg sprang.

Mist!

So wie es aussah, kannten sich die beiden schon.

Mekare änderte ihre Taktik und bewegte ihre freie Hand in der Luft, wo das Jadegefäß – der zweite Teil, der die Geschändete Amphore bildete – erschien.

„Warum gibst du mir nicht dein Blut, *Dunkle Donna*?", sagte die Hexe in spöttischem Ton. „Vielleicht flöße ich es Stephen ein, damit er ein treuer Diener wird. Ich glaube, er ist noch am Leben." Sie warf einen Seitenblick auf den gefallenen Wolf, dessen Brust sich nun kaum noch bewegte.

Bernadetta funkelte die Hexe an.

„Nein?", sagte Mekare und richtete ihre Aufmerksamkeit wieder auf die Vampirin. „Wie schade. Aber das macht nichts, ich habe ja schon ein paar von ihnen."

Ein paar von ihnen?

Meinte sie die Hybriden, die wir im Wald bekämpft hatten?

Oh Gott!

Waren sie hier?

Mekare atmete tief ein und ihre Augenlider flatterten, als sie ihren Kopf zurücklegte. „Kommt zu Mama", rief sie, während sich ein breites Lächeln auf ihren Lippen ausbreitete.

Von irgendwo im Haus ertönte Krachen, das sich anhörte, als würde ein tollpatschiger Riese das Haus kurz und klein schlagen, um hierherzugelangen.

Jakes und Erics Ohren drehten sich in diese Richtung, und meine ebenfalls.

Ohne eine Vorwarnung stürmte die Dunkle Donna vorwärts und ihre Bewegungen verschwammen, während sie auf die Hexe zurannte. Alles passierte zu schnell, um es mit bloßen Augen zu beobachten, doch im nächsten Moment krachte Bernadetta gegen die Wand vor der Mekare gestanden hatte.

Dort, wo die Hexe gewesen war, erschien eine Wolke aus schwarzem Rauch.

Blaze knurrte, sein Rücken krümmte sich und sein Schwanz hob sich weit in die Luft. Ein Strom von bernsteinfarbener Magie schoss aus seinen Augen direkt auf den wabernden Rauch zu. Bevor sie ihn treffen konnte, schrumpfte die Nebelwolke zusammen, als ob der Boden sie wie eine Spaghettinudel aufsaugte, dann bewegte sie sich zur Seite und nahm ein Stück entfernt wieder ihre ursprüngliche Größe an.

Ich stürzte mich darauf, biss meine Zähne um den Rauch zusammen, doch ich bekam nichts zu fassen. Jake und Eric kamen näher, um zu helfen, doch sie mussten sich umdrehen, als die Hybriden an der Tür erschienen. Die Bestien prallten gegeneinander, fletschten ihre riesigen

Zähne und schnappten nach einander, während sie darum stritten, wer zuerst eintreten sollte.

Als die Hybriden schließlich durch die Tür kamen, duckte sich Blaze und griff die Hexe erneut an. Wieder schrumpfte sie aus dem Weg, huschte über den Boden und erschien ein Stück von der Stelle entfernt, an der der Rauch vorher gewesen war.

Mir wurde klar, dass sie sich auf das Loch in der Wand zubewegte.

„Sie darf nicht entkommen!"

Nicht mit der Geschändeten Amphore. Nicht mit ihrem Leben.

Ich rannte ihr nach, während sie sich mit demselben Trick immer weiter wegbewegte, wobei sie mit jeder Sekunde schneller und schneller wurde. Nach ein paar Sekunden hatte sie das Haus verlassen und ihr schattenhafter, substanzloser Körper verschmolz mit der Nacht.

Wir mussten irgendetwas tun, denn bei diesem Tempo würde sie innerhalb von Minuten meilenweit entfernt sein. Wenn sie mit dieser Amphore davonkam, war die Stadt dem Untergang geweiht.

Ich rannte nach draußen, gefolgt von Blaze, während sich hinter uns Jake und Eric den Hybriden stellten. Ich wollte sie nicht allein lassen, aber sie konnten auf sich selbst aufpassen, deshalb verdrängte ich den Gedanken aus meinem Kopf und spähte in die Dunkelheit, um die Hexe nicht zu verlieren.

Ein weißes Licht schoss aus Blazes Schwanz und explodierte über uns, wodurch die Umgebung beleuchtet wurde. Wir befanden uns in einem mit Unkraut bewachsenen Garten, der von hohen Bäumen umgeben war. Eine Sekunde lang dachte ich, ich hätte sie aus den Augen verloren, aber dann sah ich eine Rauchschwade, die sich um einen Busch schlängelte, und rannte ihr mit Vollgas hinterher.

Blaze hielt mit mir Schritt. Ich warf ihm einen Seitenblick zu, verwirrt, bei dieser Jagd einen so ungewöhnlichen Partner zu haben. Als das Licht seines vorherigen Zaubers nachließ, schoss er eine Energiekugel voraus. Meine Wolfsaugen hätten ausgereicht, um normale Beute auch in einem dunklen Wald zu verfolgen, doch eine Rauchwolke war eine andere Geschichte.

In dem erneuerten Licht bemerkte ich, dass Mekare die Distanz zwischen uns verdoppelt hatte, was keinen Zweifel daran ließ, dass sie mit jeder verstreichenden Sekunde schneller wurde. Wenn ich sie schnappen wollte, musste ich schneller werden.

Ich rief mir die Wut wieder ins Gedächtnis, die meine Geschwindigkeit antrieb und ein elektrisches Kribbeln schoss über meinen Rücken und in meine Glieder. Meine Beine begannen sich in erstaunlicher Geschwindigkeit zu bewegen und ich schoss hinter ihr her. Bäume verschwammen neben mir. Ich ließ Blaze hinter mir, doch im nächsten Moment holte ich Mekare ein. Entschlossen rannte ich auf sie zu, doch wie Bernadetta schaffte ich es nur, durch sie hindurchzulaufen.

Ich trat auf die Bremse und kam schlitternd zum Stehen, dann wirbelte ich herum. Die Wolke der Dunkelheit hielt an und schwebte in der Luft, wobei sie bedrohlich wogte.

Oh nein. Was jetzt?

Ich war so versessen darauf gewesen, sie einzuholen, dass ich nicht darüber nachgedacht hatte, was ich tun würde, wenn ich es schaffte. Jetzt standen wir uns gegenüber, und ich war ratlos und verloren.

Ihr Körper materialisierte sich.

„Du hast also die Flinkheitskraft, wie ich sehe." Sie hob eine ihrer Augenbrauen und schien leicht überrascht über diese Entdeckung. „Ich wette, du hältst dich für mutig, aber du bist nur dumm. Was denkst du, wer dir jetzt helfen wird? Ich will dich schon lange töten, aber Stephen war so blind. Und jetzt kommst du zu mir." Sie lächelte hämisch und wirbelte eine Hand durch die Luft, wobei die Magie in ihrer Handfläche knisterte.

Ich suchte ihren Körper nach der Geschändeten Amphore ab, doch ich hatte keine Ahnung, wo sie sie hingetan hatte – sicherlich hatte sie sie nicht unter ihrer engen Kleidung versteckt.

Mein Herz hämmerte unkontrolliert, während sie ihre Hand zurück- zog, bereit, ihre dunkle Magie auf mich loszulassen. Ich konzentrierte mich auf meine Wut und meine Flinkheit. Wenn ich mich schnell genug bewegte, konnte sie mich nicht treffen.

Bitte lass mich jetzt nicht im Stich.

Abrupt bewegte sie ihr Handgelenk und ein Spinnennetz aus En- ergie schoss auf mich zu. Zu meiner Erleichterung schaffte ich es, meine Geschwindigkeit zu nutzen und sprang gerade rechtzeitig aus dem Weg.

Mekares Angriff schlug auf dem Boden auf und verbrannte die Erde, wo nur noch ein Loch übrigblieb.

Sie stieß ein abschätziges Geräusch aus. Ihre Augen verengten sich und ließen sie aussehen wie jemand, der gerade eine Mathematikaufgabe löste. Ihr Mund verzog sich zu einem kühlen Lächeln, während sie einen weiteren Zauber wirkte. Eine neue Kugel aus Energie formte sich in ihrer Handfläche und wurde noch größer als die letzte.

„Mal sehen, ob du dem auch ausweichen kannst." Sie zog ihre Hand zurück.

Ich sah wachsam zu und als sie ihr Handgelenk nach rechts bewegte, flinkte ich nach links. Doch als sie ihre Hand dann in die gegensätzliche Richtung drehte, flog der Zauber genau auf mich zu.

Sengende Energie traf mich direkt in die Brust.

Die Hitze von tausend Sonnen verschlang mich. Ich flog rückwärts und krachte auf den Boden, wobei mein Fell zu rauchen begann und meine Haut brutzelte wie Fleisch auf einem Grill. Ich jaulte vor Schmerz und wand mich, als würde das die Qualen vertreiben, doch es machte sie nur noch schlimmer, da der harte Boden meine blasige Haut aufriss und rohes Fleisch entblößte.

Am Rande meines Bewusstseins spürte ich, wie Mekare über mir stand. Ich biss meine Zähne zusammen, kämpfte gegen den Schmerz an und versuchte, mich auf sie zu konzentrieren. Meine Sicht war verschwommen. Meine Augenlider waren nur noch dünne Schichten aus freiliegendem Gewebe. Ich konnte kaum die Augen offen halten, während ich zu ihr hoch blinzelte, während meine verzweifelten Bewegungen endlich ein Ende fanden, als mir die Kraft ausging.

„Neue Welpen können so arrogant sein", sagte Mekare. „Hast du wirklich gedacht, dass du mich bekämpfen könntest? Du magst ein paar Kräfte haben, über die nicht alle Alphas verfügen, aber ich bin schon ziemlich lange in diesem Geschäft." Sie schnaubte, um zu zeigen, wie amüsiert sie über den Anblick meines verstümmelten Körpers war. „Ich würde dich gerne hier leiden lassen, aber ich ziehe es vor, nichts dem Zufall zu überlassen, wenn ich die Gelegenheit dazu habe, besonders den Tod meiner Feinde. Es kann immer etwas schiefgehen, wie zum Beispiel diese verdammte Katze."

Jede Zelle meines Körpers schrie vor Qualen, während ich zusah, wie die Hexe mit einer Bewegung ihrer Finger einen Todeszauber vorbereitete. Ich dachte noch, ich sollte mich bewegen, versuchen, etwas zu tun, um mich zu retten, doch warum sollte ich? Sie war im Begriff, den Schmerz zu beenden.

„Lebewohl, Toni Sunder." Sie senkte ihre Hand, um den tödlichen Schlag auszuführen, doch dann schrie sie auf. Ihre Hände flogen zu ihrem Kopf. Eine knurrende, wilde Kreatur hatte sich auf sie gestürzt und tat ihr Bestes, um ihr die Augen auszukratzen.

Blaze!

Seine kleine Katzengestalt klammerte sich an den Kopf der Hexe wie ein bösartiger, mörderischer Hut. Er fauchte und stieß kehlige Geräusche aus, während er immer wieder mit seiner kleinen Pfote auf Mekares linkes Auge einschlug und mit seinen Krallen über ihr Augenlid kratzte, bis Blut zu sehen war.

Einen verwirrten Moment lang stolperte Mekare, während sie versuchte, die wilde Kreatur von sich zu lösen. Ihre Magie schien dank der instinktiven Panik wie vergessen. Als sie wieder klar denken konnte, sprach sie einen Zauber und packte Blaze mit knisternden Händen am Genick. Ein Energieblitz schoss durch seinen Körper und er wurde steif. Mit einem angewiderten Laut warf die Hexe ihn zu Boden, wo er mit einem *Rumms* aufschlug. Sein Körper sprühte Funken, als wäre er ein eigenes kleines Gewitter.

Ich betrachtete ihn durch trübe Augen.

Nein, Blaze!

Ich wollte nach ihm greifen und sein weiches Fell streicheln, doch ich konnte nur mitansehen, wie Mekares Zauber seinen kleinen Körper zerstörte.

„Teufelsmagier", zischte die Hexe, presste eine Hand auf ihr zerfetztes Augenlid und murmelte einen Zauber, der ihre Verletzung sofort heilte.

Wer bist du, Blaze?

Als ob er antworten würde, zuckte sein Körper, sein graues Fell löste sich auf und er sah aus wie ein nacktes, faltiges Neugeborenes. Dann wurde seine Wirbelsäule länger und seine katzenhaften Züge verwandelten sich in etwas anderes ... etwas Menschliches.

Ein Schopf grauer Haare wuchs auf seinem Kopf, während er selbst weiter wuchs. Seine spitzen Ohren verschwanden und erschienen wieder an der Seite seines Kopfes. Seine vorderen Zehen wurden zu Fingern. Sein Schwanz löste sich auf und die Gelenke seiner Hinterbeine drehten sich um.

Ich kämpfte gegen meine Schmerzen und starrte ihn an, während seine runden Augen oval wurden, sich dichte Augenbrauen bildeten und ein vertrautes Gesicht zum Vorschein kam.

Damien, Damien, Damien!

Blaze war Damien. Damien war Blaze!

Wie?! Er lag bewegungslos neben mir.

Nein.

Nein.

NEIN!

Mein Blick wanderte über seinen Körper und verzweifelt suchte ich nach Lebenszeichen.

Damieeeeeen!

Sein Name lebte in meinem Kopf.

Bitte, bitte, bitte, sei am Leben.

Ich starrte seine Brust und seinen Bauch an.

Atmest du? Bitte atme.

Ich glaubte, eine leichte Bewegung zu sehen, doch ich war nicht sicher. Meine Augen waren verletzt und ich konnte nicht klar sehen.

Mekares Mund verzog sich, während sie Damiens ausgemergelte Gestalt betrachtete. „Wie zum Teufel? Hat dir denn niemand beigebracht, wie man tot bleibt?" Sie schüttelte den Kopf. „Ihr seid alle solche Nervensägen." Sie kam näher und bereitete zwei Todeszauber vor, einen in jeder Hand. „Zwei Fliegen mit einer Klappe."

Nein.

Ich hatte eine Kraft, die kein anderer Alpha hatte, und deren Ausmaß, deren Tödlichkeit sie nie erahnen könnte. Wenn es bei Vampiren und Hybriden funktioniert hatte, würde es auch bei verdammten Mitternachtshexen funktionieren.

Bevor sie Zeit hatte, ihre Hände in unsere Richtung zu strecken, zog ich Kraft aus den Tiefen meiner Seele und sprang auf die Füße. Dann öffnete ich mein Maul für einen gequälten Schmerzensschrei und biss fest in ihre Wade.

Ich ließ all meine Angst und Verzweiflung um Damien los und ließ eine Flut von Sinnessignalen in die Hexe fließen. Mein Körper begann zu glühen, während ich einen perfekten Weihnachtsbaum imitierte.

Gerüche, Geräusche, Eindrücke und selbst der Schmerz, der sich wie eine Million winzig kleiner Flammen anfühlte, die jede Zelle meines Körpers versengten; ich ließ alles in sie fließen.

Ich hasse dich mehr, als ich jemals irgendjemanden gehasst habe.

Mit jedem Quäntchen meines Seins wünschte ich mir ihren Tod, ich wünschte mir, sie von der Erde zu tilgen, sodass sie niemals mehr jemandem wehtun konnte.

Als ein schriller Schrei aus ihrer Kehle drang, genoss ich das Geräusch und nutzte es als Treibstoff für meine Abscheu, um mich an den Rand des Bewusstseins zu klammern und ein zusätzliches Quäntchen Energie aufzubringen, um meinen Angriff fortzusetzen.

Ein metallischer Geruch überwältigte mich, während Mekares Blut in meinen Mund floss. Dem starken Sprudeln nach zu urteilen, hatte ich eine Schlagader getroffen.

Bösartig schüttelte ich meinen Kopf und meine scharfen Reißzähne durchtrennten Haut und Sehnen, während meine Fährtensuchermagie in sie floss. Meine Augen verdrehten sich und meine Beine zitterten unter mir.

Komm schon, red. Nur noch ein bisschen länger, dann stirbt sie.

Doch ich war zu schwach und mein sensorischer Angriff wurde schwächer.

Ich spürte vage, wie Mekare ihre Selbstbeherrschung wiedererlangte und einen Zauber wirkte. Dieselbe Rauchwolke, die ich vor wenigen Augenblicken verfolgt hatte, materialisierte sich vor mir. Mein Kiefer erschlaffte, als ich die substanzlose Gestalt der Hexe sah.

Da ich nichts mehr hatte, was ich festhalten konnte, brach ich auf dem Boden zusammen, meine Beine zuckten und meine Sicht und mein Leben entglitten mir. Als ich völlig erschöpft dalag, beobachtete ich, wie sich die Rauchwolke zaghaft entfernte. So vorsichtig hatte sie sich zuvor nicht bewegen müssen.

Ich hatte dich fast, du Miststück!

Obwohl ich am Rande des Todes stand, stellte ich mir vor, dass ich sie schnappen und dafür sorgen konnte, dass sie nie wieder atmete, doch es war nur ein trüber Gedanke in meinem dahinschwindenden Verstand.

Während mir mein Leben entglitt, sah ich Damien an.

Es tut mir leid. Ich hätte es wissen müssen. Verzeih mir.

KAPITEL 38

„Wwarte, Toni", hörte ich eine heisere Stimme am Rande meines Bewusstseins sagen. „Lass ... lass nicht los."

Es erforderte unglaubliche Anstrengung, ein Auge zu öffnen und die verschwommene Gestalt anzusehen, die neben mir lag. Eine seiner zitternden Hände griff nach meiner Pfote.

Damien kroch einen schmerzhaft quälenden Zentimeter nach dem anderen in meine Richtung. Meine Augen schlossen sich.

„T-toni", hauchte er.

Ich blinzelte und sah, wie sein Finger gegen meinen strich. Ein kaum spürbarer Magieschub kroch mein Bein hinauf und eine Sekunde lang dachte ich, er hätte genügend Energie, um mich zu retten, um sich selbst zu retten, doch so war es nicht. Er hatte es versucht, er hatte gegeben, was ihm noch blieb, dann fiel er mit einem letzten Atemzug um. Einen Augenblick später sog auch ich meinen letzten Atemzug in meine Lunge.

Ruckartig setzte ich mich auf.

Mom war sofort an meiner Seite und nahm meine Hände in ihre. „Toni!"

„Nein, Mom. Was tust du hier?! Du musst hier verschwinden."

„*Shh, shh,* ist schon gut, Liebes. Du bist in Sicherheit."

Mein Herz hämmerte. Meine Lunge pumpte so schnell wie die einer Maus. Verzweifelt sah ich mich um und merkte, dass ich mich in einem sterilen Krankenhauszimmer befand. Lucia und Daniella standen hinter Mom und sahen im Licht der Leuchtstoffröhren blass und besorgt aus.

„W-o ... wo ..."

Der Mund meiner Mutter öffnete und schloss sich wieder, doch es kam nichts heraus. Daniella drückte sie behutsam aus dem Weg und nahm ihren Platz ein. Sie lächelte und drückte mich sanft auf das Kissen, ganz die Heilerin.

„Ich bin sicher, du hast tausend Fragen", sagte sie. „Lass mich ein paar davon vorwegnehmen, während du tief durchatmest."

Ihre braunen Augen, die meinen so ähnelten, waren voller bestärkender Energie, die meine Aufmerksamkeit wieder auf meinen aufgewühlten Zustand lenkte. Ein Teil von mir wollte losschreien und alles wissen, doch meine Schwester hatte immer eine beruhigende Wirkung auf mich gehabt.

Ich atmete ein paar Mal tief durch und nickte.

„Gut", sagte Dani. „Mal sehen ... du bist seit ein paar Tagen im Krankenhaus. Du warst in schlechtem Zustand, aber jetzt geht es dir wieder gut. Damien ging es auch schlecht, aber auch er hat sich erholt." Ein Lächeln breitete sich auf ihren Lippen aus, doch es erreichte ihre Augen nicht.

Das bedeutete, dass sie auch schlechte Nachrichten hatte, und ich bereitete mich darauf vor, indem ich den Atem anhielt.

„Deine Freunde sind vor der Tür", fügte sie hinzu. „Sie wollen dich sehen. Lass mich sie reinholen."

Ich atmete aus und die Faust der Angst, die mein Herz zerquetscht hatte, ließ es los.

Lucia kam näher. „Hey, Schwesterchen. Du hast uns ganz schön Angst eingejagt. Zuerst Mom, dann du. Ich frage mich, wer als Nächstes dran ist?"

„*Shhh*, Mädchen", sagte Mom. „Niemand ist als Nächstes dran. Komm schon, holen wir dir etwas zu essen. Wir kommen gleich wieder, Liebes. Lucia ist dir seit gestern nicht von der Seite gewichen."

Das überraschte mich. Lucia lächelte verlegen und vermied um jeden Preis Augenkontakt. Tränen traten in meine Augen. Als die Jüngste schien sie immer im Mittelpunkt stehen zu wollen und tat so, als bräuchte sie niemanden von uns. Es war schön zu sehen, dass es nicht so war.

Sie folgten Dani aus dem Raum und einen Moment später trat Jake ein. Er machte drei große Schritte durch den Raum und nahm mich fest in seine Arme.

„Toni!"

„Jake." Die Tränen, die sich in meinen Augen gesammelt hatten, liefen mir über die Wangen, als mich seine Wärme umhüllte. „Dir geht es gut. Gott sei Dank."

Durch den Schleier meiner Tränen sah ich Eric, der zum Fuß des Bettes ging. Er nickte einmal, und sein Blick ähnelte dem von Dani.

Jake löste sich aus der Umarmung und sein Blick wanderte über mein Gesicht, während er meine Wange streichelte.

„Sie ist davongekommen", sagte ich. „Mit der Amphore."

„Ist schon okay", sagte er. „Es ist nicht deine Schuld."

„Damien, er lebt." Ein hysterisches Lachen entkam mir.

Erics blaue Augen erwachten für einen Moment zum Leben. „Dieser Mistkerl ist schwerer zu töten als eine Kakerlake."

Ich wollte gerade etwas sagen, dann hielt ich inne und sah zur Tür. „Wo ist Rosalina?"

Jake und Eric tauschten angespannte Blicke.

Mein Herz begann außer Kontrolle zu geraten. „Wo zur Hölle ist Rosalina?", forderte ich.

„Als ... als wir zur Hütte kamen, wart ihr beide weg. Blaze, Damien, hat uns zu dir geführt. Wir haben gegen die Hybriden gekämpft und sie besiegt. Nachdem wir dich und Damien gefunden hatten, haben wir das ganze Haus durchsucht, aber wir konnten sie nicht finden. Toni, es tut mir leid." Sein Blick richtete sich auf den Boden. „Wir wissen nicht, wo sie ist."

Schmerz, der sich wie heißes Feuer anfühlte, ergriff mein Herz und ich schrie und schrie, dann schlug ich Jakes Arm weg, als er versuchte, mich zurückzuhalten. Ich krallte mich an die Laken, warf sie zu Boden und taumelte aus dem Bett, während Jake vergeblich versuchte, mich aufzuhalten.

„Rosalina", rief ich.

Jake packte meine Schulter. „Toni, wir werden sie finden. Bitte beruhige dich."

„Gehen wir sofort los. Sofort!"

Jake und Eric sahen mich beide hilflos an.

„SOFORT!"

Einige Krankenpfleger eilten in den Raum.

„Wir haben eine Wandlerin", sagte einer von ihnen. „Alarmstufe Violett bei einer Schrägen."

Der andere Pfleger zog ein Gerät aus seinem Gürtel und drückte auf ein paar Zahlen. Ein Alarm ertönte über die Lautsprecheranlage, gefolgt von einer weiblichen Stimme, die sagte: *Code Violett, Schrägenstatus. Ausgebildetes Personal wird im vierten Stock gebraucht.*

„Toni, beruhige dich", flehte Jake und sah meine Krallen an.

Ich schüttelte meinen Kopf und drehte mich zu den Pflegern, die mir im Weg standen. „Aus dem Weg! Ich muss sie finden."

Der dritte Krankenpfleger hielt etwas in der Hand. Eine Spritze mit einer weißen Flüssigkeit. Er ging zwischen den beiden anderen hindurch und lächelte mich amüsiert an. Er war klein und stämmig.

Wenn er dachte, dass er mich daran hindern konnte, meine Freundin zu finden, dann—

Ich spürte einen Stich in meinem Arm, dann Druck. Ich rieb meine Haut und sah wieder zu dem Pfleger – die Spritze war leer.

Sein amüsiertes Lächeln wurde breiter und er entblößte spitze Zähne. Er war ein verdammter Vampir und hatte mir die Nadel in den Arm gejagt, bevor ich Zeit hatte, zu blinzeln.

Meine Gedanken verschwammen und ich schwankte. Jake fing mich, hob mich hoch und legte mich wieder aufs Bett.

„Wir können sie nicht aufgeben", lallte ich. „Wir müssen zurückgehen und sie finden."

Jake legte die Decke über mich. „Ich weiß."

„Sie ist meine beste Freundin. Sie ... sie ist sicher verängstigt."

Jake nickte. Eric wandte sich ab und ich konnte schwören, dass seine Augen glänzten.

„Sie braucht uns."

Meine Augenlider wurden schwer und egal, wie sehr ich mich anstrengte, ich konnte sie nicht wieder öffnen. Ich driftete in einen unruhigen Albtraum ab.

Die Stille wog wie ein Anker auf meiner Brust.

Ich stand in der Tür der Agentur und starrte Rosalinas leeren Schreibtisch mit einem Kloß im Hals an. In meinen Augen brannte der Drang zu weinen, aber meine Tränen waren versiegt. Meine Knie zitterten und ich brach auf dem Sofa zusammen und starrte auf den Boden. Die vergangene Woche war ein unendlicher Albtraum gewesen, der unerbittlich an meinem Verstand kratzte und mich zu vernichten drohte. Während die Zeit verstrich, spürte ich, wie mir der letzte Rest meiner Kontrolle entglitt und in einem Meer der Bedeutungslosigkeit versank.

Ich war eine verdammte Fährtensucherin und ich konnte meine beste Freundin nicht finden.

Sobald ich aufgewacht war, nachdem mich die Krankenpfleger betäubt hatten, war ich sofort losgezogen und wollte meine Kräfte benutzen, um sie zu finden. Eric und Jake hatten zuerst protestiert und mir gesagt, dass ich mich ausruhen musste, aber bald gaben sie nach. Sie kannten mich gut und verstanden, dass ich keine weitere Sekunde warten würde, um meine beste Freundin aufzuspüren.

„Ich habe einen guten Fährtensucher bezahlt, um sie zu finden", erzählte Jake, während wir vom Krankenhaus zu meiner Wohnung fuhren. „Er hatte kein Glück."

„*Ich* werde sie finden", sagte ich durch zusammengebissene Zähne.

„Du bist die Beste", sagte Eric vom Rücksitz aus. „Ich bin sicher, dass du es schaffst."

Doch ich hatte versagt. Jämmerlich.

Zuerst hatte ich versucht, sie so aufzuspüren, wie ich es bei Jake getan hatte. Ich benutzte eine Jacke, die sie in meiner Wohnung gelassen hatte, doch ich sah nichts. Davon ließ ich mich nicht verunsichern, also versuchte ich als Nächstes, sie in einer Trance zu finden. Doch auch das funktionierte nicht. Ich benutzte alle meine Sinne und wurde von einer gähnenden Leere empfangen.

Ich riss mich aus der Trance und setzte mich hysterisch schreiend auf.

„Sie ist tot! Sie ist tot!"

Jake schlang seine Arme um mich und schaukelte mich hin und her. Er wusste nicht, wie man mit einer tauben und blinden Person kommunizierte, doch er kümmerte sich um mich, bis meine Sinne Stunden später zurückkehrten.

„Sie ist nicht tot", sagte ich Stunden später, als ich im Bett saß und meine Arme fest um meine angezogenen Beine geschlungen hatte. „Das akzeptiere ich nicht."

Jake und Eric erwiderten nichts, doch als Damien am nächsten Tag aus dem Krankenhaus entlassen wurde, stimmte er mir zu.

„Magie könnte Rosalinas Standort vor Tonis Kräften verbergen", sagte er, und dann machten wir uns daran, sie auf jede andere Weise zu suchen, die er kannte. Doch auch seine Magie fand keine Antworten.

Mehrere Tage lang durchsuchten wir Erics Hütte, Rosalinas Wohnung und jeden anderen Ort, der uns einfiel. Aber wir fanden nichts, das Magie oder verbesserte Wolfssinne verfolgen konnten. Ich rief ihre Familie an und mit Toms Hilfe gaben wir eine Vermisstenanzeige auf. Auch das brachte uns keine Spuren.

Jake setzte die Leute in seinem Rudel in Alarmbereitschaft und Damien bat Magier- und Hexenfreunde um Hilfe.

Noch immer nichts.

Mein Glaube verblasste mit jedem Tag mehr und jetzt war ich verzweifelt und suchte nach dem kleinsten Hoffnungsschimmer.

Ich ließ mein Gesicht auf meine Hände sinken, während ich versuchte, zu ergründen, wo sie sein könnte.

Die Tür öffnete sich klingelnd und Jake, Eric und Damien betraten die Agentur.

„Bist du bereit?", fragte Jake.

Ich nickte, stand jedoch nicht vom Sofa auf. Wir alle fuhren wieder zu Erics Hütte, um dort noch einmal zu suchen. Vielleicht hatten wir beim ersten Mal etwas übersehen. Sie standen einen Moment lang unbeholfen da, bevor sie sich setzten.

Damien nahm mir gegenüber Platz. Er sah schon viel mehr aus wie er selbst – sein Haar war wieder komplett weiß, nicht mehr grau, wie in dem Moment, als er sich wieder in einen Menschen verwandelt hatte. Er lächelte traurig und seine fleckigen Pupillen füllten den Großteil seiner kupferfarbenen Iris. Er trug einen Anzug, allerdings keinen Umhang oder Zylinder. In letzter Zeit schien er sich weniger wie eine Diva zu verhalten und verbrachte viel Zeit in seinen Gedanken.

Ich schenkte ihm ein ähnliches trauriges Lächeln. „Ich glaube nicht, dass ich es schon gesagt habe – obwohl es offensichtlich ist –, aber ich bin froh, dass ihr hier seid."

„Ja, da muss ich zustimmen", sagte Jake, der sich neben mich auf das Sofa setzte.

Alle Augen richteten sich auf Eric.

Er verschränkte die Arme und während er seinen Blick durch den Raum schweifen ließ, sagte er: „Ich auch. Schätze ich."

Wir wussten, dass er nicht gerne seine Gefühle ausdrückte, doch die Emotionen in seinen Augen sagten alles.

Der arme Damien. Die Nachricht über den Tod seiner Tochter hatte ihn schwer getroffen. Am schlimmsten war, dass er es erfahren hatte, während er in seinem Katzenkörper steckte. Es stellte sich heraus, dass er die ganze Zeit, während er in meiner Wohnung gewohnt hatte, rein und raus gehen konnte, und dass er nicht untätig gewesen war. Stattdessen holte er nach, was er verpasst hatte, lauschte und huschte durch die Stadt, um zu erfahren, was er konnte.

Ich hatte mich dafür entschuldigt, nicht rechtzeitig bei Liliana angekommen zu sein, doch er versicherte mir, dass er mir nicht die Schuld gab. „Mekare ist die einzige Schuldige", hatte er gesagt, wobei Hass in seinen kupfernen Augen aufgeblitzt war.

Die Umstände, wie Damien es geschafft hatte, nach Mekares Angriff unter uns zu bleiben, grenzten an ein Wunder. Als Kupfermagier, der das Leben sehr schätzte, hatte er vor vielen Jahren einen Zauber zum Schutz seiner Lebensessenz entwickelt.

„Ich gebe zu, dass es kein besonders eleganter Zauber ist, und ich war nicht sicher, ob er funktionieren würde, aber ...", hatte er uns gesagt, als er erklärte, wie er wiederbelebt worden war.

Er sagte, dass der Zauber seine Lebenskraft bewahrt und sie gemeinsam mit einem kleinen magischen Funken in seinem toten Körper erhalten hatte.

„Als ich begraben wurde, konnte ich diese magische Energie benutzen, um meine Lebenskraft in einen anderen Körper zu übertragen."

„In einen Kater?", fragte Eric.

„Na ja, nicht sofort." Der Magier wollte nicht näher darauf eingehen, aber das war er uns schuldig, also erklärte er es. „Am Anfang war ich ein ... Regenwurm."

Eric lachte schallend darüber und erntete einen verächtlichen Blick von Damien.

„Es war ein mühsamer und langer Prozess", fuhr Damien fort. „Die Hälfte der Zeit habe ich vergessen, was ich sein sollte und lebte als erbärmlicher Wurm weiter. Als ich mich an meine wahre Identität erinnerte, bemühte ich mich, genug Magie für einen weiteren Zauber zu sammeln. Kurz darauf wurde ich zu einer Maus und dann zu einem Kater."

„Es klingt gefährlich, ein Wurm zu sein", sagte Eric. „Was, wenn ein Vogel dich gefressen hätte? Hättest du aus seinem Mist wieder auferstehen können?"

Damiens Kiefer zuckte. „Nein. Und das hätte ich auch nicht gewollt. Wie auch immer, als ich genügend menschlichen Verstand in mir hatte, habe ich Toni gesucht. Den Rest kennt ihr ja."

Wir hatten Blaze/Damien so viel zu verdanken. Das Buch, das uns die Antwort auf die Frage gab, wie wir Jakes Blutpakt mit den Blackridges brechen konnten. Er hatte mir einen Funken Energie gegeben, nachdem ich nach Mekares Angriff im Sterben lag, und vor allem hatte er mich aus ihren Fängen befreit.

In seinem Katzenhirn hatte er erkannt, dass Mekare und Stephen hinter dem Heilmittel und nicht hinter dem Dolch her waren. Und nicht nur das, er hatte auch den Grund erraten. Es stellte sich heraus, dass diese Genies der Dunklen Donna in einem unaufmerksamen Moment Rhabo untergejubelt hatten und sie dadurch vergiftet wurde. Es hatte nur eine Dosis gebraucht, und schon war die Vampirin süchtig. Dem Untergang geweiht. Sie hatten sie verraten und sie zu einem qualvollen Tod verurteilt, um sie loszuwerden.

Am Anfang war die Vampirin die Drahtzieherin hinter dem gesamten Komplott gewesen. Ihr eigentlicher Deal bestand darin, Unruhen zu stiften, indem sie Rhabo verkauften. Das sollte die Vampiranführer anstacheln und eine Kluft zwischen ihnen und den Werwölfen schaffen. Bernadettas Plan war es, ihre Konkurrenz auszuschalten und sich nach den Konflikten als die mächtigste Schräge in St. Louis zu positionieren.

Stephen war für die Verbreitung der Droge verantwortlich, während es Mekares Job gewesen war, die Geschändete Amphore mit ihrer Magie aufzuspüren. Wie mir gesagt wurde, hatte Bernadetta Fiore den schrecklichen Gegenstand nach jahrzehntelangem Suchen gefunden, aber er war durch einen mächtigen Zauber gesichert worden und es bedurfte starker Magie, um ihn zu befreien.

Allerdings ging der Plan der Donna nach hinten los. Und wie. Ihre Verbündeten hatten sie vergiftet und waren dann hinter mir her gewesen, um das einzige Heilmittel zu zerstören und damit auch die einzige Möglichkeit, dass die Vampirin ihren Verrat überleben konnte. Sie hatten sie mächtig verärgert, und Bernadetta Fiore war eine zu mächtige Feindin, um sie zu ignorieren und am Leben zu lassen, selbst wenn sie von einer schlimmen Krankheit befallen war.

Wenn wir Bertram in Lilianas Haus nur zugehört hätten, hätte dieses Desaster vielleicht verhindert werden können.

„Wir müssen reden", hatte er gesagt, doch wir hatten nicht auf ihn gehört. Wir hatten angenommen, dass er mit dem Hybriden dort war, und ließen sie zurück.

Letztendlich waren sowohl Bernadetta als auch Stephen für Mekare nur Spielfiguren in ihrem ultimativen Plan, wie auch immer dieser aussehen mochte. Ich stellte mir vor, dass sie Macht wollte, aber wer wusste das schon genau.

Wir wussten, dass Blaze/Damien Jake und Eric zu Bernadetta geführt hatte, und mit ihrer Hilfe hatten sie das Versteck unserer Feindin entdeckt. Bernadetta hatte schon nach den Verrätern gesucht, und als sie herausfand, dass sie mich entführt hatten, hatte sie, was sie brauchte, um sie zu finden. Ein Fährtensucher arbeitete für sie, der ihr sagen konnte, wo sich alle Personen befanden, die die Vampirin jemals begehrt hatte.

Es war ein Schock, als ich erfuhr, dass die Donna etwas für mich übrig hatte – oder vielleicht war es mein Blut, ich war mir nicht sicher – aber ich dachte mir, dass es gut so war, sonst hätten sie mich nie gefunden.

Bei all den Enthüllungen schwirrte mir der Kopf. Die ganze Woche über hatte ich mich in einem Zustand ständiger Anspannung befunden, und es gab noch so viel mehr, was auf mir lastete.

Es war nicht genug, dass wir Ulfen die Nachricht von Stephens Tod überbracht hatten. Dass Walters Leiche geschändet und nie gefunden worden war. Dass ich für ein weiteres Treffen der Rudelherrscher zur Wolfsfeste gerufen worden war. Dass ich Gonira noch nicht für Prinz Kalyll aufgespürt hatte. Dass Damien Bernadetta das Heilmittel versprochen hatte, wenn sie ihnen half, mich zu finden, und dass ich ihm noch sagen musste, wo es versteckt war. Dass Mekare Graves keine echte Kundin gewesen war, dass ihr Scheck geplatzt war und dass die Agentur in Trümmern lag. Dass Craig Blackridge die Hochzeit vorziehen wollte und dass Jake und ich einen Blutpakt brechen mussten. Oder dass da draußen eine verrückte Mitternachtshexe lauerte, die ein Relikt hatte, mit dem Mann Hybriden erschaffen konnte.

Nein. Nichts davon genügte.

Tatsächlich war das alles egal. Denn was wirklich den Rahmen sprengte, war, dass Rosalina vermisst wurde, und dass ich mich mit nichts anderem beschäftigen konnte, bis ich sie fand.

Denn ich würde sie finden. Ich würde nicht ruhen, bis sie wohlbehalten bei mir war und bis ich es wieder gutgemacht hatte, dass ich sie in eine Welt voller Gefahren geschleift hatte.

WWW.INGRIDSEYMOUR.COM